龍闕 6

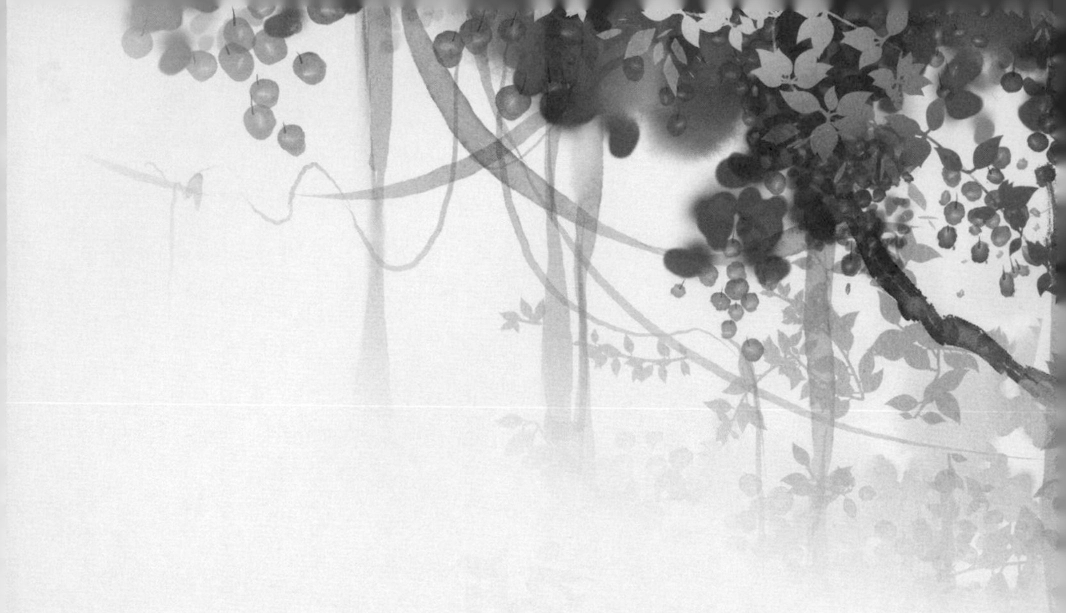

目次

壹之章 ● 招商修路造聲勢

先時南夷的官員們聽說鎮南王要來，眾人除了做好歡迎他的準備之外，也想過鎮南王過來，必然要新官上任三把火啥的。這也不是什麼稀罕事，都是老例了，卻沒想到，鎮南王啥火都沒燒，他們就忙成了狗，哪裡還有空想三把火的事。

鎮南王自己也很忙，既是要修路，就要有工房的人先去探勘路況。

秦鳳儀的舅舅柳郎中在工部任職過，雖則柳郎中後來做的是鍛造兵器的活計，但又不是一開始就去鍛造兵器，柳郎中也是從七品小官一步步升上去的。柳郎中曾在營繕司待過，京城裡哪條路壞了要修，皆屬於工部的活計。於是，這探勘路況的事，秦鳳儀就交給了他舅舅負責，讓他舅舅與工房的小官員們領著工房裡懂行的匠人，先把道路的狀況、距離等做個詳細的調查，研擬出規劃圖來，秦鳳儀再進行招商修路的事宜。

至於秦鳳儀他爹秦老爺，現在南夷城人氣最高的大紅人非秦老爺莫屬。秦鳳儀當然也很紅，但他是高高在上的親王，這年頭百姓對於王爵極是敬畏，即便秦鳳儀平易近人，親切熱絡，在尋常百姓，尤其是商賈的眼中，仍是高不可攀的尊貴人。別說打交道了，見上一面就算很榮幸了。倒是親王的養父秦老爺，這位同親王很親近，最妙的是，秦老爺也曾是商賈，哎喲喂，這完全是咱們商人的福音。

諸位商賈是想過來做生意賺銀子的，自然就要找對工程了解得最清楚的秦老爺。

秦老爺便將事情說了，修建王城不是小事，自然要風水啊地利啊各方面的勘測了。商賈們雖則著急賺建王城的銀子，但大家也知道這事急不來。沒想到的是，王城一時半會兒定不下來，但有兩樁大生意就在眼前，那就是修路，鎮南王發話說要修路了。

原本大家聽到修路之事並沒什麼興趣，因為自來官府修路便是徵調民夫，頂多是管頓飽飯，若有富裕地方，興許給民夫幾個錢，若是有那困難的地界，錢沒有，光一頓飽飯，所以在商賈們看來，修路這事用不到他們。

出乎意料，鎮南王果然財大氣粗，不徵調民夫修路，直接砸銀子把路包出去，讓商賈來修。於是，擅長營建的各商賈們都沸騰了，即使是苦力活，大家也願意幹啊！

這年頭真的沒有高科技的活計，修路、蓋房之類的活計是最常見的，如木匠、繡娘等，這是技術工種，其他的就是鋪子裡的夥計、掌櫃。掌櫃可能不必做什麼力氣活，可夥計之流也是要幹活的，都不輕鬆。

修路雖累，只要有銀子可賺，商賈們都樂意，而且，秦老爺說的是：「自江南到咱們南夷城的官路要修，現在是兩車道，殿下說了，要擴展為四車道。另外自湖南到南夷城的官道也要修，如今已是叫工部郎中帶人去勘測道路了。這還是眼前的差使，待這兩條路修好，咱們城與城、縣與縣之間的路都要修，得修好。我們不徵調民夫，殿下的意思，把工程包給你們，你們組織人修，但是要達到殿下要求的標準，膽敢糊弄事兒，可別怪殿下不講情面。」

諸商賈皆是一派歡喜，卻有人問：「秦大人，殿下的王城什麼時候開始建啊？」

秦老爺道：「現在殿下已經同風水先生在看了，待風水先生勘測好便立刻開建。」

又有人問：「秦大人，修路幹嘛不徵調民夫啊？」

秦老爺笑，「徵調什麼民夫？咱們南夷看到沒，天氣暖，水稻一年便可三收，更不必提其他菜蔬，每月都有鮮菜鮮果吃，這可不是往北的地方，農閒時徵調民夫。南夷沒什麼閒不閒的時候，任何時候都有事情做。何況，徵調民夫非但麻煩，幹活也慢。再者，你們一路隨殿下南下，殿下看到了你們的眼光，知道你們是想做事的人。這兩條官道修好了，還怕沒有事情做嗎？屆時非但新城要建，新城的路一樣要修的。」

有商賈提出疑慮道：「秦大人，來時這路況我也留意了，倘是兩車道擴為四車道，怕是有不少地方會占用到民田了。」

秦老爺道：「殿下已有吩咐，占用的水田、旱田、稻田、果田，全都按市價給銀子，算是殿下買下來的。」

秦老爺這樣一說，商賈們議論紛紛，有人問道：「殿下這樣的仁義，殿下但有差遣，我等自當義不容辭，只是，不知殿下這次修路，銀子要如何結算？」

秦老爺道：「你們多半為官府做過修橋鋪路的事，應該知道，別地官府多是幹完活了再給錢，咱們南夷不一樣，殿下說了，先付工程款兩成，餘者待官府驗收之後再結清。」

一聽說官府肯預付兩成銀子，商賈們算是都信了，看來鎮南王是鐵了心要修路。

當天秦老爺是早上去的商事會館，是的，雖則商賈們才來沒幾多日子，但商賈們有錢，如今便買了樓舍當作會館。然後，秦老爺早上到商事會館，直待天黑才得出來。

秦老爺回府後跟秦鳳儀說：「他們太熱情啦，知道咱們要先預付兩成的銀子，一個個恨不得明兒就能開工。」

「先拿銀子吊住他們，咱們細擬出個規矩來，可不能叫他們糊弄了銀子去。」秦鳳儀看他爹神色興奮中帶了一絲倦色，便道：「爹，您先去歇著，這事明兒咱們再商量。」

晚上秦鳳儀見了去飢民營裡錄戶籍的南夷杜知府方去休息。

秦鳳儀這般精神抖擻自然是好事，李鏡卻是勸他：「事情不是一時半刻就能辦完了，你不要太辛苦，累著就不好了。」

秦鳳儀笑，「我曉得，只是咱們剛來，跟著咱們來的人多，要是沒點動靜，他們許是心裡沒底。先動聲勢，便可安民心了。」

李鏡聽他說得有模有樣，不由笑道：「做事不要急，寧可做慢些，也要做好，尤其這修路的事，於後世亦有大利益，必要修好才是。」

秦鳳儀一邊吃著雞湯麵，一邊道：「放心，我心中有數。」他不禁稱讚了一句：「南夷這地兒，雞湯也格外鮮呢！」

李鏡道：「下午現殺的野雞，加上新鮮的菌菇吊的湯，的確是鮮得不得了，我晚上都多喝了一碗，還在米糊糊裡拌了些雞湯給阿陽，他足足吃了半碗多。」

「明兒我得早些個回來陪兒子，好幾天沒同阿陽玩了。」秦鳳儀道：「現在掙下的基業，以後都是咱大陽的。唉，要是光顧著掙基業，沒把大陽教好，以後再大的基業也守不住。再說，若只顧做事，生疏了父子之情，終是不美。」

秦鳳儀現在很有些做爹的樣子了。

吃完碗雞湯麵，秦鳳儀伸個懶腰，叫著媳婦一道去洗了鴛鴦浴，還跟媳婦談感想：「我覺得在這兒洗鴛鴦浴，比在京時舒服，妳覺得呢？」

李鏡臉頰赤紅，很不想理他。

夫妻二人沐浴後回屋，秦鳳儀親了兩口胖兒子，見兒子臉上有道小紅印子，問道：「這是怎麼了？磕了還是碰了？」

李鏡道：「他今天跟阿泰打架，阿泰掐了咱們大陽一把。」

秦鳳儀摸摸胖兒子的小臉，心疼地道：「阿泰那小子，平日裡瞧著挺老實，咋這麼不知道讓著咱們兒子啊？」

「你這也是做舅舅說的話？」李鏡笑，「阿陽也不是善碴，把阿泰的屁股咬腫了。」

秦鳳儀知道兒子沒吃虧，頓時大樂，「真是好樣兒的，沒白吃那些個東西！」

秦鳳儀又問：「怎麼打起來了？」

「孩子家，哪裡有不打架的？就為個張嬤嬤做的布虎頭。其實張嬤嬤做了兩個，一個給阿泰，一個給阿陽，結果這兩人相中了同一個布虎頭，反正我是看不出有什麼不一樣，一個沒留神，他們倆就掐起來了。」

秦鳳儀聽得直樂，「打就打吧，咱們大陽不吃虧就成啦！」

李鏡瞥他，提前打了預防針，「孩子們一起玩的時候難免掐一把打一把的，你可不許拉偏架，知道不？」

「知道知道，我一準兒不拉偏架。」

於是，堅決不拉偏架的秦鳳儀，第二天偷瞧過阿泰被咬的肥屁股，心下樂了好久。

大公主與李鏡道：「阿陽還沒出牙，倒真像他爹。」

李鏡也想到秦鳳儀當初咬北蠻三王子小腿的事，不由一樂，「總要像一些的。」

而阿泰與阿陽這對寶寶，昨兒還一個撓一個咬，今兒又玩在一塊了。

秦鳳儀今天見到了自己的同科加在翰林院的同窗范正。范正當初庶起士畢業，並沒有留在翰林或去六部轉任為官，甚至依范正庶起士出身，他原可以謀個好些的縣城為主印官或者去府衙裡做七品輔官，結果，范正謀了出了名的窮地方南夷州的一個縣城為知縣。

秦鳳儀當年就覺得，范正雖則有些執拗，人品眼光卻是一流。好吧，說他眼光好，主要是因為秦鳳儀早就相中南夷這個地方了。他認為跟自己眼光一致的人，就是眼光一流。

秦鳳儀初來南夷城時沒見著范正，這也不稀奇，出城迎他的是南夷城的官員，而范正在下頭縣裡為官，無召令不可擅離職司，故而，當秦鳳儀在南夷城安置下來，周邊近些縣的知縣方過來拜見，范正便是其中一員。

范正所在的縣是番縣，番縣以前是個州，原叫番州，因著人口越來越少，後便改為縣，但在諸縣裡卻是一等一的大縣。范正是庶起士出身，又是謀南夷州的缺，所以根本不必給戶部郎官送禮，戶部只愁沒人願意來，但凡有人願意，他們恨不得給這人送禮。尤其范正這出身，當年春闈第五，庶起士考試第三，戶部還格外優待他，給了他一個大縣的知縣當。

南夷城周圍幾個縣裡的知縣，還就范正的精神面貌比較好。更讓秦鳳儀吃驚的是，在翰林時的死硬派，特瞧不起自己，認為自己這個探花有水分，庶起士考試死活跟自己較勁兒壓自己一頭，脾氣又臭又硬的范同窗，竟然學會送禮了。

秦鳳儀不禁感慨：「老范，你這來了南夷州，人情世故上進步不小啊！」

雖然送的只是南夷城點心鋪的二斤蜜糖糕，可秦鳳儀也很感動。

死硬派送的禮，就是這麼的討人喜歡。

范正非但送了二斤蜜糖糕給秦鳳儀，還態度親近地道：「雖知殿下身分，但想著曾與殿下同科同窗，也是下官的福分。能在南夷城見到殿下，下官不由想起以往翰林同窗之事，殿下一路可好？」很是關心地問候了秦鳳儀一回。

秦鳳儀笑嘻嘻地道：「我都好，老范，你瞧著也不錯。」

「南夷地大物博，雖則不很富裕，百姓也算淳樸，下官頗是喜歡這裡。」說著，范正嘆了口氣，「就是一樣，下官苦惱多年，治下百姓亦是苦惱多年。原本下官想著上表知府大人，今兒殿下既到，下官便與殿下說了。」

秦鳳儀眼珠一轉，「我說你怎麼送禮給我，原來是有事求我。」

「不僅是我求殿下，是我們番縣的百姓求殿下。」范正正色道：「要說窮，南夷是真窮，可要說苦，百姓倒也能填飽肚子。這幾年，我在番縣做知縣，縣裡的山山水水走遍了，我們這裡有平原有山地，有河有水，離海也近。山上有樹，田中有米，河裡有魚，海裡有魚蝦，便是年景不好，也餓不死人。山上果子多的很，田中稻米收成也不少，可為什麼還這麼窮？沒路啊！我騎馬過來便走了兩天。山裡的果子熟了吃不掉便爛了，田裡的稻米，百姓們除了自己吃，便是往外賣，卻賣不出幾個錢，糧商不樂意來。百姓們往外送糧用獨輪車用牛車，可到了難走的地界，都是一袋糧一袋糧往外扛，扛了糧，還要扛車牽牛，可就是把稻米送到了縣裡，送到府城，仍沒什麼價。我聽說你要修路，就連忙過來了。不論如何，殿下看在咱們同窗一場的面子上，把我們縣的路也修一修吧。鄉間的路不勞殿下，我可以徵用百姓慢慢修，自縣裡到府城的官路，殿下幫我們修好就成。」

秦鳳儀聽完也是感慨，「老范，你莫急，這路我定會給你們修。縣裡什麼情況，細與我說一說，聽說你們那邊山上的土人也不少。」

「是。」范正與秦鳳儀說了一回土人的情形，還跟秦鳳儀打聽了一回，「聽聞殿下帶了不少飢民過來，下官也想為殿下分憂。」

秦鳳儀大笑，「好你個老范，非但打上修路的主意，連我的飢民你也盯上了！」

范正一副老實可靠臉，「殿下剛來南夷，怕是有所不知，南夷城周邊的田地，多被城裡的幾家財主買去了。我們番縣離南夷城並不遠，不過兩日車程，這還是咱們南夷的路不好走，才要走兩日，倘以後殿下把路給我修好，一日便可到南夷城。再者，我那裡有可開荒的田地和山地，開荒前三年免稅，就是他們蓋屋舍啥的，我也可以給他們便利。」

秦鳳儀笑，「飢民的事兒，二斤蜜糖糕可是不夠的。」

范正十分靈光，第二日又買了二斤蜜糖糕送秦鳳儀，秦鳳儀此方讓他寫個安置飢民的規劃來。待這規劃寫好，再說安置飢民的事。

范正是與秦鳳儀同窗過的，秦鳳儀自認為對范正很了解，但秦鳳儀發現，人真的是多面性的，秦鳳儀就跟他媳婦說：「那個老范，范正，妳還記得吧？」

「記得，就是與你同科的傳臚。你們同做庶起士時，晚上讓小廝去看你屋裡燈幾點熄的那個同窗，是吧？」李鏡的記性一向很好。

秦鳳儀拿塊蜜糖糕掰開半塊遞給媳婦，自己拿了剩下的半塊吃，方道：「他現在可不是以前的強驢了，現在可機靈啦，都會給我送禮了，這蜜糖糕就是他送的。」

李鏡聽秦鳳儀竟說別人是「強驢」，深覺好笑，嘴上卻是道：「你們以前是同窗，如今你過來做藩王，他要來請安，帶二斤點心給你也沒什麼。」

「妳不曉得，他現在都會做生意啦！」

秦鳳儀這才跟媳婦說，原來人家范正除了修路除了想弄些飢民過去之外，還帶了縣裡的好些個百姓與商家過來。這些人帶來了縣裡的糧食、水果、土酒、土布，反正是啥都帶了些來，就是聽說現在南夷城熱鬧，便來做生意了。

秦鳳儀道：「以前我看他怪笨的，沒想到現在做幾年官兒，人機靈許多。」

李鏡道：「范知縣也是正經二甲傳臚出身，哪裡就笨了？」

「以前挺笨的，現在機靈得不得了，妳不曉得，他在我跟前還聲情並茂說自個兒從縣裡出來，路如何難走走了兩天，其實他是因為有帶人和東西太多才耽擱了行程。」秦鳳儀笑，「那傢伙帶這麼些土物，就送我二斤蜜糖糕。來的時候他帶著車馬隊進城，守城的兵士就不會收他帶的那些個東西的稅了。」

李鏡道：「這位范大人倒真是為百姓著想。」

「那是，不然依他那強驢樣，能親自帶著這些百姓商家過來賣東西嗎？我猜測他是先看看南夷城的情形，若是形勢好，少不得還要組織百姓過來賣東西。」秦鳳儀吃了半塊的蜜糖糕，拿起茶水喝了半盞，「現在南夷城的商賈多了，真是各種物件價錢飛漲，連房舍的價錢都漲得飛快，就這樣還供不應求。」

「現在米價多少了？」

「一兩銀子有八石米了。」秦鳳儀道：「南夷的東西便宜，先時剛來的時候，本地大米一兩銀子有十石的。忽啦啦來了這麼些人，糧米肉蔬都緊張，米價才漲了起來。其實即便是漲了，較之揚州也不貴。我記得有一回聽娘說，尋常白米一兩銀子七石。雖不知現在的米價，可見縱使本地米價略漲了些，卻也不離譜，有兩湖糧商不停往這裡送呢。兩湖是魚米之鄉，他們的大米一到，糧價應該還能降些。」

秦鳳儀不知道的是，現在當地南夷人好大米都不吃了，以前是好大米自家吃，因為賣也賣不出價，索性自家吃了。現在南夷城來了那麼多人，當地百姓便把好大米賣出去，自家換了陳米來吃，反正只是味道上差些，當年的新米可多賣銀子。除了賣米的，每天推車進城賣菜的，挎著籃子賣水果的，賣小吃的，各種小生意都火爆起來了。

秦鳳儀先把城裡的城門收費制度給改了改，挎籃子走路進城做生意的便算了，不必再收進城錢。那些趕車的，繼續收費，收費也不高。另則，做小生意的多了，比較有財力的商賈還在城中開起店鋪來。

秦鳳儀與章顏商議過後，再一次精簡了城中商稅，小本生意便罷，像那種街頭擺攤賣早點的，無非就是每天收個攤位費。又如針頭線腦的小生意，直接將稅減到每月三百錢，算是每天十個大錢的治安費。有些規模的生意鋪子，屆時再按利收商稅。至於農稅，分了三等，別個苛捐雜稅一律廢除。

秦鳳儀這一明列稅費的舉措，鼓勵了城中商賈，因為鎮南王收稅收得實在是太優惠了。

當然，秦鳳儀也不完全就是個菩薩，小商賈那裡收不了多少錢，鎮南王乾脆盯著大頭。譬如，城中大糧商、大布商、茶商和酒商，才是稅收的主要來源。

人家鎮南王還問章顏：「咱們這裡的鹽課收入如何？」

章顏道：「殿下，咱們南夷臨海，大家吃鹽，在海邊曬些也就有了。」

秦鳳儀……

秦鳳儀感覺當頭一盆冷水澆下，「這麼說，咱們這裡沒有鹽課收入？」

「可把海灘圈為殿下私產，殿下再高價賣鹽。」章顏道：「不過，勸殿下莫要如此。」

秦鳳儀還真想把海灘圈起來賣鹽，他家就是賣鹽發的家，這行秦鳳儀比較熟，但章顏的意見也是要聽一聽的。

秦鳳儀道：「說說看。」

章顏道：「其一，海邊有不少漁民靠海為生。先時他們活得苦，如今咱們南夷城熱鬧了，他們把家裡存的海裡的乾貨帶過來賣，剛能收些個小錢，殿下便要圈海，這是斷了他們的生計。他們世代為漁民，便是遷到內陸，授田授宅，可他們祖祖輩輩都是打漁的，根本不會種田。其二，殿下初來南夷，當行仁政行仁術，南夷百姓原本吃鹽便宜得很，殿下剛一就藩便驅散漁民，大發鹽財，如此眼下大好局面頃刻逆轉，於殿下聲譽有礙。」

秦鳳儀沉吟道：「世間行商四大利，鹽茶絲酒，照你一說，鹽咱們這裡就別想了，茶也沒聽說南夷有什麼名茶，絲我只聽說過湖綢湖絲，另則現在開的幾家酒行，我看都在賣土酒，略好些的酒，還是我過來時隨行的商賈們帶過來的，難不成就指著收這些商稅過日子？」

章顏一時沒什麼好主意，他來南夷兩年，知道南夷窮，也知道圈起海灘賣鹽能賺錢，可這裡的百姓平日夠苦的，他實在做不出圈海賣鹽的事來。秦鳳儀問他生錢之道，他實在是想不出來，便道：「咱們南夷的茶雖不出名，但味兒不錯，下官還命人將一山野茶認真打理，奈何名氣尚小，咱們南夷本地人吃一吃還罷，想賣大價錢怕是不易。便是商稅，殿下恐也要等一等了。待南夷更加繁華後，商稅方能初見規模。」

也就是說，一時半會兒，商稅也有限得很。

「活人還能讓尿憋死？」秦鳳儀道：「茶行、絲行、酒行，皆要各徵其稅，尤其是酒行，外地來的酒便按酒行的稅徵收，若是本地釀酒，需要買撲。」

秦鳳儀這話並不過分。因著秦鳳儀是商賈出身，他對於商事了解得極為清楚，鹽茶絲酒的確是四大利潤最高的生意，如揚州之富，便富在鹽上。秦鳳儀原想著來南夷也靠鹽發一筆財，卻是忘了南夷臨海。

秦鳳儀猶是不死心，道：「難不成，南夷百姓吃鹽都靠曬的？我聽我爹說，曬鹽可慢了，要是用海水煮鹽鹵，則多費柴薪，反是更貴。」

章顏道：「曬鹽慢，但他們自家吃是足夠的。再者，現在南夷的鹽便宜，他們不會自己曬鹽，可前任巡撫曾實行過鹽課專賣，他們便自己曬鹽了。便是曬鹽慢，南夷沒主兒的樹多的是，上山砍些柴來，自己煮鹽鹵，也不必花大價錢買。」

章顏這樣一說，秦鳳儀只得死了這心。

秦鳳儀琢磨道：「如今咱們城裡人多了，即便收稅也不能收重稅，這個時候得優容些，不能涸澤而漁。便是商賈多了，一時的商稅怕也就是三瓜倆棗，得想法子生出些銀子來。」

秦鳳儀左手指敲擊著膝蓋，緩緩說道：「我從南到北，再由北到南，就覺得各地有各地生財的法子。京城自不必說，那是皇城，官員權貴都在那裡，自然窮不了。自京城往南，先是晉冀二地，晉地商賈最是有名，因為經商的多，所以晉地財主最多。冀州沾京城的光，是軍政重鎮，再往南就是豫州與魯地了，這二者皆有鹽鐵之利不說，沃野千里，日子過得很是滋潤。繼續往南，湖北、安徽、淮揚，一個是產糧大戶，起碼餓不著，徽州的徽商、徽紙、歙硯，皆極有名聲，更不必說淮揚。你在揚州任兩任知府，我是在揚州長大的。就是江南道以西的江西，還有個燒窯的浮梁，人家的瓷器好啊。再說閩地那樣的窮地方，也靠著泉州港過得順風順水的……」

說到泉州港，秦鳳儀眼睛一亮，問章顏：「你知道泉州港嗎？」

「自然知道，泉州港雖是低調，閩王一直說泉州賺不了多少錢，實際上泉州極是富庶。下官有個同窗在泉州任知府，書信往來時他便說過，泉州之富庶風流不遜蘇杭。」章顏見秦鳳儀兩眼散發著金子一樣的光芒，心中一動，「殿下莫不是想建港？」

秦鳳儀自己先是一陣笑，繼而正色道：「我說老章，你也是狀元出身，怎能說這樣的話？建港豈是容易的？何況，斷人財路，如同殺人父母。泉州港這樣的繁華，閩王不癡不傻的，他能坐視咱們這裡建港？再者，先時宗室改制，我把宗室都得罪光了，我要是一說建港，閩王得跟我拚命。」

章顏卻覺得這主意不錯，勸秦鳳儀道：「他管他的閩地，也管不到咱們南夷來。殿下有所不知，泉州港這樣的繁華，但每年泉州市舶司上交朝廷的稅銀不過百萬兩左右。若咱們這裡建港，倘能多給朝廷上稅銀，朝廷如何會反對呢？」

「建港的銀子哪裡來？我與你說，我來的時候朝廷撥給我五十萬銀子，現下又要修路，又要建王城，若是還要建港，朝廷不會再有任何一分銀子給我的。」秦鳳儀笑咪咪地道。

一說到銀子的事情上，章顏便是傻眼。

秦鳳儀道：「這個先不提了，反正現在銀子還夠用。對了，咱們南夷的地形圖拿出來，我想好在哪裡建新城了。」

章顏連忙取出地形圖，秦鳳儀細細看了地形圖幾眼，笑道：「聽說老范的那個番縣，以前是個州來著。」

章顏道：「是，後因人漸稀，便降州為縣。」

「正好老范在南夷城，告訴他，番縣所有的土地房產禁止買賣，同時傳令給番縣邊上的三界縣、平鄉縣，都是如此。本王的新城，若無意外，就在這裡。」秦鳳儀瞧著南夷的地形圖，素白的指尖落在三江匯合之處，南去便是海……

章顏作睜眼瞎狀的拍馬屁：「殿下好眼光！」

我看你到時建不建港，你不建港，你會把新城建在這出門便是海的地方？

章顏受不了秦鳳儀的口是心非，便打趣一句：「這地方好，吃海鮮可方便了。」

秦鳳儀臉皮八丈厚，彷彿沒聽出章顏的弦外之音，只是嘻嘻笑，「有理有理，想不到老章你還是個吃貨啊！」

章巡撫：……

說曹操，曹操到。

秦鳳儀與章知府也不過是說了幾句海港的事兒，秦鳳儀並沒有同意建港，閩王的長史便到了南夷城，給秦鳳儀送年禮。

閩王的長史說：「我們王爺聽聞鳳殿下到了南夷，極為欣喜。王爺就藩閩地，甚是孤單，如今與殿下做了鄰居，王爺每想至此便覺親切。年下將至，王爺著小臣來送些年貨。」

秦鳳儀令趙長史收了，笑道：「你們王爺可好？」

閩王的長史笑，「勞殿下記掛，王爺都好。」

「哎，他現在肯定在笑我吧？當初豁出命來推動宗室改制，眼下我自己也成了宗室。」秦鳳儀問那長史。

閩王的長史道：「殿下說笑了，王爺每想到宗室裡有殿下這樣出眾人物，很是欣慰。」絕不能承認，當初曉得秦鳳儀的身分，然後秦鳳儀還被今上發配到南夷時，王爺連看了三天歌舞，新收了一房小妾的事。

秦鳳儀一副完全不信的模樣，大大方方地道：「你就別騙我啦，還不曉得他在家如何看我笑話。行了，你一路過來辛苦了，先下去歇息兩天。本王這裡不及你們閩地繁華，但也有些個土物，一事不勞二主，過兩日你一併帶回閩地，算是本王給你們王爺的年禮，祝他老人家，福如東海，壽比南山。」

秦鳳儀待閩王的長史退下休息，方道：「瞧見沒，我前腳剛來，後腳細作便到了。」

趙長史笑，「殿下多心了，估計閩王一則是著麾下長史過來給殿下送年禮，二則就是在南夷城逛一逛。」

「要不說這是細作呢！」秦鳳儀輕哼一聲，端起茶啜一口，「隨他逛去吧，甭看咱們南夷城如今熱熱鬧鬧的，這裡頭不知有多少別有居心的。只要他們不生事，我也懶得理。」

趙長史看秦鳳儀嘀嘀咕咕的，心中啥都明白，只是一笑，便不再多說。秦鳳儀早便有這樣的好處，心裡比誰都明白，卻又心胸寬闊，尋常小事不會動他的心。

秦鳳儀把閩王的禮單拿給李鏡，讓她比照著備一份回禮。

李鏡笑，「閩王還真是周全。咱們剛來南夷，眼下亂七八糟，我倒沒顧上與藩王走動年禮之事，他便先打發人給咱們送來了。」

「他不過是借這麼個由頭，過來南夷城瞧一瞧罷了。」秦鳳儀道：「把年禮備好，我就打發他家長史官回閩地，還叫他長長久久在咱們這裡待著不成？」

閩王的事，秦鳳儀只是略念叨一回，就問起那些個孤兒飢民來。當時跟著秦鳳儀他們南下，還有一千多的乞兒。說來可憐，小的有年僅六歲的，都是被大孩子背過來的。不過，大多是八歲往上，十二歲往下的，這麼遠的路，竟也跟了下來。給口糧食，給口熱水，那些孩子便如草地上的野草一般，堅韌地活了下來。當然，這其中也少不得秦鳳儀令張盛多顧看他們些。男孩子還好說，小些的先去念書，大些的習武，以後服兵役。女孩子的話，秦鳳儀便交給媳婦來料理了。李鏡的意思，若是有根骨好的，也讓她們習武無妨，倘是無天分的，便教些紡織刺繡之事，有別個上頭出眾的則另說。

所以，李鏡這到了南夷城也完全沒有閒著，與大公主一道見各官員的妻室，還要幫著秦鳳儀管這些個孤兒孩子們。

李鏡道：「都安置好了，先慢慢學些規矩，學著做活吧。」

秦鳳儀點點頭，「養是養不起的，得叫她們多少做些活計，只是，她們的年紀都不大，不要做太繁重的活計。」

李鏡就知秦鳳儀心軟，一笑，「我曉得。」

讓秦鳳儀好笑的是，閩王的長史明知道自己不待見他，他還特愛往自己跟前湊。非但愛往自己跟前湊，還愛打聽東打聽西的。

閩王的長史問：「聽聞殿下要新建王城，不知殿下選好地方沒？」

秦鳳儀道：「幹嘛，本王建王城，還要與你這傻蛋商量不成？」

閩王的長史被叫「傻蛋」，面上有些訕訕，「殿下就是會開玩笑，小臣來前，我們王爺吩咐了，看殿下興建王城有沒有幫得上忙的地方。」

「有，怎麼沒有？還差五百萬兩銀子。也不要你家王爺白支援，我打個欠條，你把銀子給我送來吧。」

閩王的長史嚇壞了，「五、五百萬兩？」

「你以為建城不要錢嗎？」秦鳳儀道：「對了，這事兒你回去與你們王爺那老狐狸好生說說，我這兒可就等他的銀子開工了。我想好了，你們王爺最有錢，跟他借五百萬兩，順王、越王和蜀王各一百萬兩。你們各家都給我出一點，我這新城就齊活啦！」

閩王的長史嚇得，接了秦鳳儀給的年禮，便跑回閩地，生怕秦鳳儀再跟他提借錢的事。

閩王的心情好得不得了，尤其是知道秦鳳儀就藩南夷之後。就是因心情大好，這才讓長史官給秦鳳儀送年禮去，順道看看秦鳳儀的慘樣。

是的，在宗室裡一向德高望重的閩王，就是這麼個小心眼兒。

說來，閩王也是二十年的媳婦熬成婆啊！

甭看現下閩王在宗室地位極高，那是因為與他同輩的哥哥弟弟就剩一個愉親王了。與被留在京城的愉親王不同，閩王當年被打發到荒僻的閩地就藩，他又沒有秦鳳儀這等的離奇身世，可見當年的閩王多不受自個兒親爹待見了。

當然，閩王自己倒是生財有道，到了閩地後折騰出了泉州港，自此便脫貧致富，而且，他壽數長，待哥哥弟弟們死得差不離，就剩他與兄弟裡最年輕的愉親王還活著時，閩王竟成了宗室裡一等一的長輩。

這事兒鬧得，一來二去的，竟攢了些德望出來。

可惜，輩分再高，也改變不了閩王是個小心眼兒的事實。

秦鳳儀就與李鏡說過，閩王這人心胸不大。不說別個，當年宗室改制，閩王是宗室裡的領頭人物，結果他反是先被秦鳳儀「氣病」，然後不露面的那個。當然，宗室改制這事能辦得順遂，與閩王「病倒」有直接關係。不過，由此也可見閩王的為人。

如果是秦鳳儀帶頭，必然要為宗室爭取利益到最後一刻，哪裡能像閩王這般？

所以，自宗室改制起，秦鳳儀就沒將閩王放在眼裡。在秦鳳儀看來，閩王固然身分尊貴，心胸著實狹窄。如今更瞧出來了，瞧瞧閩王這個二百五長史吧！

閩王的長史離開時，秦鳳儀與他說：「回去同你們王爺說，我新城就在敬州，便是為了離你們王爺近些，銀子的事兒別忘了同你們王爺說一聲啊！」把個閩王的長史嚇壞了。

章顏與趙長史見秦鳳儀作弄閩王長史，心下皆覺好笑。

閩王的長史原還想多在南夷城看一看，結果被秦鳳儀這借錢的事兒一嚇，硬是沒敢再多待，便火燒屁股跑回閩地去了。

閩王正在廊下看鳥籠中的小鳥兒，問長史：「你怎麼回鎮南王的？」

長史道：「這樣的大事豈是屬下能做主的？屬下自然說要回稟王爺，聽王爺吩咐。」

閩王道：「五百萬兩？他胃口倒是不小。」

長史道：「小臣奉王爺之命在南夷城走了一遭。那裡雖則常聽人說極是貧困，可小臣瞧著倒也熱鬧，人口不少，較一路上別個州府好得多。」

「那畢竟是巡撫衙門所在州府，如何能一樣？」閩王問：「鎮南王氣色如何？」

「氣色還成，就是言語怪誕，無法形容。」

閩王一笑，「他年紀輕，慣常愛作弄人，性子也不大穩重，當年在京城還與順王打過架，想是他捉弄你了。」

「小臣倒是沒啥，他無非就是叫小臣一聲『傻蛋』。」長史期期艾艾地道：「就是，他對王爺言語間不大敬重。」

閩王來了興致，把給鳥兒添水的金壺給了身邊的心腹內侍，轉身坐在一張搖椅中，笑問長史：「他是怎麼說本王的？」

長史道：「說您是『老狐狸』，還說您打發小臣過去，是去看他笑話來著。」

閩王大笑。

閩王道：「你不曉得，去歲在京，宗室改制，鎮南王那叫一個積極啊，恨不得同內閣穿一條褲子，死懟我等宗室。誰能想到，這才不過一載光陰，他竟是這等身世，不曉得他如今有沒有後悔當年他一力主張宗室改制。真是不是不報，時候未到啊！」

閩王說著，又樂了一回。

閩王繼續問秦鳳儀新城之事，長史道：「鎮南王說是要建在敬州，不過，他那人說話，下官還是不敢輕信。」

閩王想了想，道：「鎮南王雖年輕，卻十分狡猾，他的話的確不好輕信，再看看吧。」

長史悄悄同閩王打聽：「王爺，那鎮南王說借銀子的事兒……」

閩王嗤道：「借銀子？借他個鳥毛！老子還想找人借個五百萬兩花花呢！」

就秦鳳儀隨口一句五百萬兩，閩王私下嗤一回不算，還在給景安帝的摺子裡提了一筆，話裡話外讓景安帝多給兒子些零用錢，看鎮南王殿下窮得啊……

甭看閩王這摺子本意是笑話一回景安帝和秦鳳儀的，但人家在摺子說得相當委婉，還提了他打發人去南夷城給秦鳳儀送年禮，長史所見情景，道是南夷城貧苦，現下秦鳳儀的王府都沒一座，還是暫居巡撫衙門，至於巡撫衙門，也簡陋得很，配不上秦鳳儀的身分云云，同時還提了秦鳳儀跟他借錢的事兒。

閩王說得極是動情，言說自己聽聞鎮南王過得如此清苦，心中大痛，很想借錢給鎮南王度日，但自己的兒孫一大堆，一個重孫女前些天出嫁，嫁妝錢都是王妃賣了陪嫁湊的。閩王還趁機跟景安帝哭了一回窮，雖沒說讓景安帝過年多賞賜他一些，但你皇帝侄子忍心看你的藩王伯伯過這種苦哈哈的日子嗎？

閩王這摺子一上，景安帝當年給藩王的年下賞賜，閩王那一份果然加了三成。景安帝也動情地給閩王寫了封信，上面說閩王日子如此艱辛，不如來京城過日子，他做皇帝侄子的，不能看閩伯王過這種苦日子。來京城吧，他好就近孝順一下閩伯王。

閩伯王嚇出一身冷汗，連忙給景安帝又上了一封奏章，說閩地雖苦，卻是自己的親爹親自封給他的。他身無長物，為人亦無才幹，只有好好鎮守閩地，為朝廷做一些力所能及的事情。至於京城，自然是好的，是舒服的，皇帝陛下也孝順，但我老頭子雖則老了，還是要站好最後一班崗云云。總之是說得忠心耿耿，閩王還請陛下少賞賜給自己，多賞賜些物事給鎮南王，鎮南王在南夷不容易啊……

閩王與景安帝交手一個回合，不分勝負。

大皇子也見到了閩王上給朝廷的奏章，對景安帝說：「南夷如此艱難，父皇還是再撥些銀兩給鳳弟過日子。正好趁著年下，就當年下賞賜了。」

「過日子的銀子已是給了他，難不成以後藩王叫苦就個頂個再多加賞賜，這什麼時候是個頭？」景安帝不輕不重地訓斥大皇子一句，又道：「這要是換了你當家，今兒這個哭窮你給，明兒那個哭窮，你給不給？」

訓完大皇子，景安帝繼續道：「不論是江山還是自己的小家，說來一個道理，就好比這人家過日子，怎麼有的人能把日子越過越好，有些人卻是越過越差呢？你要多思量。」

景安帝完全表現出了對秦鳳儀的冷漠，便是年下賞賜，也不過與順王等人持平，遠不及給閩王的豐厚。朝中對此頗有些私下猜測，就是平皇后也埋怨了大皇子一回：「你何苦為鎮南王說話，倒叫你父皇訓你。」

大皇子道：「我當時在父皇身邊，見著閩王的摺子了。母后不曉得，閩王摺子上說，鎮南王的日子過得很不好，到現在還住在巡撫衙門。據說南夷熱得很，四季不明，地方又窮，閩王想著鎮南王第一年就藩，他們兩地的封地又緊挨著，便打發長史官去給鎮南王送年禮，結果鎮南王竟對著長史官說要跟閩王借銀子。鎮南王可不是不要面子的人，這要不是窮極了，哪裡會跟閩王借錢？他還不如跟父皇借。多丟臉啊，非但鎮南王丟臉，咱們皇家也沒什麼臉啊，好像虧待他似的。我在父皇身邊，能不說兩句嗎？」

平皇后道：「陛下何曾少給他銀子了？五十萬兩啊，豈是小數目？難不成，四個月都不到就把銀子花完了？他花到哪兒去了？」

「誰曉得，聽說他要建新城。」

「這怪得誰去？那五十萬兩是給他建王府的錢，又不是給他建新城的錢。要是建新城，不要說五十萬兩，五百萬兩都不夠。」平皇后道：「以後你不要爛好心。」

大皇子道：「父皇總是希望看到我們兄友弟恭的。」

平皇后道：「可你也得明白，你父皇有八位皇子，除一人繼位外，剩下的以後都是藩王。我與你說，閩王當年就藩，朝廷撥銀不過二十萬兩。」

大皇子受了爹娘一番教導，倒也認真考慮了一回藩王就藩之事。便是認為南夷清苦，應該讓秦鳳儀回京過日子的平郡王，現下也不提讓秦鳳儀回京的事了。

朝中消息靈通的都覺得，秦鳳儀都張嘴跟閩王借錢，秦鳳儀那什麼建新城的事怕是成不了。而完全不知自己成為京城權貴心中窮鬼的鎮南王殿下，現在正張羅著新年的事。

秦鳳儀自京城到南夷，足足走了快三個月才到南夷城。

眼下剛安頓下來，眼瞅著便是過年了。

秦鳳儀愛熱鬧，章顏和趙長史都想著，這畢竟是秦鳳儀就藩的第一個新年，自然要好生慶祝的。按趙長史的意思，要有宴會，若是秦鳳儀喜歡，宴會的規模略大些也沒什麼。

章顏則是忙著管理城中秩序。因著南夷城現在人多，再加上快過年了，哪怕許多外地商賈，雖則是在南夷，年下也要各自慶祝的。故而，一向冷清到年下連個廟會都沒有的南夷城，因著新年的到來，集市上每天都是熱熱鬧鬧的。

秦鳳儀道：「京城都有廟會，咱們南夷城沒有不像話，咱們就辦個廟會吧，這裡有沒有舞龍舞獅什麼的？」

章顏道：「這裡有節日，舞龍的多。」

秦鳳儀道：「找幾家舞龍舞得好的準備起來，這個廟會我要年前開到年後，年後還要有上元節。」然後就與章顏商量廟會擺在什麼地方，一個攤位多少錢，按日收錢。

章顏還是頭一回見著藩王大擺排場還能賺到錢的，因為秦鳳儀說了，待得新年之日，他要坐在花車上與民同樂。

南夷氣候溫暖，四季花開不敗，秦鳳儀是個大臭美，在這種地方坐他的王駕很悶，他比較喜歡寬敞的花車，屆時還能出來與南夷城的百姓們打個招呼啥的。

因為秦鳳儀要顯擺，章顏、南夷將軍、潘琛和張盛四人，便一起商量著如何做好防衛措施，擔心秦鳳儀坐花車時遇刺。

秦鳳儀頭一年來，過年了，朝廷還要給百官發點年貨呢，秦鳳儀是第一年就藩，當然不能落下，便也給大小官員連帶軍中各人，每人多發一個月俸銀。

章顏卻說：「殿下要是不寬裕，以後賞咱們也是一樣。」

秦鳳儀道：「再不寬裕，這點小錢還是有的。」

秦鳳儀沒說的話是，再不寬裕，就藩的第一次賞賜是省不得的，尤其是軍中，秦鳳儀親自瞅著，將各兵士的月銀發到手中。

秦鳳儀早就跟軍中大大小小的將領開過會，發話說：「武官與文官不同，武官拿的是賣命的銀錢，特別是普通兵士。你們跟著我，不會沒有發財的時候，但兵士的晌銀一分不能貪，他們很不容易。」

在路上的時候，朝廷每個月的軍中俸銀到不了，秦鳳儀便拿出私房銀子發給將士們，而且每次發月銀的時候，他都會親自過去瞧著。這禁衛軍中以前有沒有貪兵士銀晌的事，秦鳳儀不曉得，但潘琛自從跟了他之後，有秦鳳儀盯著，卻是一次都沒有的。

眼下過年，秦鳳儀與潘琛說：「軍中的兵士不能一下子都放出去，輪番休息吧。你擬出個休息時間來，大過年的，也讓將士們歇一歇。」

至於南夷官員的銀子，秦鳳儀把銀子交給章顏，由章顏分派。之後，秦鳳儀身邊的這些人，除了銀子，秦鳳儀帶人採購了許多年貨。范正過來告辭時，秦鳳儀還送了他一車，叫他回去給縣裡的官吏們發一發，算是他的心意。餘者過來請安的知縣，每人也都有一車。

范正是秦鳳儀的同窗，再加上他在諸知縣裡學歷最高，且他性子端正，做官勤勉，亦很受章顏重視。范正的消息頗是靈通，聽聞南夷城將有廟會，范正先從章顏這裡要了個攤位，還拿出與章大人的交情，硬是要章大人給打個折。

章顏無奈，「你又不做生意，這出攤子也是各商家的事了。」

范正道：「我是想著，我們縣裡偏僻，要是一人兩人的過來，哪裡能叫這些南夷城的大商賈們看在眼裡？我雖不做生意，但我想著縣裡有不少土物，看城裡人頗是喜歡，就以縣裡的名義先訂下一個攤位，屆時叫他們也幫著一道賣鄉里村裡百姓們積存的貨。一來東西多了，好賣價錢，二來也可不使人小瞧。」

章顏笑道：「好你個范正直啊，你這算盤珠子撥拉得怪精的啊！」

范正，字正直。好吧，范知縣本身也是個正直人。

其實范正這主意不錯，尤其外地的商賈一來，就更顯得南夷本地商賈們經商的手段很單一，競爭力也小。章顏身為一地巡撫，倒是瞧著范正的法子很好。南夷城本地的商賈都不大是外地商賈的對手，何況各縣的小商家？與其單打獨鬥，不如抱團作業。

章顏給范正打了個九折，范正繼續道：「大人知道，下官與殿下也是翰林同窗，看在下官曾與殿下同窗的面子上，打個八折唄。」

於是，范正硬是拿了個八折的廟會攤位給了縣裡的兩家商賈，還指點了他們一回，叫他們先回去收購貨物，待得廟會時運過來。糧食之類的賣給糧鋪，其他的土酒、土布、菌子及山珍之類的，擺攤售賣，獲利還能再大些。

為縣裡要了個八折攤位，范正方辭了章巡撫，回了自己的縣城。

秦鳳儀回到後院，見李鏡正守著一堆瓷器發愁，問道：「這是怎麼了？」

李鏡道：「你頭一年來南夷，年前得帶著眾官員祭天地，我讓人燒了些瓷器，好在祭祀時用。你看燒出來的這品相，也太粗了。」

秦鳳儀就著李鏡的手瞧了一回，是不比自己家裡用的官窯瓷。

秦鳳儀道：「沒事兒，有什麼用什麼，咱們這兒又沒官窯，就用這個吧。聽說太祖皇帝窮的時候，都得借錢去買糧做飯，哪裡還講究器物。咱們現在不大富裕，先用這個，要是祖宗保佑，以後有了銀子，再給祖宗換好的。」

秦鳳儀不是那等挑剔之人，很大方地替祖宗應了，還道：「來之前，還有人說咱們南夷連瓷器都沒有，咱們這裡明明連窯都有的，真個以訛傳訛！」

秦鳳儀正跟李鏡說話，便聽人回稟，說羅朋到了。

秦鳳儀大喜，與媳婦說了一聲，便出去見羅朋。

羅朋是中秋之後帶著最後一批貨物回的京城，在鋪子裡見著秦鳳儀留的書信，又聽掌櫃說了秦鳳儀的事，羅朋便把貨物交給掌櫃，分別去了景川侯府和方家，問可有東西要捎帶。這就是羅朋行事之細心了，知道這兩處與秦鳳儀關係非同尋常，必然記掛著秦鳳儀。

當然，羅朋也沒忘把鋪子託付給李釗。平日自有掌櫃，可京城裡貴人多，事情也多，如果有什麼掌櫃解決不了的事，就得侯府出面了。

李釗笑，「放心吧，阿鏡與我說過了。冬天風雪難行，你路上也小心著些。」

兩家沒什麼粗笨事物捎帶，都是託羅朋帶書信。

李釗還送羅朋幾匹快馬，好方便他路上行走替換。

羅朋自京城到南夷，不過一個月的馬程。其實羅朋早些時候就來過南夷，但這一回過來真是開了眼界，南夷城樣子倒沒大變，只是咋變得這般熱鬧呢？

及至二人相見，羅朋高興上前，走至一半，又驀然住了腳，想著要不要先行禮。

秦鳳儀已是歡快地抱住羅朋，拍了拍羅朋的肩背，笑說：「我離開京城前，就惦記著阿朋哥你。阿朋哥，見著我給你留的信了吧？」

「見了。」羅朋笑，還是拱了拱手。秦鳳儀一把握住羅朋的手，認真道：「阿朋哥，咱們還如以前一樣，要是因我做了個狗屎藩王，你就殿下長殿下短的，還有什麼趣兒？」

羅朋很快反應過來，「私下還如以前那般沒啥，在外頭可不行。你剛來南夷，正是立威的時候，不好太隨意，世上多是得寸進尺之人。」

秦鳳儀剛到南夷，雖則南夷是個窮地方，但在羅朋看來，只要有人的地方，就有權力爭奪，他自然要為秦鳳儀的威儀著想。

秦鳳儀一笑，「阿朋哥，你放心吧，我心裡有數。」又問起羅朋這些日子的事。

羅朋一般都是天南地北地走，若是往年，中秋前是貨物銷售高峰，怎麼都會回京城，只是今年春他便出海去，羅朋道：「原想著中秋前怎麼也要回京的，結果在暹羅耽擱了，海上起了風，天氣不好，直待八月，方到了泉州港。我卸了洋貨，立往京城去，還是錯過了。」

羅朋說著把帶來的貴重物品交付給秦鳳儀，道：「正好有些個大珠寶石，我就沒擱放鋪子裡。這些個東西，弟妹興許用得，我便帶來了。」

秦鳳儀一嘆，羅朋說起去李方兩家的事，道：「都記掛你呢，信我就收了一匣子，俱是親戚們寫的。」一併給了秦鳳儀。

秦鳳儀不想說這些，反是問起羅朋海上風光。

羅朋笑道：「海上無邊際，不過沿著海岸走，卻也不會迷了方向。只要天氣好，亦無甚危險。海外諸國，能及我天朝的極少。他們極是喜愛我朝的絲綢、瓷器、茶葉，而他們那裡，香料和寶石、黃金都比咱們這裡便宜，我們多是以物易物。洋貨帶回來，可賣大價錢。」

秦鳳儀細問海外各國的貿易，中午設宴，與羅朋一道吃酒。

酒過三巡，秦鳳儀道：「阿朋哥，先時我在朝中給人當手下，官位也小，只得讓你去做生意。你是個有為的人，眼下我這裡最缺的就是人才，特別像阿朋哥你這樣有能力的，要不，你在我的長司史裡任個職唄。」

秦鳳儀出言相邀，羅朋反是有些為難，不是為別的，秦鳳儀自然是好意，而且兩人有交情，秦鳳儀不可能坑他。

羅朋夾了個焦炸小丸子後，放下筷子道：「阿鳳，按理，你叫我跟你做事是瞧得起我，可這做官的，起碼得是個秀才吧？我這書沒念幾年，之乎者也的話也看不大懂，豈不是耽誤你的事？要不，你看哪裡有吏員的事，讓我去辦倒是可以。」

官與吏是有著嚴格分野的，官員是由朝廷任命的，哪怕是從八品、從九品的小官，都是官員。而吏不同，吏在身分上來說，還是平民百姓。如一縣之中，知縣、縣丞、主簿，這些都是官，底下六房則皆是吏。官員的俸祿由朝廷支付，吏員的俸祿則由當地衙門支付。

雖則官吏經常連在一起說，但二者身分之分野，有著天壤之別。

羅朋說去做一吏員，倒非他自謙，實在是在天下人的心裡，官員的身分非同一般。像羅朋，現下也算頗有家資，他可以捐個官，像當初秦老爺捐的五品同知一般，但這種捐官一般都是虛銜。便是真正打點個實缺，在官場上，捐官也會受到正統出身官員的歧視。

秦鳳儀顯然沒羅朋這樣的想法，秦鳳儀道：「我這裡有個酸官兒給我上摺子，囉哩八嗦沒用的話寫了十頁紙，我以為他有什麼要緊事，看到最後才發現，就是給我請安，我便叫他把他那狗屁摺子拿回去抄一百遍再來。我最看不上這種不做實事的傢伙們了，要是別人任官，看看他科舉如何，不過是對他不了解，科舉算是個了解的途徑，畢竟通過科舉，起碼是個識字的，當然，書也念得不錯。但書念得再好，也是要用到實處的，像那種寫十頁紙廢話的傢伙們，有個屁用？咱們自然不同，咱們打小一塊長大，阿朋哥你有什麼本事，我心裡清楚，難道還要你去科舉出個功名來，才能過來我這裡做官？我找你是想你幫我做事。讓你在我長史司任職，是覺得你擔得此職，並非因咱倆的私交。私交只是讓我更了解你，我這裡缺人手，自然是找熟悉能勝任的來做，難不成我去街上尋不認識的人？阿朋哥，你放心，你才幹在這裡，我方請你的。至於別個人，你不必理他，倒是他們知道咱倆私交，怕還是要來巴結你。便是有些個酸生說酸話，阿朋哥你也不是沒手段之人，該如何你便如何就是。」

羅朋也是個爽快人，他做生意多年，且與秦鳳儀少時相交，就是他最難的時候，秦鳳儀也是見過的。雖則現在秦鳳儀成了皇子藩王，但在羅朋心裡，還是如舊日兄弟一般。

羅朋道：「那成，我先試試，倘是阿鳳你覺得我哪裡不好，直接與我說就是，可莫存在心裡，那樣就對不住咱倆的交情了。」

「放心，你一準兒沒問題。」秦鳳儀笑咪咪地道：「那就先任個賓客。」

羅朋奇異道：「賓客不是做客的意思嗎？還有這個官兒？」

「先時我也不曉得，我是看了王府長史司的官員配置方曉得的。除了長史，就是賓客最大了。長史我請了咱們揚州的趙長子，阿朋哥你做賓客，賓客是正七品，你先幹著。這個官兒也是暫時的，待有了地方上的實缺，我給你弄個實缺。咱們兄弟也是堂堂七尺男兒，來這世上一遭，焉能不幹出一番事業來？」

秦鳳儀說得豪情萬丈，又是如此仗義，先時羅朋被家裡趕出來，還是秦鳳儀拿出本錢給他做生意，如今秦鳳儀剛做了藩王，便給他七品實缺，羅朋心裡不是不感動，當下舉杯與秦鳳儀碰了一杯，「是，我們定要做出一番事業留與後世，留與子孫！」

秦鳳儀見著羅朋，喝酒喝的不少，羅朋也醉了。秦鳳儀被扶回屋醒酒時，跟媳婦說：「著人去羅大哥那裡瞧著些，也讓他好生歇一歇，他這一路車馬勞頓。」

李鏡一邊幫他擦著臉，一邊道：「放心吧，我打發小圓去了。」

秦鳳儀點點頭，李鏡又餵他喝了茶，問道：「羅大哥過來，你這麼高興？」

「高興！」秦鳳儀抱了兒子在懷裡，拍拍兒子的肥屁屁，「大陽以後也要像爹這樣，多交幾個真心的朋友才是！」

秦鳳儀喝了酒，渾身酒氣，大陽一近他爹的身就一副要乾嘔的模樣，秦鳳儀嚇得道：「大陽是不是病了，這是要吐還是怎地？」一把將兒子拎起來，怕兒子吐他身上。

李鏡忙接過兒子，「是被你熏的，大陽聞不了酒氣。」

秦鳳儀繼續躺著，捏兒子屁股一記，「臭小子，還瞎講究！」

大陽平日跟他爹好得不得了，秦鳳儀這一喝了酒，大陽是有多遠躲多遠，還用小胖腳踢了他爹一下，嫌他爹捏他屁股。

秦鳳儀又拍兩下，大陽氣得啊啊直叫，秦鳳儀樂道：「人不大，脾氣倒不小！」

秦鳳儀見媳婦抱著兒子看書信，眼神便往媳婦那裡瞟。

李鏡把信遞給他，「要不要看？」

秦鳳儀頭一偏，哼道：「不看！」

李鏡道：「不是父親寫的，是祖母和大哥的信，阿欽也寫了一封給你。」

秦鳳儀立刻把信接過來，「那我就看。」

方家也有信給秦鳳儀，也不是方閣老寫的，是方悅寫的。

秦鳳儀看了嘆道：「大哥和二小舅子是好的，阿悅也不錯。」

李鏡一笑，「對，就父親和方閣老不好，是不是？」

秦鳳儀哼一聲。

李鏡又笑，「咱們走時，他們也不來送送你，是不是？」

秦鳳儀重重地再哼一聲。

羅朋的到來，很大程度上緩解了秦老爺的壓力。

實在是這年頭官員不少，但精通商事的著實不多，像范正那般能帶著縣裡商賈百姓過來南夷城賣東西的都是鳳毛麟角。許多文人太過清高，不屑經商。當然，也有願意幹的，但他們經驗不夠，縱使有心，一時間歷練不出來，也幫不上大忙。

招商的事一直是秦老爺負責，可一人斷斷是忙不過來的，秦鳳儀便讓淮揚吳總督的孫子吳翰給自個兒老爹打下手。要說往日，秦老爺這樣的商賈自然不在吳翰眼裡，不過，秦老爺有養育鎮南王之功，便是在吳翰看來，秦老爺雖是商賈出身，也稱得上「義士」了。何況，鎮南王對秦老爺一口一個爹叫著，吳翰更不敢懈怠。有羅朋加入，秦老爺身上的擔子輕了不少，許多吳翰不甚明瞭之處，羅朋與秦老爺早有默契。

當然，吳翰也有吳翰的好處，他是淮揚總督的孫子，起碼跟著秦鳳儀過來南夷的淮揚商賈見著吳翰便要客氣三分，而且，吳翰簡直就是一面行走的牌坊。淮揚總督的孫子都出來幫著張羅，可見鎮南王這事的真實性是妥妥的。

吳翰有一樣最大的好處就是，他不清高，雖於商事不甚通達，卻知謙遜，自己力所能及的都會做，便是有不解之處也會請教秦老爺。就是羅朋這來得比較晚的，吳翰也沒弄出什麼爭高下之類的噁心事來，可見吳總督給的這個孫子，的確是吳家出眾子孫。

羅朋來到後，新年便也近了。

秦鳳儀帶著南夷城的官員擺出親王儀仗，浩浩蕩蕩出城祭天地，當然，也把從未見著面的祖宗祭了一回。這於南夷城也是新鮮事兒啊，再未見過這樣的盛事。當秦鳳儀的王駕經過城中時，不少百姓出來看熱鬧。

祭祀的時候，秦鳳儀把趙長史、張盛、秦老爺、吳翰、方灝、羅朋等人都一併帶上。他身邊配置未齊，但有一個算一個，都在祭禮隊伍裡，令幾人的內心狠狠激蕩了一回。即便趙長史是狀元出身，做了幾日翰林，也沒參加過祭天這樣的大典。吳翰這個總督的孫子，也沒這等榮幸，更甭提秦老爺、方灝和羅朋了，眾人都覺得榮耀至極。另外，便是南夷城以章顏為首的一干大小官員了。

祭天地這事，忙了大半日，之後還要效仿古禮。臘月二十三，秦鳳儀與李鏡瞧著煮一大鍋祭肉，這是過年要用的，因著南夷氣候實在溫暖，秦鳳儀還與李鏡道：「多放些鹽，可別還沒到年就臭了。」

「閉上你的臭嘴吧！」給祖宗吃的東西，能臭嗎？

秦鳳儀摸摸鼻子，「我可是好意。」

「好意不好聽。」李鏡道：「大過年的，給我說吉祥話。對了，你是不是該著人叫柳家舅舅回來了？這過年了，一家團聚的日子，差使雖要緊，但這是咱們來南夷的第一個年，可不好讓舅舅一家子分離著過年。」

「看我這忙得昏頭昏腦的，妳不說我都忘了。」秦鳳儀道：「事情雖是要緊，卻也不必要太趕。」遂打發人去請舅舅回來過年。

秦鳳儀與李鏡商量：「大年初一，咱們帶著大陽一起坐花車玩。」

李鏡猶豫，「這好嗎？要不，還是坐你的儀駕，就是步輦也成，從沒見有坐花車的。」

「妳知道什麼呀？以前我聽阿金說，鳳凰大神就是乘花車的。」

「說到這個，咱們都來這些天了，怎麼也不見土人們過來給你請安？」

「妳忘了，他們每年都要去京城請安，咱們來南夷城的時候，他們已去了京城。」秦鳳儀道：「老范他那個番縣離土人居住的山上很近，這回老范來咱們南夷城賣貨，就有土人的長老跟著。他們回了南夷，沒有不來的。」

李鏡笑，「這些土人倒也消息靈通，還知道下山做生意。」

「他們可不傻。」秦鳳儀也是一笑，「老章與我說，朝廷優容多年，其實土人也時常下山與山下貿易，但他們終是不肯遷整個部落下山過日子。」

李鏡問：「土人有多少人？」

「在南夷就有十個部落，人少的不過一兩千，人多的，上萬人口都有。」

「人倒也不少。」

「是啊。」秦鳳儀道：「那山上的日子有什麼好的，樹多且潮濕。說來，南夷什麼都好，氣候也暖和，就是太潮了。咱們山下都這樣了，何況山上？真不知他們過的是什麼好日子，還不肯下山來。」

李鏡道：「他們要是日子好，就不會年年去京城請安了。」

「待他們來了再說吧，他們要是願意，最好還是下山安置，倘是不願也不勉強。」

對於秦鳳儀，土人雖有數萬人之眾，能用的青壯怕也有幾萬，可秦鳳儀心思活絡，他來就藩的路上就能收攏飢民，忽悠商賈，帶了好幾萬人來南夷，而且南夷城的人越來越多，如兩湖過來的大糧商，還有各式各樣的鋪子，如今在南夷城都開起來了。無他，人一多，尤其是商賈一多，衣食住行樣樣都有需求。南夷本土的供應十分有限，必然要依賴外地物產。別個不說，南夷的絲綢產量極低，現在南夷城有錢人多了，便有大批的江南絲綢流入南夷。再者，南夷有自己的野茶，可那些喝慣上等茶葉的有錢人，哪裡喝得慣這些野茶，便有江南的茶商過來經商。

待道路探勘的事情完成，整個修路的工程開工，屆時所用修路工又是一個數額。秦鳳儀不肯徵調民夫，把這工程花銀子給商賈做，那麼，對於商賈，除了在人口有限的南夷本地雇人，便是去別個地方雇人過來修路。

這樣一來，又有人口流入。

人口多了，百業自然昌隆。

夫妻倆這裡說著土人的事，土人在京城請過安，拉回了幾車朝廷的賞賜後，年前都回了南夷。他們聽聞現下南夷來了王，這位王還是他們相識的秦探花，於是，都歡歡喜喜地過來南夷城給秦探花王爺請安。

幾位土人族長圍著秦鳳儀嘰哩呱啦說個不停，秦鳳儀也與他們用土話交流，阿金道：「我們到了京城才曉得南夷多了一位王，後來一打聽，原來是秦探花您，這可真是巧！」

秦鳳儀笑咪咪地道：「都是鳳凰大神的意思。」又問他們此次請安可還順遂，其中一個叫阿火的族長大聲道：「很好，皇帝陛下賞我們不少東西！還有，去時遇著下雪，回來時又遇著大雪！哎喲，那雪可真大真好啊！」

其他族人紛紛附和，一副見著下雪很是愉快的模樣。

秦鳳儀心說，你們不會是為了每年下雪才千里迢迢去京城的吧？

大家說些亂七八糟久別重逢的話，有一位叫阿花的族長，當然，人家名字不是叫阿花，翻譯過來是美麗的花朵，秦鳳儀為了方便就叫他阿花了。這位阿花族長名字秀麗，生得頗是粗獷，心卻是細膩，他道：「我們過來南夷城，哎呀，都不認識啦！好多好多的人，好多好多的鋪子，親王殿下，南夷城咋這麼熱鬧啦？」

秦鳳儀笑道：「因為本王要修路，要修建王城，他們都是過來這裡，以後要為本王做事情的。過幾天新年的時候，本王還會帶著王妃坐花車出城巡遊，你們若是有空，也可到城裡一聚。本王年下舉辦宴會，你們要不要一起過來熱鬧熱鬧？」

土人們很愛湊熱鬧，秦鳳儀一說，眾人都很心動，不過，他們道：「年下我們各族要祭祀鳳凰大神，怕是不能來了。待祭過鳳凰大神，我們再來。」

秦鳳儀一笑，「好啊！」

因著眼下要過年了，各族都有祭鳳凰大神的要事，土人們就是過來見見秦鳳儀，並未多留。秦鳳儀也給他們每家一份年禮，讓他們帶回去，一併祭一祭鳳凰大神。土人們見著秦鳳儀給他們東西，十分高興，只是他們來得匆忙，沒準備給秦鳳儀的禮物，有些不好意思。

秦鳳儀道：「昨日夢到鳳凰大神，這是鳳凰大神讓我給你們的。」

聽說秦鳳儀夢到鳳凰大神，土人們紛紛打聽鳳凰大神與秦鳳儀說了什麼，秦鳳儀道：「說你們年年祭祀，很是心誠，本王身為他在人間的化身，讓本王代鳳凰大神賞賜你們。」

雖然土人們懷疑秦鳳儀「化身」一說，也沒有太過計較。土人們接受禮物前，先雙手合十，面孔朝天，嘰哩咕嚕感謝了一回鳳凰大神，再謝過秦鳳儀，並打算年後過來，也要給親王殿下帶禮物。

送走土人，便是過年了。

秦鳳儀大年三十祭過祖，特意請了舅媽一家過來，與自家一道過年。秦鳳儀都不曉得他這麼活絡的性子，怎麼他舅這麼強？秦鳳儀打發人去喊他舅回來過年，結果去的人倒是回來了，他舅沒回來。他舅說，路快勘測完了，待這差事辦完再回家。什麼年不年的，不就是個年嗎？待差事結束，他多歇幾日就是。

秦鳳儀心疼他舅，他舅在外頭，他便要多照顧舅媽。柳舅媽倒是豁達，與秦鳳儀道：「他就是這性子，折騰刀槍那會兒，也是一宿一宿不回家，恨不得住在兵器坊，我都習慣了。」

秦鳳儀道：「以後我舅做了大官兒，他做三品，就給舅媽封個三品誥命，他做二品，舅媽您就是一品誥命。」

柳舅媽笑，「還叫我壓他一頭啊？」

「不是，誥命雖是由男人的官階而來，可我舅醉心差事，家裡主持中饋、教養孩子，不都是舅媽妳的事嗎？妳的功勞，尋常人雖不能知，但對於一個家而言，妳絕對比我舅還要重要，付出的心血更多更深。」

秦鳳儀很會寬慰舅媽，拍舅媽馬屁。

柳舅媽又笑，「你以為阿鏡容易啊？你天天不見人影，內宅的事都是阿鏡操心。」

「她還得跟舅媽學習呢！」秦鳳儀給柳舅媽斟酒，笑道：「我敬舅媽一杯。」

柳舅媽怪不好意思的，其實柳舅舅自朝中辭官，跟著秦鳳儀千里南下，柳舅媽面上沒說什麼，心裡不是不可惜丈夫的前程。丈夫當時辭官，雖是五品職，但領的已是四品俸。不過，南下的這一路上便不提了，就是到了南夷，秦鳳儀夫妻待她一家也是極好的。何況，丈夫心情比在京城時好了不止千倍，柳舅媽這麼一想，也就心平了，還想著長子也大了，反正不去科舉，不如就跟秦鳳儀說說，哪裡有事情做，也叫長子學著做事，一則孩子需要歷練，二則秦鳳儀也正是用人的時候。

這年夜飯以往秦鳳儀是自家人一起吃，今年頭一年來南夷，住的是住巡撫府，便連帶著大公主一家、趙長史、羅朋、方灝叫齊一塊吃。分兩席，女眷們一席，男人們一席，大家喝酒說笑，待得子時，出去放了代表高升的二踢腳，此方各自去歇歇。

秦鳳儀做事天馬行空，往往出人意表。

一則是他做的事，那真是尋常人想不到。按理，秦鳳儀都是親王了，親王自有親王的威嚴，可秦鳳儀不一樣，他就要大年下的坐花車出來顯擺。二則他做的事，你便是知道了，但其間深意，可能身臨其境時方能明白他的用意。這還得是悟性好的，倘是悟性一般的，你就是身臨其境，怕也領會不到。

這並不是說秦鳳儀如何的高深莫測，雖然許多人是這樣看他的，尤其這次大年初一的花車大巡遊之後。不過，秦鳳儀一向認為自己是個直性子。

秦太太也這樣認為，兒子就是有些臭美，像秦鳳儀要坐的花車，特意請了城中有名的鮮花鋪子的人過來裝點，把那鮮花鋪子的掌櫃喜得分文不取不說，還獻上許多鮮花給親王殿下的車駕用。當然，親王殿下不可能不給錢，非但給，還一分不少地給。鮮花鋪子十分盡心盡力，把個花車裝飾得，也就比親王殿下的臉略遜一籌。尤其花車周身都是鮮花，把大陽香得打了兩個小噴嚏。

秦鳳儀怕兒子感冒，與媳婦道：「要不，還是別讓大陽去了，小心凍著。」

李鏡也是新手媽媽，見兒子打噴嚏自然擔心，就要把兒子交給嬤嬤。大陽哪裡樂意，他啊啊大叫，拽著他娘的衣襟不撒手。李鏡要把兒子哄下來再交嬤嬤帶著，秦鳳儀先把兒子接過來，用大氅一裹，道：「算了，帶大陽去吧，他不願意跟著嬤嬤。」

「去也是你說，不去也是你說，凍著如何是好？」

李鏡摸摸兒子的額頭，倒也不熱。大陽現在都快十個月了，扶著小椅子就能站得很穩，還能扶著案沿走幾步，這會兒在他爹懷裡也不老實，伸手就揪了花車上的一朵花聞，結果又是一個小噴嚏。

秦鳳儀幫兒子揉了揉小鼻子，笑道：「這天兒多暖和，大陽穿的又不少，興許是花太香，給香得打噴嚏了。」

大陽把手裡的花送給他娘，再揪一朵送他爹。

秦鳳儀哈哈一笑，挽住妻子的手，喝令起駕。

這車是秦鳳儀說了樣子，南夷城現做的。因著南夷氣候暖和，便只做了車盤與四角。自車頂垂落的是李鏡自京城帶來的半透織金薄紗，車頂到車圍都裝點著滿滿的鮮花。拉車的六匹馬，打頭的一匹是秦鳳儀的照夜玉獅子，小玉的媳婦踏雪也在其中。

大陽適應了花香，果然就不打噴嚏了，他在他爹懷裡左看右看，好奇得緊。

車駕兩畔除了秦鳳儀的二十四名近衛，便是兩位文臣，一為章知府，一為趙長史，這兩人現在是南夷城文官的權力代表人物。待出得巡撫府，外面藩琛已率眾將等候。

除了文官章知府、趙長史外，武將便是秦鳳儀的親衛將領與親衛軍隨行。這些原就是禁衛軍中的精銳，兩千騎兵、八千步兵，自京城到南夷，路上無一傷損，秦鳳儀把人和馬都完完整整帶到了南夷。禁衛軍那整齊的軍袍，那服貼的軟甲，那雪亮的刀槍，那雄駿的軍馬，不同於第一次進城時帶著遠路而來的疲憊，在南夷城休整多日的禁衛軍，經過多日的訓練，已經恢復了比在京城時更為悍勇的英姿。

今日負責街頭護衛工作的是南夷將軍及其部下，大街上整理得很乾淨，就是廟會的攤子也擺得齊整。眼下時間尚早，但大街上已是人山人海，兩旁的茶樓飯莊俱開門營業。南夷的規矩沒有京城那麼多講究，有不少人在二樓探出頭看秦鳳儀的儀仗。

秦鳳儀這樣俊美耀眼的容貌，不要說南夷城本地的人了，便是徽州、金陵、蘇州、兩湖的那些個外來商賈，全都看直了眼。最與有榮焉的便是揚州商賈，秦鳳儀自小在揚州城長大的，因著秦家也是城中大戶，他們多半還與秦鳳儀認識。倘聽到有人說「親王殿下真是好相貌」時，認得秦鳳儀的揚州商賈們就會說：「那是！殿下在咱們揚州時，知道大家都叫他什麼嗎？鳳凰公子！」然後，巴啦巴啦說道一通，彷彿自己與親王殿下很熟的模樣。

車隊走得並不快，秦鳳儀對左右兩邊的百姓揮手、打招呼，臉上帶著既尊貴又親和的笑容。這年頭的百姓，不要說親王殿下了，就是章顏這位巡撫大人也很少見到。看到親王殿下竟然對他們揮手，頓時激動得不得了，更有些個女娘，有幸見著親王殿下的美貌，捂著心口覺得似有些心律不整，心咋跳得這樣快哩？

甭看南夷這地方窮，這裡物產豐饒，百姓的日子不富，挨餓卻是沒有的，而且，這裡是漢人與當地土人混居，民風開放，遠勝京城。當時便有許多女娘買了鮮花朝親王殿下的花車拋撒，還有些手裡沒鮮花的，直接就取了頭上插戴的鮮花扔了過來。

李鏡初時有些不適應，可看秦鳳儀這般大方，李鏡也不是小家子氣的人，尤其是坐丈夫懷裡的胖兒子大陽，見他爹跟人揮手，也急得探出小身子到處揮他的小胖手。

秦鳳儀哈哈大笑，側頭看妻子一眼，李鏡也不禁一笑，放鬆許多。

要說這人山人海啥的，李鏡並不拘謹，李鏡自幼在宮中長大，也是見過大世面的人，但李鏡畢竟是閨閣女孩兒，這種坐花車巡遊的事，又是身為主角，她還是頭一遭。

相較於李鏡，秦鳳儀就極為自在了。
秦鳳儀因少時生得好，出門向來是萬眾矚目，早就習慣這種場合了。南夷城是府城，但地方窮，只有兩條正街，今兒新年廟會，兩條正街滿滿的都是人，花車足足走了一個時辰，秦鳳儀揮得都覺得手酸了，胖兒子倒是精神抖擻。
待與父母回到巡撫府，大陽熱得出了一身的汗。李鏡怕兒子冷，給兒子穿了夾衣，早上正好，但太陽一出便熱了。李鏡回來先讓嬤嬤給兒子擦汗換衣裳，他夫妻二人也要換常服。大陽平日裡多愛與他爹娘在一處，這會兒換了衣裳，也不找爹娘了，拽著嬤嬤直要往外走。
李鏡道：「這是要去找阿泰了。」便讓嬤嬤帶著大陽過去大公主那裡玩。
秦鳳儀搔搔下巴，「怕是去找阿泰顯擺了。」
李鏡直笑，「胡說，大陽才多大，就知道顯擺的事啦？」
「我這話一準兒沒錯。我小時候就這樣，有什麼好事都存不住，必要找人說說才好。」秦鳳儀笑嘻嘻地道：「咱們大陽膽子大也像我，出門一點也不小氣，啥都不害怕。」
李鏡笑，「是，優點都像你。」
「本來就是，我是他老子。」秦鳳儀得意洋洋，「咱們回巡撫府時，我都有些累了，那小子卻還精神得很。」
秦鳳儀想到兒子就很得意，當天，他還寫了封信給大舅兄，信中炫耀他兒子的內容就有十頁紙居多，除了誇他兒子在花車巡遊時的出眾表現，還誇他兒子在成長過程中與眾不同，反正秦鳳儀覺得他兒子厲害得不得了，信中還說：「我小時候十個月才能扶椅而立，現在我兒子大陽還不到十個月，才九個半月就能扶著小椅子邁步，小步子邁得相當穩健。」

這誇兒子誇得都用上「穩健」這樣的詞了，然後，秦鳳儀還誇他兒子的相貌：「我娘說，較之我當年更為出眾，料想大陽長大後定是比我還出眾的美男子。於智慧上，更是繼承了我與我媳婦的雙重智慧，聰明又大方……」

總之，把兒子誇成一朵盛開的鮮花。

李鏡看他寫這信都覺丟臉，道：「誰家這樣誇孩子啊？這怎麼好寄給大哥？」

「我是實事求是，大陽本來就很好。」秦鳳儀道：「咱們大陽還很壯實，吃飯也吃的多，不似阿泰那般挑食哩！」

因為要給兒子找個對照組，秦鳳儀便寫了阿泰的一些事，譬如，兩人搶玩具打架，第二天就和好。譬如，阿泰這小子沒個哥哥的樣兒，大陽還不會走路，都是在毯子上爬，阿泰有一回騎大陽身上，把大陽壓癱了，大陽哭了兩聲就好了。哭完也沒忘了報仇，給了阿泰兩爪子。至於這當中能看到大陽什麼優秀品質，用秦鳳儀的話說，那就是「身子壯，不怕壓，不嬌氣，不白受欺負」的優秀品質。

秦鳳儀寫著信，就跟媳婦商量：「妳說，咱們把大舅兄叫來可好？」

「我哥在朝中當差呢！」

「他那不過是給人打下手，在朝廷只能做小弟，要是他到南夷來，我給他一大堆好的差事，而且都是叫他做頭兒。」秦鳳儀瞥了媳婦一眼，「真個婦道人家沒見識！給人做小弟，什麼時候才能熬出頭啊？與其做些個雞零狗碎的事，哪裡有來南夷做大差事的好？再者，寧做雞頭不為鳳尾，知道不？」

「哦，不知道！你不說，我怎麼知道？」李鏡笑問他：「你不是還跟我父親賭氣嗎？」

「那是我的錯嗎？我受這樣的打擊，岳父也不說來看看我，安慰我，還嫌我不去看他。我就是不去看他，以後也不跟他好了。他有什麼事，我都是第一個過去幫忙的，我有事，他來都不來。」秦鳳儀哼一聲，「我可是一碼說一碼，我跟大舅兄還是很好的。有好事，當然得想著大舅兄啦！」

於是，秦鳳儀又多寫了十頁紙，上面跟大舅兄介紹他南夷城的風光來著。那說得，四季如春，氣候宜人，鮮花遍地，滿眼錦繡。而今，城裡十萬人口，繁華在即。然後，跟大舅兄介紹了他現在做的事業。南夷貧苦，並非是地方不好，事實上，南夷地方物產豐富，山上野味菌類極多，且水脈發達，河中魚蝦、海中海味皆豐盛。只是，路太難走，一路行來，車馬艱難，但修路在即。又說了自己的計畫，先修自江南西道到南夷城的路，再修自湖南到南夷城的官道。兩條官道，非但要將兩車道拓寬為四車道，還要將州與州、縣與縣之間的官道全部都修好修通。另則，還有建新城之事。總之，現下事務極多，皆是造福萬民之大事，大舅兄你放下京中瑣碎，過來與我開創南夷的繁華盛世吧。

秦鳳儀文采普通，但這通篇都是乾貨，寫得實心實意，很有些鼓動人心的意思。

李鏡道：「光我哥一人頂有什麼用，不若再把阿悅也喊來，他們可結伴而行。」

秦鳳儀想了想，道：「方家一向清貴，不愛與藩王宗室來往。」

「便是方家清貴，阿悅與你一道念書，在揚州結下的情分，現在撇也撇不開了。便是你不與他來往，照樣有人拿此說事。何況，阿悅是狀元出身，行事細緻。你且想想，咱們在南夷，你要做這許多事，總不可能親力親為，必然要用人。既要用人，難道放著這狀元不用，反是尋些個不相熟的人，或是與你有仇有怨的來用不成？跟著你，你是能帶著大家過好日子的，而不是跟著你就是什麼倒楣的事兒！」李鏡分析道。

秦鳳儀與媳婦說了實話，道：「我現在還真沒底。咱們南夷底子窮了些，何況，以後大皇子登基，還不知要怎麼著呢！」

「你想得可真遠，皇上不過四十出頭，你就想到大皇子登基的事了，你可真忠心啊！」李鏡冷笑，「便是大皇子登基，怎麼，你就要伸長脖子等人砍了？」

「這怎麼可能？」

「看你這沒出息的樣兒，可不就是個引頸待戮的樣兒？」

「放屁！我能這樣？」秦鳳儀一副要翻臉的模樣。

「你既不是這樣想，就拿出些做事業的氣概來。怕什麼？現在還不是大皇子當家呢！縱是有他當家的那一日，我等雖是藩王，也要叫他對咱們客客氣氣，平起平坐！」李鏡一雙眼睛，緊緊盯著秦鳳儀的雙眸。

秦鳳儀被他媳婦盯得心頭一顫。

李鏡冷哼一聲，起身道：「我去瞧瞧大陽，你好生想一想吧。」說罷，起身走了。

秦鳳儀望著他媳婦離去的背影，怎麼看怎麼偉岸，忍不住心說，現在的娘們兒真是不得了了，隨便就吼相公不說，咋人家在思想上也進步得這麼快呢？

貳之章 微服下鄉尋舊交

秦鳳儀被媳婦李鏡的想法給觸動了，頓時雄心大發。無他，秦鳳儀多高傲的性子啊，竟被媳婦比下去了。甭看秦鳳儀自小寵著長大，性子裡當真有股好強勁兒，小時候有宦官子弟耍他，人家去泡溫湯，讓他在外面與小廝們看衣裳，拿他當奴才使，秦鳳儀覺得受到輕視，就把人家的衣裳偷出去扔到茅廁裡。科舉時，不論有沒有實力，從來都是奔著第一名去的。

秦鳳儀平日瞧著好說話，愛說笑，但他還真有男人尤為明顯的好勝心。

所幸他媳婦一向比他聰明，秦鳳儀也沒覺得如何，細一想，還覺得媳婦說的有理。他是不屑做那個狗屁皇帝，卻也不能屈於人下，更不能讓子孫也屈於人下，不然他家大陽這麼招人疼的孩子，以後要在別人眼皮底下戰戰兢兢看人臉色過日子，光想就不能答應。

秦鳳儀思量了一回，他都能寫信請大舅兄過來，與方家也沒什麼仇怨，雖則方閣老曾第一個上書請立平氏為后，但他不是惹不起景安帝就拿別人撒氣的人，秦鳳儀自始至終明白得很，若不是景安帝有那個意思，方閣老又不是平家的走狗，哪裡會上那樣的奏章？無非就是君上之意，大家方會這樣上本罷了。

秦鳳儀想到他娘，難免又把景安帝拿出來恨了一遭，卻也覺得他媳婦說得很有道理。反正，先把李釗和方悅兩人拐過來，管他岳父與他師父是什麼政治立場，連淮揚總督都很看好他呢。說來，這個吳總督真是個有眼光的人。

秦鳳儀把自己的事想了半日，決定再把目標定得高些。他媳婦說的對，就是做藩王，也不能做那種看人臉色的藩王，他要做就做誰都不敢惹的藩王。

這麼想著，秦鳳儀便又寫了一封信給方悅，同樣把南夷誇了又誇，把他的現在的事業建設詳述一遍，要方悅過來跟著他幹。秦鳳儀還說，別修書了，修方了腦袋，一點都不實在，過來跟我幹，給你一個賓客當當，是正七品哩。

秦鳳儀卻不知，人家狀元授官可是從六品。

秦鳳儀寫完信，讓他媳婦幫著檢查一遍，確定無誤，就讓人八百里加急送往京城去了。當然，一併跟去的還有他媳婦給娘家人寫的信和捎的東西。

說到他媳婦捎的東西，秦鳳儀就不大滿意，還說：「就是咱們這裡沒有，只管去外頭買，弄幾罐野茶做啥，就是送去了，祖母怕也吃不慣。」

李鏡道：「平日你看著也不蠢，怎麼又說這種蠢話？這送到京城，就是讓人看看咱們在南夷過什麼樣的苦日子，省得有人對咱們南夷眼紅。」

秦鳳儀這才明白媳婦的用意，摸摸鼻子，跟他媳婦提意見：「媳婦，妳有沒有覺得，妳現在對我不大尊敬啊？」

李鏡一笑，摸摸他的臉，放柔了聲音，「好，以後對你尊敬起來，成不成？」

「這就對啦！」秦鳳儀千叮嚀萬囑咐，「尤其是在外人跟前，一定得給我留面子。」

「知道了。」李鏡忍不住笑，「我聽張嬤嬤說，年下廟會可熱鬧了。」

秦鳳儀道：「我帶妳和大陽去逛廟會吧。」

「算了，咱們那天花車巡遊，大家都見著咱們了，咱們若是出門，定會被百姓圍觀，到底不美。待過些日子，這事兒淡了，咱們再出門。」

秦鳳儀點頭道：「咱們大陽很喜歡熱鬧呢！」

李鏡道：「小孩子都這樣，那天我跟公主還有舅媽、母親招待南夷城的誥命太太們，大家吃酒看歌舞，哎喲，他跟阿泰真是人來瘋，音樂一起，那些跳舞的女伎還沒跳，他倆先扭著小身子跳上了，把杜知府太太笑得茶灑了一裙子。」

「還有這事？」

秦鳳儀可是找到了新鮮事，當天晚上，一家人吃過飯，便喊了大公主一家過來，秦鳳儀彈琵琶，阿泰與大陽現場表演。阿泰現在不論是走還是跑都很穩，跳得那叫一個魔幻。大陽只會站不會走，但完全不影響發揮，站累了就一屁股坐在毯子上，小屁股還在毯子上扭啊扭的，兩隻小胳膊一本正經地跟著他爹的琵琶聲又抖又擺，逗得滿屋人大笑，連侍女都忍不住笑成一團。秦鳳儀笑得，琵琶都彈不下去了。

琵琶一停，阿泰還著急，連聲催促：「舅，彈啊，彈！」

阿泰跳得可帶勁兒了，最後實在累得不行，一屁股坐下，擺擺手，「哎呀，累呀！」

張盛道：「累就歇歇吧。」

旁邊的大陽已是累癱了。

阿泰爬過去看大陽，兩人抱成一團，躺在毯子上睡著了。

雖則年前秦鳳儀說年假放到初八，但南夷城的廟會要熱鬧到上元節。廟會這般熱鬧，街上治安最是要緊。當然，經過親王殿下的巡遊，尤其是親王殿下那閃閃發亮的一萬親衛軍，很是將南夷城震懾了一回。這不，即便是過年，街上的治安也還可以。

秦鳳儀特意抽空帶著媳婦去軍營看望將士，去飢民營看望剩下的飢民，范正已經挑了三千多人過去他縣裡安置，剩下的還有九千多，不過，現在孤兒們已經另行安置，飢民眼下也就七千左右。過年時，秦鳳儀買了不少豬羊，起碼讓這七千飢民吃上一頓燉肉。

事實上，到了南夷城後，飢民們便不需要秦鳳儀再供給糧食了。南夷城自從湧入大批商賈，街市上多了許多活計，飢民裡有心思靈動的，大家商量後，有的去街上做工，有手藝的還能攬些個活計，尤其是女人家，自繡坊鋪子裡領回料子針線來做繡活兒。

另則還有施田，他是飢民中的頭頭，腦子也比較靈光，私下跟張盛商量，借了一百兩銀子，帶著幾個交情不錯的，去城外收些村民手裡的存貨。什麼都要，糧食、菌子乾、山雞、野兔，以及海貨的各種乾貨、魚乾、海米、蛤蜊肉，收足一車便租個車把貨運回來，銷給城中鋪子。這麼幾趟下來，已經能有所盈利，跟張盛借的一百兩銀子也還了五十兩。

施田很關心其他飢民，看大家都能自食其力，就主動跟張盛說，不用再給他們這裡送糧了，他們自己能掙銀子，買糧養活妻兒。

秦鳳儀也來看了，還去了孤兒營，又撥了銀子給張盛，讓年下給這些孩子們吃頓好的，又鼓勵了孩子們一回。

上元節燈會時，各土人部落的族長帶著族中的長老智者來了，秦鳳儀果然設宴款待，還把章顏、趙長史和杜知府叫來。趙長史不太會說土話，好在秦鳳儀召了通譯相陪。幾個族長回族中過了年，在部落裡打聽了不少南夷城的事，部族的長老們都說現在南夷城來了不少有錢人，南夷城富了很多，可惜族長們回來得太晚，不然也可以在廟會上弄個攤位買賣年貨。

秦鳳儀與他們是老相識，嘰哩呱啦說些寒暄的話，幾位族長卻是想打聽一下南夷城的大工程。秦鳳儀便說了修路與建城的事，這些他們都知道，但他們聽說秦鳳儀是給銀子修路。

秦鳳儀微微一笑，「是，這次修路建城並不徵調民夫，我出銀子，你們出價錢，誰的價錢好，工期短，我就用誰。」

秦鳳儀又問：「你們是不是想修路啊？」

阿金他爹阿錢說：「不是不是，我們土人不懂修路的事。不過，待親王殿下把路修好，以後去京城就更方便了。咱們南夷的路，是夠難走的。」

「是啊。」秦鳳儀笑笑，「對了，我近來要整飭官學，你們各家有沒有適齡孩子，也可以過來上學。」秦鳳儀知道阿金是在山下念過書的，所以阿金通漢話。

秦鳳儀轉念一想，又道：「咱們是老相識，別人的束脩我收，你們土族人的束脩就算了，但是各部族只許十個人免束脩，若是再多，就得出銀子交束脩啦。」

阿花族長道：「不知道親王殿下的官學什麼時候開始上學？」

秦鳳儀笑，「出了正月就可送來。」

阿錢族長問：「我們的孩兒們來了，住在哪裡呢？」

「我這裡準備住處，你們的孩子與本王的表弟們是一道念書的。」秦鳳儀道：「請城中最有學問的先生教導他們。」

這倒是個好消息，只是，這樣一來，咱們的孩兒先入了府學，咱們想綁架幾個有錢人勒索銀子啥的，就不大好辦了。

是的，這些個土人還兼職綁匪的工種。

他們同親王殿下打聽完官學念書的事情，就住到了驛館裡。阿金聽聞親王殿下的花車巡遊後，這些土人們暫時將綁架計畫擱後。無他，阿金聽驛館的驛丞說：「那天親王殿下帶了十萬精兵一道巡遊，哎喲，親王殿下帶來的兵馬個頂個像公牛一樣強壯，穿著威風凜凜的鎧甲，手握鋒銳無匹的長槍，威武極了！」

哎呀，原來親王殿下帶了這麼些個兵馬過來啊！

綁架有錢人的計畫更得擱後啦！

土人們還很遺憾，沒能過來看看親王殿下坐著花車巡遊。

親王殿下巡遊之事，非但震懾住了南夷土人，更是震懾住了南夷本地士族。好吧，這些士族其實就是南夷城的幾個土財主，不過，這些家族裡有讀書識字之人，且在城中有一定威望。但這沒什麼好榮耀的，他們家族沒哪個出探花的。親王殿下不僅出身皇族，還中過探花哩，學識是一等一的。像先時那個寫了十頁紙廢話，浪費秦鳳儀的時間，正趕上秦鳳儀心情不大好，遂讓重抄一百遍的小官，就出身當地大戶盧家。

還是盧家出眾子弟呢！

秦鳳儀發現，這南夷城中大戶，不知道是染上什麼毛病，不幹實事，家族子弟只要相貌好，會作幾首酸詩，會畫幾筆破畫，會吹個笛子作個賦，就被認為是好的，反而是那些做實事的人，不得家族喜愛。

秦鳳儀把那盧姓小官打發回家，城中大戶還有些個意見，秦鳳儀沒空理他們。如今秦鳳儀帶著大軍巡遊了一回，大戶們個個像剪了舌頭一般，倒是又想法子走杜知府的路子，想送幾個子弟過來服侍親王殿下，而且說了，必要挑模樣好，會說話，有學識的。

秦鳳儀委實煩了他們，先問趙長史手下還缺什麼人。

趙長史道：「什麼人都缺。」

秦鳳儀道：「要是缺算術的，就出幾頁算術題。缺工匠，就出工匠的題。缺審案決斷的，便出幾個案件題。然後分類張榜大考，擇優錄取。」

趙長史一樂，「不考四書五經？」

「專才專用吧，這個時候念經不頂用。」秦鳳儀道：「對了，四書五經也出幾個題目。官學那裡，我要招幾個先生。」

趙長史應了。

趙長史雖是五品長史，但他真是身肩六部職司，秦鳳儀身邊的要緊事，都是交代給趙長史，如今出題考試，也讓趙長史管了。

說來，趙長史肥肥的肚子，過了個年，硬是沒長胖，還瘦了些。

秦鳳儀很關心下屬，送了兩匣子海外來洋參給趙長史，補身子是極好的。

趙太太很感激秦鳳儀，卻說：「瘦些好，我就盼著我們老爺能瘦些，可他又管不住自己的嘴。如今好了，過年都沒胖。」

趙長史……趙長史忙得腳不沾地。

正月二十，柳舅舅帶著工房的官吏們回到南夷城，同時帶來的還有自南夷城到江西的整條路線圖。除去水路，要拓寬的便是大庾嶺那條路。

秦鳳儀先讓舅舅去休息，方召來羅朋、秦老爺、吳翰，準備招商事宜。

此外，秦鳳儀還召來徽商銀號與晉商銀號的東家，招商需要金融服務。秦鳳儀不知道的是，另外兩家銀號今年也屁顛屁顛地跑來南夷，現下正託人送禮，想在親王殿下跟前請個安，露個臉。

秦鳳儀可能是商賈出身的緣故，相較於其他官府，更喜歡銀號這種結算方式。當然，小錢莊秦鳳儀是看不上的，他看中的是大銀號的信用。

羅朋親自出面與兩家銀號相談，親王殿下要用你們，修路和幾個碼頭的招商，結算都自你們銀號走。把兩家人喜得，都覺得親王殿下不愧出身商賈，果然是商賈們的福星。

當然，事情也不是只有好處，所有參與招商會的商家，銀號負責審核資質，如果親王殿下的銀子花出去，發現這商家是假的，吞了銀子逃跑了，銀號要負責全部賠償。同時，每個招商成功的商賈，都要放一筆備用金。備用金不需多，一千兩銀子左右。這些錢是預備工程期，倘做工的百姓有個好歹出個事故，賠償要用。

再者，親王殿下的招商會不是白來參加的，座位是要花錢的，前排座位每個五百兩，依次遞減，最後每排每位一百兩，以一百位為限。

要招商的商賈先報名，銀號審核資料，然後先選中一百位有資格參加招商會的商賈，發招商資料。招商的路段、碼頭，工期都寫得清清楚楚，讓商賈們自己去考查，四十五天之內過來報價。而且，要修的不止大庾嶺一條路，還有自南夷城到番縣的官道，以及南夷城的碼頭、番縣的碼頭，全都要修建起來。

反正，招商的名目就列了一頁紙。

羅朋先與兩家商號談妥，之後將此次招商事宜貼在了巡撫衙門外的影壁上。現下在南夷城駐留的商賈，等的便是親王殿下的工程招商。告示一出，商事會所沸騰起來，那告示不知被人抄了多少遍。有些不明白的，難免再去羅朋或秦老爺那裡打聽。

羅朋說：「全部是暗標，你們想做哪件差事，先去考察。想修碼頭的，去瞧瞧碼頭要如何修，怎麼修，屆時寫好計畫書，要多少人工，多少時日。把你們的計畫寫好，招商的那天都交上來，由殿下當天選出最適合的計畫書，按你們說的銀子數目，先付兩成款項，餘下的款項，待工程驗收之後，十天內全部付清。這裡有徽商銀號、晉商銀號兩大銀號的東家，殿下所有款項，皆由他們兩家銀號做保，結算亦由兩家銀號進行，所以銀子的事完全不必擔心。你們只要把計畫書寫好，能讓殿下認可便好。還有，不論是哪位的計畫書被殿下選中，一個月之內必須開工，若有懈怠，奪回此標，銀兩退還，再加五十大板，三年牢飯。」

大家紛紛說：「這是自然的！」

羅朋把事情交代下去，接下來就是銀號的事情了。

秦鳳儀一面命人準備商號招商之事，一面也沒忘了同章顏打聽哪裡有比較像樣的茶山。章顏在南夷久了，知道幾處。南夷的茶都是野茶，要喝的到春天就去採一些自己炒，沒誰真正種茶。若是有主的山，秦鳳儀便打發人去問問主人家可要賣。人家賣，他便按市價買。人家不賣，便也罷了。若是無主的山，那就是他的，秦鳳儀直接劃到媳婦名下，給媳婦當作私房。至於他，他不好與民爭利。

秦鳳儀先把好的挑走，章顏、趙長史、張盛和潘琛幾人都不傻，反正南夷的地便宜，山地最便宜，便各自有茶山入手，甚至連杜知府都聞到些個風聲，只是他去得晚了，僅買到一座小山丘，不過杜知府也知足了。

待城中商賈大戶反應過來，茶山都被人買得差不多了，再要茶山，就得往西去。西邊也是南夷的地盤，但那裡盤踞著土人裡最大的山蠻部落，至今不肯向朝廷低頭。朝廷把廣南西路硬是劃為自己的疆域，那邊的山蠻都沒答應。如今，這股山蠻的地盤，一併劃為秦鳳儀的藩地，可想而知，秦鳳儀藩地被稱為舉朝最差的藩地，不是沒有緣由的。

也就是說，如今這藩地瞧著地方大，不亞於兩湖，實際上，一半的地盤是人家山蠻的，秦鳳儀過來，暫時也只能做一半的主。

這說來很是憋悶。

然而，現下就這一半的地盤，秦鳳儀都還沒治理好，另一半他暫時不著急。

那些個買不著茶山的，只能望西興嘆，他們沒膽子去山蠻的地盤啊。

招商的事吩咐下去，秦鳳儀就去看新城建設的圖紙了。他說要建新城並不作假，經風水先生勘測過，新城的地方也選好了，就在范正現下所在的番縣。番縣雖是降州為縣，卻還是以前府城的大小，只是城牆已是破敗不堪，縣裡也很荒涼。

能讓一縣之主帶著縣裡的百姓、商家到南夷城賣土物的縣城，其情形可想而知。倒是風水先生說了，番縣的地理位置極好，六脈皆通海，青山半入城，是風生水起的格局。總之是極好的，據說在那裡定能旺一旺藩王殿下，秦鳳儀便準備將新城落在番縣。

建城非小事，秦鳳儀要親自去瞧瞧。

這回不走陸路，改走水路。

南夷城的碼頭也是又破又小，既到了這裡，秦鳳儀便什麼都不挑了，只是官府沒有幾艘像樣的大船，秦鳳儀覺得有些個沒面子罷了。

秦鳳儀把章巡撫、南夷將軍、柳舅舅、羅朋帶在身邊，趙長史、潘琛留守城內。秦鳳儀出門前，李鏡再三道：「就是不帶潘將軍，把張大哥帶上也好。」

秦鳳儀道：「不必，用人不疑，疑人不用。潘將軍是我的親衛將領，禁衛軍的一應制式都比南夷城本地兵馬要強。馮將軍在我面前頗是小心，無非就是覺得他不比潘將軍更入我心罷了。他如此，我多用一用他，他的心也就安了。眼下是銀子緊張，待手頭寬泛些，我也讓馮將軍麾下兵士配些好刀槍。他們穿得簡樸，我心裡何曾好受？」

現在官府沒幾艘像樣的船隻，秦鳳儀出城時，見到城中不少車輛上拉的都是木材，當下笑道：「番縣建新城的事還沒說，這就有運木材的了。」

羅朋道：「這也不一定是為新城建的木材。」

秦鳳儀長眉一挑，「什麼意思？」

羅朋有些不好意思，「這是咱們揚州漕幫的車隊，揚州不少商賈到了，漕幫也派了人來。我與他們說，幹什麼都不如幹老本行，南夷水路比陸路要多，這裡的船卻是少的，不如還是多造船，以後給人拉腳也過得日子。」

秦鳳儀哈哈一笑，拍拍羅朋的肩，「好主意！」

章顏笑，「現在咱們南夷本地人都忙不過來，多少人花銀子雇工，只是雇不著人。如今我看，外地來的人更多了。」

「這城啊，有了人氣，便有了氣運。」秦鳳儀與章羅二人道：「以後只會來更多人，城中的治安一定要把好關。」

章顏道：「城裡的事倒不擔心，就是城外，土人那裡……」

「我與他們說了，可以每族挑選十個孩子送入官學，一應束脩全免，他們山上的土物也可下山來市場交易，給他們每家一個店鋪，租金也不收。」秦鳳儀道：「他們不傻，要是這樣還對來往商賈出手，就別怪我給他們一些顏色看看了。」

章顏道：「大人對他們委實優容。」

「他們畢竟離咱們近，待他們什麼時候下山，這裡的事料理清楚，西邊還有山蠻呢！」秦鳳儀笑，「兵書有云，遠交近攻，到咱們這裡就得反著來了。別把他們當對頭，不然就是將他們推到山蠻那邊去了。」

「是啊。」章顏感嘆一聲，卻是心下暗驚，沒想到秦鳳儀這會兒就將山蠻的事擱心裡，可見秦鳳儀對南夷的考量絕不只是建新城這麼簡單。

章顏又說：「咱們城裡又來了三家銀號，一家是淮商銀號，一家是浙江銀號，一家是閩商銀號，他們求到了我跟前來，羅大人肯定也被他們找過吧？」

羅朋笑，「不說我這裡，秦叔都頭大了。」

秦鳳儀冷哼一聲，「閩商才有多少銀子，他們是自海商而來，與閩王干係頗大，我容他們在南夷城開個分號便是恩典了。淮商銀號、浙商銀號雖不及晉商，但他們較之徽商銀號也不在其下。不過，就他們先前那狗眼看人低的樣子，眼下也沒差事麻煩他們，便叫他們老老實實做生意吧。」

以為送些禮，說幾句好話，求個情，先時的事便過了？沒這樣的好事！

秦鳳儀還就得拿捏著這兩家先立一立威，叫他們知道些利害，以後才好割他們的肉。

秦鳳儀說人家淮浙兩家是狗眼看人低，其實他們哪裡敢得罪秦鳳儀。秦鳳儀「狗眼看人低」這話一出，章顏與羅朋都不大明白，想著難不成兩家先時得罪過親王殿下？

秦鳳儀未細說兩家銀號之事，帶著文臣武將登舟，東去了番縣。

秦鳳儀沒提前知會范正，用秦鳳儀的話說，要給同窗一個驚喜。

自南夷城到番縣，一路乘船而下，可見西江不少打漁的小漁船。兩岸青山隱隱，綠水環繞，縱多是山野人家，但見茅簷屋舍，青霧若紗，時隱時現，秦鳳儀只覺心曠神怡，忍不住讚道：「真是好風景！」

章顏亦道：「單論風景，我們南夷並不輸蘇杭，只是南夷自來是百越之地，漢人與百族混居。唐時其實繁華過一段時間，那時番縣還叫番州，有極大的港口。番州彼時十萬繁華，那會兒還沒泉州什麼事兒。奈何後來戰事不斷，人們顧不上做生意，港口便也凋落了。及至我朝，先帝時重開海貿，卻是開在了閩地。」

秦鳳儀有些不明白，問道：「為何會開在閩地？我看地形圖，咱們番縣的地理位置，比閩地泉州更勝一籌。」

章顏道：「我沒來南夷前也沒留心此事，是來南夷後至各縣巡視才覺得蹊蹺。後來打聽方得知，先帝好文賦，閩王與先帝本就有兄弟之親，可我們南夷一向是冷灶中的冷灶，多是哪個官員不得志，在朝得罪了人，被發配到此，少有范知縣這樣一心為民做事，主動過來的，所以，南夷巡撫多是在朝說不上話的。先帝愛賦，而閩王十分會作賦。閩王一個月內做了三十篇賦給先帝，多是說閩地如何貧困，建港後如何能有利於朝廷。先帝登基時，朝廷也不寬裕啊，泉州港一建就是十年，每年幾十萬兩的投入，都是戶部撥的銀子。待泉州港建起來，這才幾十年的時間，泉州便可與蘇杭比肩，連閩商都能合股開閩商銀號了。」

「我到南夷之後，除了山蠻那邊沒去，這南夷的山山水水也算走遍了。去歲我曾給陛下上書，請求重開番州港，可朝廷銀子不大寬裕，最終不了了之。」章顏嘆道。

秦鳳儀點點頭，沒說什麼，轉而問道：「老章是我推薦來南夷的，老馮，你又是怎麼來南夷做將領的？」

馮將軍訕訕地道：「下官家裡是勳官，我爹死的時候我還小，襲不了官兒，後來我大了去襲官，家裡太窮，我也不曉得官府門道，沒打點兵部武選司的郎中，就叫我來南夷了。」

秦鳳儀大笑，「你沒打點有沒打點的好處，跟著本王，以後定有你建功立業之時！」

「哎！」馮將軍高興地應了一聲。

秦鳳儀帶著馮將軍過來是因為，這位將軍在南夷是個不得志的，但他不喝兵血，而且南夷駐兵的人數完整，便是有些個上了年紀的老兵，該多少人還是多少人，沒有吃空餉之事。

秦鳳儀很喜歡這類人，官場上來錢的門道很多，他最看不起的就是喝兵血、吃空餉二事。

秦鳳儀問馮將軍：「你知道山蠻的事嗎？」

「知道一些。」馮將軍不過二十出頭，雖則長得有些老成，人是真正年輕，「山蠻那裡也是好幾個族群，為首的是使徭族，他們約有兩三萬的族人，是山蠻最大的部落。歸屬於他們的還有苗、壯兩個土族部落。人口不好計，但使徭不過兩三萬人，苗壯二族不會超過使徭的人口。山蠻那裡也有漢人，可他們那裡的漢人不若咱們南夷城的漢人。那邊的漢人多是被擄掠而去，給人做奴隸的。」

秦鳳儀道：「那為什麼阿金他們這十個部落反是歸順了朝廷？」

馮將軍道：「一則是地理原因，聽說太祖皇帝原想一統南夷，只是這些個土人不好打，你來他就走，一走就鑽山，咱們的兵守城、攻城比較在行，山裡打仗卻損耗極多。二則是……臣不曉得當不當說。」

「只管說就是。快點，你是個爽快人，可別來吞吞吐吐那一套。」秦鳳儀催促。

「這事兒還是俺，不，臣小時候聽我爹說的。」馮將軍道：「我爹說，其實咱們也打過正面的仗，卻是敗了。」

「這個細說說。」秦鳳儀道。

「山蠻人善使大象，他們會馴象。咱們前鋒都是人，他們的前鋒是坐在大象上，驅使大象衝鋒。那大象橫衝直撞，咱們的軍隊損耗極大，後來把他們趕到西邊也就罷了。」馮將軍猜測道：「其實，我估計山蠻那邊沒少死人，不然他們這些年怎麼沒什麼大的動靜？」

秦鳳儀問：「要是讓你率兵與象軍交鋒，你會怎麼打？」

馮將軍笑，「這事臣小時候就想過，臣說一說，至於對不對，殿下就當聽著玩吧。臣覺得但凡世間生靈沒有不怕火的，大象縱是巨大，也是怕火。若要退象軍，一是用火攻，二要用強弓勁弩。大象為什麼難打，因為皮厚、個子巨大。我見過大象，悄悄試過了，尋常箭矢無用，必要守城強弓才行。」

秦鳳儀大讚，拉著馮將軍的手道：「我來南夷，京城不知多少人笑我得的封地不好。要我說，我在南夷得阿馮一人，便勝世間好封地了。」

這話讚得馮將軍臉都紅了。

秦鳳儀又拍馮將軍的手兩下，深覺自己得了個好人才，結果他這一拍，馮將軍鼻血都流下來了。秦鳳儀眉毛一挑，「咦，你斷袖？」

「不不不不不不不！」馮將軍連忙抽回手擦鼻血，結結巴巴地解釋：「我我我我我我我家裡都有兩個小子了。臣乃粗人，沒沒沒沒沒見過殿下這樣好相貌之人。」

秦鳳儀哈哈一笑，寬慰他道：「這沒啥，想當年我去京城春闈，春闈檢查得極嚴，入貢院前，檢查帶進去的行李不算，進了貢院，還叫我們這些舉子脫光去池子裡洗澡，看身上可有夾帶。洗就洗唄，不料，我一脫衣裳，好幾個人噴了鼻血，他們還不如你呢！」

馮將軍手忙腳亂地把鼻血擦淨，道：「臣第一次見到殿下時，看一眼就沒敢再抬頭，覺得跟見了天上的神仙一般。」

「京城許多女娘都叫我神仙公子。」

馮將軍很是會拍馬屁，笑道：「臣以前還說婦道人家沒啥見識，這麼看來，到底京城的女娘們也不算沒見識了。」

秦鳳儀又是哈哈一笑，與馮將軍說了不少軍中的事。秦鳳儀不大懂用兵，他就軍中供給和裝備上的一些事，與馮將軍聊了一路。

秦鳳儀與馮將軍聊得暢快，殊不知朝中發生了兩件令人費解之事，那就是方家的狀元方悅與景川侯的嫡長子，傳臚出身的李釗，竟然先後辭官了。

方悅與李釗現在都不是什麼高官，皆是從六品銜，但你倆還年輕啊。李釗年長些，不過二十五歲，方悅比李釗小一歲，二十四歲的從六品，何況，這等樣出身，以後的前程是看得見的錦繡。這兩人是不是腦子有病啊？正當親朋好友紛紛打聽這兩人的腦袋是不是被驢踢了時，更不可思議的消息傳出來了，這兩人竟是要辭官去南夷。

要知道，李釗和方悅的官職雖不高，但在京城可不是沒名沒姓的人，便是在朝中，他們這兩位從六品小官也是備受上峰看重的。一則是兩人出身好，都是有底蘊的家族。李釗出身豪門，方悅出身清貴，都是年輕有為，便是京城的官宦豪門子弟裡，這兩人的才幹也是一等一的。他們都是科舉晉身，能在二十出頭的年紀便科舉有成，這就是極會念書的人了。難得的是，還沒念方了腦袋，為人處事，當官當差，都是使得。

哎喲喂，這要是不出意外，三十年之後閣臣有望。

這兩人腦子出了什麼問題呀，突然就要辭官去南夷？

當然，大家都知道南夷有誰，但鳳殿下都去南夷了，王也封了，藩地也有了，沒戲啦，可你們倆呢？你們是朝中俊才啊。鳳殿下以後的前程就在南夷了，你倆以後的前程可是在京城，你們去南夷做什麼呀，難不成去跟著鳳殿下一起喝西北風？

不說別人，這兩人各自的上峰就分別對兩人進行了家訪，表示對二人辭官行為異常的不理解。李釗在刑部當差，刑部尚書都跟景川侯說了一回，好好的孩子，何苦要辭官？

方悅在翰林，翰林駱掌院找到方閣老家去了。

退一步說，哪怕你倆與鳳殿下有私交，願意去南夷，那就去唄。鳳殿下好歹也是皇上的兒子，雖則聽聞鳳殿下曾給過皇上一拳，幹過兒子打老子這等忤逆事，但皇上沒承認過，咱們就當沒有好了。大家也知道南夷比較困難，你們與他私交好，要去幫他，你們一個要盡郎舅之情，一個要盡叔侄之義，咱們不是不能理解，但完全沒必要辭官啊！鳳殿下堂堂一個藩王，南夷之主，世襲王爵，軍政自主，調到南夷外任即可，何必辭官？

辭官這事，也只有朝中一二消息靈通之人方曉得的緣故，這二人先時的確是想外放南夷為官的，奈何皇帝未允，然後兩人就辭官了。

再說一回臣子辭官之事。只要不是那種得罪了朝廷被發落到什麼南夷什麼關外之類的地方，基本上，你非要辭官，朝廷也不是沒可用之人，何況李方二人區區從六品小官，你要辭任你辭去。狀元、傳臚又如何，三年便有新的了，何況去歲春闈新狀元新傳臚早就又有了，只是年紀不比此二人風華正茂罷了，但老成人有老成人的好處，起碼不會動不動就辭官。

方悅一辭，無非是到南夷重新開始，李釗這一辭官，正趕在他爹為他請封世子的節骨眼上。景川侯這樣的心腹重臣，請封世子的奏章，景安帝竟未准？

景安帝明明白白地說：「景川，你與朕一樣的年紀，焉何急著立世子？還是多看看。」

然後駁回了景川侯請封世子的奏章。

這便是極為不妙的信號了。

李釗的岳家襄永侯府也認為李釗此舉甚為不智，當然，可以理解李釗與李鏡兄妹情深，但這也忒不是時候了，至少待世子這事妥了再去南夷也不遲。為此，李釗的岳父襄永侯世子還親自找女婿談了一回心，襄永侯世子夫人則說了女兒一回，說女兒不勸著女婿些。

崔氏冤死了，崔氏道：「我也不曉得公公上了為相公請封世子的奏章。」

現在抱怨已是無濟於事，崔氏道：「相公說了，這就收拾行李去南夷。」

襄永侯世子夫人小聲道：「依我說，看皇上的意思，似是不大樂意女婿過去，你們是不是要再好好想一想？」

崔氏道：「妹夫親自寫信過來讓相公過去幫忙，說南夷有許多好差事給相公做。」

「我的傻閨女，南夷是什麼地方啊？自秦漢以來，便是百越之地，百越之地知道不？滿山遍野都是未開化的土人，妳沒見過那些來朝的土人，說的話妳都聽不懂，朝廷給兩匹過了時的綢子緞子，他們就當寶貝。聽說那裡連炒菜都沒有，家家喝菜湯，守著海的就吃鹹魚。一進六七月便是颳不完的海風，能把房頂掀翻。自來朝廷發落流犯，或者是哪個官員不得陛下喜歡，才發落到南夷的。」襄永侯世子夫人說著，都有些抱怨秦鳳儀，「鳳殿下也真是的，縱是親近，也不好這麼坑你們啊！」

崔氏忙道：「娘，您別這樣說。我聽相公說，妹夫一路由北至南，出發時不過一萬多人，可到南夷城時，身邊已有十好幾萬人，都是跟著妹夫過去的商賈工匠。要是南夷不好，那些人能跟著妹夫去嗎？必然是有大可為之事。」

襄永侯世子夫人道：「都是些飢民，冬天吃不上飯，跟著鳳殿下去了南夷。」

崔氏道：「妹妹、妹夫都是心善的人，南夷不是人少，正好移些人過去充盈人口。」

襄永侯世子夫人道：「我看，妳是一點也不擔心這侯府的世子之位。」

崔氏可是景川侯府的老夫人親自為嫡長孫挑的媳婦，自有與尋常閨秀的不同之處。她性情十分開闊，並非遇事便抱怨天抱怨地的性子。

崔氏道：「現在擔心也沒用，既是駁回來，那就駁回來唄，反正公公還年輕。相公已是定了要去南夷，難不成我抱怨就有用了？娘，您也是，我送您小姑子託人捎回的野茶，您還說嘗著很有些野趣兒，現在又說南夷不好，您變得也夠快的。」

「我那不過是客氣話，終是野茶，哪裡及得上咱們現在吃的茶？」

「小姑子和妹夫正艱難的時候，您說說，這個時候自家人不去幫忙，多寒人心？何況，我們與小姑子一家素來是極好的，老太太也很記掛小姑子一家，妹夫信上說那裡是極好的地方，冬天都不用穿夾襖。」

「我只擔心壽哥兒，這麼小的孩子。你們受罪便罷，倒叫我壽哥兒也跟著不成？」

崔氏道：「壽哥兒現在兩歲多了，不比阿陽大啊？阿陽跟著小姑子和妹夫去南夷時才六個月，何況這次還有章家藥堂與李家藥堂的大夫一道去南夷。」

「他們兩家怎麼也要去南夷？」

「章太醫和李太醫是跟著妹夫一起去南夷的，這回兩位太醫寫了家書，讓家中子弟挑幾個出眾的過去開藥堂藥館。」

「妳瞧瞧，妳瞧瞧，那裡連個藥堂醫館都沒有。」

「行了，母親，您回去收拾收拾，看送我點兒什麼，我們半個月後就啟程了。」

「我、我什麼都不送，妳愛走走唄！」襄永侯世子夫人苦口婆心勸半天，看閨女完全沒放在心上，當下氣個好歹。

崔氏抱起兒子笑道：「來，壽哥兒哄哄外祖母吧！」

襄永侯世子夫人見著外孫，哪裡還氣得起來，接過外孫抱在懷裡，嘆道：「別個我都不擔心，聽妳說的那些話，難道我就是不明事理的？我也知道你們跟妳小姑家很親近，唉，我就擔心女婿的世子之位呀。妳呀，也想想壽哥兒。」

崔氏輕聲道：「妹夫與大皇子一向不睦，就是妹夫還不知身世時，與大皇子便有摩擦，何況現在妹夫雖是封王了，到底是柳娘娘的親子。朝廷不肯追封柳娘娘，可誰不曉得柳娘娘是先帝指的婚？我們與妹妹家是扯不開的，與其如此，還不如去南夷過日子。就是方家，也是一個理。方閣老一向不喜與豪門藩王來往，當年相公也只是個寄名弟子，方閣老回鄉，偏就收了妹夫為徒。娘，您說，哪裡想得到妹夫是這樣的身世？阿悅跟妹夫在揚州時，一塊念了四年的書，兩人同科同窗，雖有叔侄的名分，相處卻如兄弟一般。這樣的交情，難不成就斷了來往？豈不更令人不恥？再者，若是妹夫有難處時我們不去，這又是什麼樣的人品？親戚朋友間，不就是有難處時，才顯出與常人家的不同嗎？世子的事兒，且早著呢，公公身體康健，何況這些事有相公在，反正他又不會叫我們母子餓著凍著。」

襄永侯世子夫人嘆道：「眼下女婿官兒都辭了，也只好往南夷去了。再有這樣的事，妳可得勸著他些。」

「知道了。」崔氏笑咪咪地道。

襄永侯世子夫人摸摸閨女的臉，「這一去，咱們娘兒倆就不知何日能相見了。」

崔氏道：「我就是不放心娘和爹。」

「我們有什麼不放心的？我們在京城吃的好住的好，倒是你們，一路山高路遠，又帶著孩子。我聽說南夷那裡有山匪，你們可得多帶些人在身邊才好。」襄永侯世子夫人說著，又不放心起來，回家還跟丈夫念叨道：「往日覺得女婿穩重，可這穩重人辦的事，還不如那些不穩重的人呢！」

襄永侯世子道：「妳就別念叨了，這是親家的家事。女婿未能冊封世子，心裡未必好過，妳這丈母娘倒念個沒完，還不夠堵心啊？」

「堵什麼心？我看咱們大丫頭一點也不堵心。」

「願意去就去唄，聽說鳳殿下現在都張羅著修路建新城。」

「這又不是什麼新鮮事。」襄永侯世子夫人道：「朝廷不就給了五十萬兩銀子嗎？修路興許夠，建個王府也湊合，五十萬兩銀子難不成就能建起新城來？」

「是啊，五百萬兩也不一定夠。」襄永侯世子啜口茶，繼續道：「這在京裡聽到的信兒總是霧裡看花一般，要是女婿去了南夷，不就能知道怎麼回事了？」

「怎麼回事？說不得鳳殿下只是隨口一說。」

「這叫什麼話？堂堂親王，一諾千金。何況，鳳殿下那樣要面子的人，他不可能隨口一說的，必然有他的打算！」

襄永侯府為李釗要去南夷之事頗多擔憂，倒是景川侯府反是要好些，李老夫人就是讓兒媳婦幫著準備去南夷的行李，餘者不過是多叮囑長孫媳一些話罷了。

與景川侯府相似的，便是方家了。

收到秦鳳儀的信後，方悅也請祖父看了。方閣老書房的燈亮了半宿，第二日叫了孫子，祖孫倆說了幾句私房話。

方閣老道：「拋開與鳳儀的私交，先說說南夷之事吧，你是怎麼想的？」

方悅顯然也思量過了，他略一沉吟，方道：「鳳儀寫信來把南夷誇得天花亂墜，雖有些吹噓，想來他也是要做一番事業的。先時聽聞南夷要新建王城，我以為是傳聞，可他在信中都寫明白了，修路建城已在進行中，看來這事是真的。我只是不明白，依他現在的身家，修路是仁政，所費銀錢倒還在少數，建新城的話，我就看不懂了。便是這些天我自己想也想不出來，有什麼法子能在朝廷不會再撥給銀子的時候，能建起一座新城。」

「是啊，這事我也想過，南夷倒是有許多土地，但南夷窮苦，地不值錢，再者，鳳儀的性子，他絕不是賣房子賣地的性情，可他就藩途中收攏萬餘飢民南下，這一手十分漂亮，既得了仁義之名，又填補了南夷人少的缺口，所以，他說要建城，那必是要建城的。」方閣老喟嘆一聲，「便是我，也想不出他這個城要如何建。」

方悅看向祖父，方閣老道：「他行事向來不拘一格，難以預料，如果他的新城真的可以建起來……阿悅，你是我的長孫，鳳儀是我的關門弟子，按理，我不該說這樣的話，不過，如果你不去南夷，就當白聽聽吧。如果你要去，倘鳳儀的城能建起來，你就不要再回來京城了。如果鳳儀的城建不起來，過年三五年，你便回來吧。至於去不去南夷，你已是大人了，自己拿主意。」

方悅自己拿的主意就是，去南夷。

原本方悅與李釗都打算以外任為官的方式到南夷謀個差使，結果皇上未允。他倆商量之後，便辭了官再去南夷。

方悅與李釗辭官之事，在京城頗有影響。認同他倆的人少，更多的人覺得，鳳殿下在南夷是不是修習了什麼蠱術，這遠隔千里的，就把大舅子與師侄給蠱惑了。

不論京中人作何想，二人已經辭官，收拾包袱，帶上妻兒，準備往南夷去。

此時的秦鳳儀完全不知京城這一場小小的風波，他剛離舟登岸，到了番縣的縣衙，把范正嚇了一跳。范正嚇一跳不說，這親王殿下到了，可要怎麼安置啊？還有，親王殿下，你晚飯吃了沒有啊？

秦鳳儀嘻嘻笑道：「咱們是同窗，你就當我過來你家做客，有啥吃啥，莫與我客套。你晚上吃什麼，我就吃什麼？」

於是，范正請親王殿下吃海鮮大餐，各種蝦貝魚蒸了一大鍋，也不必炒菜，一人一碟上等秋油香醋，醮著吃便好。

秦鳳儀感慨：「老范，你的日子過得像神仙一樣啊！」

范正道：「殿下，您多吃點。」我們都吃傷了！

秦鳳儀在范正這裡吃海鮮大餐，吃得很滿足，晚上范正自然請秦鳳儀在縣衙安歇。秦鳳儀跟范正是同科同窗的交情，秦鳳儀見了范正媳婦還說：「那時老范最愛跟我爭高下，晚上還悄悄打發書僮去瞧我什麼時候熄燈睡覺。其實我晚上從不看書，不過，我知道這事兒後，就剪個小人放到燭前，用燭火一照，窗上打出影子來，好像我還看書似的，事實上我早睡了。老范不知，為了跟我比用功，半宿地熬，我們早上念書時，他黑眼圈像畫上去似的。」

范太太看丈夫一眼，抿嘴笑道：「相公那時候回家就說，殿下念書了不得，別人花好幾天才能學會的功課，殿下一聽就會了。」

「哪啊，我那是裝的，其實我可用功了，我念書比他們都用心，我是一邊念書一邊喝首烏湯，不然頭髮嘩嘩地掉。幸虧現在不用念了，不然我早掉成禿子了。」秦鳳儀說著就樂。

范太太還是頭一回見著這樣親民的藩王，亦是忍俊不禁。

范正道：「殿下沒提前知會我一聲，眼下給殿下打掃房舍也來不急了，殿下就睡我們這屋吧。被褥都是新換的，您要是覺得哪裡不舒坦再與我說。」

「成，挺好的。」秦鳳儀笑問：「我住你們的屋，你們住哪兒啊？」

范正道：「我們去書房安置就行。」

秦鳳儀點點頭，並未推辭。

這一日乘舟，晚上秦鳳儀便早早睡下了，倒是范太太覺得自家簡陋，心裡有些不安，私下還問丈夫，生怕秦鳳儀受委屈。

范正道：「這有什麼委屈的？咱們這裡本來就貧苦，即使是縣裡的財主家，也比咱們縣衙強不了多少。」

范太太道：「我是覺得，殿下生得嬌嬌貴貴的模樣，人家好意過來，跟老爺你還是舊交，晚上還給殿下吃些不值錢的蝦爬子貝殼子……唉，明兒包餃子給殿下吃吧。」

「別，我看他就愛吃這些蝦爬子貝殼子。他小時候在揚州長大，愛吃魚啊蝦的，何況今兒過來也不是為了吃喝。妳明兒包了餃子，待他走時可吃什麼呢？待他什麼時候走再包，就包魷魚韭菜餡兒的。」范正說得自己都樂了。

范太太問：「那明兒早上做什麼給殿下吃？」

范正道：「殿下性子活潑，必不在縣衙吃。做些實誠飯食給殿下帶來的隨從親衛們，他們要護衛殿下，在外沒空吃飯，別薄了他們。」

范太太應了，自去廚下交代一聲，范正則去了章巡撫那裡。正房給秦鳳儀住，章巡撫和馮將軍、羅賓客只得在客房委屈一宿。大家出門在外，又不是那等不通情理之人，也沒什麼委屈不委屈的，范正主要是打聽一下明日的行程。

章顏道：「番縣的好日子要來了，殿下修建新城，擇址便在番縣。」

范正其實心裡有所準備，倒不是他提前有什麼小道消息，秦鳳儀打發風水師過來番縣，還有，番縣連帶周邊的三界縣等土地房舍禁止買賣，范正心裡就有些猜測了，如今聽章巡撫這般一說，事實坐定，便是以范正之穩重，也不禁喜上眉梢，「真乃我番縣百姓之福啊！」

范正又道：「殿下向來言出必諾，上回下官到南夷城面見殿下，說起自南夷城到番縣的路不大好走，近些天便有許多商賈過來番縣看路況，還有的過來看碼頭，聽聞一併要給修碼頭的，大人可知新城何時建？」

章顏笑道：「急什麼，總要整個城的圖紙畫出來，再談建新城的事。我先與你說一聲，你心裡有個數才好。」

「自然自然。」范正道：「有什麼要縣裡配合的地方，大人只管吩咐。」

「眼下也沒什麼了，你縣裡的事，你心裡都有數，我擔心的不是你這裡。」章顏道：「明日殿下必然要往縣裡走一走的，治安上留些心，別個都無妨。」

范正連忙應了，秦鳳儀這一過來，他斷沒有不留心治安的。

二人說了會兒話，章顏便讓范正休息去了。

知道新城就修在他們番縣，范正直待回書房都是一臉喜氣，與媳婦道：「明兒就包餃子，早上中午殿下定是在外頭用餐，晚上把餃子包出來就好，包鮁魚韭菜餡兒的。」

范太太笑道：「這是怎麼了，忽地這樣高興？」

「現在還不能說。」范正道：「照我說的辦就是。」

范正與秦鳳儀做過同窗，對秦鳳儀還是比較了解的，秦鳳儀第二日只帶了親衛與章顏、范正、馮將軍、羅朋四人，一道往番縣裡逛逛。早餐是秦鳳儀請的，他瞅著哪家鋪子人多，就去哪家，結果選了一家螺獅粉的鋪子。

秦鳳儀念叨道：「好幾年沒吃螺獅粉了！來來來，看這鋪子人氣多旺，一準兒好吃！」

這鋪子就夫妻倆，男人管著下粉，婦人管著招呼客人。這一早上，人真的是坐滿的，秦鳳儀他們過來後，只得坐外頭的。好在南夷暖和，在外面吃也無妨。

范正看秦鳳儀不似介意的模樣，便沒有讓手下清場。

鋪子的婦人見秦鳳儀這一行人穿戴不尋常，又有縣太爺作陪，連忙誠惶誠恐過來服侍，把桌子擦了又擦，又福身請安。

秦鳳儀的親衛們是用過早飯的，數一數人頭，秦鳳儀道：「五碗螺螄粉。」

婦人連忙讓當家去下粉，料也給得足足的，還給擺了兩大盤炒螺螄。

秦鳳儀聞一聞，讚道：「就得這樣酸辣酸辣的，方是正宗。」挑一挑這螺螄粉，吃了一大口，又讚了一回：「就是這個味兒！」

范正不疾不徐地吃著，問道：「揚州也有這東西吃嗎？」

「如何沒有？揚州本土菜偏清甜，因為揚州水質好，揚州的船菜就是在京城也是極有名的。不過，揚州繁華，各地商賈都有，有許多菜混雜了各地風味。像燒豬頭就是濃油赤醬，味道偏重，有些偏北方菜了。揚州守著長江，吃的是江菜，長江是淡水，咱們南夷守著海，吃的便是海味了。這螺螄啊，我看有水的地方就有這東西，吃起來挺好吃的。以前聽小秀兒說，她小時候常去小溪裡摸來餵雞餵鴨，自己家也吃。我就特喜歡吃，尤其吸螺螄。阿灝嘴就笨，怎麼吸都吸不出來。」秦鳳儀說著夾了一個螺螄吸出來吃了，笑咪咪地問：「老范，你是不是吃不大慣魚蝦？」

范正道：「早就吃慣了。」

秦鳳儀壞笑，「咱們做庶起士時，每天在翰林吃飯，但凡廚下燒了魚蝦，你從來不動的。當時你謀南夷的缺，我還想著，你這麼不喜歡吃魚蝦的人，怎麼就往海邊謀差呢？不過，誰叫你庶起士正好壓我一頭，我就沒提醒你。」

范正板著臉，「我是為了自己的志向，男子漢大丈夫，焉能耽於口腹之欲？」

秦鳳儀笑嘻嘻的，「是是，你說的都對。」然後對章顏、馮將軍和羅朋道：「老范在庶起士時就這樣，一開口就是聖人大禮，說得彷彿他就是世間真理一般。有一回，我們晚上偷著喝酒，數他喝的最多，一邊吃一邊還說，學裡不允喝酒，不當吃的。結果，左一盅右一盅地把酒喝光了。」

秦鳳儀說話既快又有趣，馮將軍險些噴了米粉。

范正氣極，「那是誰帶來的酒？還不是你帶來的酒！」

「是啊是啊！」

秦鳳儀把范正氣煞，范正心說，我怎麼命裡就與這小子有緣了？

大家笑著吃米粉，秦鳳儀吃完一碗又叫一碗，還與其他人道：「吃不夠吃只管再叫。」一行人裡，也就章顏年紀最長，亦不過三十出頭。最後馮將軍吃的最多，吃了四碗。秦鳳儀與羅朋居第二吃三碗，章顏和范正也吃了兩碗。吃過螺獅粉，又喝了一回茶，秦鳳儀命攬月結帳，就繼續在番縣裡逛了。

小地方的人，沒見過世面的居多，見一行人皆是神仙一樣的人物，尤其秦鳳儀，那真是神仙的相貌，路上之人縱不認識他，也不禁多看了幾眼，只覺是見著天上神仙下凡了。

秦鳳儀一路走一路看，相對於南夷城的兩條正街，番縣很對得起他縣的地位，就一條正街，秦鳳儀道：「這是怕咱們走累了啊！」

范正道：「所以，還需要您指點。」

秦鳳儀笑看范正，范正仍是一臉板正樣，秦鳳儀道：「咱們再去旁的街看看。」

其實並不是地方小，只是破敗了，故而人少。該有的街還是有，只是不比正街熱鬧，但也有些人氣，秦鳳儀道：「比我想的倒要好些。」

范正道：「近來來縣裡的人多了，碼頭那裡還有搞測量之類的事，再有就是來縣裡鄉里收東西的商賈們，我們縣光飯館客舍就新開了三家。」

「一會兒咱們去嘗嘗。」秦鳳儀笑，「對了，你這裡的碼頭也量一量，到時給我個數字，屆時招商時要用。」

這是正事，范正應了。

中午吃飯時，秦鳳儀坐下還想點菜，卻發現飯館裡根本沒有水牌。掌櫃聽聞是知縣大人過來，連忙出來招呼。一見到秦鳳儀，雙膝一軟就跪了下去，砰砰砰磕頭。

秦鳳儀擺擺手，「免了，起吧。」

掌櫃激動得滿臉通紅，他參加過新年廟會，代表縣裡擺攤位賣年貨，所以，見過親王殿下巡遊盛事，這不，一見著親王殿下便認出來了。

秦鳳儀見這掌櫃渾身哆嗦，兩眼放光，擔心他一個激動厥過去。

秦鳳儀道：「我們是過來吃飯的，你這裡都有什麼菜，怎麼沒見水牌啊？」

掌櫃立刻恭敬地道：「小店比較小，沒有水牌。不過，今兒早上剛宰了一頭羊，還有肥雞肥鴨，也有小野豬。」

秦鳳儀道：「羊的話，紅燜吧。雞取了雞脯子做雞丁，添些這裡的香蕈爆炒。鴨的話，吊湯有些膩，有沒有酸筍？做個酸筍燉鴨。小野豬烤來吃，把皮烤得脆脆的，再抹些蜂蜜。其他的，有什麼再添上幾樣。」

掌櫃聽得呆了，訥訥地看向范正。

范正道：「你看著做吧，實惠就成。」

掌櫃作一大揖，連忙下去張羅飯食了。

范正道：「你說的那個，飯鋪不會做。我們這裡都是鄉下廚子，不懂那些花樣。」

「這有什麼花樣啊？」秦鳳儀說的都是簡單的菜，又沒有讓飯鋪子用七八樣料吊高湯，也沒有出什麼難做的菜式為難店家。

范正道：「這已是花樣繁多了。」

秦鳳儀只好入鄉隨俗。

待上一桌子燉雞燉鴨燉羊和一大盆米飯，秦鳳儀悄悄問范正：「咋沒魚啊？昨兒蒸的那些個蝦啊貝的也很好吃。你這兒不是守著海嗎？怎麼連這個都沒有啦？」這也忒窮啦！

范正立刻吩咐掌櫃：「去碼頭買些個海貨來，要活的，蒸上一鍋。」

掌櫃頗為難，「大人，小店有海貨，但那些是煮來給夥計吃的，豈不唐突了貴人？」

秦鳳儀：……

范正正色道：「殿下此次微服出巡就是體查民情，有好吃的都與我們吃，殿下自己吃些海貝蝦爬之類，再有肥魚清蒸幾尾，別的一概不放，就洗乾淨，用薑蔥清蒸，蒸熟後澆上一碟上等秋油便好，去吧。」

掌櫃懷著對親王殿下深深的敬意，下去為親王殿下準備吃食去了。

秦鳳儀默默看向范正。

范正就著肥雞大鴨，吃了三碗米飯。

秦鳳儀一邊吃著自己的海鮮大餐，一邊感慨道：「果然是實缺鍛煉人，我這麼聰明的人，竟然叫老范看笑話了。」

范正忙道：「不敢不敢，您從來都是這樣的性情，喜歡什麼就是什麼，並不看物事貴賤，只看合不合心。」

這話秦鳳儀聽著順耳，他也確實是這樣的人。他喜歡吃魚蝦，也愛吃獅子頭。基本上，秦鳳儀不喜歡吃的東西很少，只要東西做得好吃，他不大挑食。大陽口壯，就像秦鳳儀。

秦鳳儀自己俐落地剝著蝦，醮著香醋來吃，道：「我是覺得蝦很好吃啊！」

「要是年景不好，日子過得清苦，縣裡百姓們就只得吃海貨度日了。漁民更是如此，成天蝦啊蟹啊魚啊螺的，我們沿海的百姓都吃傷了。大家拿著雞鴨豬羊稀罕，就這一隻雞，夠買一車海貨了。」范正解釋道。

秦鳳儀心眼多，又是個愛挑剔的，便問范正：「說實話，昨兒晚上你是不是故意的？」

「真不是，我們晚上也是吃蒸魚，是你突然來了。我一想，這可怎麼招待你，殺雞宰羊也來不及，便命人去碼頭買了兩車海貨。反正在翰林時你就愛吃魚蝦，果然你很喜歡。」

秦鳳儀道：「老范，你家不是京城的嗎？看你在翰林時也還可以，怎麼來番縣都吃不起雞鴨了？是不是俸祿沒照實發啊？」

當時范正在翰林，一樣有小廝使，而且挑魚挑蝦的樣兒，也不像家境艱難。

范正夾了塊燉羊肉，因著桌上都不是外人，便如實說了，「那倒不是，我家裡是還可以，不過庶起士散館後，家裡原想讓我在六部謀缺，我不愛在六部，我喜歡做實職。當然，六部也不是虛職，只是我想離百姓近些，知道百姓過得什麼日子，才知道怎麼做官，不然庶起士轉六部，直接在六部熬個十來年，再外放個一兩任，然後回六部繼續熬。我覺得那樣做官不大接地氣，就背著家裡謀了南夷的缺。我爹氣壞了，我帶著媳婦來南夷前，一分銀子也沒給我，我娘給了些私房錢，剩下就是媳婦的嫁妝銀子。來了番縣，百姓真是太苦了，尤其番縣臨海，許多百姓都是靠捕魚為生，可捕了魚，縣裡先時攏共一個飯莊子，還一天沒幾個人去吃飯，他們捕的魚到南夷城去販賣，也賣不到什麼價錢。可你說饑荒，那也不至於，最差也有魚蝦吃。我再往各鄉里村裡去，有的地方一個村也沒有一頭牛，現在全靠人力拉犁耕田。我去府城，章大人能給的錢都撥下來，還革了許多雜稅，現在好多了。以前雞鴨都不敢養，現在養牲口不收稅，百姓們都敢養了。你要是早兩年來，這飯莊裡都不一定有雞鴨吃。」

秦鳳儀拍拍范正的肩，承諾道：「以後讓百姓們天天肥雞大鴨，吃膩了才好。」

范正笑，「這話我可記住了。」

「你只管記著就是。」

秦鳳儀這一天腿就沒閒著，在番縣逛起來了。說來，他腳力當真是好。晚上回到縣衙，吃了兩碗鮁魚餃子，喝了一碗餃子湯，范正還說：「我自小就不喜吃魚，但是來番縣就愛上了這鮁魚餃子，尤其是用韭菜來配，再剁上些肥豬肉，香！」

秦鳳儀也吃得很高興。

接下來幾天，在范正的陪伴下，去了飢民們安置的新村落。秦鳳儀當初許下的一家一個四合院，給飢民們建四合院來不及了，與范正打聽過村裡建宅子的費用，秦鳳儀一家給了十兩銀子，便讓他們與范正去了。如今各分了田地，房子建得有大有小，但都有了安身之所，飢民們見了秦鳳儀，皆是感激得直磕頭。秦鳳儀笑著讓大家起來，看他們村裡舉薦了村正，還合資買了幾頭耕地的牛馬，只是現下青壯不多，秦鳳儀問過後才知道，原來青壯們去城裡賣菜了，也有去城裡打工的。城裡需要的人手多，便是出去做工，也能賺一家子的花銷。

秦鳳儀看他們能自己自足，很是高興，「把地守好，只要勤勞，日子會越過越好。」

秦鳳儀一連走了幾個鄉，有時路不好走，或是趕上下雨，只能在哪個村近便休息。秦鳳儀這種吃苦耐勞的精神很讓幾位官員讚嘆，不要說秦鳳儀是皇子出身，當然，秦鳳儀前二十年不知道自己是皇子，但人家前二十年也是嬌養長大的，沒受過半點辛苦。如今這在鄉下地方，竟也受得了，便是范正也覺得秦鳳儀比起在翰林的嬌生嬌氣，委實變化不小。眼下不論身分，只論人品，亦令人敬重。

待走過番縣，秦鳳儀就讓范正回自己縣了。秦鳳儀一行人將平鄉縣、三界縣走了個遍，這一出門就是一個月，直將這三個縣走完，秦鳳儀方自三界縣直接回南夷城。

秦鳳儀回城時，人雖有些消瘦，精神頭卻是極好的。就是大陽，盯著自己親爹看了一會兒，才認出人來。

秦鳳儀抱著大陽稀罕了一回，啾啾啾親了兒子好幾口。大陽一向跟他爹很親，也伸著胖臉，在他爹臉上叭唧叭唧親好幾下，親得他爹滿臉口水。

秦鳳儀摟兒子在懷裡，一邊擦著臉上的口水，一邊讚道：「好兒子！」

大陽高興得啊啊啊直叫喚，那模樣恨不得蹦上一蹦。

李鏡滿眼是笑，「可算是回來了，我在家裡沒一天不記掛的。」

「早說了這回得多出去幾日。」

丫鬟捧過茶，李鏡便打發她們下去，笑問：「這回出去如何？」

「頗長見識啊！」秦鳳儀道：「窮是真窮，但地方是好地方。這回我把鄉里村裡都看過，村裡有不知多少年的荔枝樹，也有荔枝田，果樹多的很，只是沒人認真打理罷了。飢民們安置的地方也看過了，范正說，這批飢民已是安置妥當，想再要一批。我讓他過來找張大哥，不知他來了沒？」

「已是來過了，這回帶了兩千多人走。聽趙長史說，好幾個縣的縣令都跟知府大人說，想要幫著安置飢民。」李鏡笑道：「只是你沒回來，知府大人不好做主。」

「有什麼不好做主的，自然先揀著好地方，離府城略近些的，能安置便安置了。」

「你慣是個愛做主的，下頭的官兒可不一樣。你這剛來藩地未久，他們還不曉得你的性子，自是要謹慎行事。」

秦鳳儀一笑，未再多說杜知府的事。

秦鳳儀與李鏡說著他在鄉下的見聞：「有的地方窮得讓人心酸，有的地方還可以，起碼吃穿是不愁的。我還被螞蝗咬了，妳知道螞蝗不，咬在腿上吸人血。」

李鏡一陣緊張，忙問：「要不要緊？我瞧瞧！」

「沒事，都好了。」

李鏡堅持要看，秦鳳儀只好讓媳婦看了，卻是一截光潔細白的小腿，看不出半點被咬過的痕跡，秦鳳儀道：「我都說好了啊！」

李鏡放下褲腿，再三道：「以後出門還是要帶著太醫，總歸小心些才是。」

丫鬟備好水，秦鳳儀要去沐浴，還叫李鏡同去。

李鏡不願，道：「大白天的，這可不好。」

「大白天怎麼了，我都做一個月和尚了。我跟老章他們說了，今兒個第一天回來都好好休息，明兒再辦工。」把兒子交給嬤嬤，秦鳳儀硬是拉著媳婦一道去沐浴。

兩人洗了一個時辰才出來，夫妻倆出來時，大陽還在生氣，他爹叫他，他也不理人。

張嬤嬤笑，「剛哄好，小世子生了好大的氣。」

李鏡瞪丈夫一眼，打發嬤嬤下去。秦鳳儀彎腰抱起大陽，大陽氣得用大頭撞他爹的臉。

秦鳳儀摸摸兒子的大頭，連聲道：「哎喲，兒子，把你爹的臉撞壞了，你娘要變心不要咱們父子了，可怎麼辦啊？」

李鏡捶丈夫一記，這叫什麼話？

秦鳳儀抱著大陽往床上玩兒去了，李鏡亦是倦乏，在床上靠著枕頭休息。

秦鳳儀跟媳婦說了件趣事：「妳不曉得，我在三界縣見到有人做麵食了。」

「南夷吃米飯的比較多吧？」

「是啊，不過也有做麵食的，他們的麵食賣得比米飯還要貴。」秦鳳儀道：「那是一家麵館，做麵的方法很有意思，就是和一塊麵餅，用竹竿的一頭固定在案板上，讓一個人跨坐在竹竿粗的那頭。竹子不是有韌性嗎？就這麼一彈一彈地壓麵，把麵壓出勁道。」

「這種麵條很有勁道吧？」

「我沒吃。」秦鳳儀一本正經道：「我看那個夥計跨坐在那竹竿上，就想著，這要是硌著蛋了怎麼辦。」

李鏡一陣大笑，又捶了秦鳳儀兩下，笑伏在他肩上，好半方才止了笑，道：「真個促狹，人家常年幹那個，自然會留意的。」

秦鳳儀說了許多路上見聞，感慨道：「這是咱們剛來南夷，以後我出門都帶著妳和大陽，尤其是等大陽大些，定要多帶他出門，也讓他見一見民生艱難。」

秦鳳儀正說著以後培養兒子的計畫，突然大叫一聲，驚坐起身，指著兒子與媳婦道：「哎喲哎喲，咱們大陽會走路了！」

李鏡定睛一瞧，可不是嗎？大陽原本一片芳心對他爹，結果備受冷落，他爹只顧著跟他娘說話，也不理他，大陽就自己在床上邁著小步子捏著布虎頭玩耍。人家大陽原本走得好好的，結果被他爹大驚小怪地一叫喚，啪一下就趴床上了。

秦鳳儀第二日就繼續開展飢民的移民計畫，同時官道與碼頭的招商工作也要開始了。

形勢所迫，秦鳳儀現在算是個勤勉的人。不過，剛回南夷城的當天，還是給章顏等人放了假，然後自己也帶著老婆兒子休息了半日，第二日方正式辦工。先是聽取了留守南夷城眾人的彙報，把有些待解決的事拿主意，譬如飢民安置的問題。

杜知府回稟哪幾個縣想安置飢民，秦鳳儀問：「他們各自有什麼安置計畫？」

杜知府微露訝意，連忙說了其中兩個縣的計畫。

秦鳳儀道：「把這兩個縣的地形圖給我看一下。」

杜知府……杜知府沒帶，好吧，他根本沒想到秦鳳儀會過問安置計畫，一時面露窘意。

秦鳳儀道：「一會兒拿過來，我看看再說。」

杜知府連忙應「是」，退居自己的座位，額間卻是微微冒汗。

秦鳳儀心說，就這種做事風格，不怪人家把他放到南夷城來，真是不靈光。接著，秦鳳儀就是聽趙長史說這一個月的事，最後是秦老爺問招商的事是不是要開始準備了。

秦鳳儀道：「爹，您看著辦吧，尋個寬敞地界就成。」

秦老爺道：「我近來在城中轉了轉，要說能容一百多號人的地方，除了衙門，就是海神娘娘的廟裡了。」

秦鳳儀道：「那就在巡撫衙門二門外搭個檯子，支個棚子什麼的。爹，您看著辦，提前一天把會場布置出來便是。」

開了半日會，秦鳳儀打發大夥兒散了，獨留下章巡撫、趙長史二人說建新城的事，「這回老趙留家，我與老章去了一回番縣，老章，你覺得番縣現下如何？」

章巡撫道：「雖則每年都會有海風，偶爾還有洪澇，但我瞧著番縣很好。只是，若要建新城，自城牆到內城，怕是要修建的地方極多。」

秦鳳儀挑眉，「不是極多，我要重建城池，城牆、街道，連帶裡面的房舍都要新建。」

「若是在現今番縣的基礎上修整，花費會少些，如果是如殿下所言，全部推倒重建，花費巨大。」章巡撫老實道。

秦鳳儀道：「番縣那城牆，我看多幾個人一推就倒，如今為一縣城尚可湊和，屆時新城裡不論是本王的王府，還是你的巡撫府，都要在新城裡面，這樣的城牆斷然不中用。」

趙長史道：「不如先讓工房去番縣檢驗城牆，若是有能補的地方，先補結實也是一樣。倘實在不中用的地方，再重新修建，這樣先期雖費些人力，往後也能節省些人力物力。」

秦鳳儀想想也覺有理，便把這事交給趙長史。

秦鳳儀道：「老章，回頭你找出番縣的縣城圖，咱們商量一下新城如何建。」

把新城的事情商量出個眉目，秦鳳儀便打發他們下去。章巡撫先行告退，趙長史留下，似有話說。待章巡撫走了，趙長史方問：「殿下，為何要把新城還在番縣？剛聽章巡撫說，番縣非但每年海風大，又有洪澇之憂。臣看過番縣的地理，的確是離海太近了些。」

秦鳳儀唇角一翹，「這可是祕密，你確定要知道？」

趙長史看他一臉壞樣，道：「我家都跟你搬來了，還什麼祕密不祕密的，您就說吧。」

「這事兒我不說，你興許想不到，我一提你就明白。」秦鳳儀抖兩下腿，「之所以把新城還在番縣，就是因為它離海近，明白嗎？」

趙長史聯想到秦鳳儀又是修路又是修碼頭又是建新城，趙長史不愧是狀元腦子，當下一個激靈，壓低聲音問：「殿下是要做海貿？」

秦鳳儀微微一笑，沒有否認。

趙長史道：「這是好事，殿下爲何不跟朝廷說一聲？朝廷興許還能撥點銀子給咱們。」多多少少的，總能有點兒吧？

「我剛要誇你聰明，如何又笨了？」秦鳳儀道：「你想想，當年修泉州港就修了十年，投入銀子據說有八百萬。朝廷早被泉州港的銀子嚇著了，再說，就是有銀子，能給我這兒修港嗎？我朝中有死對頭，要是咱們這兒一修港，必然要大富庶的，有人不願意看到南夷撿這便宜。再者，就是修了港，有泉州港前車之鑒，朝廷必然會在建港之初就派最難纏的市舶司下來，屆時海港收入全部收歸朝廷，還有咱們什麼事？」

趙長史畢竟狀元出身，頗有忠君愛國的思想，「可是，這原不就該朝廷派市舶司嗎？」

「那我買茶園子，你怎麼也跟著買，你跟的是哪股風？」

趙長史一噎，訕訕道：「我是看殿下喜歡喝茶，我投其所好。」

「行啦，咱們認識多少年了？海港的事你心裡有數就成，不要往外說。」秦鳳儀叮囑。

「可是，咱們要是不跟朝廷說，叫朝廷知道了……」

「你可真是實誠人。」秦鳳儀道：「你不說我不說，就是朝廷聞了風聲，他總得調查取證吧？咱們南夷山高林密，誰願意來呀？何況，就是調查取證，我就說是給漁民建的又如何？咱們這裡漁民建大船，出深海，捕大魚，這官司打起來，沒個十年八年打不清楚。待上十年八年，咱們南夷就能富起來，百姓們就能過上好日子了，明白不？」

趙長史點頭，但還是說了句實在話：「您還不如不告訴我呢！我這又不能往外說，得跟著擔心受怕。」

「你自己非要問的。」秦鳳儀把責任推給趙長史，趙長史更加心塞。

趙長史邁著沉重的步子離開了議事廳，心說，打小看秦鳳儀就是個膽子壯的，如今這成了一地藩王，真是沒這小子不敢幹的事。不過，趙長史倒也能理解秦鳳儀，他來南夷城這麼久，知道南夷城的境況，這還是一地府城呢，卻不如揚州下頭的一個縣富庶。實在是南夷太窮了，百姓們也太苦了。秦鳳儀身為一地藩王，要修路要建城要讓百姓們過好日子，要養活這麼些人，就得有銀子。

秦鳳儀先時說要幹這許多修路建城的大事，趙長史其實很為他擔心，因為趙長史明白，現在的南夷沒有這樣的財力，現下趙長史心裡算是踏實了。泉州港之富，秦鳳儀還只是聽聞過，趙長史卻是親自去過的。自朝廷辭官後，趙長史又是個愛寫寫畫畫的性子，雖是沒有去過遠處，卻是去過泉州。

一想到秦鳳儀要幹走私的買賣，趙長史便知道，從此不必再為銀子擔心了。

然而，這事兒當真是犯大忌諱的事，要是讓朝廷知道，再加上秦鳳儀這身分，不被人狠咬一口是不可能的。

眼下銀子的事解決了，趙長史卻是為秦鳳儀將來的政治生涯擔起心來。

就在趙長史的擔心中，南夷城第一次招商大會開始了。

兩條官路，一條是自江南西道到南夷大庾嶺的官路，另一條是自南夷城到番縣的官道，除此之外，便是數個碼頭的招商。

整個招商大會，整整持續了三天才結束。

不說各被親王殿下選中的商賈，便是沒被選中的商賈，經此大會也深覺開了眼界，長了見識，沒白來一趟。整個大會結束，親王殿下說了，當天便可去兩家銀號取先期的兩成銀錢，之後一個月內必須開工，而且，每個差事親王殿下都會派監察官監督工程進度與工程品質，同時還有會有不定期的巡查，看可有違規之處。你們哪些人修的，不要以為修完拿了銀子就沒事了，二十年之內，如果工程有大的品質問題，還要找你們。

這些條款本就寫在合約之內，眾人早就看過，自然是紛紛應承，尤其是親王殿下這麼痛快給了預付款，還可當天支銀子，委實令人心下愉悅啊！

徽、晉兩家銀號更是置辦了重禮，過來向親王殿下請安。

秦鳳儀心情不錯，笑道：「你們兩家做事穩妥。」

兩家的東家自然不敢居功，都說是親王殿下的指導下，才把這樣的大差事圓圓滿滿地做好了。秦鳳儀道：「《周禮》中有云：『泉府掌以市之徵布、斂市之不售、貨之滯於民用者。』可見當時的泉府與你們現在的銀號有些相像。到唐時又有『飛錢』一說，也頗類似。如今便是銀號。官府現下還是現銀用的比較多，畢竟官府裡人力不惜，運送金銀亦是方便。我少時在揚州，揚州城裡商賈用銀號的比較多，平民百姓則比較少，除非是出遠門，平民才會兌些銀票帶在身上。餘者，銀子還是擱自己家裡的多，對不對？」

二人自然稱是，秦鳳儀又道：「你們有沒有想過，這是什麼緣故？」

徽商銀號的康東家道：「多因我們銀號做生意，銀子存銀號，是要收取一定費用的。」

晉商銀號的何東家亦道：「其實我們的生意看著紅火，但因我們是按存銀數目收取費用，故而除了大商賈們的銀錢動用願意用我們，一些中小的商賈也多是存銀在家，待到用時，用多少兌多少，尤其現在銀號漸多，不懂行的只以為我們賺了不少銀子，事實上多是空架子，面上瞧著好看罷了。」

秦鳳儀擺擺手，笑道：「行了，這種外行話就不用與我說了，我要不是為了娶媳婦，根本不會去考什麼科舉。要是那樣，估計現在還在揚州城賣鹽。你們這行生意，我早就琢磨過，光賺些個存銀子的保管費，你們早該關門大吉了。我爹與我說，當時他存銀子的時候，你們還跟我爹介紹你們那裡的業務，說有一種協議，倘這銀子可存一個定期，並且允許你們用來做生意，一年的利還不低，是嗎？」

二人均是笑了，道：「我們這些小手段，殿下一目了然。」

秦鳳儀當天與兩位銀號東家說了些他對於銀號的見解，最後道：「你們的事業，現在的模式不錯，但你們也知道自己的局限在哪裡。這世上，大商賈雖則有錢，但大商賈是極少數，你們忽視了中層商賈，這於你們是巨大的損失。」

之後，便打發兩位銀號的東家去了。

招商的事一結束，秦鳳儀就開始準備兒子的周歲禮。

大陽是二月初的生辰，今年正好滿周歲，不論民間還是宮裡，都會有孩子的抓周禮。秦鳳儀很疼兒子，自然要為兒子認真準備。秦鳳儀還問他娘：「娘，我小時候有沒有抓周？」

「當然有啦。」秦太太說得頗自豪，「你那會兒，一手抓筆，一手抓刀，打小我就看出來了，我兒就是文武雙全的材料。」

秦鳳儀笑嘻嘻地道：「別說，這抓周還是有些準的。」

「那是。」秦太太很信這個，還親自查看給大陽準備的抓周物件，必要樣樣周全。李鏡這樣針線一般的人，還給兒子縫了身小衣裳穿。

秦鳳儀抱著兒子嘀咕：「你娘辛辛苦苦做的，你要是不穿，你娘不高興。這穿上嘛，唉，算了，兒不嫌母醜，反正你也不懂事，還沒到娶媳婦的時候，就穿著吧。」

「說什麼啊？」李鏡不高興了，「還挑來挑去的，再挑，你給兒子做。」

「哎呀，我不是說這個啦！」秦鳳儀笑著捏媳婦的手一把，「我是說，娘子這樣的才幹，做衣裳就可惜了。」

李鏡笑，「別成天甜言蜜語的，當我不曉得你那些心眼呢！」

「曉得曉得，妳啥不曉得啊？」秦鳳儀道：「咱們大陽這都一歲了，走路倒是快，怎麼還不會說話啊？妳看阿泰，雖然說話還不大清楚，也是會說了。」

李鏡道：「母親說男孩子說話都會晚些，你小時候也是一歲多才會說話，阿泰也是過了一歲才開的口。這就別急了，你不是都說大陽像你嗎？這說話晚，定也是像你。」

秦鳳儀抱著兒子教說話：「叫爹，叫爹，你這樣叫，爹……爹……」然後，秦鳳儀深情地對他兒子叫一下午的爹，他兒子也沒回他一聲。秦鳳儀教得喉嚨冒火，灌了兩盞茶方好些，當下怒道：「這個笨小子，教半天只知道傻笑！」

「走開走開，跟我們玩的時候就眉開眼笑，教半天就煩了，這也是當爹的？我天天都教呢！」李鏡抱起兒子，親親兒子的胖臉。大陽啊啊啊笑著，用胖臉去蹭他娘，然後，秦鳳儀眼饞了，俊臉湊過去，笑道：「兒子，來，親爹一口。」

大陽揮著手裡的布虎頭，啪地就給了他爹一下。

秦鳳儀要揍大陽的屁股，大陽屁股一拱一拱的，根本不怕挨揍。

大陽的周歲酒，秦鳳儀沒有大辦，但規格也不小，除了親戚朋友，還請了章巡撫、趙長史、杜知府、潘、馮二位將軍，方灝、吳翰等人也都來了。另則大公主一家、柳舅舅一家，這都是親戚，自不待言。

大陽當天被他娘打扮得很有福相，而且，也許秦鳳儀是親爹的緣故，他看自家大陽胖雖胖，但胖得像一團棉花一朵白雲，是那種香香軟軟的胖，不是蠢肥蠢肥的胖，特別是大陽五官多像父親。不說別個，就論相貌，也擔得起「俊俏」二字。

秦鳳儀給兒子戴上虎頭帽，把他擱在放抓周禮的毯子上，大手一揮，豪氣干雲地道：「兒子，給爹抓一個回來！」

大陽身為他爹的兒子，頗有效率。他現在會走了，踩在毯子上先搖搖擺擺地圍著那些個千奇百樣的東西走了一圈，然後刷刷兩爪子，左手抓了個大印，右手抓了個木頭刀。

秦太太喜道：「一抓官星印，二抓大金刀，好兆頭，都是好兆頭！」

邊上的人也都覺得大陽抓這兩樣很吉利。桌上還有算盤、銀盒一類，大陽是做世子的，自然是抓到大印和刀更讓人有期冀。便是抓別的物件，也有相應的吉利話說，但這兩樣讓大家說吉利話說得都是心甘情願，紛紛讚大陽抓得好。

這些讚美的話，大陽聽不懂，他拿著木頭刀揮了兩下，還一個勁兒往阿泰那裡瞧。

大公主笑，「前幾天相公給阿泰做了把小木刀，怕他倆玩的時候傷著，我就給收起來了，阿陽這是還記著呢！」

阿泰看阿陽在上頭拿刀舞晃，急得要命，一個勁兒說：「娘，劍，要！」指著那把小木頭劍，眼饞得很。秦鳳儀拿了小木劍給阿泰玩，摸摸他的頭，道：「不許打架，知道不？」

「舅，知道！」阿泰高興地拿著小劍揮舞。

大陽抓得吉利，大家都高興，尤其這可是小世子的抓周宴，能來參加就是一種榮耀。

待大陽的抓周宴結束，就到了收茶的節氣。他家的茶山都是媳婦的私產，秦鳳儀特意與媳婦說：「茶山上收茶的事若忙不過來，就多雇些人，茶不好錯了節氣，不然就不香了。」

「我曉得。」李鏡輕聲道：「只是，這好幾座茶山呢，得有多少茶，賣得出去嗎？」

「別擔心，我心裡有數。」秦鳳儀又讓羅朋去瓷窯那裡走了一趟。

待秦鳳儀把第一單的生意做完，時已進四月，海邊的風季要來了。秦鳳儀將大筆銀子放在徽、晉兩家銀號裡，然後迎來了李釗和方悅，以及一路同行的章李兩位太醫的家人。

參之章

鼓動銀號捐城資

秦鳳儀聽說大舅兄和方悅到了，立刻就從南夷城的碼頭趕回府去。

兩家人正在李鏡的屋裡說話，大公主、秦太太等人都在，秦鳳儀歡喜得，進門先抱了抱大舅兄，又抱了抱方悅，狠狠拍了方悅脊背兩下。秦鳳儀那張絕美的臉彷彿會發光一般，幾乎是眉開眼笑地道：「怎麼沒提前打發人來說一聲？我好出城迎你們。」

李釗笑道：「又不是什麼大事，哪裡要你親迎？你現在正是忙的時候，我們又不是不認得路，自己過來也一樣。」

方悅附和道：「是啊，路上正好看看你吹得天花亂墜的南夷到底什麼樣。」

秦鳳儀道：「哪裡是吹牛，本來就是山好水好的好地方。」

李釗笑笑，「是比想像中的要好。」

秦鳳儀極為得意，「我說吧。」

李鏡道：「你們男人要說話便去書房，我們女人家也清清靜靜地說會兒話。」

秦鳳儀道：「我再稀罕稀罕壽哥兒，壽哥兒還記得姑丈不？」

壽哥兒兩歲多了，秦鳳儀他們離京已是半年有餘，哪裡還記得，不過，壽哥兒是很有審美的人，路上他爹娘沒少跟壽哥兒念叨姑姑姑丈還有小表弟的事，壽哥兒雖不大懂，卻是記得這次是來姑姑家，當下小嘴兒一張，甜甜地叫了聲：「姑丈！」

秦鳳儀大樂，抱起壽哥兒親了兩口。又看大妞妞，細端量了一回，道：「先時生下來特像阿悅，現在比妳爹可好看多了。」忍不住摸摸大妞妞的小臉蛋。

大妞妞是女孩子，只比大陽大兩個月，說話卻是比大陽伶俐百倍，而且，說話像小大人一般，大妞妞奶聲奶氣地道：「我爹也好看！」逗得大人們一陣笑。

秦鳳儀喜歡孩子，親香過一回，又與崔氏和囡囡師妹打過招呼，這才叫了李釗和方悅去書房敘話。秦鳳儀的書房頗是寬敞，他批閱藩地的一些文書經常在書房，令攬月上茶，便打發攬月出去了。

秦鳳儀茶都不待喝一口，便顯擺地道：「如何，南夷不錯吧？」

方悅道：「還真是。我們入南夷後都是慢行，這裡多是水路，雖則有些碼頭破舊了，但現下都有匠人和農人在修整或是新建。路上也多有來往商隊，還有在修路的農人。你先時在信上說要修路，這不會就開始了吧？」

秦鳳儀得意非凡，「自然是開始了，修路的事兒可不能拖。一月底，招商就結束了。你們來得巧，正好與我一道斟酌建城的事。唉，這裡什麼都不缺，就是缺人。現在修路，人還夠用，一旦開始修城，沒個穩重的人主持，我是真不放心啊！」

李釗及方悅皆面露驚訝之色，秦鳳儀這效率真不是一般，原本他倆在路上合計，今年底這路能開修便是快的。不過，路上見著不少人在修路，二人便知道，秦鳳儀這路已是提前修了，沒想到人家城也要開建了。

李鏡問：「建城的事都籌備好了？」

「圖紙已是出來了。」

秦鳳儀拿出來給二人看，上面有一座小城，並不是城小，而是秦鳳儀既是要建王城，起碼是州城一個級別的，這城在州城裡算是小的，但圖紙上面畫得極是詳細，連帶著秦鳳儀的王府、公主府、巡撫府、知府、將軍府等都有標註。另則就是兩座廟，一座是海神娘娘的廟，南夷臨海，人們信奉海神娘娘，另一座是鳳凰大神的廟，方悅與土人打過交道，知道土人信奉的是鳳凰大神。再者，就是幾個坊區，有官員住的坊區，有平民住的坊區，交易市集的坊區等等，還有城內駐兵的位置，城開九門，頗是周詳。

二人出身不凡，一人為狀元，一人為傳臚，但就建城之事，縱是在朝也沒見過，到秦鳳儀這裡卻是見個正著。一想到馬上就能看到一座城池在眼前興建，饒是以二人心志，也不由心潮起伏，一時看入了神。

三人當天暢談到天黑入夜，李鏡著人來催了好幾回，幾人方意猶未盡地散了。

待第二日，秦鳳儀半點也沒閒著，把大舅兄與方悅介紹給底下的臣子們認識。秦鳳儀以為他們得以屬官的方式調過來，沒想到兩人都是辭了官的。

待知其間內情，秦鳳儀翻了幾個白眼，正色道：「大舅兄、阿悅，你們只管跟著我。以後你們就知道，咱們一起做的事業，比在那狗屁京城強百倍。」

李釗和方悅原本最想不透的就是，秦鳳儀哪裡來的銀子建新城，但此二人馬上就有些明白了，因為他們很快就收到了淮商、浙商兩家銀號送的厚禮。這兩家銀號送他們厚禮並不為什麼，就為了能親見親王殿下，給親王殿下送禮。

李釗及方悅都是大族出身，自然知曉這些銀號的實力，想著，這還是頭一回見著有銀號哭著喊著給誰送禮，京城都沒這樣稀罕的事，何況南夷這相對貧困的地界？這兩家是得罪了秦鳳儀，還是想從秦鳳儀這裡得到什麼莫大的好處啊？

再者，這兩家送的不是尋常的東西，李釗能為他們傳話，皆是因為這兩家道：「先時分號的掌櫃是個瞎子，誤了銀號的大事，如今聽聞殿下要建新城，我等受皇上慈心仁性的感召，深覺往日淺薄，今願給殿下捐百丈城牆。」

秦鳳儀這新城還沒建呢，就有捐城牆的了。

李釗想，秦鳳儀這新城還真不愁了。

關於秦鳳儀為什麼這麼不待見淮、浙兩家銀號？

當然，人家銀號的大名不叫淮商銀號和浙商銀號。淮商銀號叫廣豐隆，浙商銀號為保恆昌，晉、徽兩家銀號也各有大名。只是，這年頭做生意、做事業都講究抱團，譬如各地商人也有商人行會，秦老爺當年就做過鹽商行會的會長來著。

按理，秦鳳儀生在揚州，浙商銀號還罷，淮商銀號根本是他半個老鄉。就是淮商銀號的東家，也是鹽商起的家，與秦老爺還相熟，結果秦鳳儀對這兩家銀號拒而不見，且非一日。

要說這兩家銀號哪裡得罪了他，就是跟秦老爺打聽，秦老爺這一路隨秦鳳儀自京城到南夷的人，都不一定曉得兩家是哪裡惹秦鳳儀不痛快了。

這事兒嘛，估計只有秦鳳儀自己清楚。

要說這兩家哪裡得罪他，也就是秦鳳儀自徽州宣布他的建城大計後，這兩家沒與他一道南下罷了。當時隨秦鳳儀一塊南下的是晉、徽兩家銀號，由此，秦鳳儀覺得淮、浙兩家沒眼光。他可是在揚州城長大的，他的本事，晉、徽兩家離得遠不一定曉得，但淮、浙兩家肯定曉得吧？秦鳳儀都說要建一座新城了，他懷疑這兩家銀號是不是腦子不夠使，就是南夷偏僻些，建城也不是小事，有的是錢賺，基本上銀子撂地上，就差彎腰撿了，可這兩家銀號竟不跟他一起來南夷。於是，這兩家在秦鳳儀眼裡就成了沒眼光、不機靈的代表。

兩家人也只是晚徽、晉兩家銀號一步到南夷，沒想到就是這一步先機之失，親王殿下修路、修碼頭的差事，便讓徽、晉兩家幫著跑腿兒。什麼招商的一百家商賈的資質審核，以及所有親王殿下的一應銀錢往來，都是由這兩家出面。中標的商賈們去取親王殿下給的兩成預付款，包括商賈們各人要付的保證款項，也是這兩家出面。

這可是前所未有之事啊！

他們銀號都是有些個家底的，但又有哪家銀號能為衙門效犬馬之勞，何況還是這樣的大事？而且，事情有一便有二，要知道，別個衙門的主官都是念書出身，向來輕視商賈。親王殿下的學問也是一等一的，還是探花哩，可親王殿下少時是在商賈之家長大的，故而，親王殿下行事不與別個官員同，親王殿下樂意用銀號進行工程結算。

這對於銀號是怎樣的福音？

這福音比起親王殿下建城，對於銀號一行，都有更偉大和深遠的意義。

正是因為親王殿下用徽、晉兩家銀號來結算修路和修碼頭的工程銀子，才讓淮、浙兩家銀號決定，要為親王殿下捐百丈城牆。

尤其是聽說近來親王殿下又有一筆鉅資存入了兩家銀號。

這下子，淮、浙兩家完全是坐不住了。

城牆說捐就捐了，求的還是殿下的大舅兄，京裡景川侯爺的嫡長子，李釗李大人。

李釗剛到，不明白秦鳳儀與這兩家銀號是哪裡不對盤，但百丈城牆不是小數字，李釗便代他們同秦鳳儀說一聲。

秦鳳儀微微一笑，「算他們還算明白，既是求到大舅兄你這裡，我自然要給你面子。」

「行了行了，別淨說這巧話，你不必看我面子，倒是我看他們不像不懂事。廣豐隆據說是淮揚商賈的本錢，他們在外更是以你的同鄉自居，如何就得罪你了？」李釗好奇問道。

秦鳳儀道：「他們也得罪不著我，只是當初我在徽州時說起建城的志向，相隨者唯徽、晉兩家銀號，且一路在我這裡頗多盡心孝敬。凡事自然有個先來後到，總不能因著他們是淮商的本錢，他們一到，我便另眼相待，豈不令徽、晉兩家寒心？做人做事都沒這麼辦的，再者他們乍一過來，就要來給我請安。我與他們並無交情，他們來做生意，我南夷城歡迎。至於其他，我知道他們是想在我這裡效力，可我先時與他們不熟，他們剛來南夷城，急火火要過來給我效力，就是朝廷用人，還得上查三代下問五親呢，我也不能不謹慎，自然要看看他們的為人、能力及心是不是虔誠，是吧？」

李釗算是聽明白了，合著就是因為這兩家沒從徽州便跟他過來。

李釗一樂，「別說，你這法子倒是不錯。」

用兩家冷兩家，而且冷得有理有據。這麼一冷，就冷出百丈城牆來。

秦鳳儀應了見淮、浙兩家銀號東家的事，私下卻與媳婦說：「還做銀號買賣呢，蠢才！送禮都講究個投其所好，這會兒才想起捐百丈城牆，早幹什麼去了？」

李鏡道：「別說，這些幹銀號的還真有錢，百丈城牆也得十幾萬銀子了吧？」

「他們做的是銀錢的生意，」秦鳳儀道：「這不過是敲門磚罷了。我現在也是堂堂親王，若是叫他們隨便獻個萬兒八千的禮便見著，他們面上恭敬，私下該笑我沒見識了。」

「這回他們必能長個記性，添幾分謹慎恭敬。」李鏡道：「對了，你先時不是讓大哥找幾個燒瓷的匠人，還有幾個懂種茶的來嗎？大哥都帶來了，大嫂昨兒把人給我了。」

「妳不說我都忘了。」秦鳳儀道：「我想著，讓大哥帶馮將軍往東邊去走一走。」

「這是何故，莫不是讓大哥去管著窯場？」

「就浮梁這麼一個窯場，夠幹什麼？便是日夜不停工，燒的那些個粗瓷，一趟也就賣完了。咱們有幾處大茶園在義安、敬州，我以往觀古籍，這兩地以前是有窯廠，帶著那幾個燒瓷的師傅去看看有沒有能開窯的地方，再者，也讓懂行的茶農瞧瞧咱們這兩地的茶園，看看如何管理。今春的茶，我吃著就比去歲的好。」秦鳳儀道：「讓馮將軍帶上五百人馬跟著，也是讓馮將軍看一看往東去閩地的地形。」

李鏡道：「你這是……」

「義安與敬州都是連接閩地的重鎮，這兩地的知州也過來請安了，可我畢竟不知他們的為人，不能心裡沒數。原當我親去，只是眼下新城這一攤子，我一時半會兒離不得，就讓大哥代我去。他一向細緻，馮將軍也是個能做事的，讓他二人帶隊前去，也讓大哥與馮將軍相互熟識一下。」秦鳳儀解釋道。

李鏡又問：「馮將軍一走，他手下的兵誰來帶？」

秦鳳儀想了想，道：「我讓馮將軍薦個副將暫代吧。」

李鏡點點頭，想來也無可再囑咐秦鳳儀的地方了。

秦鳳儀道：「大哥去義安、敬州，阿悅便管蠶桑這一塊吧。咱們南夷的絲價較之去歲漲了五成，就這樣還供不應求。什麼東西利益大了，便趨之若鶩，農人現在恨不得不耕田，只養蠶去了。農耕是固國之本，這是往大裡說，往小裡說，咱們這裡雖是地方大，人卻少。商賈來錢快，但是只有耕種才能讓農人有歸屬感。何況，做生意畢竟有風險，老實巴交的農人現在看絲漲錢，都在地裡種桑樹，可一旦絲價降下來，再想改耕地就不好改了。」

李鏡道：「這話很是，只是，這原應是各縣的責任，讓阿悅怎麼管？」

「讓他去想個勸農耕的法子，還有，我們這裡太原始了，會蠶桑，會繅絲，但是懂織錦織綢的人鳳毛麟角。」秦鳳儀有些發愁，「可這自來做買賣，賣絲能賣幾個錢，到底還是絲綢利更大。奈何便是咱們南夷城，也沒個織錦的高手，都是會些最簡單的那種單色平綢，而且論質地遠不及湖綢。要是我來辦這事，必然要往外請個懂紡織的高手來。可是，這樣的人也不是好找的。再說，這事不能我親自去做，多少大事我還忙不過來呢。」

李鏡微微沉吟，笑道：「我倒有個法子，你要不要聽？」

「哎喲，我的乖乖，這還有要不要的，只管說來就是。」秦鳳儀拉著媳婦的手捏一下。

李鏡道：「你說的路子是對的，海上那事兒咱們偷偷幹了一回，我看茶絲瓷這三樣，都是不愁賣的。單賣絲就太便宜了，的確是要請個高手來，非是要會織錦，還要懂織機上的事，不然那麼大的織機怎麼運過來？何況，運織機太打眼了，不如請個懂得造織機的匠人來。這樣的人雖是不好請，也不是請不到，只是難免要出大價錢。」

「妳知道我的，我還怕出銀子不成？」

「可以去江寧織造局請人。」李鏡道。

「江寧織造一向是供給皇家的，何況，他們這樣的人多為那人的心腹，我要是有此舉，他們定會上稟的。」

「不是我說你，你何必拘泥這個？難不成咱們在南夷的事，就沒人上稟了？不說別個，就這南夷城上上下下，不知多少別有居心之人。」李鏡道：「關鍵是，這人能不能請得來。你以為你現在是親王，織造局就會給你面子？」

秦鳳儀略一思量，問媳婦：「要出多少銀子呢？」

「現下不用拿真金白銀，江寧織造陳家與方家交好，以前我記得你說過，方灝家便有綢緞莊，還有好幾台紡織的機子，是不是？」

秦鳳儀道：「非但是阿灝家，以前咱娘認識一位陳太太，成天白送我料子穿的那個，她家就與江寧織造是族親。」

「那這事正好讓阿悅和方灝一道去辦。」李鏡道：「我們也可仿照江寧織造局，辦自己的南夷織造局。讓他們備上一份得宜的禮物，不必太厚也不必太薄，給江寧織造三成乾股，這事便有望了。」

秦鳳儀不是沒主意的人，他想了想，擊掌道：「成，這事兒就這麼辦！」

因為此事必然會叫景安帝知曉，還涉及景安帝的心腹狗腿子，秦鳳儀給自己做了心理建設：我這都是為了百姓！我這都是為了百姓！

夫妻倆商定了這織造局之事，隔天秦鳳儀正式召見淮商、浙商兩家銀號的東家。

在秦鳳儀眼裡不大有眼光還欠機靈的淮、浙兩家銀號，這回來的是兩家的大東家。不得不說，淮、浙兩家雖不機靈，大約是出身商人有一貫的謹慎，便是親王殿下在徽州說了要建新城的鴻圖大業，這兩家銀號仍是沒有及時跟上，反是在私下一番商議，這才打發子弟過來。

初時，打發過來的多是有為子弟，只是憑如何有為子弟過來，該打點的都打點到了，親王殿下就是不見。隨著南夷城招商之事確定下來，標書貼在巡撫衙門外頭的影壁上了，招審核商賈資質的差事交到了徽、晉兩家銀號的手裡，淮、浙兩家銀號主事人方深覺大事不妙，只得寫信命人快馬快船捎回家裡，最後，兩位大東家一商量，決定親自過來南夷坐鎮。

商賈雖然地位卑微，可要說鑽營，當真令人刮目相看。他們鑽營到李釗跟前來，還拿出了最大的城意。親王殿下不是要建新城嗎？我們就捐一百丈城牆。

果然是親王殿下的大舅兄的面子大，當然，也得加上這一百丈的城牆，親王殿下終於肯撥冗召見。親王殿下是在一處花廳見這二人的，兩人年紀都不輕了，花白的鬍子，難得這一把年紀還跋山涉水來南夷吃這辛苦。

兩人行過大禮，秦鳳儀命起身，然後賜座賜茶，方與他們說話。

秦鳳儀待人一向溫煦，只要你不是狠狠得罪了他，他的態度都不錯，尤其是兩個老頭兒年紀不小，瞧著比他爹還要年長個一二十歲。

秦鳳儀笑道：「余東家咱們是老相熟了，前些年你家的堂會我基本上一場不落，過年的時候，我爹還帶著我去你家吃年酒。我家的戲酒，你也是都到的。」

余東家連忙起身道：「以往不知殿下身分，草民多有唐突之處。」

「誒，說這個就生分了。」秦鳳儀擺擺手，命他坐下，又看向浙商銀號的錢東家，「我與錢東家雖是沒見過，可我在揚州聽聞過你的名聲，知道你是商賈界的前輩。世事弄人，我當年若不是要娶媳婦才走了科舉之路，現下咱們該是同行。」

錢東家忙道：「豈敢豈敢？殿下龍駒鳳雛，豈是我等草芥可比？」

秦鳳儀笑得溫和，客氣地道：「這便是外道了。要是別個藩王這樣說，估計是客套，我自小由我爹撫養長大，耳濡目染便是商界前輩的故事。余老東家你是絲綢起的家，你當年帶著絲綢遠赴關外，那關外是遍地匪類的地方，聽說關外有名的山匪胡金刀見著你，都要敬一聲好漢，還說不想咱們南人也有這樣的血性。要我說，那胡金刀也太小看咱們南人了，尤其是咱們商賈，水裡火裡，天南海北，何處不去？錢東家當年販茶，更是曾遠到漠北戈壁之地，如今這偌大基業，皆是你們血水汗水所掙。雖則你們是商賈，我是親王，但在我心裡，你們仍是商賈中的俊傑。」

二人被秦鳳儀誇得更加摸不著頭緒，他們原本屢番打點都不得面見親王殿下，如今這雖是能見了，但心下也琢磨著，先時定是有事令親王殿下不悅了。這次請安，也做好了被親王殿下怒噴的準備。二人來之前是做足了功課，包括對親王殿下性情上的一些了解。譬如，這兩個消息靈通的老狐狸就打聽出來，親王殿下是出了名的喜怒無常。

余東家是揚州商界一等一的人物，他發家的時候，秦老爺還沒生呢，遑論秦鳳儀了。後來，秦老爺是鹽商行會的會長，余東家卻是揚州商會的會長，可見差距了。不過，秦老爺亦是揚州商界的翹楚，故此，兩家是認識的。像秦鳳儀說的，過年去余家吃戲酒是真的。便是秦家過年的戲酒，也必會請余老爺。

余老爺現在慶幸自己一輩子小心謹慎，當初也年年去秦家吃戲酒，特別是後來秦鳳儀改參加科舉，開始大家都當笑話看，包括秦鳳儀癩蛤蟆想吃天鵝肉看上了景川侯府的大小姐，當然，現下證明，是景川侯府的大小姐有福氣，才嫁了皇子殿下，但在那時，揚州城裡多是拿秦鳳儀當神經病看的，更多人的評價是：「可惜了個好模好樣，竟是個腦子有病的。」

不過，余東家不是那多數人，他是聽說過秦鳳儀在京城求親之事的，雖然景川侯沒有答應，但余東家當時就覺得，秦鳳儀這孩子與眾不同。

然後，人家秦鳳儀打京城回來，第二年就中了秀才，接下來拜入方閣老門下，還不是只是應個師徒名分的，是真真正正的關門弟子。第三年不是秋闈之年，第四年中了舉人。第五年入京春闈，中了三鼎甲的探花。

當年秦鳳儀改走科舉路時，不論秀才、舉人，還是探花，余東家都令家裡備了禮，甚至秦鳳儀大婚的時候，他還去吃了喜酒。後來，秦鳳儀入官場，這一年一年的，余秦兩家更沒斷了往來，尤其秦鳳儀入朝便得聖寵，余東家更是極看好這顆揚州本地的政治新星。

沒想到，更驚掉人眼珠子的事情發生了，秦鳳儀竟然是親王之子。

秦鳳儀兒子的滿月酒，那時余東家不在京中，就為了去喝秦鳳儀兒子的滿月酒，千里迢迢趕到京城去。秦鳳儀也很夠意思，那時已是親王世子，他們商賈身分低微，都以為秦鳳儀不請商賈了，結果，秦鳳儀一張不落地下帖子。雖是在京城舊宅辦的酒席，但秦鳳儀親自相陪，坐足了半日，說笑一如昨日。

彼時，便是余東家這樣閱歷之人，對秦鳳儀的人品，亦是生出幾分佩服來。這人啊，失意時不失志，得意時不張狂，最是難得。秦鳳儀年紀不大，已得三分真意。

可事情的大翻轉還在後頭，余東家消息靈通，很快知道，秦鳳儀的真實身分還非親王之子，而是今上龍子。

若秦鳳儀是尋常的皇子，余家早上前了，可秦鳳儀的身分，偏生有些個掛礙。

余東家打聽得很清楚。

正因如此，余、錢二人方遲疑了。

如今秦鳳儀說到二人年輕時的舊事，便是以二人心性，也不禁生出一種「江湖越老，膽子越小」的慨嘆。年輕時天南海北，遇見過凶徒，也見識過匪類，皆未曾懼過。如今殿下身世，晉、徽皆未懼，他們怎麼倒先懼了？

這一懼，便遲了。

遲了，方有今日。

既有今日，好在二人都不是什麼臉皮薄的人。

余東家先露出羞愧來，道：「我老了，有事都交給下頭的小子們張羅。下頭這些小子們很沒有見識，糊裡糊塗的，我是直到快年根子底下，才曉得殿下建新城的事。我當時就把他們罵了一頓，我說他們也就是這點鼠目寸光了。我一直想要過來，一來二去的，就耽擱到了年後。幾番想給殿下來請安，又擔心擾了殿下的公務。」

錢東家跟著說了一番套路話，大致也是這麼個意思。

秦鳳儀笑道：「這有什麼擾不擾的？我不見你們，是怕你們多心。何況，我知你們是個謹慎的性子，我這建城的事是急活，他們徽、晉兩家過來得早，先時就幾次說過要效力，我正好有些個瑣碎雜事，就交給他們了。你們莫多心，我若是惱了，難道不曉得你們在外頭打著我老鄉的旗號張羅生意啊！」

一句話說得兩人都不好意思了。

錢東家極是誠摯地道：「小的們不爭氣，我們的確也遲了一步，可我們孝敬殿下的心，與他們是一樣的。殿下有什麼瑣碎要使喚人的事，只管吩咐我們便是。」

秦鳳儀道：「你們都在城裡，我這裡的消息你們有什麼不知道的？先期修路、修建碼頭的事，都交代下去了，暫時也沒別個事了。對了，你們那一百丈的城牆趕緊拿回去，莫跟我來這一套，我新城不差你們這一百丈城牆。」

二人連忙道：「這只是我們的些微心意，殿下要是不收，就是拿我們當外人了。」

既然二人如此誠心，秦鳳儀只好收了。

兩人互看一眼，余東家試探地問：「先時不得為殿下效力，殿下要建新城的事，草民在家時，也常為殿下盤算，這要建新城，不論殿下的王府、公主的公主府，還是平民的房舍或是官衙道路，連帶地下排水的溝渠，所費人力物力，殿下所耗心力，皆非尋常。殿下，若有我等能為殿下分憂之處，殿下可莫要見外，我們時時都盼著能為殿下效力。」

話到最後，余東家十分懇切。

秦鳳儀笑道：「成，你們的心意我都知道了。新城的圖樣子雖是出來了，但一些測繪之事還未結束，待到用人之際，我必然會考慮你們。」

二人都是面露喜色。

第一次見面時間不長，又有趙長史進來稟事，秦鳳儀便命他二人先退下了。

此一次見面能這樣友好進行，儘管親王殿下沒有給一句準話，兩人也頗是心滿意足了。親王殿下嘛，這樣的身分，又是建新城的大事，自然不可能一口應承下來，便把差使交給他們。那樣行事，便不是親王殿下了。

余錢二人是多年交情，兩人思量著這次談話。他們來見親王殿下自是做足了功課，沒想到親王殿下也對他們瞭若指掌。

但瞭若指掌並不是就好說話了，余東家與殿下還是舊時相識呢，卻是晚了一步，一樣是多日拒而不見，可見這位殿下絕非心慈意軟之人。一時之間，秦鳳儀的形象，反在二人心中神祕莫測起來。

南夷城的風季來得轟轟烈烈，儘管南夷城離海邊有一些距離，仍是風雨不斷。是的，就是風雨，連風帶雨，颳起來的時候，連李釗都說：「聽說過南夷有海風，原想著南夷城離海已是遠了的，風怎麼還這麼大？」

「約莫是從江上過來的。」秦鳳儀道：「咱們這兒的風都這樣大了，番縣的風還會更大。我聽老范說，風大時能把屋頂掀飛，當然，那都是茅草頂。」秦鳳儀說著一臉嚮往，「我還沒見過那麼大的風呢！」

李釗、方悅：這種事沒見過有什麼好遺憾的？

風季一來，李釗原是想雨停了便往東去，秦鳳儀卻是沒敢讓大舅兄去。

秦鳳儀道：「待雨季過去，大舅兄再去。咱們南夷，山高林密，水路多，陸路少。這會兒三不五時颳風，路上不知耽擱多少功夫，何況這時天氣熱，夏天林樹裡還有瘴氣。」

李釗道：「那正好這時節去，我們慢慢走就是，倘有大的鎮縣，若是天氣不好，等幾天也無妨的，正好看看下面的百姓日子如何。」

秦鳳儀把馮將軍叫來，問這風季可能行路。馮將軍在南夷州待好幾年了，屬於想調都調不走的那種。無他，他走了也沒人來填坑。

馮將軍道：「咱們不是去海邊，既是去敬州、義安，便是坐船，也是內陸水脈，並不是在海上坐船。倒是陸路什麼的，下雨未免路況難行，怕是要耽擱功夫。」

秦鳳儀忙問：「會不會有瘴氣之類的？」

馮將軍笑，「那瘴氣不過是在密林裡，底下積腐的東西多了，下了雨，天氣熱，這麼一蒸騰，氣息有毒。那都是深山老林的事，我們出行，除了水路，便是走官路，斷不會走到深山老林裡去的。」

秦鳳儀回頭又跟媳婦商量了一回，李鏡倒是想得開，「大哥既是要在南夷落腳，你又沒空東巡，讓大哥先沿路看一看也沒什麼壞處。要是擔心路上有事，不如帶上李太醫，他年輕些，跟著大哥他們一道去，路上但有個病痛也就不怕了。」

如此，秦鳳儀便也不矯情了。

李釗見竟然叫他帶太醫，他又不是小孩子，難不成出門還要帶著大夫。

李釗不願意帶，崔氏道：「那是妹妹、妹夫的一片心。」

李鏡道：「不為妳，人家李太醫要跟著一路瞧瞧，以後也好在別處開分號。」

李釗受不了兩個女人嘀咕，只得應了，還與秦鳳儀說：「婦道人家委實瑣碎。」

秦鳳儀笑嘻嘻地道：「我就很喜歡我媳婦瑣碎，這是關心咱們的表現啊，也是濃濃的愛意嘛！」直說得李釗渾身起雞皮疙瘩。

李釗收拾好行李，他身邊自有侍衛，馮將軍則只帶了十數親衛，並未如秦鳳儀說的，帶上五百兵馬什麼的。馮將軍一去，秦鳳儀問他這一去手下將士由誰代班，馮將軍心中微暖，說了兩個副將的名字，一個叫李大壯，一個叫方大偉。

秦鳳儀聽他把李大壯說在前頭，便道：「那就讓李大壯代理，方大偉協理。」

馮將軍見自己薦的人都被殿下接受，很是高興，「聽殿下的。他們都是勇武之人，也叫他們藉此歷練一二。」

秦鳳儀問他們打算怎麼去，馮將軍道：「我與李大人商量過了，我們就裝作去西邊進瓷器的商賈，一路慢行過去。」

秦鳳儀想了想，再無需要叮囑之事，便道：「不論遇何事，均以你們的安危為要。東邊這一路，我也沒去過，不知是何情形。這一路，你們就是我的眼睛，我的耳朵，我盼你們路上順遂。不論何時，切記以平安為重。李賓客是我的親戚，我們相識多年，而咱們倆雖認識的時間短，你在我心裡，卻是不可或缺的棟樑，你們倆的安危，比什麼都重要。」

秦鳳儀說得馮將軍感動了一回，待辭了殿下退下，心裡暗道，雖則南夷地方苦了些，但殿下卻是拿咱當個人。為這樣的主君效力，便是在南夷，亦是心甘情願的。

他們這次出門，秦鳳儀未弄出大陣仗，皆因李釗他們要裝作商隊東去。秦鳳儀只是提前置酒，請李釗、馮將軍吃酒，說些分別的話。

秦鳳儀笑，「你們只管去，新城那裡，你們各自的府邸，待回來時應該就開始建了。」

二人選了個風和日麗的日子出行，自此一別數月。

秦鳳儀還跟媳婦道：「大舅兄這剛來，就被我派了外差，妳多跟嫂子說說話，壽哥兒那裡也要多看顧些。」

「我知道，不必你說。」李鏡道：「你管好外頭那一攤就成，家裡的事有我。」

秦鳳儀有件事忍不住跟媳婦說：「我都不曉得如何說這些商賈的好，余、錢兩家捐了一百丈的城牆，徽、晉兩家也要捐。徽、晉兩家要捐城牆，我不以為奇，但閩商竟然也要跟著捐城牆，而且，人家都是合夥捐，閩商自己就捐一百丈。我自來未將海商放在眼裡，他們起來的年頭兒也短，卻不想這般財大氣粗。」

李鏡道：「咱們不過是春天交易了一回，就是幾十萬銀子的進帳，還是扣除成本的，你想想，咱們這裡能有什麼規模？可海商那裡，每年春秋兩季海貿不斷，他們的收益該有多少？泉州港也有幾十年了呢！」

秦鳳儀道：「那閩王豈不是比朝廷還富有？」

「閩王不過是藩王，咱們這回賺的多，是因為咱們直接與海商交易。茶、瓷就是個人工費、絲綢雖是倒了回手，但這裡頭的純利、稅收都是咱們的。閩王那裡，閩商雖有所孝敬，市舶司他再截流一些，我猜一年也不過百萬銀兩。」

「那這幾十年也不少了啊！」

「他就不花用了？」李鏡道：「閩王兒子就有十個，底下孫輩、重孫輩更是無數。何況，閩王賢名天下皆知，什麼窮書生、困窘的族人，只要上門就給錢。再者，濟危扶困、施粥捨藥的事，既要搏名，自然不能少幹。加上閩王自身的排場，家裡妻妾兒孫的花用，我估量著他雖能有幾百萬的銀錢，但也不會更多了。」

李鏡又道：「閩商那裡，他們固然會與閩王有些瓜葛，但商人一向是狡兔三窟。閩王得勢時，他們自然是往閩王那裡孝敬，這無可厚非。就是晉商，西北駐軍都是平家一系，你以為晉商與平家就沒來往了？」

「哎喲，他們晉商還能鑽營到平家那裡去？」

「這話真是傻，與北蠻的榷場交易，晉商是大頭，他們要是不與平家搞好關係，北面的榷場能有他們的事？」李鏡道：「晉商也不止往平家鑽營，他們在各地開銀號，哪裡不鑽營？要我說，這與在朝做官一個理，下頭人往上頭鑽營，今兒還拍上官馬屁，明兒上官倒灶，立刻就能換個新上官拍，還不一個理。」

秦鳳儀道：「我不怕他們鑽營，當初，咱們家裡經商時，我見著一些官老爺也會給人家請安拍馬屁。我是擔心，閩商是不是閩王的狗？讓你一說，晉商那裡，我也有些擔憂了。」

李鏡道：「像銀號這樣的生意，一般都是好幾家大商號合夥。我雖不懂生意上的事，可你類比一下，滿朝文武都是為皇上當差，誰就是皇上的狗呢？朝中那些大員們，可都不是好纏的。何況，咱們用商賈，用的是生意上的事，並不要他們參與機密。這個人，能用便用，不能用便不用。若是用到一半敢反水，他們在咱家的地盤上，就是鬧到朝廷，有我父親與方閣老，便是平家與閩王這樣的人物親自出面，也不懼他們，何況他們不過是商賈，一介商賈，還能與親王打官司不成？」

「對哦，我都是親王了。」秦鳳儀嘆道：「我有時總是忘掉。」

李鏡笑，「慢慢就能記住了。」

秦鳳儀「切」一聲，與媳婦道：「我是生不逢時，我要是生在太祖皇帝年間，說不得作為比太祖皇帝還大哩。」

李鏡白他一眼，「真個風大不怕閃了舌頭，你先把造新城的事搞定再說吧。」

秦鳳儀有事非得與媳婦商量，這心思才能安定下來。

心中大定之後，秦鳳儀就開始與方悅商量勸農耕之事。這事秦鳳儀就交給方悅了，擬出幾條勸農耕的法子來。

然後，秦鳳儀這裡就不停有幾家銀號的東家們上門請安，尤其是淮、浙兩家的大東家到了，先時徽、晉的兩個少東家就顯得有些分量不夠。

閩商銀號離得近，閩商銀號的大東家先過來的，秦鳳儀也見了見他，說起閩地的風光，秦鳳儀笑道：「我雖沒去過閩地，卻也聽說過泉州富庶。」

親王殿下想聽泉州風光，閩商的大東家自然就要與親王殿下細說一說了。

待徽、晉兩家老爺子過來時，秦鳳儀一樣也見了他們。秦鳳儀是商賈出身，他雖沒大做過生意，但他做過官，而且念書也念得好，不然也不能考取探花。雖則秦鳳儀與景安帝鬧掰了，但不得不說，他在景安帝身邊時受益頗深。並不是景安帝教導了他什麼不得了的手段，秦鳳儀學到的是一種看待事物的眼光。

秦鳳儀商賈出身，他先時對種田的就頗是不以為然，覺得農人沒錢，日子也過得苦，結果士農工商，農還排在商之前，多兩個位次。秦鳳儀私下就問過景安帝這事兒，他認為這排序應改為士商工農……那民為固國之本的道理，還是景安帝告訴他的，所以，秦鳳儀現下也這樣重視「勸農耕」一事。

秦鳳儀有這樣的見識，又是商賈出身，就像余、錢兩家大東家的事，都是他小時候聽來的故事。人家書香之家的故事是「之乎者也」，他商賈之家說故事也是商界前輩的故事。何況他又是愛聽各地風俗的人，架子也不大，這些銀號的大東家，哪個不是見識極深遠之人。

這樣的人，並不會一上來就談生意，縱是余、錢二人，除了第一回請安致歉，表達了對親王殿下的孝敬之心外，其後過來，親王殿下喜歡聽民俗，就給親王殿下說民俗。親王殿下喜歡聽笑話，就給親王殿下說笑話。親王殿下喜歡聽銀號的事，就同親王殿下說銀號的事。

就這麼說著說著，親王殿下給他們看了新城的建設圖，哪裡是王府，哪裡是公主府，哪裡是衙門所在，哪裡是官宅所居，再有，便是大片的平民區與市坊區。

秦鳳儀笑道：「依你們看，本王這座城如何？」

何、康二位東家極力稱讚新城之好，秦鳳儀道：「上回的差事，你們做得很好，不過，你們也知道淮商銀號、浙商銀號、閩商銀號都過來了，都是一片誠心要為本王效力。虧得本王這裡的差事多，不然真不敢兜攬你們。我不是那種把你們忽悠過來，哄冤大頭的性子，當初你們隨本王來了，本王說要用你們，必然用你們。」

秦鳳儀指著市坊與大塊平民區道：「你們看這一塊如何？」

二人道：「自然是好的。」

「你們現在說好，並不知它好在何處。」秦鳳儀道：「待本王建好，巡撫等一應衙門自然也會遷過去，屆時新城所在便是南夷的心臟所在。本王早在去歲就禁止番縣土地買賣，這一片坊市與平民區，地都是本王的，將來建的宅子、市坊的店鋪，自然也都是本王的。依你們看，這些宅子、市坊可賣得出去？」

二人心下一動，不要說新城，就是如今南夷城的房價都不知翻了幾番了，二人道：「殿下是要建了宅子來賣？」

「這可真是廢話，不建宅子，難道乾賣地？那能有什麼收成？」秦鳳儀微微一笑，「本王要建新城，世人皆以為本王在說笑，你們一定也奇怪，本王建新城，銀子從哪兒來？今日本王便告訴你們，新城的銀子還是自新城而來。」

何、康兩家大佬辭別親王殿下時，腳下幾是有些個不穩。何老東家請康老東家去自家坐坐，康老東家明白其意。南夷的夏天並不炎熱，因為時有海風過來吹一吹，便是如今的三伏天，也是冷熱適宜的好天氣。

做銀號的，就沒有窮的，何家這所宅子雖是剛收拾的，也頗有幾處景致可賞。何老東家此時卻沒有賞景的心，請康老東家到書房坐了。

何東家道：「殿下手段，當真是神鬼莫測啊！」

這種建一座新城賣房子的主意，真是尋常人想不出來的。大家都習慣了不是買地，就是買人家的宅子，從沒有這種建大批新房只為買賣的事。

康東家道：「殿下手段倒是好，只是，南夷自來窮苦，這宅子能賣出價錢來嗎？」

手段自是不凡，康老東家也得承認，這位殿下很有些想法，但這件事的關鍵地方就是，能這麼幹的，你得地方富庶，人來人往的多，商事發達，要不就是貴人多。前者比如揚州，揚州的宅子就一直很貴。後者如京城，京城居大不易，這不易之中，便有房價高的緣故。

何東家沉默半晌，低聲道：「如果殿下會一直進行海事交易，何愁新城不富？」

康東家細細抽了口氣，看向這位老友。

何東家一雙老眼目光灼灼，康東家道：「是啊，我聽說三四月間，番縣碼頭上晝夜不停。倘殿下一直有海貿之事，非但對整個番縣，便是整個南夷都要財源滾滾了，更何況我等經商的便是銀號。」

康東家問：「何兄，依你說，殿下會繼續進行海事貿易之事，可準嗎？」

「倘殿下無此意，今春那幾十萬兩銀子，如何會存到我們兩家銀號？」何東家道：「幾十萬兩的數目雖多，殿下又不是要遠行，倘是要遠行，我信殿下為了省事方便，把銀子存我們銀號，兌了銀票來易攜帶。可殿下如今就在巡撫府，銀子擱巡撫府不也一樣，不費什麼事，但殿下存到了我們兩家銀號，殿下的意思，不問可知啊！」

這幾十萬銀子，怕就是要安他們的心。

兩人都是商場上的老前輩，更是有決斷之人，他們先時雖與秦鳳儀不熟，但這些天沒少過去請安。彼此說起話來，秦鳳儀對他們有所了解，他們對親王殿下的性情也知曉一二。

康東家道：「既如此，我等莫再猶豫，我看殿下要建新城，可這宅子必然得建好後才能賣的，先期銀錢投入不在少數。殿下曾問過我們銀號大筆銀錢投入之事，依我所說，不如我們便包下市坊那一塊。土地是殿下的，自然要按紅利孝敬殿下。」

何東家道：「依你看，這筆銀子多少為好？」

康東家道：「我觀殿下行事，便是建新城，亦不會徵調民夫，必然是把工程交與商賈。坊市那一片不小，連帶排水、路面，還有各項成本，必在一百萬兩到一百五十萬兩之間。」

「單坊市那裡，是不是太少了？」何東家道：「你想想，南夷城這樣的宅子，現在都要一千兩起了。官宅那一塊自不是提，便是民宅，可是有不少好地段的。」

康東家笑，「殿下為人精明，那幾家巴結殿下巴結得緊，何況，淮、浙兩家與殿下交情不凡，閩地海商亦是對新城的差事垂涎三尺。」

「海商不過是剛吃了三天飽飯，就吃著碗裡的，看著鍋裡的。他們此來，想是從新城牽線，待海貿時搭橋。」何東家笑，「倒是如康兄所言，淮、浙兩家所圖甚大，他們怕是不止盯著新城，也如閩地那些海商般，想在海貿中分一杯羹。」

何東家說著話，與康東家道：「這事宜早不宜遲，我這裡能出三百萬兩。」

康東家眉頭一跳，「何兄這般看好新城？」

何東家道：「不瞞康兄，我這些天沒少思量殿下所行之事。這可是位有大才的殿下，先不說自北向南一路上收留飢民的仁義，就南夷這裡，我年輕來過，我們晉中最愛南邊這些個果脯子啥的。我當年來的時候，是想在這裡做些生意，可這一路水路尚好，總有船可坐，官道委實難行，後來來了兩趟，我便不來了。如今殿下一來南夷，先修路，這便是大明智之舉。要擱別人修路，必然是徵調民夫，一天管兩頓飽飯便是仁義了。殿下不是，殿下拿出銀子，讓咱們商賈承包了工程，而且肯先付兩成銀款。那些個先時還有些猶豫的商家，見著銀子，哪個心裡不踏實？整件事我想了又想，殿下不徵調民夫，可商賈還是要雇當地百姓，這一聘雇，每天便是要付錢的。再沒本事的百姓，只要肯幹，肯去修路、修碼頭，每天幾十文的收入。當地百姓不夠使，有商賈去外地招人。兩湖、廣西的商賈，多有回去從老家帶了匠人過來的。這麼一來，南夷不知多出多少人去。就是咱們來的路上，那叫一個熱鬧，連淮揚的漕商都過來建船走水運生意了。人一多，各行便能興旺起來。還有些個婦人，做些飯團吃食就往人多的地方叫賣。這南夷本地百姓，不管種瓜種菜的，現在都好賣。就是咱們銀號，原本我想著，他們過來無非就是開個分號罷了，但殿下一應結算都自咱們銀號走，這對咱們又是多大的利端？這才幾條路十幾個碼頭，就盤活了半個南夷，更不必提兩湖的糧商，他們現在與殿下的養父好得跟什麼似的。」

略啜口茶，何東家道：「先時我不大明白殿下為什麼花銀子把路給商賈來修，畢竟建新城可是大花費。如今看來，殿下心有大才大志，非我等凡人可揣測。」

何東家說的話，康東家自己也思量過。康東家想了想，道：「我看殿下也非凡人可比，咱們商賈利大，就是因為但凡商事必有風險。既如此，我跟何兄一樣，也出三百萬兩。」

說著，康東家起身道：「這事不宜遲，咱們現下就去與殿下說一聲才好。」

何東家一想，這也是，他們先說便占了先機，說什麼也得拿些好地段的房子才成。結果他們到時，正遇著淮浙兩家的余、錢二位老東家出來，兩人臉上都是一臉笑意。何康二人便覺不好，想進去與殿下表誠心，閩商銀號的鄭東家卻排他們前頭，把這兩個老頭兒給擔憂壞了。所幸殿下中午要用飯，說了下午未出再辦公，先讓他們回去。

淮、浙兩家的老東家與三人打過招呼，高高興興地回了。

剩下的鄭、何、康三人，誰都不肯走，反正巡撫府這裡也管飯，他們幾家都是財主，打賞起來更是不手軟，故而，他們的飯比尋常例飯還要更豐盛些。

待到未時，鄭東家排前頭，先去請安。及至鄭東家出來，何、康二人進去，說了想出銀子的事，秦鳳儀笑道：「你們幾家倒似商量好的一般。說吧，你們看中哪裡了？」

待二人說了坊市與平民區的一部分後，秦鳳儀笑道：「你們各自眼光也差不多。」

二人有些不好意思，都道：「我們也只是小見識，殿下看哪裡合適，我們就往哪裡效力。就是海神娘娘的廟與鳳凰大神的觀，還請殿下交給咱們，咱們很願意為神明盡一盡心。」

秦鳳儀道：「你們各自的心我都曉得，你們有六百萬兩的誠意，是我所未料到的，畢竟我這城還沒建，你們都是商界老前輩，自然知道這房子生意如何，還得看這個地方以後如何。倘地方繁華，房子自然是好出手的，倘地方尋常，建這許多房舍，又往哪裡賣去？你們能來是看好我鳳凰城以後的前景。你們有這個心很好，雖則你們不是我南夷人，但既在這裡做生意，我待你們與南夷的百姓們都是一樣的。這次新城的事務不少，你們幾家都是銀號界的翹楚，都是一樣要為本王效力的心，我不好厚此薄彼。你們兩家商號已比他們先走一步了，這樣吧，新城的事我給你們分一分，你們看如何？」

二人自然說好。

秦鳳儀打發他們下去。

秦鳳儀叫了章顏過來，與章顏說了此事。

章顏大喜，激動得直道：「殿下真是天縱英才！」

秦鳳儀道：「你去與工房的人商量著，看怎麼分。這裡的工程量委實不小，按百萬兩左右分成幾大塊，屆時讓他們各自抓鬮，抓到哪塊是哪塊，省得他們再唧歪說本王偏心。還有咱們官署這一塊，城牆、九門的建設，也該有個計畫了。」

章顏道：「咱們自己這一塊的銀子從哪兒來呢？」

秦鳳儀微微一笑，「這個銀子當然官府出了，由我來出。」

章顏對著秦鳳儀深深一揖。

秦鳳儀連忙扶他起來，道：「這是做什麼？可別這樣啊，叫人不得勁兒。」

章顏道：「銀子的事是大難題，臣卻幫不上什麼忙，只能幫著殿下做些瑣事了。」

秦鳳儀雖然覺得自己幹得不錯，還是正色道：「這你就錯了，你以為治安不重要？這些瑣事不重要？非得這些事做好了，商賈們覺得咱們這裡的環境安全，能平平安安做生意，他們才會心甘情願地拿銀子過來。我只是提個大的框架，具體如何，還得看你們怎麼做了。先時咱們修路，補償農人的銀錢，不也有下頭縣裡貪墨的？吏治、治安，是比什麼都要緊的事。老章，你可比銀子值錢多了，虧得有你，我才不用在這上頭費心。」

上官特愛說甜言蜜語，對於下屬也是一種苦惱啊！

章顏笑道：「蒙殿下不棄，臣一輩子追隨殿下。」

「那可說好了啊，你任期就要滿了，得繼續連任。」秦鳳儀道。

「殿下就是不說，臣也沒打算走。臣才不走呢，南夷這裡如何如何好的話，還是殿下與臣說的。剛有起色，就想讓臣走，這可沒門兒。」

君臣二人說笑一回，章顏道：「對了，殿下，眼下夏收要開始了，一則是糧稅的事，二則荔枝樹得提前送回宮裡去了。」

秦鳳儀哼哼兩聲道：「都按舊例便是。」

南夷州是出了名的窮地方，雖則地方大，朝廷真正能做主的只有一半，還有另一半是山蠻的地盤。故而，南夷州稅賦其實沒有多少。只是，每年的荔枝要上貢，這荔枝是栽在大缸裡沿著河或山路送到京城去。供應皇室吃新鮮荔枝，比那什麼一騎紅塵高級的多。

秦鳳儀當年在宮裡吃荔枝也是吃得不亦樂乎之人，如今風水輪流轉，從吃荔枝的變成送荔枝的。自己要給宮裡供應荔枝，再加上與景安帝的關係很是不佳，秦鳳儀與章顏道：「給朝廷寫封奏章，就說我們這裡窮得很，本王的王府還沒建，現在還借住巡撫衙門，今年荔枝收成也不好，讓朝廷少幹點兒勞民傷財的事兒。」

章顏勸道：「何苦如此？每年朝中要的也不多。何況，養都養好了的。既要上供，何必令朝中不悅？」

秦鳳儀道：「這得費多少人力啊，咱們這裡的人本就不夠使。」

「反正得一塊兒送糧稅去。」章顏溫聲勸著，他是很希望秦鳳儀能與皇上緩和一下父子關係的，故而努力勸慰著。

秦鳳儀何嘗不知此理，只是一想到要給那人送荔枝送糧食，心裡就鬱悶，與章顏抱怨了幾句。秦鳳儀頗有些小心眼地道：「在奏章裡把咱們這裡寫得苦一些，別忒實在說咱們日子如何如何好過。就說為了建新城，自本王到你，頓頓鹹菜，餐餐薄粥，海風一來，漁民們不能出去捕魚，更是沒吃喝。本王從牙縫裡擠出錢來救濟災民，令不使百姓餓死。再說，朝廷的荔枝，咱們好端端給送去了，這都是民脂民膏。」

章顏：……

秦鳳儀還道：「寫好後給本王瞧瞧。」

章顏真是愁死了。

把新城與寫奏章的事務交給章顏，秦鳳儀轉頭帶著趙長史和杜知府去府學巡視。府學的事，原是讓趙長史忙的，趙長史手裡的事太多，具體交給方灝管。方灝很適合幹這行，這位同學打小就是好學生，而且板起臉來特有威嚴。

江南學風甚重，方灝雖是兩次科舉落榜，但他不過與秦鳳儀同齡，如今才二十三歲，這樣年輕，也算是才子了。更何況，在南夷這種地方，方灝學識更是超群。

方灝本身也喜歡治學，把府學的事管得井井有條。如今的府學，除了一些秀才過來上課外，還有個老舉子給秀才們講書。要知道，南夷秀才們的水準，怎麼說呢，就跟以往南夷經濟在全國的水準是一樣的。就那老舉子的才學，較之方灝都大有不如。

秦鳳儀同方灝說過：「趕明兒你把戶籍遷過來，到咱們南夷，一準兒能得解元。」

方灝：……

方灝是個正直的孩子，還真沒想過遷戶籍過來考試。秦鳳儀是要府學兼官學的職司，但凡城中有適齡的孩子都可過來念書。還有土人的孩子們，每個部落有十個免費名額，束脩上有補助。官學裡小學生招起來，先生是最大的事情，實在沒人啊。還是秦鳳儀屬官招收考試時，方灝順路招了幾個人，為叫他們安下心教小學生，給他們掛到了秦鳳儀長史司的名下，每月吃的是長史司的俸祿，他們才安安心心地教起學來。

秦鳳儀過來一看，聽著小學生們揚著小嫩嗓念聖人之言，唇角翹啊翹的，秦鳳儀便與方灝說：「跟小鳥兒似的，拉著嗓兒，啾啾啾，啾啾啾。」

趙長史忍俊不禁，杜知府是個拘謹人，想笑不敢笑，於是，面色越發古怪。

方灝則正直臉道：「殿下小時候也是這樣念書的。」

秦鳳儀哈哈一笑，他在外一笑，就有小學生往外瞅，秦鳳儀立刻板起臉，把小學生嚇得連忙轉過頭裝認真，秦鳳儀笑得更歡。

方灝實在受不了這人，「殿下說話小聲些，別吵著孩子們念書。」

「小聲小聲。」秦鳳儀非但小聲，還躡手躡腳，像作賊一般，直把方灝氣得半死：這哪裡有做殿下的樣子啊？

方灝請秦鳳儀一行到他屋裡吃茶，秦鳳儀看方灝這屋僅刷了個大白，連個掛屏什麼的都沒有，便道：「這可太素了，叫老趙畫張美人圖給你掛屋裡。」

「臣這裡是官學。」方灝強調了一遍，要不是秦鳳儀如今身分與以往不同，方灝指不定說出什麼來。就這麼著，他臉色也不大好，緩了緩口氣，方道：「學裡就當素儉，難不成還要花團錦簇不成？」

請秦鳳儀上座，小廝端上茶來，方灝奉給秦鳳儀一盞。

秦鳳儀接了，擺擺手，「你也坐，咱們說說話。」待方灝坐了，方問學裡如何。

方灝道：「現在沒什麼事情了，就是現下南夷城的菜價越來越貴，大米是衙門撥的，這個不愁，菜錢再多撥幾個就成了。」

秦鳳儀道：「成，你屆時寫個條子給老趙便是。」

方灝道：「還有一事，上回阿金過來，問了他們族中幾個小子的學習情況，還與我打聽了採桑繅絲的事。」

「他定是知道你是揚州人才問你的。」秦鳳儀問：「你怎麼說的？」

「我又不懂這個，我說那都是女人做的，揚州許多女人都懂，大約並不難。」

秦鳳儀哈哈一笑，拍著大腿道：「大事將成，大事將成啊！」又與方灝道：「阿灝，晚上過來吃飯，我有好事與你說。」

秦鳳儀是笑著離開官學的，看他那高興勁兒，不知道的還以為怎麼著了。

趙長史是秦鳳儀近臣，又與秦鳳儀相識多日，微一沉吟便知秦鳳儀是因何而喜了。這般一想，趙長史亦是臉上帶笑。杜知府卻是有些個摸不著頭緒，趙長史就與杜知府耳語幾句，杜知府方恍然大悟。

秦鳳儀接下來又去看了南夷城外的碼頭修建進度。南夷城的碼頭太舊了，秦鳳儀要他們翻新，哪裡不好，重新修來。秦鳳儀看進度不慢，除了颳風下雨時不能修，匠人們還是極用心的，秦鳳儀還看到得此差事的一位曾東家。

曾東家上前請安，秦鳳儀笑道：「我過來看看，你這裡倒還不錯。」

曾東家道：「只要是老匠人說能修的天氣，我都親自過來看著他們修。」

秦鳳儀問：「可有什麼難處？」

曾東家笑笑，不好開口。

秦鳳儀道：「有話就說。」

曾東家垂手道：「原不該同殿下開口，除了這碼頭的差事，小的還接了另外幾處碼頭的差事。現在人工也貴，只是，先時殿下恩典，已先給了我們銀錢……」

秦鳳儀笑道：「我當是什麼事。」

秦鳳儀想了想，又道：「雖則合約是簽好的，你們真有難處，又這麼大老遠過來，銀錢一時不湊手也是有的。這樣，按繫纜樁的數目，只要修好一半，待衙門驗收後，給你開條子，你就先去結一半的錢，剩下的，待哪個碼頭你全部完工，就請衙門驗收。哪個碼頭完工，驗收後立刻結銀子，可好？」

曾東家感激得不知說什麼了，連連向秦鳳儀作揖。

秦鳳儀道：「只是一樣，品質你得保證，倘哪裡糊弄，可就沒今天的情面好講了。」

曾東家連忙道：「殿下對小的們大恩大德，倘是那般，小的哪裡還能算個人？」

秦鳳儀一笑，再去看其他地方的修建。自碼頭又一路在城裡逛了逛，方回府。到了巡撫衙門，秦鳳儀交代杜知府：「留意幾個擅長養蠶繅絲、性情比較好的婦人，我有用。」

杜知府知道殿下要收攏土人，連忙應了。

秦鳳儀晚上設宴請方悅和方灝這對族兄弟，秦鳳儀先對二人稱讚一番，給方悅斟了一盞酒，笑道：「阿悅，你寫的勸農耕的幾個法子，老范特意上書說你寫得好呢！」

方悅道：「那不過是前人用過的法子罷了。」

「只要有用，便是前人用過又有何妨，我就不曉得。」秦鳳儀再給方灝斟了一盞，笑咪咪的，「阿灝，你也幫了我大忙，要不是你，官學裡都是些小學生，我真不放心別人。」

方悅和方灝互看一眼，都想著說，這俗話說的好，無事獻殷勤，非奸即盜。

秦鳳儀倒不會奸盜，但這親自給他二人倒酒，定是有事。這族兄弟二人琢磨著，秦鳳儀已是舉起酒盞，笑道：「來，咱們先乾一杯！」

三人吃了一盞酒，秦鳳儀又請兩人吃蝦吃螃蟹，道：「當初我把你們請到南夷來就說了，咱們南夷是個好地方。瞧瞧，這山青水秀的，除了窮，沒別個缺點了。」

方灝正夾了個蝦吃，聽秦鳳儀這句話，險些噎著。

秦鳳儀繼續道：「不過，現在好很多了。我剛來的時候，那會兒阿悅你還沒來，阿灝是知道的。出門連隻雞都買不著。不是沒銀子，是你有銀子也沒地方買去。只有山上的野雞，是郊外獵人們打來，過來城裡賣。那些個家養的肥雞，這麼大的府城，都得三八日的集市上才買得著。可現在咱們這裡天天有雞鴨吃，只要有錢，出門就買得著。百姓們有了銀錢，也捨得叫孩子們來官學識得兩個字了。今春的茶，阿灝你那茶園雖小，出產也還可以，是吧？」

方灝是個實在人，更兼念書多年，有些個清高的性子。好吧，就是知道方灝清高，秦鳳儀怕他沒個算計，當初買茶園時，叫方灝拿出私房買了幾十畝。那啥，收成是不錯。

方灝道：「有什麼事你就直接說吧，這彎繞得太大了。」

秦鳳儀被方灝說破，卻是不會承認，反正他臉皮厚，他仍是一本正經地道：「不是繞彎，是我對咱們南夷長遠建設的一點想法。你們也知道，咱們南夷想變好就得有錢，有錢百姓才能富，才能吃得飽飯。可如何才能有錢，錢又不能從天上掉下來。這世間利最大的四個行當，茶鹽絲瓷，鹽是不要想了，臨海的地界，除非把鹽販到外頭去，賺外地人的錢，咱們本地的鹽賣不起價，剩下的便是茶、絲、瓷三樣。茶咱們有了，瓷器一時急不來，剩下的就是絲。咱們這裡的婦人，比其他地方的婦人也不懶，她們更勤快，可她們不懂紡織，光賣絲不過是賣個力氣錢，這如何能忍？我思來想去，決定辦南夷織造局，你們覺得這主意怎樣？」

方灝對賺錢的事一竅不通，方灝看向方悅。

方悅放下筷子道：「你這想頭自然是好的，只是織造局先不說投入，反正你有法子弄來銀子，但這織錦的技術，各家保密的。要是去江南請些會織錦的婦人，咱們花些銀子倒也能弄來，只是，這也就是民間的手藝。在南夷，一時可得頭籌，待時間長了，湖州、杭州那裡都有大的民間織綢作坊，一旦他們過來，咱們這個就比不了的。何況，你既要建織造局，江寧織造局我雖沒去過，但聽說那裡都是民間沒有的東西，大的織機足有兩層樓高，這樣的技術怕是花錢都買不來。」

「我們花大價錢。」秦鳳儀沉聲道：「我出三成乾股，要江寧織造局的匠人師傅，和手藝嫻熟的織工。我建，就要建最好的。」

方悅還真被秦鳳儀的魄力嚇了一跳，三成乾股可不是小數目，尤其南夷形勢一片大好，聽聞秦鳳儀還幹過走私的事兒。走私什麼的，方悅未放在心上，秦鳳儀要建城，要修路，千百樣的花銷，想把南夷由貧帶富，尋常路數斷然走不通。便是走私，方悅也當不知道了。

方悅想到秦鳳儀與今上的關係，便多說了一句：「織造局隸屬於內務司，江寧織造局是皇上心腹中的心腹，你可想好了？」

秦鳳儀道：「想好了。」

方悅當即把事情應下：「既如此，我願與阿灝替你走一趟江寧。」

「爽快！」秦鳳儀大喜，這一餐飯，可謂賓主盡歡。

南夷迎來了豐收季，夏糧稅的徵收，讓一船又一船的官糧運到了南夷城，這令原就熱鬧的南夷城越發熱鬧起來。

往京城送糧稅向來是主官的責任，所以，不要說像巡撫這樣的官職一任三年就不回京城了，實際上，他們身為地方大員，更是少不了往京城遞摺子表忠心。章巡撫百事纏身，這要送糧稅，更不曉得要多少時日，秦鳳儀斷離不得他的。

秦鳳儀道：「讓李布政使去，他本管著糧賦這塊，正好要致仕了，順道跟著回京。」

章顏手裡百樣事務，一旦去送糧，不曉得手裡的事要交給誰，便道：「李布政使年邁，臣想著，還需要一個得力人幫著他才是。」

其實地方窮僻有窮僻的好處，南夷人少，秦鳳儀選拔人才，一不看出身，二不看文章，就看能不能做事。秦鳳儀道：「李布政使那個手下，姓譚的經歷，倒是不錯。讓他跟著，挑幾個人就是了。」

把送糧稅的事商量妥當，章顏又說：「那個，下官聽李布政使的意思，他今年也才六十，是想再繼續為殿下效力。」

秦鳳儀白眼一翻，「我來這裡快一年了，也沒見他效過什麼力。去歲我來的時候，他那之乎者也，哆哩哆嗦的勁兒，原本想讓他幫著管一管官學，他又嫌差使小。前兒我帶著張長史他們去官學，他的影子都沒見著，都是阿灝在管。你說說，他能效什麼力？」

章顏很想說，人家也是四品布政使，讓四品布政使管官學，本身就大材小用。當然，那個李布政使也是個沒眼色的，成天一副大儒的酸樣兒，章顏也不大喜歡他。只是，四品布政使一去，怕就是旁的人安排進來了。

章顏悄悄與秦鳳儀道：「我聽說，李布政使是景川侯的族人。」

秦鳳儀眉毛一挑，咳一聲，正色道：「管他誰的族人，這樣尸位素餐的傢伙，咱們可不能要。」然後，他心想，媳婦沒跟他提過啊，既然媳婦沒提，可見不是什麼要緊的人。主要是李布政使這類占著茅坑不拉屎的傢伙太討人厭了，誰的族人都不管用，秦鳳儀必要李布政使致仕的。章顏見秦鳳儀這般，便也不再勸了。

秦鳳儀道：「我跟你說，咱們的荔枝多出好幾十缸呢，知道不？」

章顏心中一動，「殿下不會是想做荔枝生意吧？」

「這生意才有多大，何況，勞民傷財。」秦鳳儀道：「只是，去都去了，到了杭州，必然要走大運河的，屆時水上就方便了。把這幾十缸帶上，京城裡人傻錢多的主兒遍地都是。告訴譚經歷，賣個好價錢，也犒勞一下這些一路辛苦的民夫們。」

章顏感慨道：「殿下心善。」其實這些民夫們按理都是徵調，不用給銀子的。秦鳳儀自是看不上荔枝的生意，不過是多給幾十缸，一則是怕路上有損耗，二則是賣了補貼民夫。

秦鳳儀擺擺手，「這值什麼？要我說，徵糧也不必這麼麻煩，咱們南夷這麼山高路遠的，就不能換成銀子送去？明兒給我寫個奏本，問一問朝廷，能不能以後咱們南夷的糧稅都折換成銀子送往戶部。」

章顏一想，這法子雖是新奇些，卻真真是能省許多人力，當下應了，決定回去就寫個摺子，連帶上回殿下交代他的摺子一道寫。

秦鳳儀與章顏商量完畢，回頭還問了媳婦一句，李布政使可是她族人。

李鏡道：「說來是個沒出五服的堂祖父吧。」

「還真是族親啊？」

「他是個清高的，一向不屑與我們本家來往。咱們過來南夷城多少日子了，別說他，就是他家太太，也沒跟我說過一句親熱話，你就當成平常人對待就成。」

「這是何故？」秦鳳儀是個好奇心重的人，自然要問其中緣故。

李鏡道：「這位堂祖父的父親，是我曾祖父的弟弟。不過，堂祖父這支為庶出，我曾祖父為嫡出，偏生堂祖父有些寵庶滅嫡的意思。我曾祖父有運道，為人亦有才幹，趕上亂世，跟著太祖皇帝起兵，後來得了爵位。堂祖父當年發過一白日夢，想著我曾祖父請立庶弟為侯府世子，這不是腦子有病嗎？我曾祖父有的是兒子，幹嘛要請立與自己不合的庶弟啊？聽說還為這個鬧過氣兒，可曾祖父是太祖時的名臣，他們再怎麼鬧也是白搭，他們那一支便不與主支親近。這位堂祖父長我父親一輩，年輕時中了進士，聽說就頗是傲氣，早早做了官。當年先帝在陝甘殯身，我祖父和兩個伯父都死在了陝甘，家裡就剩下我父親和一位庶出的三伯。你沒見過我這位三伯，我也是聽人說的，我父親是嫡子，當時祖父和兩個伯父都不幸歿了，自然是嫡子襲爵，可這位堂祖父仗著輩分，仗著在朝多年，便說有長立長。那會兒朝中正亂的時候，顧不上我們家這點事。陛下是先帝八皇子，先帝非要北巡，幾位皇子死的死亡的亡，剩下的在京留守的三位，壽王是九皇子，陛下之上還有一位六皇子。六皇子當年的勢頭也是極猛的，他與今上都是庶子，可他為長啊，當時擁立六皇子的也很有一批人。後來，還是今上繼了位。六皇子自是不必提了。我父親少時便給今上做伴讀，那會兒這位堂祖父還說我家的爵位當立長。真是昏了他的頭，有嫡子不立，難道立庶子？」

「他能在布政使一位上終老，真是福氣。」李鏡都不想多提這種族人。

秦鳳儀感慨：「岳父家也爭得這麼厲害啊！」

李鏡道：「有人的地方便有紛爭，要不是我曾祖父是個明白人，且有些運氣，我家要是堂祖父那等人才當家，估計現在子弟都不曉得哪裡去了。就堂祖父這種嫡庶不分的東西，他還想繼續在南夷州效力？這種人品，老老實實致仕便也罷了。」

「那妳怎麼不早與我說啊？」

「你不也不待見他，我還說什麼？顯得我娘家多亂似的。主要是堂祖父糊塗，直接帶壞了一支子弟。你想想，世上不是沒有庶出子弟，已是庶出是沒法子的事，可你自己得爭氣，得明白事理。你不能你是庶出，就恨嫡出吧，這是什麼理？」李鏡搖搖頭，「沒法兒說，世上偏有這樣的糊塗人。」

說了一回李布政使的事，秦鳳儀又與李鏡說了讓方悅和方灝去江寧的事。

沒幾天，族兄弟二人就要出發。秦鳳儀照例擺酒，還與二人道：「要是族裡有可用的親戚朋友，只管帶回來，咱們都不是外人。」

方悅和方灝覺得，秦鳳儀當真是有那麼點求賢若渴的意思，皆正色應了。

待族兄弟二人走後，秦鳳儀召土人的十個族長過來南夷城說話，說的還是正事。如今十家皆有子弟在官學念書，非但如此，秦鳳儀還在南夷城給了他們一家一個鋪子，允他們自賣山上的山貨，生意還不錯。

秦鳳儀召他們過來，是與他們商量修建鳳凰大神的觀宇之事。

一聽說秦鳳儀的新城要建鳳凰大神的觀宇，可是把這些人歡喜壞了。

秦鳳儀笑道：「我與鳳凰大神頗有淵源，今在我的鳳凰城，必要建鳳凰大神的觀宇。今日叫你們過來，就是給你們看看鳳凰觀的圖紙，從此你們也可到城裡祭祀鳳凰大神了。」

秦鳳儀還說要給鳳凰大神塑像。

阿金道：「殿下，我們族中便有鳳凰大神的像，可供於觀內。」

阿火族長不幹了，「我們族中也有，一樣可以供於觀內。」

餘下人皆說自己山中也有，秦鳳儀一笑，「這有何妨？屆時廟修好了，你們每家便獻上一尊，可放偏殿供奉。」無非就是多蓋幾間屋子的事，反正觀裡屋子有的是。

大家一聽，這主意不偏不倚，又高興起來。

秦鳳儀待他們一直不錯，如今還讓他們在城賣山貨，因為生意好，大家也不用去山下打劫肥羊了。說來，都得感謝親王殿下，於是，對秦鳳儀頗多奉承。

秦鳳儀笑道：「以後咱們南夷只會越來越好，只是，怎麼只見你們來城裡，不見你們的妻女過來？我家王妃也在城內，倘你們妻女過來，倒可與王妃說說話。」

阿花族長道：「她們都是粗人，怕不合王妃意，萬一嚇著王妃就不好了。」

秦鳳儀哈哈一笑，「本王的王妃武功蓋世，曾力敗北蠻三王子，比嚴大姊的武功更好。當年比武，你們也是見過的吧？」

這麼一說，阿花族長更糊塗了，「當天不就嚴大姊是女扮男裝嗎？」

「還有一位也是女扮男裝，便是本王的王妃。」

諸人皆露出驚嘆之意，別看他們對秦鳳儀一向很有心眼，一說到李鏡的蓋世武功，大家極為讚嘆佩服，均說王妃娘娘本領大，尤其是他們都下山做生意了，家裡孩兒們也送官學念書了，與山下的關係越發緊密。既然親王殿下這般說，當下應承，下回再來城裡就把妻女給帶上，來向王妃娘娘問好。

秦鳳儀晚上就與媳婦說了此事，「待土人各家的族長媳婦們來了，招待她們吃飯，然後帶她們去看看桑蠶之事。」

李鏡道：「以後要教導他們桑蠶之事嗎？」

秦鳳儀道：「這且不急，得看他們是不是誠心歸順。山蠻那邊的勢力不小，他們雖是不同族群，說來都是土人，我雖有心收攏，也得看他們誠意如何。」

「是啊，土人的事務必要謹慎。就是山蠻那裡，你也要留心。咱們這裡一向窮困倒還罷了，如今越來越好，當心山蠻眼紅。」

秦鳳儀道：「眼下兵馬日日訓練，我防的就是這個。」

夫妻倆說一回話，轉眼就到了押送糧稅入京的日子。

章顏的奏章寫好了，上呈秦鳳儀。秦鳳儀一瞧，直說章顏：「這封改糧稅為稅銀的奏章寫得很好，這封讓你叫叫苦，怎麼寫得這麼不苦啊？」

章顏唇角直抽，「已是很苦啦！」

「還不夠。」秦鳳儀親自要了筆墨，添了幾句，讓趙長史重抄一遍。之後，秦鳳儀簽上自己的名字，兩本奏章交給譚經歷帶到京城去。

譚經歷深覺責任重大。一路辛勞自不必說，待秦鳳儀的奏章呈上，景安帝看完，私下還給景川侯瞧了一眼。景安帝指著那兩句半文半白的「貧窘之際，鹹粥亦無，只得望西北，灌兩口海風裹腹」，與景川侯道：「估計就這兩句是那小子自己寫的。」

尋常人寫不出這種話來。

景川侯都不知該擺出什麼表情了，景安帝又問：「可有書信？」

景川侯原就是帶著書信來的，他閨女寫給他的信，他女婿寫給他兒子的話，這位皇帝陛下都是要看的。景川侯原想著，好像不當這時候呈上，但皇上要了，只得自袖中取出。

景安帝一看就知哪部分是兒媳婦李鏡寫的，哪部分是秦鳳儀寫的。先不提秦鳳儀的字，就那字裡行間的口氣也不大一樣，那叫一個吹牛啊。

秦鳳儀現在雖然還是嘴硬說不與岳父來往，但他在南夷混得風生水起，又不能跟下屬得瑟，那樣顯得不穩重，只能回屋與媳婦顯擺，但只跟媳婦炫耀哪裡夠，秦鳳儀簡直憋狠了。於是，便打著給祖母李老夫人寫信的旗號，經常炫耀他南夷的輝煌。

秦鳳儀寫的信，照例先誇了一回南夷的山水，又誇南夷的海鮮。因著風季到來，海上多海風，漁民都不出海了，他很久沒吃到海裡的大魚，只有一些小貝殼類的東西可吃。又說南夷如何熱鬧，如何山好水好，荔枝隨便吃，遍地都是。又誇自己在南夷搞的工程建設，新城估計六月招標，七月就要開建了云云。

那一通吹牛炫耀，景安帝看得唇角不自覺翹了起來，端起茶盞啜一口，道：「他這城建得倒是夠快的。」哪兒來的銀子呢？

景安帝好奇得緊。

景川侯似是看出皇帝陛下的疑惑，應道：「喝西北風攢出來的銀子吧。」

景安帝險些噴了茶。

不論是景安帝，還是景川侯，抑或方閣老，對於新城的修建現在仍持觀望態度。雖則秦鳳儀在信裡是把自己的南夷吹噓得不得了，不過，大家都知道秦鳳儀就是這個性子，不要說他的藩地了，他家啥都是極好的。

南夷州很痛快地送來了與往年無二的糧稅，還有五十盆荔枝。南夷州來人在郊外碼頭做了一回荔枝生意，很是賺了一筆，景安帝只當不知道。譚經歷也不是全做買賣，起碼還是按親王殿下的交代，李、方、愉親王三家各送了兩盆掛果將熟的荔枝樹。剩下的，譚經歷都賣掉了。等京城的差事結束，看李布政使直接在京致仕，譚經歷便帶著大夥兒坐船回南夷。

其間不是沒人同譚經歷打聽南夷的事兒，譚經歷都是以「先時大夥兒日子苦，待殿下到了就不苦了」統一答覆，其他再多的一律沒有。

這是個嘴嚴的人。

辦完差事，他便走了。

景安帝則在斟酌江寧織造送上的密摺，上面說方悅奉鎮南王之命過去他那裡，又要織工又要匠人師傅，打算在南夷開辦南夷織造局。

這位織造大人不愧是景安帝心腹中的心腹，連三成乾股的事也如實說了。

景安帝不解，南夷那樣蠻荒的地方，就是秦鳳儀去了略好些，可秦鳳儀現下修路建城，縱是秦淮在揚州幹了多年鹽課，身家也頂多兩三百萬兩，再加上朝廷撥的五十萬兩。那小子把銀子用來修路，這一點，景安帝還是有些感觸的，他就知道那孩子不是短視的性子。許多藩王因皇位無望，便多耽於享樂，哪個管藩地死活？

秦鳳儀不一樣，他出京時多半也沒多想南夷的事，但半路就開始動腦子了，先是收攏飢民充盈人口，再忽悠許多商賈一同前往，帶了好幾萬人過去。難得的是，這麼多人一下子湧入南夷城，可南夷硬是沒出什麼大亂子，這就很見本事了。當然，秦鳳儀大年初一帶著老婆孩子坐花車帶著一萬親衛軍巡遊的事，景安帝也是知曉的。秦鳳儀這震懾手段，景安帝見著消息亦是要翹唇角。既出風頭又用兵力震懾南夷城，很符合秦鳳儀的性情。

只是，秦鳳儀的步子，是不是邁得太快了些？

景安帝其實有些猶豫要不要讓江寧織造局出人，他倒不是在乎那三成乾股，是擔心秦鳳儀攤子鋪得太大，最後收拾不住，直接攤了。

不過，景安帝最終還是在江寧織造的摺子上批了個允字。秦鳳儀的性情，景安帝十分了解，倒不是別個，秦鳳儀是屬於那種認準了事，必要做成的人。你不答應，他無非是另想法子，但他絕對不會不做，與其如此，還不如允了。就是最後栽跟頭，也權當買個教訓。

與景安帝想法相似的，便是方閣老了。

方閣老原是讓孫子過去看秦鳳儀這城能不能建起來，結果，孫子被秦鳳儀使喚到江寧去江寧織造那裡借人。當然，方閣老之所以會知道此事，是因為孫子寫信回家時提了一句。

在方閣老看來，秦鳳儀接下來的要務是建城，如何又要辦南夷織造局？就南夷那窮山窮水的地界，倘是方閣老說，不必大張旗鼓辦織造局，那裡紡織落伍，自湖杭之地尋幾個有手藝的織工過去教導當地百姓，學些先進的織錦技術，慢慢由小做大，何須直接大手筆辦織造局？織造局可不是好幹的，先期投入便是極多。

只是，秦鳳儀都開口給江寧織造三成乾股了，想來皇上便是為著緩和父子關係也會允了此事。但在京城的方閣老，更加為自己的弟子擔心了。

遠在南夷的秦鳳儀卻是收到了方悅的好消息，江寧織造那邊已然應允，接下來就是建南夷織造局的事了。

秦鳳儀雖則心喜此事辦成，心中卻也有些不得勁，有些彆扭。不待這彆扭勁兒過去，李鏡與他道：「先時咱們說山蠻之事，你不如上摺子給朝廷，讓朝廷多派撥兵器。」

秦鳳儀將織造局的事擱心裡，道：「這摺子不必上，上了也是白上。去歲咱們剛來，且不說有一萬親兵，刀槍都是齊全的。現在上摺子，一準兒沒戲。」

「就是沒戲才讓你上。」李鏡道：「織造局的事，瞞得過那些消息不靈通的人，但這樣大的動靜，瞞不過那些有心人。你上一道要兵器的摺子，朝廷必然要駁回，那些個有心人，便也能夠放心了。」

秦鳳儀面露厭惡之色，「真是放個屁他們都要聞一聞。」

李鏡道：「讓趙長史寫這摺子便是。」

「知道了。」秦鳳儀越發不大歡樂，李鏡看他臉臭得很，笑道：「行了，咱們事情多了，不必想這些沒意思的事。我與你說，咱們阿陽會說話了。」

「真的？」秦鳳儀眼睛一亮，「趕緊把大陽找回來，我得聽聽咱們兒子喊爹。他怎麼就突開靈竅了呢？」

「這也快吃飯了。」李鏡命嬤嬤去把兒子抱回來。

秦鳳儀道：「大陽每天都在玩什麼呀？」

「跟壽哥兒、阿泰、大妞在一處玩。」

一時，秦太太帶著大陽過來。大陽十一個月就會走路了，這會兒已是走得很熟練，他也不要人抱，胖臉上帶著笑，一看就很高興，手裡揮著布虎頭，見著他爹他娘更是雀躍，跑過去抱住他爹的大腿。秦鳳儀將胖兒子抱起來，往上拋了兩下，大陽咯咯直笑，口水都要流出來了。秦鳳儀把兒子擱懷裡抱著，給他擦擦口水，笑道：「兒子，喊爹！」

大陽轉過頭，對著他娘晃晃手裡的布虎頭，高興地說了兩個字：「姊，給！」

李鏡道：「是大妞給你的啊？」

大陽高興地點頭。

秦鳳儀道：「誒，臭小子，喊爹啊，我說你喊爹啊！」

大陽就一個字：「姊。」

秦鳳儀鬱悶壞了，「這是不會喊爹，還是聽不懂人話啊？」

李鏡笑，「娘都不會叫呢，先學會了叫姊姊。」

「哎喲，兒子，你這麼喜歡大妞啊？」秦鳳儀道。

大陽有模有樣地點頭，把秦鳳儀逗得，沒忍住親了兒子幾口。

秦鳳儀跟他娘說：「娘，您不是說我小時候口齒伶俐，怎麼大陽嘴這麼笨啊？」

「這哪裡是笨？咱們大陽雖然話說得晚，可口齒清楚。你小時候倒是伶俐，一說就是一串，但人家聽不懂，管姑叫豬。」秦太太笑，「咱們大陽是心裡明白，就是得慢慢說。」

秦鳳儀把他爹也叫了來，大家一起吃飯。吃過飯，秦老爺和秦太太自去安歇，大陽就想去找大妞玩。李鏡耐心地同兒子道：「你得午睡呀！」

大陽現在真能聽懂大人的話了，他想了想，說道：「姊，睡。」

秦鳳儀眉毛一豎，「還想跟人家小姑娘一起睡覺？你這小子，嘿，你可真是你爹的親兒子呀！」說著，秦鳳儀一臉歡喜，欣慰萬分地與妻子道：「瞧咱們兒子，自小就靈光，這以後找媳婦不用愁啊！」

「你這也是當爹的說的話？」李鏡嗔丈夫一句，大陽已是自己撅著肥屁股爬下床。他個子矮，卻很是小心，先扒著床沿，待兩隻小腳丫著地，這才慢慢挪下去。李鏡剛要說什麼，秦鳳儀擺擺手，就看大陽自己找到小鞋子，蹲下身子歪歪扭扭穿上，然後，一雙大眼睛瞅著爹娘，奶聲奶氣地道：「姊。」

秦鳳儀翻個白眼，「你喊爹，喊爹就帶你去找大妞睡午覺。」

大陽想了想，興許是覺得這買賣划算，便響亮亮地喊了一聲：「爹！」

秦鳳儀當下的感覺，在數十年後回憶時，可用一句話形容：「如飲醇酒，醺醺然。」

秦鳳儀完全被他兒子一聲「爹」給喊醉了，當下便要帶兒子去找大妞睡午覺，就聽他媳婦輕咳一聲，秦鳳儀忙說兒子：「再叫一聲娘，你娘吃醋啦！」

大陽又喊娘，還用自己的胖臉蹭蹭他娘。

夫妻兩個便送兒子去大妞那裡玩。

人家大妞也是剛吃完飯，囡囡看到秦鳳儀夫婦帶著大陽過來，忙起身相迎。

秦鳳儀笑，「坐，坐。」

李鏡道：「大陽吃完飯非要找大妞。」

大妞正在屋裡玩，喊了聲舅舅、舅媽。說來，秦鳳儀與方悅和囡囡的輩分有些亂，但大妞就從沒亂過，有他爹在便叫叔祖、叔祖母，她娘在的時候，便喊舅舅、舅媽。大妞這孩子雖比大陽才大兩個月，論起口齒，當真是比大陽伶俐百倍，大妞還特愛說大人話，這時便說大陽：「都說了午飯後再玩，你這會兒過來做什麼？」

大陽把自己的布虎頭送給大妞，巴結人家道：「姊，睡覺。」

大妞問他：「你尿床不？」

大陽想了想，搖頭道：「不。」

「那成吧。」大妞勉強同意，「你可得聽我的話，不然我就不要你了。」

大陽小腦袋點得跟個點頭機似的。

秦鳳儀心中鄙視，覺得兒子特沒出息，結果深受他爹鄙視的大陽小朋友，很高興地屁顛屁顛跟著大妞一起玩去了。

何以解憂？唯有兒子。

鄙視了一回肥兒子那沒出息的樣兒，秦鳳儀又投入到了南夷州的建設中去。

肆之章

孔雀開屏見祥瑞

秦鳳儀還真沒多少時間心情彆扭，他忙得跟什麼似的。上回與土人們說了，可讓他們的妻女過來與王妃說話。土人們倒是很積極，沒幾天把妻女都帶下山來。土人族中，女人並非漢人以男子為尊，在土人族中，妻子的地位是與丈夫平等的，有的甚至略高於丈夫。

土人女子並不是母老虎，只是強勢些罷了，而且，穿戴不華麗，但頭上金銀飾不少，打扮得很是幹練，尤其是阿金他娘，參觀過桑蠶之後，第二日又過來向李鏡請安，私下同李鏡打聽嚴大姊的事。

李鏡道：「嚴姑娘是我的朋友，她武功高強，甚是了得。」

阿金他娘讚道：「果然非如此女子不能叫我兒子傾心。」

一副覺得兒子眼光很不錯的樣子。

阿金他娘知道嚴大姊的英雄事蹟後，又問道：「嚴姑娘是不是不喜我們阿金？」

李鏡想了想，方道：「先時阿金年歲小些，嚴姑娘卻是與我同齡，約莫是嚴姑娘覺得年紀不大般配吧。」

「這有何妨？咱們女人看的是本領，並非年紀。大上幾歲，亦是無礙。」阿金娘道：「娘娘，你們中土人生得細嫩，比咱們土人顯得年輕哩。」

李鏡一笑，阿金他娘繼續打聽嚴姑娘的事，李鏡道：「嚴姑娘本事不凡，為人亦是驕傲，她當年許下心願，嫁必嫁世上第一流的男子。」

「好志向好志向！」反正，阿金他娘看樣子是很中意嚴大姊，回家還與丈夫說，定要讓兒子把這位嚴姑娘娶回家。

阿錢族長道：「這談何容易？聽說這位嚴姑娘家裡都是高官。」

「咱們阿金也不錯啊！」阿金他娘絕對是「孩子是自家好」的典型家長。

阿錢族長問：「那桑蠶的事，妳跟王妃娘娘提了沒？」

「一時忘了。」

「這樣的大事都能忘？」

「你傻啊！」阿金他娘不客氣地道：「王妃特意讓咱們參觀，就是知道咱們想法。漢人的一句話，天下沒有免費的白米飯。咱們要學繅絲織錦，不付出代價怎麼能成呢？」

阿錢族長沉默了，道：「那我再問問親王殿下的意思。」

阿金他娘點點頭。

阿錢族長先讓兒子去打聽，這也是土人的精明，阿金畢竟是少族長，而且年紀尚小，談成談不成的，其實都無妨。阿錢族長則是部落頭領，一旦秦鳳儀回絕，便沒有了退路，於彼此的關係亦是大有影響的。

阿金是通漢人文化的，當然，他這種通，也就是認得漢字，會說漢話，至於聖人之言懂多少，就不曉得了。這個倒無妨，秦鳳儀原也不大喜歡酸生。秦鳳儀喜歡的是通透人，要不，就是實在肯做事的人。阿金顯然是屬於後者，因為族裡在山下的買賣都是阿金張羅的，阿金在南夷城的時間也比較多，族中想學習桑蠶之技，阿金是曉得的，他爹都交代給他了，讓他尋機問一問親王殿下，這桑蠶之術售價幾何。

他不好直接與親王殿下說，因為族中還沒想好付出什麼樣的代價學來漢人的桑蠶之術。

阿金便時常去秦鳳儀那裡請個安問個好什麼的，秦鳳儀一向待他不錯，也會關心他生意如何。直待方悅和方灝回城，帶回了大批匠人織工，阿金才知道秦鳳儀要辦南夷織造局。

阿金道：「織造局是織錦的吧？」

「是啊，養蠶繅絲織綿。」秦鳳儀笑道：「屆時還要在城中招收織工，你們族中若有心靈手巧的女孩子，可以過來試一試。」

「這……這成嗎？」心心念念的事突然成了，阿金激動得都結巴了。

「這不過是小事，何須你猶豫至此？」

秦鳳儀此話一出，阿金便曉得自己心中那點小念頭已是被這位親王殿下看透，頓時很有些不好意思。阿金是個真誠人，他道：「漢人的桑蠶之術，對我們土人來說，是很了不得的技術，我們怎麼能白學呢？是一直還沒想好，要怎麼出學技術的銀錢。」

「阿金，你是族裡的少族長，你考慮的不應該是這些小事。」秦鳳儀起身道：「來，跟我去南夷城走一走。」

秦鳳儀經常去南夷城逛，看看市井民生，秦鳳儀與阿金道：「一個地方是好是壞，是窮是富，去街上走走便曉得。現在的南夷城，與我剛來時的南夷城，已是天壤之別。」

秦鳳儀繼續道：「以後南夷還會更好，更加繁榮昌盛。桑蠶之術，在漢人這裡只是尋常小技。阿金，你有考慮過族人以後的生活嗎？」

阿金看向秦鳳儀，秦鳳儀道：「我到了南夷後，這裡是我的封地，以後我的子子孫孫都是這片土地的王。我初到南夷，看到這裡十分窮困，較京城相距甚遠，說實在的，我心裡很是難過。當時我就發下弘願，我必要將南夷建設成天下一等一的富庶之地。讓我的百姓過上好日子，能吃飽飯，穿暖衣，養育兒女，和平而富足，這是我的理想。」

阿金點頭，很是認同秦鳳儀的話，「我也希望族人過好日子。」

秦鳳儀一笑，眼睛帶著微微的光亮。南夷的風季即將過去，此時陽光正好，夏末的陽光落在秦鳳儀那張絕世容顏上，竟有一種淡淡的聖潔之感。

秦鳳儀道：「什麼是好日子？現在你們把山貨搬到城裡來賣，然後你們再採買山上的貨物搬回山裡？我相信你們現在的生活比以往肯定要好，但是與山下的百姓比又如何？」

「你是讀過書的人，你可有想過，為什麼大多數人會住到山下嗎？山上有山珍，有野味兒，但山上潮濕，土地貧瘠，不宜耕種，相比而言，還是山下更適合人居住。」秦鳳儀侃侃而談道：「你們要學的東西還很多，不只是桑蠶。阿金，如果南夷還是過去那個窮困窘迫的南夷，我不會勸你下山，今日我有此提議，也有我的私心，但現在的南夷日新月異，你們在山上，縱是學會桑蠶繅絲，也只會越落越遠。這並不是空話，阿金，你身為少族長，應該要多考慮這些事了。」

秦鳳儀提點了阿金一回，新城的建設就要開始了。

章顏把新城分成幾十塊進行招標，這幾十塊又分成兩大部分，第一部分是官府建設，包括王府、公主府、府衙，以及官員住宅，還有就是軍營和城牆。第二部分是民宅、坊市。

民宅、坊市的生意，各個銀號都有意。土地是秦鳳儀的，秦鳳儀占比三成，其他的銀號出銀子，以後房屋售賣，銀號占比七成。

秦鳳儀要求他們必須準備四成現錢，兩成是付給招標的商賈，兩成放到巡撫府，是他們銀號給衙門的押金，一旦他們反悔，這些現銀不退還，工程自有衙門接手。之後，包括給商賈們的結算方式，秦鳳儀也做了具體的規定，諸如民宅、坊市，可按比例結算。中標的商賈先取兩成預付款，待工程完成一半，驗收過後，便可先行結算一半的工程款。等全部完工，再結另一半的銀錢。

另有諸多細節，反正裡面的規則是趙長史與章巡撫，再加上秦老爺、羅朋、秦鳳儀，五人一起商議出來的。種種複雜，光這些條款就寫了半尺厚。既有約束衙門的條款，也有約束銀號的條款，還有諸如雙方一旦出現問題，後果如何賠償之類。

總之，諸銀號的老東家們研究衙門擬出的條款，便研究了半個月之久。

在這期間，李釗、馮將軍一行人帶著長長的馬隊回了南夷城。這裡面，既有數車茶葉，另有諸多瓷器。東西秦鳳儀讓羅朋去接收，細問李釗東邊敬州、義安的情況。

李釗道：「敬州、義安都有窯口，窯都開著呢。他們那邊的瓷器多走泉州港，我們一去，馮將軍被認了出來。義安知府是個老油條，聽說他在義安八年了還不挪坑，顯見在義安發了財。敬州知府任職年頭短些，跟我說是州裡太窮了，弄些個銀子補貼州府開銷。我在他們那裡住了些日子，他們對你頗多孝敬，都讓我帶來了。」說著，送上兩個厚實的信封，還有就是兩封請安的奏本。

秦鳳儀看了奏本，笑笑沒說什麼，再看銀票，一家五萬兩，倒似商量好的一般。

秦鳳儀笑罵：「這些個狗東西，五萬兩就想堵我的嘴，他們倒是想得好買賣。」

李釗道：「路上我們也發現了幾處適合開窯的地界，都畫了地形圖，地契也拿下來了。南夷的地，當真不貴。」

「是現在不貴。」秦鳳儀道：「大舅兄，你挑一個去。」

李釗擺擺手，「罷了罷了。」

秦鳳儀道：「客氣什麼？你不挑，趕明兒我替你挑一個。阿悅也從江寧回來了，今兒咱們一起喝酒。」

秦鳳儀今天置酒給大舅兄接風且不提，銀號各家都在看官府擬出的條陳。別看當時說的山好水好，真正出銀子的時候，尤其秦鳳儀要求他們將兩成銀錢放到巡撫衙門做押金的事，幾家銀號因是做銀子生意，最是注意銀錢流水。兩成可不是小數目，這麼擱巡撫衙門……

幾家正在商量，就聽說番縣碼頭又熱鬧了起來。

秦鳳儀流水的銀子、洋貨、香料、寶石運回巡撫府，幾家銀號當下也不踟躕了。親王殿下走私這事，一年簡直是除了風季，無間斷地幹啊！

現在深海碼頭的確沒有建起來，但用小船一船一船運過去，只要有利可圖，那些個海外商賈，也樂得做南夷這裡的生意。無他，南夷比泉州港近得多，而且現在完全是秦鳳儀一人的獨家生意，你旁家想做，親王殿下的親衛軍現在駐紮在番縣港口，誰敢從親王殿下的嘴裡搶肉吃，看他不咬死你。

現在南夷走私不過一年，知道人還少，待得海外商賈知道多了，這個市場也大了。憑親王殿下一人，斷然吞不下這麼大的生意，何況，與親王殿下搞好關係，先為殿下把新城建起來，不怕沒有分一杯羹的機會。

這麼一想，幾家銀號的銀子來得頗是痛快。

幾家銀號已是打算冒些風險，在親王殿下這裡大投資了，結果，他們的銀錢剛一到位，閩王就寫奏本大大地參了秦鳳儀一本，說南夷頗多海貿走私之事，請朝中嚴查，把各銀號悔得喲，當下恨不得再把銀子要回來，親王殿下這是要倒灶還是咋地呀？

許多事其實就是一層窗紙。

就像很多大佬都想不明白，秦鳳儀的新城要如何建的時候，閩王的這封奏章給他們提供了新的思路。哦，原來秦鳳儀在南夷幹起了起私的勾當啊！

不過，這還有個問題，秦鳳儀到南夷才幾多時間，一年都沒有，他就是神仙，怕也走私不出一座新城來，依舊是說不通。

新城的問題說得通說不通都不甚要緊，眼下的事，閩王上此奏章，說南夷走私猖獗。景安帝小朝會時讓大家議一議，盧尚書一向對藩王沒好印象，尤其是閩王。相較於閩王，秦鳳儀雖也是藩王，但秦鳳儀何等身分？秦鳳儀可是經過科舉的，是正經清流加藩王，乃清流中的藩王，藩王中的清流。景安帝問眾臣的意思，盧尚書當時肚子裡就說，南夷即便有走私之事，也當是鎮南親王的事，怎麼人家鎮南王地盤的事，你閩王這麼清楚啊？

盧尚書沒直接這麼說的原因是，有人這麼說了。

這麼說的不是別人，就是三皇子。

三皇子說：「南夷的事，鎮南王都不曉得，閩王就曉得了，這可真是稀奇。」

盧尚書覺得，三皇子這話說的不錯。

只是，轉眼便有翰林道：「看閩王的奏章中說，是南夷過去的商賈所言，故而閩王知道，才上稟朝廷的吧。」

說南夷走私嚴重，這不是小罪名，閩王自然會先找齊了證據。

眼下的關鍵就是，南夷走私之事到底有沒有。

這件事很簡單，鄭老尚書道：「不如朝廷發函，問一問鎮南王殿下吧。」

景安帝道：「可。」

景安帝如今也明白秦鳳儀哪裡來的建新城的底氣了，也能解釋得通秦鳳儀為什麼讓方悅去江寧織造司找人要建南夷織造局了。景安帝實在沒想到，秦鳳儀膽子這麼足，這才到南夷幾天，就敢走私了。不過，這也不是什麼意外，當初他就與秦鳳儀說過泉州港的事，秦鳳儀的主意就是另建一座港口。

然而，秦鳳儀現在絕不可能在南夷建深水港，那麼走私的規模估計不大。閩王也太大驚小怪了，南夷走私能走私多少，要不靠著走私弄點銀子，他兒子拿什麼建新城啊？可走私的這點兒銀子也不夠建城啊！

便是以景安帝之閱歷與智慧，都沒想到秦鳳儀是打幾家銀號那裡弄出來的銀子。

秦鳳儀知道閩王參他的事，還是晉商銀號的何東家告訴他的。秦鳳儀只是隨便一聽，唇角冷冷翹起，「閩王這上了年紀，腦子就有問題了。我這裡有沒有走私，我不曉得，他倒是曉得。他聽誰說的啊？有證據拿出來就是。」

何東家忙道：「殿下，小心無大過啊！」他家可是在這位殿下身上投了鉅資的。

秦鳳儀請何東家坐下，方道：「聽我說，我雖年輕，見識淺些，也知道海貿與漁民們出海打魚不一樣，必然要有深水港。那深水港豈是好建的？一個泉州港便建了十年，朝廷耗銀數百萬。朝廷沒給咱們南夷一兩銀子建港，沒有深水港，哪裡來的海貿？不會是閩王老眼昏花，把咱們出海打漁的漁民看成私貨販子了吧？」

總之，秦鳳儀是一句都不肯認的。

秦鳳儀沒把閩王的奏章當一回事，他這裡新城招商要開始了，與何東家道：「你們只管辦你們的事，閩王豈敢要我的強？當初我是七品探花時，他都不是我的對手，何況現在？」

何東家這才曉得，合著親王殿下與閩王早有過節？

看秦鳳儀這氣焰，不像是能吃虧的，何況，何東家思量著，秦鳳儀再如何被皇帝封到南夷，也是皇帝的親兒子，閩王那畢竟是遠一層的。兩人打官司，皇帝就是私心裡，也不能夠偏著閩王不是？

何東家這麼一琢磨，也就放心了。

另外幾家銀號的東家，各有各的管道，便是閩商的東家，還怕秦鳳儀因著閩王的事誤會他們，特意過去請安，言語間解釋了幾句，說他們都是清白商賈，只是做生意，不是長舌婦。秦鳳儀根本沒將閩王的奏章放在眼裡，只是令章顏等人準備著新城招商之事。

這是足以載入史冊的盛事，因為這是大景朝歷史上第一座由親王全款出資修建的城池。

整個招商時間長達兩個月之久，當然，這還不算前期的準備。同時，湧入南夷的工匠、勞力、商賈、女伎，加起來足有數十萬之眾。兩湖、江南西道、安徽，以及浙閩，許多人進入南夷州，開始了轟轟烈烈的鳳凰城的建設。

秦鳳儀尚且還好，底下人都是忙得腳不沾地，李釗、方悅這兩人，一個管著數個新開張的窯場，一個在辦南夷織造局的差事，還身兼數職，管著新城的一些事。更不必提章顏、趙長史等人，便是馮潘二位將領，馮將軍如今在南夷城維持治安，潘將軍在鳳凰城主持秩序。再有如譚經歷他們這樣年輕力壯能做事的，都被秦鳳儀提出來，一人一攤事交代了下去，包括攬月、辰星，這兩個是秦鳳儀的小廝，也讓他們出去歷練一二。

另則便是方灝的官學，學生數增加許多，這也是秦鳳儀的意思。但凡來南夷城的，即便不是南夷城本地人氏，若是帶著孩子過來的，交一筆贊助費，就可以到官學就讀。

秦鳳儀連張盛手下的娃娃兵們也用上了，不叫他們做要緊事，反正這些孩子們每天都有訓練，而是讓他們出來見見世面，做些力所能及的瑣事。

不論南夷城還是正在建設中的鳳凰城，都如兩座精密且高速運作的機器，帶著蓬勃的朝氣與生機，轟隆隆運轉起來。

便是羅朋，現在羅老爺簡直是拿這個先時跟他分家，然後被他攆出家門的兒子當活寶貝看待。羅朋那個後娘，多半是被羅老爺教訓過了，待羅朋很是客氣。

這回漕運真是沾羅朋的光，羅朋讓他們多造船，還做起水上生意。如今果然是南夷多水路，不論人們出行還是貨物運輸都離不開船，更何況新城正在建設，漕幫的生意更是火爆得不得了。羅朋讓家裡拿出三成來給秦鳳儀，羅老爺打點慣了的，自然無二話。秦鳳儀直接把這銀子的一半歸到了巡撫衙門的稅款中，章顏連著好幾天都是眉開眼笑。

就在南夷城忙得昏頭轉向的時候，皇帝陛下的使者到了。這是位侍詔廳的翰林，秦鳳儀還認得，以前共事過，只是時間有點短罷了。

石翰林到了南夷城，秦鳳儀沒在家，他到鳳凰城去看工程進度了。好在秦鳳儀出門，一般都是媳婦留守。李鏡命先給石翰林安置，再令人去鳳凰城送信，請秦鳳儀回來。

秦鳳儀是第三天才回南夷城的，回屋見了媳婦，聽說石翰林是來問走私之事的。

秦鳳儀笑，「明兒我也寫一奏章，就說閩王剋扣泉州港商稅，私收商人孝敬。」

李鏡也笑，「行了，你去見見石翰林吧。」

秦鳳儀道：「晚荔枝還有沒有，給石翰林嘗嘗。」

李鏡道：「早著人送過去給他了。」

秦鳳儀洗把臉，這才去了議事廳，召石翰林過來相見。

石翰林欲行大禮，秦鳳儀道：「行了，咱們誰跟誰啊？以前在侍詔廳，我待的時候雖短，也記得老石你曾提點過我。」

見秦鳳儀免他禮，石翰林一揖後，自袖中取出一副明黃的緞子，對著秦鳳儀念道：「皇上問鎮南王，閩王摺子裡說南夷有走私之事，可屬實？」

秦鳳儀愣了一下，方反應過來，「都是閩王胡說八道！我南夷這個窮得就剩下西北風的地方，拿什麼走私啊？有什麼證據，拿到我跟前叫我瞧瞧，我好跟他對質去！」

石翰林道：「殿下的話，下官記下了。」

秦鳳儀道：「我正好也寫了閩王十八條罪狀的摺子，你回京時幫我一道帶回去。」

石翰林……石翰林都不曉得如何接話了。

說完正事，秦鳳儀令石翰林坐下說話，方道：「我們南夷苦啊，也就老石你這會兒過來，趕上建新城的時候，人才多了些。唉，去歲我來的時候，實在清苦啊！我也不知道你來，前些天去了新城，對了，你來做什麼呀？」

石翰林道：「……閩王上了摺子，這畢竟是南夷的事，自然要問殿下你的，皇上便著臣過來問一問殿下走私之事。」

「這還用問？明擺著的呀，拿什麼走私啊？朝廷出一兩銀子給我建港嗎？還有，我們南夷要啥沒啥，走私啥，難不成是我們南夷的漁民捕了魚，走私到閩地去，招了閩王的眼？」秦鳳儀義正辭嚴，「簡直是無中生有！閩地建港就建了十年，才有了泉州海貿，我們這裡有港嗎？半根雞毛都沒有，就說我們走私！誰不知道閩王是記前仇，還是我哪裡得罪他，他隨便上個本子，朝廷就當真，還打發你來問我！嘿，這冤枉人的還有理了？」

石翰林連忙道：「沒有就好，朝廷也是擔心殿下。」

「有什麼好擔心的？擔心我，我多要幾根兵器，怎麼就把我的摺子駁回來？擔心我也沒見多給一兩銀子！」秦鳳儀擺擺手，「行啦，不用你說這虛頭話，我是個實在人。」

石翰林都不想說話了，想著秦鳳儀原就不是個好相與的，如何做了藩王就更難相與了？不過，石翰林還帶著皇帝陛下交代他的別個任務，他還要去新城看看。

當石翰林委婉提出此事，秦鳳儀一口便允了。待乘船東去時，石翰林望著西江上來往船隻，絡繹不絕，碼頭上更是有百樣生意，熙熙攘攘，極是熱鬧，石翰林不禁道：「都說南夷貧苦，依臣看來，所言非實啊！」

秦鳳儀一笑，「你真是好眼力，這碼頭都是用我建王府的銀子修的。」

石翰林忙道：「那殿下如何建王府呢？」

秦鳳儀道：「別人建王府，都是紫檀的架子楠木的柱子，我這裡就不講究了，在旁邊山上砍樹，用的是本地的木材。有什麼用什麼，有多少銀子，建多少銀子的王府唄。」

石翰林肅然起敬，待到了新城，更是一派熱火朝天的景象。

秦鳳儀帶著石翰林自城牆走起，解釋道：「這城牆有些地方能湊合，為了省銀子，加固便好，有些實在不能湊合，也是推倒後挑撿能用的青磚用上。實在不得用的，再用新磚來砌。原本他們都說要先建王府，我說了，什麼都不比城牆重要，先建城牆。」

待往城裡去，見許多民居要拆了，石翰林問：「這些房子拆了，百姓們到哪兒安置？」

秦鳳儀道：「有想投靠親戚的就投靠親戚，沒有親戚的，可以去租房。」

「銀子從哪兒來呢？」石翰林問。

「你還以為我白拆老百姓的房子啊？當然是按房舍新舊大小，折算了銀子。這些銀子，拆之前就發下去了。非但如此，以後新城建起來，還能按各家人口多少，還給他們一套新宅子。」秦鳳儀道。

石翰林道：「殿下仁慈。」

「仁慈不仁慈的，起碼得對得住咱們自己的良心。」秦鳳儀道：「我自小在民間長大，知道百姓們過的是什麼樣的日子。」然後，又帶石翰林去番縣縣衙，見到了范正。

秦鳳儀道：「老范是我的同窗，當年的傳臚，庶起士散館第三。當年散館後，老范沒有謀京城的好缺，而是來了南夷，過來教化這裡的百姓，治理這片貧瘠的土地。」

阿金過來送木材，秦鳳儀招呼阿金過來，與石翰林道：「這是咱們的土人兄弟，少族長阿金，十分有才幹。知道本王要建新城，他們也願意為本王盡一份力。」

中午用飯時，秦鳳儀又與石翰林說了今春他去縣鄉巡視的事，秦鳳儀道：「不瞞老石你，先時我就是在揚州，也沒見過這樣苦的。有些百姓真是窮啊，窮得一家只有一條褲子穿。這不是玩笑話，是真就如此。本王經過一個村莊時，百姓們窮得，一家五個人只有四個碗，總有一個人是就著鍋吃的。我見了心裡很不好受，那一回，我往附近的縣裡、鄉里、村裡走了一個月，還被螞蝗咬過。當時我就下定決心，就算窮我一生一世，也要讓百姓們過上吃飽穿暖的好日子。」

秦鳳儀說得十分動情，把個石翰林感動壞了。待石翰林要回京時，秦鳳儀還送了石翰林幾樣南夷土特產，再加十八本參奏閩王的奏章。石翰林說了，一定會奉至御前，好生為親王殿下討個公道。

秦鳳儀感動地握著石翰林的手道：「朝中有老石你這樣的義士，才能有青天照世啊！」

等石翰林走了，秦鳳儀說：「世上還是好人多，老石就是其中一個。」

石翰林完全是一路淌著感動的淚水哭回京城的，待石翰林在御前回稟南夷之事，更是說著說著眼淚便滾下來了。

石翰林哽咽道：「臣在朝多年，鎮南王殿下這般愛民如子的藩王，再沒見過的。殿下這樣高貴的身分，為了解民生疾苦，親自到下面的縣裡走訪百姓，見到百姓日子苦，親王殿下難受得眼淚直掉。殿下這樣高貴的身分，還要受螞蝗之苦。如今殿下拿出修王府的銀子，先修路、修碼頭、修城牆，剩下的銀子再修王府。為了省銀子，貴重的檀、楠木材都不用，金頂琉璃瓦也不用。殿下說，無非就是個睡覺處理公務的地方，只要百姓們日子好，殿下怎麼著都成。臣所見所聞，如今一想起來，仍是感傷極了，殿下他實在太不容易了。」

石翰林說著，又狠狠抽了一鼻子。

石翰林繼續道：「陛下，殿下過得太不容易了，南夷的百姓們太苦了。有的家裡，好幾口人只穿一條褲子，還有家裡五口人只有四個碗，剩下的那個用鍋吃飯。殿下到了南夷，是想盡了法子叫老百姓們過好日子，殿下預計把各縣的碼頭，該修的都修一修，就是為了方便百姓們出門。殿下說，只有百姓們多出門，看到外頭的生計，倘家裡閒的時候，能到城裡討些生活，也是好的。知道殿下賢德，連山上的土人都下來幫著殿下運木料，建城池，這都是為殿下的賢明所感化了啊！」

大家聽著石翰林一邊說一邊哭，都暗暗在心裡道，不是土人被殿下感化，瞧著石翰林是真的被殿下感動得不得了。

當然，秦鳳儀這種親下鄉間的舉動，很多大臣亦是極為佩服的。堂堂親王，往縣裡走一走都不容易，何況是往鄉里往村裡去？還有秦鳳儀被螞蝗咬的事，許多人便是一聲嘆。

也有人問：「石翰林，你去了這些日子，殿下那裡到底有無走私之事？」

石翰林大聲道：「再沒有的！殿下這樣賢明的人，現下南夷城和新城都有殿下的駐軍，如果有走私之事，殿下如何會不知道？何況，海貿走私豈是容易的事？大家想一想，泉州港建便建了十年，如今殿下都在忙著建新城，你們沒去南夷州，不曉得現在南夷州的聲勢，殿下實非常人能及。我還在外頭街面上問了南夷當地百姓許多事，殿下未到南夷州之前，他們很多人都沒見過銀子，不知道銀子是什麼樣。而今殿下到了南夷州，他們家裡養雞養鴨養牛養羊都不收雜稅，隨便養去。他們還能挎著籃子推著板車，到城裡賣菜賣水果賣雞賣鴨。這些個小買賣，挎籃的不收進城錢，推車的一天十個銅板。許多以前吃不飽的百姓都能吃飽了，好衣裳買不起，粗布衣裳也管夠了。只要肯做活肯幹，南夷城都能尋到生計。南夷那裡，我還雇船往海上去了，確定並無深水港。沒有深水港，如何能有海上走私？小船是不敢往深海去的，浪稍微大些就能把船打翻。只是有海上討生活的漁民在淺水區打點魚蝦，每天賣給修城做活的那些人做伙食罷了。」

石翰林道：「殿下親自寫了自辯摺子，臣已上呈陛下。」

石翰林還再三道：「殿下真是太冤枉了！」

石翰林這滿腔正義噴薄而出，鬧得大家都有些不好意思。

這又不是咱們冤枉殿下，你老石這副嘴臉做什麼啊？

更讓大家驚掉下巴的是石翰林帶回的，鎮南王殿下參奏閩王的十八本奏章了。

這、這可真……真不愧是探花出身！

鎮南王殿下的文筆，比起閩王爺來，可是好多了。

不得不說，縱使秦鳳儀已然就藩，京城裡流傳的不止是他的傳說，大家至今還在為他的事傷神的傷神，擔心的擔心，感慨的感慨。

如方閣老這樣致仕在家的，聽兩個兒子說了南夷的事，心中也是萬般滋味。

方大老爺都說：「殿下實具才幹，這到南夷州才多少日子，不過大半年，就把南夷州治理得極好，聽說現在自江南西道到南夷去的路上，商賈車隊來往不絕，南夷城熱鬧許多。」

方閣老問：「有沒有見著阿悅？阿悅如何了？」

「沒見著，阿悅多半是極忙的，不然不能連封信不給家裡捎。」方大老爺道。

方閣老點點頭。

方大老爺繼續感慨：「殿下天縱之才，難怪能把城給建起來。」

方四老爺也說：「父親，您沒見著，今兒個當朝那麼多人，哎喲，石翰林說著說著自己就哭了，說殿下在那裡很不容易，王府都沒修，先拿出修王府的銀子修路修碼頭，現下眼瞅要建王府了，說殿下的王府建得很是簡樸，貴重的木材一律沒有，都是山上有什麼木頭就用什麼木頭，金粉銀飾一概不用，就為了省銀子。」

「南夷地方雖則苦了些，可正是因為地方苦，才需要人去治理。蘇杭不苦，去那裡有什麼用？非得這樣的地方，才是用人的地方。」方閣老說四兒子，「阿思這秀才考好幾年了，現在總在家裡念書也不是個事兒，總是悶著反是把人給悶傻了。你們不是都說南夷好，那就讓他去南夷找阿悅散散心。」

方四老爺道：「阿悅正是忙的時候，這阿思再去，就怕添亂了。」

「添什麼亂，能幫著幫著些，就是沒事情做，也開闊一下眼界，了解一下民生，以後下筆也能有神。」方閣老道。

方大老爺對弟弟道：「咱們家的孩子都老實，要是阿思願意出去看看，阿悅反正也在南夷州，他們兄弟在一處，能有個照應。」

方四老爺想想，也是這個道理。要論長幼，大哥為長，他為幼。就是下一輩，方悅是家裡最有出息的孩子，還是狀元呢，老爺子都叫阿悅去南夷了。老爺子一輩子，大風大浪什麼沒有見識過？

方四老爺道：「成，那我問問他，讓他出去走走，莫再悶頭念書了。」

方閣老又問：「殿下寫了自辯摺子吧？」

他就擔心秦鳳儀是強頭脾氣，在這上頭強，反叫人拿住把柄。

「寫了，不止自辯摺子，還有十八本彈劾閩王的摺子。」

方閣老險些噎著。

方四老爺道：「殿下真是探花文采啊，那摺子寫得聲情並茂，一早朝都沒念完一半。皇上說讓內閣自去看去，看完再打發人問閩王，殿下彈劾可確有其事。」

方閣老：……

雖則秦鳳儀寫十八本奏章的事叫人無語，但秦鳳儀在南夷州搞建設、知民生、行止儉樸的事，經石翰林的動情講演後算是傳開了。

與秦鳳儀交好的幾家，覺得秦鳳儀在南夷吃了苦，但南夷有這樣大的轉變，大家也很為秦鳳儀高興，都說他是個做實事有才幹的人。

秦鳳儀也料到石翰林不會說自己的壞話，卻沒想到石翰林能為他說這許多好話，尤其石翰林是發自肺腑地訴說，簡直是秦鳳儀的神助攻。

就是大皇子私下也嘀咕，這石翰林是不是被秦鳳儀收買了。

大皇子與自己的舅舅平琳說：「難不成南夷真無走私之事？閩王可是說得有鼻子有眼，而且，若無走私來的銀錢，他拿什麼建新城？」

平琳也覺得走私之事怕是不能假的，當然，閩王與秦鳳儀早便有過節也是真。關鍵是，閩王說南夷有走私，秦鳳儀不承認。

甥舅二人一時無法，只得暫時罷手。

秦鳳儀不曉得自己在朝中的名聲又響亮了一些，倒是閩王聽說秦鳳儀參他一十八本，直接氣了個仰倒。

秦鳳儀才不管閩王如何，就是閩王氣死了，秦鳳儀多半還會放兩掛小鞭炮。

秦鳳儀現在正帶著土人們到城外打獵，秦鳳儀的騎術箭法是在圍場練過的，雖不比這些個土人，也頗有些準頭。大家獵些雞兔之物，中午叫廚下烹製。其中阿花族長抓到兩條腕粗的大青蛇，親自吩咐了煮蛇羹吃。

秦鳳儀問：「蛇也能吃？」

阿花族長道：「好味道哩！」

阿火族長也道：「殿下一會兒嘗嘗，這蛇無毒，肉特香。」

秦鳳儀笑，「那是得嘗嘗。」

阿金道：「山下人吃蛇的不多，山上是常吃的，蛇肉煮羹很鮮甜，蛇蛻還是藥材。」

阿錢族長道：「我們山上人與山下人很多習俗不一樣，像蠍子，多麼美味，用油一炸，酥脆極了，到山下只有藥鋪才肯用。許多山下人都不識貨，不知道蠍子的美味，看我們吃，他們還很害怕。」

秦鳳儀笑道：「這就如同你們在我那裡吃飯，吃到沒吃過的東西，你們也很稀奇。像我以前就沒吃過蛇羹，你們說好吃，我就要嘗一嘗了。便是風俗，也是這樣。初時沒見過，見的人多了，也就尋常了。譬如螃蟹，你們先時不也是不吃嗎？現在知道牠的美味了吧？」

這裡離海這麼近，秦鳳儀是來了南夷方曉得，這些土人竟不吃螃蟹。

阿錢族長搖頭，「怪怪的。」

阿金道：「我覺得很好吃。」

阿錢族長說兒子：「你覺得山下什麼東西都好吃。」

秦鳳儀哈哈一笑，「阿金口壯，這是福氣。」

大家這次來，是與秦鳳儀商量一樁大買賣的。秦鳳儀要建城建這麼多的房子，必然要用許多木材，他們各自盤踞的山頭便有許多樹木。先時阿金已是心思靈活地做了一筆生意，大家見了眼饞，過來跟秦鳳儀商量，看這木材生意可做得。

這如何做不得，生意是生意，何況這回建新城的確需要大量木材，土人願意供應，秦鳳儀求之不得。至於土人，他們也願意換些銀錢糧帛之物，改善自己的生活。

秦鳳儀私下與阿金道：「今天咱們狩獵的那地方可還好？」

阿金自然說好。

秦鳳儀道：「這裡的土地有人出價，一畝地四兩銀子，我沒有答應，我是想，如果以後你們族人下山，這片地是給你們的。你們可以在這裡耕種，就是城裡也給你們留了地方。」

秦鳳儀看著阿金，阿金實在避不開秦鳳儀的注目，只好答道：「倘我等下山，其實族人並不大會種田。」

秦鳳儀道：「我可以為你們向朝廷要一世襲罔替的爵位，這個爵位永遠由你們這支繼承，而且你的族人依舊是由你帶著。你見過本王的親兵嗎？你們下山，你可做本王的將軍。我的親衛軍如何裝備，你的族人本王同等視之。」

阿金倒也不是囉嗦之人，何況秦鳳儀連連給他們好處，卻從未要回報，欠人情欠多了，阿金也不好意思，說道：「我得回去與阿父商議。」

「這是自然。」

秦鳳儀當真不是個尋常人，石翰林說他有常人所沒有的才幹，這話雖有些誇大，但秦鳳儀在忽悠人上面，確實非同凡響，他簡直就是個天才。

這才來南夷多久，一年未到，阿金回到族中，不曉得是如何同父親族裡說的，阿金再去見秦鳳儀是十天之後了，請秦鳳儀到他們部落做客。秦鳳儀當下便應了，李鏡有些擔心。

秦鳳儀笑，「這有什麼可擔心的，又不是龍潭虎穴。他族中多少孩子在官學上學，族人在南夷城賣山貨，又要進織造局學手藝。他邀我，我若不去，豈不顯著膽怯了？」

李鏡一想也是，仍是道：「帶親衛去，把馮將軍也帶上，不要太簡單，反令人小瞧。」

「好。」秦鳳儀應下。

第二天，秦鳳儀就帶著自己的親衛還有馮將軍跟著阿金去了山裡。土人住的地方，山上都是用竹子搭的寨子，倒也還成，只是山上太過潮濕了。

阿錢族長先帶著秦鳳儀祭拜鳳凰大神，秦鳳儀看這鳳凰大神的塑像還穿著土人的衣裳，心說，這可真是入鄉隨俗，然後帶著秦鳳儀見過鳳凰大神在人間的使者，一隻綠孔雀。

阿錢族長說：「這隻鳳凰大神的使者能辨吉凶，倘是大吉之人，使者大人會開屏。」

秦鳳儀微微一笑，看向那綠孔雀，嘴裡問阿錢族長：「這隻孔雀會不會寂寞了些？」

阿錢族長先時真沒想過這個問題，他的反應倒也不慢，道：「不寂寞不寂寞，這是鳳凰大神在人間的使者。」

綠孔雀見有人來，抬起頭望向來的一行人。

秦鳳儀又是一笑，就見那綠孔雀一聲長鳴。孔雀的叫聲不大好聽，只見綠孔雀原本垂下的尾羽陡然綻開，根根孔雀翎眼在陽光下如寶光流轉，熠熠生輝，宛若神鳥。

阿錢族長和阿金以及邊上的部落族長都不可思議地看向秦鳳儀，秦鳳儀的親衛和馮將軍也都面露驚容。秦鳳儀道：「我在揚州時，人家都叫我鳳凰公子。」

接著，秦鳳儀忽然用土話高喊：「鳳凰大神在上……」

這些個土人們跟著嗷嗷喊了起來。

大家喊了一陣子，阿錢族長看向秦鳳儀的眼神軟和許多，邀請秦鳳儀去自己族人商議事務的地方說話。

一路看去，秦鳳儀見土人這寨子沿山勢而建，多是用竹，族長的居室則用的是木料，只是，窗子狹小，幸而門開得比較大，今日天氣不錯，故室內光線尚可。

阿錢族長與妻子阿金他娘，包括阿金，還有幾位長老都過來了，一齊同親王殿下見禮。聽聞綠孔雀開屏，長老的臉色也大為轉變，喃喃嘀咕了一陣。秦鳳儀通土語，不過，長老的話有些聽不懂。根據聽懂的幾句，秦鳳儀揣測，當是對鳳凰大神祈禱一類的話。

如果是漢人談判，必然要客套一二的，土人更為直接，上了山茶後，阿錢族長先道：「十天前，阿金回來傳達了殿下的意思，可我們族人在山上住慣了，一些年輕人還好，年邁的長者怕是到了山下反是不便。」

秦鳳儀笑道：「族長的顧慮，說出來的顧慮與沒有說出來的顧慮，我都明白。族長的考量我也能理解，先不說族人到山下適不適應，就是我所付出的誠意，在一切都還沒落定之前，我的信用是不是可以保證，想來族長便是信我，但為了整個族人，亦會多思量的。」

「咱們與殿下認識這些年了，在京城，許多漢人不大瞧得起我們，唯殿下待我們真心，第一次見面就以衣相贈。殿下的好，我們都記在心裡。」阿錢族長道：「我們上了年紀的人，難免想事情就多些，何況，族裡有上萬人，一下子全都下山，殿下現在又要建城，又要安置我們，怕也忙不過來。殿下誠意在此，我們若是辜負，也對不住殿下先時一番誠意待我們。我們想著，能不能先讓一部分族人下山試一試，看可能適應山下的生活。」

秦鳳儀笑，「有何不可？族長是打算讓哪些人先下山？」

阿錢族長道：「除了山下賣山貨的，還有要跟著殿下的織造局學手藝的，聽聞殿下說，只要我們帶人下山，殿下願意為我們請封爵位，而且，我們山上的兒郎，與殿下的禁衛軍是一樣的裝備。」

秦鳳儀糾正道：「如果族長現在不能下山，爵位的事暫不能為族長請封，畢竟族長若在山上，我沒辦法向朝廷開這個口。如果族長願意將爵位讓給阿金，阿金帶著你族中子弟下山，為我麾下將士，我可為阿金請求賜爵，同時也可為阿金請封一個官位。」

阿錢族長道：「我只他一個兒子，爵啊官的早晚都是他的，只是他如今年紀尚小，我想著先讓他歷練一二，倘族人可適應山下的生活，我最後再帶著大家下山。」

「這樣，讓阿金帶著你族中一部分子弟先下山，我為他請封官職。族長爵位的事，待族長下山再談不遲。」

這是個折中的法子，阿錢族長問：「不知我兒可為幾品官？」

秦鳳儀道：「要看他帶多少人下去，我們官場的規矩，麾下百人為七品百戶，麾下千人為五品千戶，麾下五千人為四品副將，麾下萬人為三品將軍。」

見幾位長老都嘀嘀咕咕同阿錢族長商議，阿錢族長摸著嘴上的短鬍拿不定個主意，倒是一個勁兒看媳婦阿金他娘。秦鳳儀心中暗笑阿錢族長竟是個懼內的，卻是一本正經道：「此乃大事，族長可慢慢商議不遲。」

秦鳳儀上山，一路爬到寨子裡就快中午了，土人商議事情有效率，秦鳳儀也不是磨嘰人，但大家還是要先吃飯的。因為秦鳳儀帶著滿滿的誠意而來，還能給阿金弄個官兒做，這讓土人們很滿意，覺得親王殿下是實誠人，待他們也好，於是，中午準備的飯菜很豐盛。

除了山雞、野兔、山豬一類常見的野味，還有些個秦鳳儀不大認得的，再有雖認得，但能吃也是一種勇氣的，譬如油炸蠍子、蜈蚣之類。相較之下，蛇羹真是美味。秦鳳儀都覺得不可思議，要擱七八年前，他見著這些東西就得嚇死，現在甭管心裡是怎麼想的，他反正是一臉淡定地吃了。許多東西雖不大好看，可吃起來真心不難吃，尤其是油炸的各式各樣的蟲子，嚼起來酥脆，也沒有特別的調味料，就是灑上一些鹽粉便很好吃了。

這山實在不好爬，秦鳳儀當天沒能回去，在寨子裡歇了一夜，第二日方下山回城。經過那綠孔雀時，秦鳳儀又對綠孔雀笑了笑，綠孔雀很奇異地再開了一次屏。

阿金送秦鳳儀下山，秦鳳儀與阿金道：「要是你家裡商量好了，你就先下山，在我軍營裡訓練幾日，以後也要學著帶你的族兵了。」說著，拍拍阿金的肩膀。

阿金點點頭，待走到半山腰，方吞吞吐吐地跟秦鳳儀打聽：「殿下，待我做了官，是不是就能娶嚴大姊了？」

秦鳳儀看阿金實在心誠，便道：「嚴大姊現在還沒嫁。她是個好武藝的，凡人看不上的主兒。待你練兵時，我讓王妃寫信請她過來南夷遊玩。今年眼瞅就八月，怕是來不及了，待明年我一定請她過來。阿金，你的好處不在於官職大小，你的好處在於你的心是真的。」

阿金對漢文化是知道一些，但有些漢人的話仍是不大明白，問道：「心自然是真的，難不成還有假的？」

秦鳳儀笑，「待你再大些，經歷得多些，就明白了。」

阿金道：「殿下也沒有比我大幾歲，就總是裝老成。」

秦鳳儀道：「不是裝老成，是我本就比你老成。我說你的心真，是說，你只是愛慕嚴姑娘這個人，而不是愛慕她家權勢才傾慕於她的。」

「這是自然，我們土人都是只有一個媳婦的。」

「這就很好，所以我一定會幫你。」

阿金很是高興，想著親王殿下真是好人，肯為他的終身大事盡心。

秦鳳儀這一趟去山上的寨子，只有短短兩日，待秦鳳儀下山，章顏已是在山下等候。

秦鳳儀問：「老章，你怎麼來了？」

章顏笑望阿金一眼，道：「過來接殿下回去，忍不住想聽到殿下的喜訊。」

秦鳳儀哈哈一笑，「可不就是喜訊嗎？」

阿金把秦鳳儀送下山，與章顏彼此見禮，將土人送給秦鳳儀的禮物交給秦鳳儀的親衛，之後便辭了二人，回山上去了。

章顏接秦鳳儀上車後才直念佛，「我的殿下，你怎麼就帶這麼幾個人便去土人部族了。」提前也沒說一聲，就跟著土人上山，讓章顏擔心得不得了。

秦鳳儀根本沒當一回事，「這可怎麼啦，我不過去談他們下山的事。」

雖則剛剛看秦鳳儀形容，章顏就覺得此次秦鳳儀之行收穫極大，只是一想到秦鳳儀竟然以身犯險，章顏難免念叨了他一回，把個「君子不坐垂堂」的道理，掰開了揉碎了往這位殿下的腦子裡灌。

秦鳳儀聽得耳鳴，連忙擺手道：「我記得了我記得了，行了，老章，你就別囉嗦了，你究竟要不要聽我在土人那裡的事啊？」

章顏這才聽秦鳳儀說起此次在土人部族中商議的事，秦鳳儀道：「想讓他們一次全下山，怕是不易，多半得分批下山了。」

章顏道：「能開個頭就好。殿下估量著，第一批能有多少人？」

「青壯能有一千。」

章顏當下道：「這便不少了。有阿金部落帶頭，其他九個部落沒有不動心的，屆時每個部落按一千人計，可以組一支土軍了。」

秦鳳儀淺笑，「正是如此。」

秦鳳儀此次上山，非但帶回了土人願意分批下山的好消息，還帶回了土人送他的諸多山貨土禮。裡面固然有諸如猴頭菇、竹蓀一些珍貴的食材，也有肥肥的菜青蛇之類土人看親王殿下很喜歡吃的東西，再有就是土人山上的茶葉、筍乾。

秦鳳儀讓廚下烹製蛇羹，把爹娘請過來一道品嘗。

李鏡問：「怪香的，這是什麼羹？」

大陽跟著湊近湯羹，然後有模有樣地揮一揮小胖蹄，裝模作樣地道：「香！」現下大陽處在一種特愛模仿大人的階段，而且，人家大陽學說話不只是學說話，連表情神態都學。

秦鳳儀笑，「香你就多吃兩碗。」

大陽正經地點著小腦袋，「成！」

一家五口歡歡樂樂地吃起晚飯，大陽還真挺喜歡喝那羹，小嘴吧嗒吧嗒喝得香。

李鏡說兒子：「吃飯別吧嗒嘴。」

大陽看他爹，「我爹一樣。」他爹也吧嗒啦。

媳婦瞟一眼，秦鳳儀不敢吧嗒了，跟兒子道：「爹也不吧嗒了，老實吃吧。」

他是看兒子吧嗒好玩，才跟著一起吧嗒的。

大陽只好遺憾地不再吧嗒，秦鳳儀又問兒子：「好吃不？」

大陽點頭，「好吃！」

秦鳳儀看胖兒子吃東西香噴噴的模樣就歡喜。小子多乖啊，圍著圍兜，自己拿著小勺子吃，都不用嬤嬤餵，雖然吃得滿桌子都是，但在這一點上，秦鳳儀還是很贊成媳婦教育兒子的法子的。秦鳳儀說：「還有一簍猴頭菇，明兒給咱們兒子燉雞吃。」

大陽學他爹的話：「燉雞！」

「行了，知道啦，你趕緊吃你的吧。」李鏡其實有食不言的習慣，但自從認識秦鳳儀以來，秦鳳儀是個喜歡在飯桌上嘰呱個沒完的，久而久之，李鏡也給帶偏了。

李鏡問秦鳳儀去山上的事，秦鳳儀與媳婦細說了，李鏡道：「這也好，先讓他們下來一部分。慢慢來，有個兩三年，就能都下山來了。」

李鏡又問：「他們山上的寨子是什麼樣？」

秦鳳儀道：「多是依山而建的竹屋，只有族長的屋子是木頭的。他們族人穿的多是粗布衣衫，相對於金飾，我看他們更喜銀一些。部族中有長老，還有先時咱們打聽的拜孔雀的事。其實不是拜孔雀，他們族中有鳳凰大神像，那鳳凰大神也跟土人一般，畫了滿腦袋的銀飾。土人認為，孔雀是鳳凰大神在人間的使者，族中養了一隻綠孔雀。風俗似咱們先時打聽的，倘孔雀開屏，便認為此人為吉。若是孔雀不肯開屏，便說此人與鳳凰大神無緣。」

李鏡問：「孔雀開屏沒？」

說到這個，秦鳳儀十分得意，「先時我還問章太醫，章太醫說，孔雀春天喜歡開屏。這都入秋了，我還擔心孔雀見我不肯開屏，結果，一見我就開屏了。真漂亮，是隻綠孔雀，什麼時候我也弄一隻來給兒子玩。」

李鏡奇道：「這可真夠奇的。」

「有什麼奇的，我剛生下就是鳳凰胎，是不是啊，娘？」秦鳳儀問。

秦太太正幫大陽擦下巴上的湯汁，聞言點頭道：「是啊，而且，娘娘當初懷著殿下時，就做過胎夢，夢到過一隻五彩斑斕，閃閃發光的鳳凰。」

「不是夢到小牛犢嗎？」

「小牛犢是我胡扯的。」秦太太道：「小時候你總問，但這年頭平民百姓家誰敢說生個孩子夢到鳳凰？龍鳳皆是皇家的祥瑞之物，你又是屬牛的，我就說夢到的小牛犢，其實是夢到的鳳凰。鳳凰是百鳥之王，孔雀一見我兒，當然會開屏。」

秦太太說得神叨神叨的，秦老爺也道：「當初娘娘給你取名叫阿平，取平安之意。你小時候總是病，我就尋思著給你找個香門兒看看。那香門兒的人一見你，就說你生得好相貌，必得取個好名兒，才能壓得住貴氣。原本想給你取名叫鳳凰，後來想想這名兒不太謙虛。正趕上親家公到揚州去，我抱著你去街上玩，見到景川侯爺在街上走過，當時嚇得我冷汗都出來了，回家就給你改了名兒，不好再叫鳳凰，叫鳳儀了。」

李鏡：難道鳳儀這名兒就謙虛了？

秦鳳儀微微擰眉，大家以為他又想到柳王妃心裡不痛快了，不想，秦鳳儀感慨道：「怪道我說媳婦懷咱們大陽時我夢到的是大白蛇，原來我的胎夢是鳥。媳婦的胎蛋是大白蛋，我倆都是蛋生，難怪大陽的胎夢也是蛋生了。」

當天大家都吃到了秦鳳儀送的羹湯，至於是什麼羹，秦鳳儀神神祕祕的不肯說，李鏡是第二日才曉得的，當下險些捶死親夫，竟然叫她吃蛇羹。李鏡噁心壞了，要不是昨天的蛇羹已經消化，非得吐出來不可。

秦鳳儀說她：「土人經常吃，我都吃好幾回了，覺得實在好吃，才叫你們嘗嘗的。看妳這樣，以後都不請妳吃了，請大陽吃。」

大陽還跟著點頭道：「好吃！香！」

「你知道什麼，髒死了！」

「哪裡髒了？很好吃啊！」秦鳳儀道：「我還吃了炸蠍子、炸蜈蚣、炸竹蟲。」

李鏡一陣噁心，大陽好奇地問：「爹，好吃不？」

秦鳳儀點頭，「香極了。」

大陽道：「大陽吃。」

「好，下回爹命人做了給你吃。」

大陽很是高興。

李鏡都想與這父子倆分灶吃飯了，然後，李鏡噁心著，再一看，人家父子倆唧唧咕咕有說有笑，一會兒秦鳳儀啾啾親大陽的胖臉兩下，一會兒大陽用胖臉蹭他爹，奶聲奶氣地與他爹說話，不時還唧唧呱呱一陣笑，根本沒人理李鏡的心情，把李鏡鬱悶壞了，想著下一胎定要生個閨女，還是閨女貼心。

土人那裡如秦鳳儀所料，阿金決定先帶一千人下山，不過，這一千人還沒挑好。秦鳳儀先給朝廷上奏章，給阿金封個千戶。阿金帶著族裡手巧的姑娘們下山來，開始學習漢人的桑蠶繅絲之術。

阿金問秦鳳儀那塊土地的事，秦鳳儀笑道：「這樣吧，你的族人占據的山頭不小，你給我一座山，我給你一塊地，屆時你們全都下山，當初我說的那片土地是你族世代的居所。」

阿金道：「殿下想先要哪座山？」

秦鳳儀笑，「就你們寨子後頭的枯藤山如何？」

阿金臉色一變，秦鳳儀笑意悠然。

阿金道：「殿下，那座山可是有鐵礦的。」

「我知道。」秦鳳儀拉阿金坐下，細與他分說：「阿金啊，枯藤山在你們手裡，你們並不通冶煉之術。鐵，朝廷是不准私人開發的，我會在奏章中說明你們獻鐵礦有功。」

阿金道：「這是大事，我得與我父親商量。」

「這是自然。」秦鳳儀正色道：「阿金，你們世代在山上居住，這南夷漢族繁衍也有千年了。南夷這麼大的地方，有鐵礦的自然並非枯藤山一處，所以你莫要多心，以為本王覬覦你家的鐵礦。你想一想，你們守著鐵礦，可你們打出過一口鐵鍋嗎？本王並非下作之人，阿金，你去與你父親商量吧，你說的對，這是大事。」

阿金又覺得自己是小人之心了，看親王殿下有些感傷失落，心裡頗為歉疚，他道：「我知道殿下的人品。」

秦鳳儀微微一笑，「那就好。阿金啊，我說枯藤山，一則是因為那山裡有鐵礦，二則便是因那山上樹木最少，山亦不茂，就是你們族人說枯藤山是你們的地盤，但你們連個駐守的人都沒有，這座山對於你們族人的用處最小。如果你們不願意，另換別的山頭也是一樣的，於我差別不大。你不知道，這南夷的礦山，本王以南夷親王之尊，也沒有開採的權力。」

阿金道：「為什麼，南夷不都是親王殿下的嗎？」

秦鳳儀道：「是本王的，卻也是朝廷的。本王的親王是朝廷封的，就是為你請封官員，本王也要上書朝廷，由朝廷欽封才是。」

阿金畢竟是念過書的人，秦鳳儀這樣一說，他就明白了，越發覺得枯藤山雖有鐵礦，但與親王殿下的利益不相干。

阿金正色道：「這事我問一問父親的意思，再給殿下答覆。」

秦鳳儀並不急著土人們的回覆，早晚必有這一遭。

倒是秦鳳儀給朝廷寫奏章為阿金請封時，李鏡提了一句，八月便是陛下萬壽，咱們得備些壽禮才是。秦鳳儀道：「六月老虔婆的千秋不也沒有備禮？」老虔婆獨指裴太后。

李鏡道：「太后娘娘、皇后娘娘那裡都不要緊，陛下這禮得備的。」

秦鳳儀隨意道：「備幾樣土產就是。咱們這裡窮兮兮的，就剩下西北風了。把那桔子、芒果、桂圓、石榴、蘋果、柚子、黃皮、椰子裝上兩車，送去給陛下就是。多好啊，既是咱們南夷的土物，還能夠省錢。」

李鏡提醒道：「賀表可是得上的。」

「讓趙長史寫就是。」秦鳳儀道：「多運些桔子過去，愉爺爺很愛吃桔子，再挑兩筐最酸的送給岳父。」

「幹嘛挑最酸的給我父親？」

「就是酸他一酸。」秦鳳儀道：「也挑兩筐最酸的給方老頭兒。」

「你倒還一碗水端平啊！」

「那是！」秦鳳儀道：「把甜的都給愉爺爺吃，祖母那裡也送兩筐甜的。」

甭看秦鳳儀怕媳婦，這些大事還是他拿主意。倒不是李鏡拿不得主意，只是要是不聽秦鳳儀的，備下重禮，怕秦鳳儀又要犯強頭病。如今剛好些了，李鏡怕他犯病，只得聽他的罷了。不過，賀表是李鏡與趙長史說著寫的。

李鏡道：「咱們南夷自來是貧瘠之地，這皇上也是知道的，如今沒有金珠玉寶獻上，可殿下自來了藩地，一心一意治理藩地，雖無金玉之物，如今土人感受皇上龍恩，要下山了，這便是殿下獻給皇上的賀禮吧。」

趙長史便知道這賀表如何寫了，趙長史私下與李鏡道：「娘娘還需多規勸殿下，皇上當年也是有苦衷的。」

李鏡道：「這事得慢慢來。」

趙長史便下去寫賀表了，其實趙長史說的「皇上也有苦衷」的話，委實有些違心。在趙長史看來，有個屁的苦衷啊！只是，眼下秦鳳儀一日較一日的出眾，哪怕是分封到南夷這鳥不拉屎的地方，秦鳳儀也是光芒萬丈，照耀世間。

便是趙長史，先時認識秦鳳儀的時候，秦鳳儀身上唯一的優點就是一張臉，趙長史呢，因為狀元出身，有學問。這有學問的人看臉，跟尋常人看臉，那也不是一樣的看法。須知，長得好的很多，當然，像秦鳳儀長得這般好的還是比較罕見，但一般來說，美人薄命，可看秦鳳儀的相貌，就一點都不薄命。再一打交道，小孩兒傻乎乎的挺有趣。只是，便是趙長史當年，也沒料到秦鳳儀有如今的才幹。

簡直是人想不到的事，秦鳳儀就能想出來，而且他還能幹成。

秦鳳儀的才能、出身、性情、魅力，趙長史與秦鳳儀這般淵源，這般交情，趙長史並不是功利之人。倘趙長史功利，當年不能冒天下之大不韙為柳王妃說話，可秦鳳儀有這樣的才能。他不是不比諸皇子差，他簡直是比諸皇子高一大截。這樣的秦鳳儀，便是趙長史，也會多替他考慮一些將來的前程之事。

別說，趙長史寫賀表的水準當真不錯，又有李鏡方向性的指示，朝中收到鎮南王送的萬壽節賀禮時，雖是八筐水果，哪怕是千里迢迢自南夷運來的，也不值什麼錢。還聽說運來的不少，除了給皇上做萬壽節賀禮，還分送給不少人家。這是李鏡的吩咐，自己娘家、方閣老家自是不必說，還有愉親王府、壽王府、長公主府，這是在京宗室，另則便是酈國公府、桓國公府、襄永侯府，這是幾家交好的公府侯門。另外，程尚書府、駱掌院府也都收到了鎮南王送的水果。內閣幾家，李鏡也都送了。

大家都表示，南夷窮雖窮了些，水果還是不錯的。

當然，皇帝陛下收到的樣數是最多的，足足有八樣。這些水果在宮中不算什麼稀罕物，何況，秦鳳儀滿京都送。景安帝真正高興的是，秦鳳儀奏章中說的土人下山之事。景安帝還給內閣諸人看了秦鳳儀的奏表。

鄭老尚書喜道：「果然是鳳殿下，安民撫民，方有如今土人下山之事。」

工部尚書道：「如何只有一千人？」

盧尚書道：「土人雖土些，卻也不傻，自然是先下來一部分，看看朝廷可是真接納他們。慢慢的，不要說三五年，便是十年之內，土人皆能下得山來，也是大功一件。」

景安帝笑道：「很是。」

景安帝龍心大悅，便有空打趣景川侯了，「聽說景川你收到了女婿給的兩筐酸桔？」

說到這事，景川侯便是鬱悶。原本有兩簍桔子說是秦鳳儀特意送給岳父大人吃的，景川侯以為那小子終於轉了脾氣，明白過來了。結果，吃了險把牙酸掉。

如今，皇帝陛下還拿這事兒來揶揄，景川侯道：「是啊，岳父只配吃酸的。」

景安帝忙賜了景川侯兩簍甜桔，還道：「那是鳳儀跟你鬧著玩，給你嘗嘗朕的桔子。」

縱使與皇帝陛下多年君臣，見皇帝陛下那眉開眼笑的模樣，景川侯仍在心中吐槽：也不知道美個什麼勁兒，我就不知道那是女婿跟我開玩笑的嗎？我女婿跟我好得不得了，我還是天下第一好岳父呢，有牌匾為證，哼！

娶對媳婦的重要性，從秦鳳儀的萬壽節禮就可以看出來。秦鳳儀是斷然不肯花大價錢為景安帝準備萬壽禮的，李鏡便藉土人下山之機，把這個當賀禮了，然後，秦鳳儀就用幾筐果子，搶了眾皇子的風頭。

秦鳳儀即便沒這個意思，在李鏡的巧手安排下，簡直是不出風頭都難。

原本大皇子與秦鳳儀的關係就一般，這兩人彷彿是天生的對頭，不知是不是命運冥冥之中的安排。哪怕秦鳳儀的身世尚未曝光時，秦鳳儀與大皇子的關係就很普通，秦鳳儀還幹掉過大皇子的長史。及至秦鳳儀的身世曝光，饒是平皇后說自己冤枉，不曉得如何柳王妃就死了，她自己清白得不行，可這話誰信？便是平皇后，難道當初沒有爭后位之心？當然，處在平皇后的位置，娘家有權勢，她想一爭后位也沒錯，只是誰料得到今日？

當年平家有多麼強勢出眾，現在秦鳳儀就有多麼出眾，哪怕秦鳳儀就藩南夷的時間還太短，秦鳳儀自己沒表露出什麼野心，但秦鳳儀身邊的人，趙長史和章巡撫已經是將他奉為主君，在心裡為他日後的前程考慮了。

現下秦鳳儀的思想境界是他媳婦帶領他達到的，他必要給兒子打下一片大大的以後能與朝廷平起平坐的藩地。秦鳳儀自己表現出來的手段與能力，包括秦鳳儀自身的魅力，即便他遠在南夷，尋常人到南夷這等土人遍地的封地，估計也就是跟土人做伴了，秦鳳儀不是，南夷這種貧瘠之地，反是激發了他的天資，讓他就算在南夷也是光耀京城。

可想而知，秦鳳儀這份壽禮送得多麼堵人心。

尤其裴太后這裡還得他兒子孝敬了幾簍南夷水果，裴太后說：「既是鎮南王孝敬皇帝的，你自己留著吃就是。」

景安帝笑道：「也是孝敬母后的。」

「你可別說這話，哀家的千秋節，不是連個果殼皮兒都沒收到嗎？更甭提這些果子了。皇帝留著吃吧，哀家又不是八輩子沒吃過果子。」

裴太后簡直堵心堵得難受，要是秦鳳儀泯滅於眾人，不要說他啥都不送了，他就是送天上的月亮，裴太后也不見得瞧一眼。奈何秦鳳儀就藩南夷都折騰得動靜京城可聞，如今又有土人下山之事。裴太后這等老辣的政治人物，她靈敏地嗅到了京城風雲中的一絲變換氣息。其實如果六月裴太后的壽辰，秦鳳儀哪怕送八筐果子，裴太后也不會說什麼，秦鳳儀卻是什麼都沒送。如今看到皇帝兒子特意送水果過來給自己吃，裴太后的心堵得越發難受。

景安帝勸解了母親幾句，為秦鳳儀說了幾句好話：「聽說他今年忙得很，又是建新城，又是收攏這些土人。他這性子也有些彆扭，就是有他媳婦勸著，多半也得慢慢回轉。」

裴太后長嘆一聲，轉而問皇帝兒子：「土人那裡到底怎麼說？」

景安帝細細與母親說了，裴太后道：「南夷這地方雖是遠了些，苦了些，可他剛入朝的時候，就與土人打過交道，聽說便很能降伏那些個族長，讓他去是去對了。朝臣太死巴，何況官員三年一任，總有升遷，這個主官在時是一種態度，那個主官在時就是另一種態度了，所以，土人總是不肯下山。如今他就藩南夷，他又一慣是個能做主的人，待這些土人都歸順朝廷，也是他的功績。只是，得叫他留心山蠻。自太祖年間將山蠻驅至桂州，這許多年有一二場小戰事還罷。經過這些年休養生息，山蠻又最善山戰，得讓他多留心。」

景安帝道：「母后放心，朕會提醒他。不過，如今他在南夷，也得看他自己了。」

裴太后道：「出去自己當家做主，也沒什麼不好，我看南夷現下就不錯。就是他這性子，真不知像了誰。」

景安帝心說，兒子多是像父親的。雖然景安帝認為，秦鳳儀這種剛烈有些像柳王妃，但自從秦鳳儀幹了兩件特長臉的事，景安帝就覺得，這種實幹精神還是像自己的。

景安帝提醒秦鳳儀留心山蠻的密摺還在路上，南夷城卻是經歷了第一場戰事。

便是秦鳳儀也沒想到，戰事來得如此之快。

好在有東邊縣城逃出來的百姓過來報信，秦鳳儀此時正在南夷城，當下命城門緊閉，馮將軍準備迎戰。鳳凰城那裡也命潘琛關閉城門，戰事由潘琛伺機而行，其餘事務便由范正主理。南夷城位在鳳凰城西邊，山蠻的象兵必然是先來南夷城。

街上緊急戒嚴，馮將軍立刻召集兵馬，章巡撫、趙長史等人都到了議事廳。

秦鳳儀道：「都不要慌，我早防著山蠻來犯。」

秦鳳儀與章太醫道：「先時我讓你備的藥粉都準備好了嗎？」

章太醫道：「回殿下，備好了。」

秦鳳儀道：「這就拿來給舅舅。你與李太醫帶著藥堂裡的人分批，準備救助傷患。」又對柳舅舅道：「舅舅，所有的刀劍弓弩，先醮過藥水再給將士們。」

柳舅舅道：「明白。」

二人都下去準備，秦鳳儀又與章巡撫道：「把府衙的糧倉打開，每天由三頓飯加到四頓，晚上再給將士們做一頓，必要叫人吃飽。」

章巡撫領命。

秦鳳儀對杜知府道：「街上全部戒嚴，如果此時生亂，我只拿你說話。」

杜知府面色一肅，「是！」

秦鳳儀一道道命令交代下去，有條不紊，沒有半點驚慌懼色。底下眾人見秦鳳儀淡定若此，不由安下心來。秦鳳儀與眾人道：「我還沒見過山蠻，聽聞他們善使象兵，你們便與我一道去城牆上看看。」

當然，看到這一戰的，並非只有南夷城諸位官員，還有在南夷城的幾家大商賈。秦鳳儀剛要登城樓就見他們匆匆而來，後頭跟著的是杜知府。

杜知府上前稟道：「他們各家亦有護院，想問殿下可要暫時徵兵。」

秦鳳儀搖頭，「暫且不用。」又與幾人道：「你們有此心，本王甚是欣慰。想來你們也沒見過山蠻吧，若不害怕，正好與本王上去一見。」

秦鳳儀又吩咐杜知府：「去瞧瞧城裡賣山貨的幾家土人的店鋪，看他們如何，若是願意，也請他們過來，與本王同觀戰事。」

杜知府領命而去，何東家幾人，連帶著南夷城中幾家大糧商、大綢商，見完禮便跟隨在眾官員身後，與秦鳳儀同上城樓。

不要說象兵了，便是大象，許多人也是頭一遭見。這許多人裡，便包括秦鳳儀。

秦鳳儀先是望見遠處滾滾煙塵，要知道，南夷多雨，並不似北方乾燥，一般來說，路上有灰塵的時候少。繼而便是大地震動，倘是不曉得緣故，還得以為是地動。隨後就是象群如黑雲般壓城而來。馮將軍諸人已擺開陣仗，打頭的是戰兵們，其後便是數個床弩。

戰場離得有些遠，護城河外，秦鳳儀遠遠看到許多戴羽冠的山蠻坐在大象身上，驅使大象奔騰向來。大象跑得並不快，但是那種奔騰過來的陣仗，仍是震憾人心。

這種也不用喊開戰什麼的，象軍一來，馮將軍大吼一聲，前方戰兵立刻後退，露出後面的床弩。床弩皆已準備齊當，瞬間巨箭如飛。

馮將軍曾經說過：「山蠻難對付的地方，一則是山戰，二則便是象兵。」

山戰什麼的，秦鳳儀沒想過，他現在又沒有去占領山蠻地盤的意思，他現在一心發展南夷，但象兵的應對方式，秦鳳儀問過馮將軍。馮將軍提出兩種解決方式，一則是火攻，大象怕火。一則是勁弩強弓，必要先傷大象，使象群大亂，傷山蠻元氣，再行交戰。

第一撥巨箭射完，巨象嘶鳴，山蠻象軍大亂，許多坐在大象身上的羽冠戰士被甩下象背活活踩死。也有大象瘋狂前奔，但緊接而來的便是第二撥巨箭。

大象這種東西，便是山蠻的象軍，也不可能成百上千，目測約有上二三十頭頂天了。

象軍一亂，山蠻軍隊自亂陣腳，馮將軍頗是悍勇，親自上馬，帶兵廝殺。

不知時間過了多久，或者很久，或者只是片刻，秦鳳儀面無表情地直視前方，濃烈的血腥味兒已是飄向鼻間。在外人看來，秦鳳儀的表現堪稱完美。秦鳳儀的確也表現得不錯，他直接站在城樓上，看到山蠻的軍隊潰散四去，馮將軍帶人追擊。

秦鳳儀輕輕拊掌，微微笑道：「我當山蠻如何，也不過如此。」

章顏道：「皆是殿下英明，令我等早備戰事。」

秦鳳儀道：「把先時擬定的追殺山蠻逃兵的章程全城公告，凡有獻山蠻首級者賞銀十兩。有斬十人者，賞銀百兩，官百戶。依次類比，本王這裡，有的是賞銀與官職。」

眾人皆呼殿下千歲千千歲。

秦鳳儀轉身下城樓，經過幾位大商家跟前時笑道：「你們有心，待來日辦慶功酒，都過來湊個熱鬧。」所有人皆覺榮幸，而且，自秦鳳儀與章巡撫的交談中，讓人心驚的是，莫不是親王殿下早料到會有山蠻來犯？

問出這個問題的是阿花族長。

秦鳳儀下城樓見阿花族長也在土人堆裡，便道：「阿花族長今天也在城裡？」

「是。」阿花族長微微躬身，行了一個莊重而恭敬的禮，道：「下次再有戰事，請殿下一定要允許我們參戰。」

秦鳳儀笑道：「看來，你有事情與本王說。」

「是。」阿花族長道：「什麼都瞞不過英明的殿下。」

秦鳳儀笑，「莫如此，我們還如以往那般就好。」當下領眾人下了城樓。

土人性情偏直率，何況阿花族長見識過秦鳳儀的強兵勁弩後，很想拍秦鳳儀的馬屁，忍不住便說：「殿下的那個武器是大弩嗎？好生厲害。」

秦鳳儀笑，「那叫床弩，特意用來對付山蠻的象兵。」

「殿下早知山蠻會過來侵犯南夷城？」阿花問出了不少人的心聲。

秦鳳儀道：「我南夷城如今百業昌隆，越發富足，餓狼聞到了氣息，焉能不過來爭搶？我早備下強弓勁弩，為的就是要斬殺這條惡狼。」

秦鳳儀說得輕鬆的一句話，阿花族長卻是心中一凜，對秦鳳儀越發恭敬。

馮將軍是下午率兵回城的，清點傷亡，南夷這邊亡三百多，傷五百多，山蠻留下了足足兩千餘人的性命，以及二十頭或傷或死的大象。

秦鳳儀忙至深夜，回屋時方與妻子說了一句大實話：「我今天在城頭險些吐了，那血腥味快熏死我了。」

這一戰大勝山蠻，當晚城裡便流傳了親王殿下如何威武的傳說。待得第二日，鳳凰城那裡傳來消息，說是一切平安，未見山蠻來犯。說實在的，沒有山蠻進犯是好事，一城的人都慶幸得很，獨有一人遺憾極了，那就是跟著秦鳳儀到南夷的親衛將領潘琛。

潘琛被秦鳳儀派來駐守鳳凰城，而鳳凰城的地理位置較南夷城要往東百里。山蠻自西來犯，自然是先打南夷城，山蠻的首領也是這個意思。

要說好端端的，秦鳳儀又未尋山蠻的晦氣，怎麼山蠻倒來進犯南夷城？這是有緣故的！主要是山蠻聽人說現下南夷城富得不得了，有好多的富商。以往南夷窮得喝西北風的時候，山蠻沒來過，因為來了也是一群窮鬼，能搶啥啊？比他們還窮呢。何況，一旦出兵，還會招來朝廷的大軍。山蠻雖則自占一州，卻也沒有猖狂到認為自己能與朝廷的大軍相抗衡，所以山蠻以前沒來過。這不是秦鳳儀來了南夷，開始建設南夷，山蠻聽說現在的南夷城，銀子跟流水似的那麼多，就想著這也快過年了，搶一票好過年。

也是多年未打仗的緣故，如果是去歲過來，估計就是有馮將軍的兩萬兵馬，章顏等人想對抗山蠻都非易事。無他，馮將軍的兩萬人馬一直是不全的，如今的足員兩萬，是秦鳳儀給他補上的，而且，秦鳳儀簡直是牙縫裡省錢，給馮將軍手下的兵把不齊的裝備都給補齊了。比建新城更早的是，自從聽馮將軍說了對付象軍一則用火攻，一則用強弓勁弩。秦鳳儀是個把事情放在心裡的人，一直跟柳舅舅想法子呢。床弩也是早就開始做的，這些事也就秦鳳儀身邊的人幾個親近之人知道。

先時大家都覺得秦鳳儀有些大驚小怪，山蠻與南夷州向來是井水不犯河水，如今山蠻來犯，大勝之際，眾人無不慶幸，幸虧當初聽了秦鳳儀的話，早早把床弩製了出來。

再者，秦鳳儀頗有些毒辣手段，其實主要也是馮將軍把象軍說得頗是厲害，秦鳳儀還怕床弩不能重傷象兵，便讓章太醫配置了毒性藥粉，就是為了能重傷象軍。

結果，重傷的不只是象軍，在戰場上清點過山蠻的屍身以及馮將軍等人帶回的山蠻人的頭顱後，接下來幾天都有百姓帶著山蠻的腦袋來領賞。

秦鳳儀感嘆：「咱們南夷百姓就是勇武啊！」

章顏笑道：「是殿下令將士們刀槍淬毒，有一些山蠻若是為刀箭所傷，便是一時逃過了馮將軍等人的追捕，身子也不大成了。殿下的戰後通緝令，一顆山蠻的腦袋十兩銀子，不要說受了傷的山蠻，便是沒受傷的，倘是遇著當地百姓，也是有死無生。」

秦鳳儀想到幾個受災的縣城，忍不住咬牙道：「這些殺千刀的王八羔子，總有一日，我要踏平了他們！」

章顏道：「有兩個縣的縣令殉城了，一則是家眷安置，二則也要上書朝廷，三則眼下縣中不能無主事之人。」

「按例便是。」秦鳳儀嘆道：「家眷那裡先接到南夷城來，在驛館安置。那兩個縣令，總要叫他們魂歸故里。另外是各縣的安撫事宜，總這麼著不是個事兒。咱們離他們遠，得了信兒，各縣已是遭了殃。唉，我每每想到，心中很是不好過。」

章顏道：「眼下咱們這裡先不論建新城的事，就是在兵馬上，再待個三五年，臣便有與山蠻一爭高下的信心。」

秦鳳儀道：「老章，每年百姓都有徭役，你也知道，我很少把百姓們拉出來叫他們做那些個活計。何苦呢，還不如花點銀子交給商賈辦，百姓們也能多賺幾個銀子，咱們也省心，可經了今次戰事，那兩個受災的縣城，枉死了兩位縣令，城裡的百姓們也受害。我想著，每年讓各縣百姓輪批到各州跟著軍隊練一練，然後，各鄉各村都發給他們一些刀槍，縣裡的捕頭捕快們和縣衙的兵馬也要操練起來。不怕一萬，就怕萬一。」

章顏道：「殿下的主意是好的，只是，若百姓都到州府，這路上就是一筆開銷。這筆開銷還算是小的，到各州府後，吃穿用度都是銀子。這筆銀子攤到每個人身上沒多少，但是咱們南夷州在冊的百姓就有十萬之眾。臣明白殿下心焦，不如慢慢來，先讓縣裡的兵馬分批到州府訓練，再讓他們回頭去教鄉里與縣裡的青壯。只要各縣盡心，臣想著問題不大。」

秦鳳儀點點頭，「你想的比我想的周全，就這麼辦吧，你擬出個章程來。」

章顏又提醒：「殿下上書朝廷，不妨與朝廷說說這事，能多從工部要些兵械才好。」

秦鳳儀真不想對景安帝低頭，只是一想到戰事中遭殃的百姓，便也顧不得許多了。

此戰畢竟算是大勝，秦鳳儀亦是歡喜，尤其馮將軍不負秦鳳儀所望，果然驍勇善戰。

秦鳳儀與馮將軍說起此次戰事，馮將軍道：「是山蠻大意了，他們以為自己是突襲，沒想到咱們早有準備。他們的象兵雖勇猛，但直接把象兵放在前鋒，委實沒動腦子，咱們的床弩直接就把象兵給收拾了。如果山蠻人多些心思，把象兵放在兩翼，或者先用步兵，中間再用象兵，咱們就要吃虧了。」

秦鳳儀笑道：「你連他們失誤在哪兒都曉得，便是他們變換軍陣，你也成竹在胸。」

馮將軍打仗上十分謙虛，連忙道：「可不敢這麼說，不過，臣確實想過如何應對。」

秦鳳儀道：「正好潘將軍過來了，這回山蠻沒去鳳凰城，可是把他給饞壞了。若是他問你象軍之事，只管與他說一說。他一直在京城，對象軍可是沒見過的。」

馮將軍正色道：「臣必知無不言。」

秦鳳儀點頭，「你們都是我麾下大將，如我左右手般。對了，封賞單子擬出來了嗎？」

馮將軍自袖中取出，道：「已是擬好了。」

秦鳳儀接了，看過這些立有戰功的將領名單，有些不熟悉的，便問一問馮將軍。二人商議好請封之事，秦鳳儀就把這單子給了趙長史，與趙長史道：「你先收著，章、李二位太醫那裡，也叫他們擬個單子來。」

趙長史連忙應了。

秦鳳儀起身與馮將軍道：「來，咱們去傷兵營看看受傷的將士們。」

馮將軍道：「殿下，軍中不大整潔，要不，臣令他們整理一番，殿下再去？」

「好囉嗦，整理什麼，都受傷了，本王過去瞧瞧他們。」

秦鳳儀親自去探望受傷的將士，令大家感動了一回，覺得親王殿下委實仁義。秦鳳儀瞧過，覺得衛生條件還是可以的，只是山蠻可恨，刀槍上也是淬了毒。讓秦鳳儀解氣的是，山蠻的毒，沒有他叫章太醫配的更毒，秦鳳儀就瞧見邊上一排砂鍋在熬藥。秦鳳儀叮囑大家好生養身子，說了些鼓勵大家的話，而且，過些天朝廷的賞賜就下來了，要大家好好療養。

至於戰亡的兵士，這回並沒有高級將領戰亡，便也死了兩百多人。這兩百多名兵士的撫恤之事自不消說。秦鳳儀看撫恤單子，見既有南夷本地人，也有外頭徵兵調到南夷來的。朝廷撫恤實在有限，一人也就十兩銀子。秦鳳儀與趙長史商量著，從內庫再一人補貼十兩。

秦鳳儀忙碌戰後之事時，整個南夷都因這次親王殿下的大勝而沸騰起來，茶館裡、飯莊裡、店鋪裡、大街小巷裡，都是在說親王殿下的英姿。尤其是親王殿下的料事如神，大戰象軍，主要是把大象拉出去埋的情景，許多百姓都瞧見了。如今南夷城熱鬧，大家更是說得不亦樂乎。當然，這裡頭有沒有輿論引導，只有巡撫衙門的人才知曉了。

不過，這些茶餘飯後說一說的，都是無事時的消遣。儘管有人覺得南夷城不大安全，會有戰事，但秦鳳儀這一戰大捷，還是安心的多，擔心的少。何況，商人逐利，不要說南夷城大捷，便是敗了，只要這裡有生意，一樣有的是商賈願意來。

這是商賈的天性。

秦鳳儀此一戰，真正觸動的是幾家大商號的大東家，尤其是他們還有幸隨秦鳳儀上到城樓觀戰。便是晉商銀號的何東家都私下與長子說：「不得了了，殿下真乃人中龍鳳。」

何少東家沒能上城樓一觀，便問父親：「當真是外人傳言的那般？」

「你沒見當時情形，殿下站在城樓，任城外刀光劍影，血流成河，殿下沒有半分動容。你知道此戰為何能大捷？」何東家賣了個關子，待兒子問時，方道：「殿下啊，是早料到山蠻會過來侵犯。」

「這般神機妙算？」

「可見殿下心智啊！」何東家感慨。

餘下幾家，皆因秦鳳儀大勝，無形中對親王殿下多了幾分敬畏。不說別的，就秦鳳儀的年紀，誰家沒有二十出頭的子孫啊，就是再出眾的子孫，遇到這樣兵臨城下的場面，不嚇癱就是好的。看看親王殿下，是何等風姿？

何況，親王殿下是在民間長大的，便有這樣的膽色與謀略，可見資質之出眾。有這樣的殿下鎮守南夷，非但經商放心，而且，他們這一筆投資，想必殿下是不會讓他們折本的。

商賈們對於親王殿下做出了新的估量，土人們亦是如此。

幾家族長又碰了一次面，十位族長只有阿花族長是親眼所見當時的戰事。

阿花族長感慨道：「殿下的大軍如猛虎，山蠻大王的象軍如羔羊。」

於是，秦鳳儀發現，非但阿金部落同意了獻出礦山，其他九個部落也主動找他商談下山事宜。還有族長聽說秦鳳信先給阿金請封了官位而吃醋哩，說親王殿下應該第一個跟他們說，他們早就準備下山來為親王殿下效力了。

伍之章 首戰告捷震山巒

任何事情都有利弊兩端，戰事亦是如此。

一場大捷之後，土人們的歸順加速許多，但是如阿金部落與阿花部落兩個人數最多的部落，仍打算讓族人分批下山，這是土人們的考量，很好理解，畢竟下山不是小事。他們是因親王殿下的武力震懾打算歸順親王殿下，何況，親王殿下又給了許多好處，於是，大家決定下山。但下山後的生活如何，還是先選一些族人過來試一試的好。

不論土人是如何考量的，他們肯下山，哪怕最初只有一千人，秦鳳儀也悉數接納。最初下山的，男人們多是族裡的戰士，而女人則是打算如阿金部落一樣，想去織造局學紡織技術的。當然，也有的想學刺繡技術。

唯一全員下山的，就是阿火部落了。

這個部落統共只有千數人，可戰鬥的人約五百，不過阿火族長很想也要個千戶當當。雖則他族人少，卻也是正經下山的，而且他是第一個帶領全部族人下山的。聽說族長會有爵位來著，爵位啥的，親王殿下也不好厚此薄彼，秦鳳儀只得答應為他想想法子。阿火族長千萬感謝了親王殿下一回，認為親王殿下是個好人。

初戰之後，戰事撫恤，戰後請功，還有土人各方面的安置問題，讓整個南夷城越發忙碌起來。土人有土人訓練的方式，秦鳳儀不打算直接改變他們，卻是可以讓雙方多做交流。讓土人觀摩朝廷將士們的訓練，也讓朝廷將士們去看土人的訓練。

秦鳳儀有空過去，還會讓他們比試一場。

這不過是軍中經常進行的比武之事，秦鳳儀來南夷的路上就愛看將士比武，興致好時，還會出彩頭來著。當然，朝廷的將士與土人的勇士心裡都憋著一較高下的意思，打得比較激烈就是，不過不會傷及性命，也不會有重大傷亡。

秦鳳儀還分別跟他們說學習彼此優點什麼的，同時也告誡他們，想爭高下沒有關係，只是，以後你們都是本王的兵馬，在戰場上彼此便是可以託付性命之人。

一切都在有條不紊地進行當中。

南夷州還在忙碌的時候，朝廷的摺子到了南夷州，秦鳳儀看景安帝特意寫了叫他提防山蠻的事，心說，真是個馬後炮。不過，朝廷的一千柄軍刀，還有一千套軟甲已經在路上。欽差同時帶來的，還有封阿金為千戶的聖旨。

這可真是把阿金榮耀壞了，他可是土人中第一個得官的。阿金前來接旨時，許多土人都跑過來觀看。雖然便是阿金這個土人裡最有文化的都聽不懂聖旨上那些駢四驪六的拗口話，但最後一句歸附有功，酌封五品千戶，阿金是聽懂的。

阿金很鄭重地接了聖旨，一邊的侍衛捧來六品武官服。阿金看向秦鳳儀，秦鳳儀微微頷首，阿金連忙喜孜孜接了。阿金對秦鳳儀道：「那啥，殿下，我這就換上給殿下瞧！」

秦鳳儀笑，「好，去換吧！」明明自己憋不住了想立刻換上，還要說是給他瞧的。

阿金捧著衣裳去換，秦鳳儀招呼傳旨的欽差過來坐。因是兵部事宜，過來傳旨的便是兵部的一個姓解的郎中。秦鳳儀與他不大熟，但想這郎中是兵部的，秦鳳儀的岳父景川侯便在兵部當差，兵部尚書鄭老尚書也是秦鳳儀的舊識，秦鳳儀難免問他幾句。

解郎中笑道：「尚書大人和侯爺都好，聞殿下在南夷撫民有功，咱們都為殿下高興。」

兩人說著話，阿金換了新衣出來。五品千戶的戰袍是一身銀色軟甲，阿金正是年輕的時候，而且身為族長之子，自小營養到位，個子較尋常土人更是偏高的，這麼一身軟甲官靴上身，眼神明亮，腰挎戰刀，透出勃勃朝氣與威武。

秦鳳儀讚道：「好！」

土人們也都在一處誇阿金，還有人酸溜溜的，說阿金個子太高，人也單薄，得更壯實些才好。阿金道：「我以後每頓都要多吃一碗飯。」

再有土人請求秦鳳儀趕緊給他們也申請官職去。這些土人多是不會說漢語，或者只會簡單幾個字的，還很不熟練。就是現在這幾個字，也是南夷商事繁華，秦鳳儀允他們下山開店鋪，售賣山貨，他們的漢話稱得上突飛猛進了。

秦鳳儀土話倒是很熟練，用土話與他們交流著，沒有半點障礙。解郎中就看沒多大的功夫，秦鳳儀就把這些土人說得臉上個個帶笑，行過禮後，高高興興地走了。

秦鳳儀繼續與解郎中道：「你來得巧，我們這裡剛與山蠻打過一場仗，我摺子才送出去，你就過來了。」

解郎中一聽說南夷城打仗，連忙道：「南夷州竟有戰事？殿下玉體無礙吧？」

「行了，你看我像有礙嗎？」秦鳳儀道：「就是你這回去還得讓工部多製些鎧甲刀槍。先時是一個部落下來一千人，如今他們各部落都受本王感召，現下我們有土兵九千五百人。以後待眾部落全部下山，人還會更多。」

解郎中一聽，喜得起身作揖，賀道：「殿下大才，土人歸順。」

「還早得很。」秦鳳儀道：「這麼些土兵下山，如何安置是我這裡的事，但他們既然下山來，現下又在軍中，武器裝備我都應承他們了，我的親衛軍如何，他們便如何。我的摺子已是遞往朝廷了，待你回朝，可得催著工部些，我這裡的武器不能耽擱。山蠻前兒剛過來打了一場，呵，那些個象兵，你見過象兵嗎？」

解郎中道：「臣有幸見過宮裡養的大象。」

「宮裡的大象多溫順，就一傻大個兒。」秦鳳儀道：「那象兵身披鐵甲，上面坐的都是頭插鳥羽的山蠻，忽啦啦全跑過來，地動山搖的。唉，你們沒見那場景啊！」

「殿下勇武，必是大敗象軍。」

「雖則這次是斬首三千左右，但不知山蠻會何日再來犯，故而我這裡的軍械裝備斷斷少不得的，知道嗎？」

解郎中只得稱是。

李釗晚上回來，秦鳳儀問李釗與解郎中熟不熟，李釗是知道解郎中的，特意過來相見。待晚間設宴，非但有秦鳳儀麾下眾人，還有幾位土人將領過來，大家一道吃酒說話。

解郎中覺得親王殿下實在太客氣了，因解郎中在兵部當差，雖則以往與秦鳳儀不大熟，但兩人也認識。親王殿下完全沒有半點驕狂之氣，究竟是誰說親王殿下脾氣差的？害他過來時一路上提心吊膽的。

解郎中還有幸參觀了新下山的土兵們，因著他還有朝中的差事，便帶上親王殿下送他的特產，告辭而去。

解郎中走後，義安知府、敬州知府過來請安。

秦鳳儀說他倆：「我這裡也沒什麼事，原也不必你們大老遠跑一趟。」

二人連忙道：「我等聽聞竟有山蠻來犯，簡直是一刻也坐不住。倘不是知曉殿下神勇，大敗山蠻，我等已率軍護駕。」

「行了，這些虛頭話少說。」秦鳳儀道：「區區山蠻，我早有防範。不過，經此一戰，我感觸頗深。山蠻過來與我交戰，我不懼他，我這裡強兵利劍，管叫他來有無回。只是，若是縣裡遇到山蠻的象兵、大軍，無還手之力啊。這件事，你們怎麼想呢？」

兩人跑過來請安，還真沒想過這個。既是他倆沒想過，秦鳳儀就代他們想了。秦鳳儀把與章顏商量的主意同這兩人一說，問道：「你們覺得如何？」

二人自然稱好，秦鳳儀道：「再者，按理，我來南夷當先巡視各州府，只是，去歲到了南夷，接著就過年了，你們都前來請過安，咱們也算見了面。今年又一直忙著建新城的事，我這裡走不開。年初時我讓李賓客代我一路東去，看了看各州縣的情形。你們兩州聽說還是不錯的，這說的是民生、百姓，就是不知你們兩地的駐軍如何？」

義安知府道：「我們義安府駐軍一萬，實員六千七百八十三人。不瞞殿下，兵械十年都沒換過了。有些舊了還好，將士們自己修整一番還能用。有些個實在用不得的，臣好幾回上摺子，朝中也沒個信兒。」

敬州知府道：「我們敬州的現員要少些，只有五千人不到，兵甲亦是十年前的舊物。」

秦鳳儀道：「我看你們倆在發財上挺有一手的，軍備上就這麼大撒手了？」一句話說得兩人很是有些尷尬，尤其敬州知府，老臉微赤。

秦鳳儀道：「好了，你們的勾當我都知道，沒什麼不好意思的。升官發財，在咱們這窮僻地界兒開個窯，燒些瓷，銷往泉州港，不是什麼不得了的事，我曉得大家都不容易，要是想辦你們我早辦了，只是聽李賓客說，你們治下百姓倒也能過得日子，可見你們也不是無能之人。當初怎麼就都到南夷這冷僻地界來了，你們是得罪誰了呀？」

這話問得，兩人都不曉得要怎麼招架了。

「行了，不想說就不說，我也只是隨口一問。」秦鳳儀道：「倘你們無能，我也就不與你們囉嗦了，你們偏生還有點本事，還有點良心。你們年紀也不算大，一個三十八，一個四十歲。許知府你在義安知府任上八年了，可見來義安時不過三十二歲。三十二歲的知府，便是縱觀朝中上下，你也是出眾的了。闞知府你來南夷的年頭短些，這眼瞅也三年了，你是三十五歲坐上知府位置的。你們這幾年如何，一筆揭過，我不是翻舊帳的性子。要是你們還願意跟隨我，做出一些事業，你們現在這般懶散、老油條的模樣，勢必得改一改了。」

兩人能做到知府的位置，而且這兩人的履歷，秦鳳儀都看過。能讓秦鳳儀費一番唇舌相勸的，自然有其價值所在。譬如，兩人都是正經二榜進士出身，而且現在雖是老油條了，私下也在瓷窯上發了點兒財，但在南夷這窮鄉僻壤的，換一個人也不一定就比這兩人強，何況，就李釗說的，兩人治下的州府縣城，百姓們日子也能過得。

所以，能挽救還是要挽救一下的。

兩人聽秦鳳儀說的這幾句話，倒沒再說那些花言巧語的套話，皆道：「蒙殿下不棄，我等願意追隨殿下。」

秦鳳儀道：「你們的心，本王知道了，先下去休息吧。你們難得來南夷城，也在城裡逛一逛，看看咱們南夷城的新氣象。」

眼下便是中秋了，先不說許、闞兩位知府這會兒來了，中秋前必是趕不回府城的。秦鳳儀身為藩王，也要準備中秋節的。

戰事剛過，中秋節更要大賀，以免城中百姓不安。

李鏡命廚下做了許多月餅，除了節下自家吃的，還有諸多賞賜要用。這是內闈的事，秦鳳儀都交給媳婦了。另外，中秋節秦鳳儀這裡也要有所賞賜，再者便是城中亦要張燈結綵，有個節氣樣兒才好。

李鏡得空便與秦鳳儀說：「山蠻那裡還是要留神，此次山蠻大敗，怕是會來報復。」

秦鳳儀道：「我盼著他們來呢，只是這一次他們敗得慘了，要是有腦子的，必要打聽一下我們城裡的消息再來進攻，短期內估計不會有什麼事。我也叫馮將軍留心著了，若山蠻真是腦子有坑，大節下來，那也沒法子。」

秦鳳儀又道：「以前當官還能有個休沐日，如今成了一地之主，竟忙得沒有休沐日。」

李鏡笑道：「現在你願意怎麼休便怎麼休。」

「每天事情都忙不過來了。」秦鳳儀道：「大公主有什麼有什麼重陽節禮要送回京城的，妳且問一問。過些天送兵器的就來了，咱們再派幾個人，可一道幫大公主捎回去。」

別看秦鳳儀也就萬壽節送一回禮，六月裴太后的千秋，秦鳳儀只當失憶了。大公主自小在裴太后膝下長大，還是親手做了針線打發人送回京城，所以，秦鳳儀有此一問。

李鏡點頭應了。

夫妻倆正說著話，就見一群小蘿蔔頭過來了。

大陽領頭，這孩子自小是吃他娘的奶長大的，奶娘的奶他都不稀罕吃，而且自小口壯，爹娘養他也養得很好，白胖白胖的，還遺傳了他爹的好相貌，人見人說，一臉福相。就見大陽一身小紅袍子，頭上梳倆揪揪，然後，小胸脯挺得高高的，一臉得意，帶著大家走進來，後面跟著大妞、壽哥兒、阿泰幾個。

孩子們見著長輩，紛紛打招呼叫人。

也不知是跟誰學的，大陽還跟他爹抱拳，高興地說：「爹，回來啦！」然後，很統一的，壽哥兒、阿泰和大妞兒也抱著小肉蹄，壽哥兒叫姑丈，阿泰及大妞喊舅舅。

秦鳳儀忍笑，也抱拳回禮，「回來了啊！」

秦鳳儀問他們：「這是來看我嗎？」

大妞道：「大陽，帶我們，看，象牙。」

秦鳳儀這才明白，孩子們是來瞧象牙的。

當初打仗，有些大象被巨箭射中毒死了，這些象，秦鳳儀都命人挖深坑燒埋了。有些個是受傷的，秦鳳儀原想把這些受傷的大象留下來，卻聽馮將軍說這些象都是認主的，而且大象很記仇，這些俘虜的大象便是養起來，也不好乘坐。秦鳳儀乾脆命人取了象牙，然後象皮取下做甲，剩下的象肉給將士們分食，一點也沒糟蹋。

秦鳳儀也嘗了象肉，很是粗糙，不大好吃，但不能經常吃到肉食的將士們，還是覺得滋味不賴。剿獲的象牙，秦鳳儀留了一對，其餘的都賞賜下去了。

見孩子們過來看象牙，秦鳳儀很大方地揮手道：「去瞧吧！」

大陽便雄赳赳氣昂昂地帶著小夥伴們去屋裡看象牙，不時還傳出如「好大！好白！」的話來，另外就是大陽急得直結巴的「我爹打的！厲害！」，直聽得人忍俊不禁。

秦鳳儀悄悄對媳婦說：「看咱們大陽那一臉得意的小模樣。」

李鏡笑道：「這幾天他們來看好幾遭。你沒見你兒子那樣，腦袋恨不得仰到天上去。」

「別說，咱們兒子還挺臭美的。」秦鳳儀直樂。

什麼叫挺臭美，大陽簡直是臭美得不得了。

大陽年紀最小，跟哥哥姊姊一起玩，時常要聽哥哥姊姊的指派。他那性子有些像他爹，很是七個不服，八個不忿，但他年紀小，偏生尖頭，故而大陽的人緣很一般。不過現在不同啦，自從他爹得了一對大象牙，大陽覺得出頭的日子到了。他這話還說不順溜的傢伙，也不知怎麼跟小夥伴兒們說的，現在大陽是成天帶人參觀他爹打來的象牙，神氣得不得了。

壽哥兒跟他爹說：「我姑丈能噴火，一口大火噴出把大象燒死，剩下的象牙撿回來。」

他爹聽得，險些噴了茶。

壽哥兒還一臉認真地問：「爹，你會噴火嗎？」

李釗問：「誰跟你說你姑丈能噴火的？」

「大陽說的。」壽哥兒道。

李釗又問：「大陽怎麼知道的？」

壽哥兒已是快三歲了，現在會背些簡單的唐詩，認幾個大字了，邏輯很清楚，便道：「姑丈跟大陽說的。」

李釗道：「他不但能噴火，還三頭六臂哩。」這話，李釗不過揶揄，想著秦鳳儀真是成天跟孩子胡說八道啊。不想，壽哥兒聽了，又很認真地點頭道：「對，這個也會。」

李釗轉頭與崔氏道：「瞧瞧，鳳儀這是跟大陽講了些什麼呀！」

崔氏笑，「興許是隨口哄大陽的。」

壽哥兒現在很能聽懂大人的話了，見他爹娘這般說，壽哥兒第二天就說大陽淨吹牛。大陽氣壞了，帶著小夥伴們找他爹去。大陽急得說話都結巴了，瞪圓一雙與他爹一般無二的大桃花眼問他爹：「噴火，三六臂，壽哥說，吹牛！」說不清楚的時候，還比劃兩下。

壽哥兒也一副很有理的樣子，「我爹說的，姑丈都是吹牛。」

秦鳳儀天生喜歡孩子，心中直樂，面上卻是一臉正經，「誰說我吹牛了？這可都是真有其事。壽哥兒，你還不知道姑丈如何打敗大象的吧？」

壽哥兒搖搖小腦袋，「不知道。」這個故事，姑丈只同大陽講過，他們都沒聽過。

「阿泰、大妞，你們也不知道吧？」

兩人也跟著搖小腦袋，秦鳳儀道：「好吧，趁著今天我不忙，就跟你們講講，我是如何三頭六臂，大展神威打敗大象的。」

待秦鳳儀把故事講完，幾個小傢伙聽得都是兩隻星星眼外加一臉仰慕。在孩子們幼小的心裡，姑丈（舅舅）簡直就是世界上最威武的人。至於大陽，那一張驕傲的胖臉就更別提啦。大陽還得理不饒人地說：「真的吧？真的吧？」質問幾個小夥伴。

小夥伴們大概嫌他嘴臉難看，都不理他。大陽現在有個三頭六臂會噴火的爹，也不在意小夥伴們理不理他了。他坐他爹懷裡，一個勁兒用胖臉蹭他爹，還翹著小嘴角，吧嗒吧嗒親他爹兩下，簡直不要太得意。

阿泰有些看不慣大陽，他也是坐在秦鳳儀懷裡的，乾脆站起來親了舅舅一下。大陽見到了，立刻給他爹補了兩個啾。阿泰再親一下，大陽再補兩個。然後，壽哥兒、大妞都搶著要親。後來，用秦鳳儀跟大舅兄、悅師侄和張盛炫耀的話就是：「臉都被孩子們親瘦了。」幾人心說：求你別再給我們家孩子瞎講什麼噴火的故事了！

秦鳳儀很有孩子緣，他忙歸忙，但只要有空，就愛帶著孩子們玩。他這種完全就是那種慣孩子的家長啊，見孩子們喜歡動物，大象是沒有的，但過中秋的時候，小兔子一人送了兩隻，把孩子們歡喜壞了。

大陽還要帶著兔子上床睡覺，李鏡不准，秦鳳儀還勸媳婦：「上來就上來吧。」

「你少給我添亂！」李鏡斥了一句，轉頭說大陽：「你要帶兔子，就自己睡一屋。」

大陽有點怕他娘，抽噎兩聲，把兔籠給嬤嬤拿走了，但他當天也不跟他娘一個被窩了，他跟他爹一個被窩睡。有他爹的安撫，又跟他講了個睡前小故事，大陽本就玩了一天，很快睡著了。秦鳳儀便與媳婦道：「孩子嘛，什麼是孩子，慢慢講道理就行，妳別嚇著大陽。」

「別跟我說話！」李鏡簡直是一肚子火。

「怎麼，還真生兒子的氣啦？」秦鳳儀一隻手摟著軟軟的胖兒子，另一隻手鑽媳婦被窩去。李鏡把他拍了出去，氣道：「總是把黑臉叫我唱，你自己做好人！」

她幹嘛要跟兒子生氣啊，她是氣秦鳳儀！

回回都是她訓斥兒子，秦鳳儀在邊上做好人。

秦鳳儀笑嘻嘻地道：「這還分什麼你呀我的，大陽是咱倆的兒子。」

「下回這種事就該你管，知道不？」

「知道了知道了！」秦鳳儀很容易就答應下來，他根本沒覺得兒子帶兔子上床有什麼不對。李鏡稍稍氣平，就聽秦鳳儀倒吸氣，李鏡問：「怎麼了？」

「哎喲喂，這小子他摸我！哎喲，連摸帶掐！」

帳子裡光線有些暗，可這眼看就快中秋了，月光正亮的時候。李鏡掀開秦鳳儀的被子一瞧，就見大陽一隻手摸在秦鳳儀胸前，小肉手揪住他爹的咪咪，正掐得來勁。

李鏡大樂，深覺解氣，「活該！」叫你成天做好人，這就是下場！

這是秦鳳儀就藩後的第一個中秋宴，也是戰事大捷後的宴會，規格相當盛大，秦鳳儀更是先從內庫撥出錢來，大賞將士們。當然，南夷官員都有中秋節禮，只是不比軍隊豐厚。最豐厚的就是馮將軍麾下，餘下潘將軍麾下、土兵都是各按舊例，大家也沒什麼好爭的，此次出戰，馮將軍是主力。

許、關兩位知府也被秦鳳儀留在南夷城過中秋節，主要是這兩人即便回去，中秋節也得在路上過。與其如此，就一道在南夷城過吧。

說來，這兩人還真是開了眼界。南夷城先時啥樣，他們是知道的。秦鳳儀過來後，南夷城就大變樣了，城裡的人比以往多了兩三倍不止，現在去街上更是熱鬧得不得了。沿街叫賣的小商小販便不提了，城中的建築變多了，以前有些歪歪斜斜的屋子，該加固的加固，該收拾的收拾。只要有空地不擋路的地方，便多出幾間小屋子做門面做個小生意啥的。

再者，城中酒樓飯莊客棧鋪面，更是不可同日而語，其中有一家特別大的點心鋪子，說是淮揚有名的如意齋，親王殿下的揚州老鄉開的。到了節下，生意不知多火爆。當然，去大點心鋪子的，都是有些銀錢的，但小點心鋪子也是人滿為患，而且，有模有樣的青樓還開了好幾間。不是那等年老色衰的妓館，是格調與風情俱在的青樓，聽說晚上還有青樓賽詩。

許知府說：「六月送軍糧還來過，怎麼覺得如今人更多了？」

闞知府也道：「怪道都說殿下安民撫民功力不凡。」

兩人想著，要中秋了，殿下留他倆在南夷城過中秋，怎麼著也得給親王殿下備一份中秋禮才行。其實中秋禮什麼的，早在自家州府都備好了，只是聽聞山蠻來犯，兩人也是真的擔心親王殿下的安危，倒不是就忠心耿耿到了這地步。實在是，秦鳳儀身分尊貴，就是給封到南夷來，這也是皇帝陛下的親兒子。倘秦鳳儀有個好歹，整個南夷州都是吃不了兜著走。再說，這也是他們為人臣子的本分。過來給親王殿下請安，擔心親王殿下的貴體是否被山蠻傷到，自然不好帶著中秋禮過來，但眼下中秋節，多少人給親王殿下獻中秋禮，他倆也不好空著。奈何這一時間，又想不到送什麼。

兩人到底都是進士出身，親王殿下還跟他們推心置腹說了那些話。怎麼說呢，就是秦鳳儀說的，這兩人雖是自瓷窯那裡弄了些銀子，到底不是喪心病狂沒底線撈錢的那種人，不然也不能兩州百姓日子過得尚可。

秦鳳儀的才幹就在南夷城擺著，因為親王殿下在忙，這兩天讓他們自便，參加過中秋宴再回。這兩人商量著，還坐船去了一趟鳳凰城。這裡以前叫番州，後來人口太少，降州為縣，成了番縣。如今親王殿下選這裡為新城位址，便改名叫鳳凰城了。

秦鳳儀以為就是自己的兩句話，令這兩個官場大油條感化了。因為中秋時，兩人各自寫了一篇計畫書。他們是沒秦鳳儀這種直接叫南夷城舊貌換新顏的本事，但兩人對於各自地盤的建設也是有想法的，特別是軍備上。這兩人去了潘琛的軍營，又去馮將軍麾下，還觀摩過土人的訓練。訓練方法都不一樣，但有一點是相同的，那就是都十分賣力。

兩人雖有幾年不得志了，畢竟還年輕，也不想就這麼一路混到致仕，尤其秦鳳儀可不僅僅是那種略有比人強些的才幹……這兩人怎麼就被人安排到南夷州了呢？說來這是官場慣用的手段了。你得罪了人，怎麼收拾你呢？不是去說你的壞話，而是說你的好話，能幹、出眾又強人一大截，正好有南夷哪個州正需這樣的能人治理，就你去吧。

許、關二人都是這樣被人踢到南夷州來的。兩人都是二榜進士，誰年輕時沒有大志向。初到南夷，誰都想過，便是南夷這樣的窮困地界，也一準成把它建設得天下皆知。

無奈，兩人都沒幹成。

但是，秦鳳儀幹成了。

這位親王殿下來南夷不過一年的時間，南夷城如何，現下長眼的都瞧得出來。就是義安和敬州兩地的百姓，都有不少跟著親戚一道來南夷城或是鳳凰城這裡討生活的。

秦鳳儀親自伸出橄欖枝，兩人便是成油條了也不傻，心知這是一個機會。反正也不會更壞了，兩人都已經被人弄到南夷坐冷板凳了，起碼親王殿下不是個沒本事的，而且親王殿下也不苛責，在參觀過鳳凰城後，兩人覺得不能再混日子了。這也不只是親王殿下的吩咐，而是結合親王殿下的性情所得的結論。

雖然親王殿下說他們倆年紀不大，但親王殿下自己不也才二十三？再者，看親王殿下的脾氣，你貪點占點的，只要不是漁肉百姓，他便不當一回事，但你要是跟不上他的步子，他怕不是會等人的性子。

於是，甭想著什麼中秋禮了，先得跟親王殿下表個決心，回頭也得把軍隊訓練起來。

秦鳳儀收到他們的計畫書，細細看後，見兩人寫得實在。其實秦鳳儀在問兩人各府駐軍時，兩人沒編瞎話糊弄，許知府更是深知軍中現役將士的準確數目，這就不是個無能的。如今寫的計畫書也很細緻，並無誇大之辭。

秦鳳儀看完，還拿回去給媳婦看。

李鏡道：「可見都是心裡有數的，只是以往懶散慣了。」

「誰還沒個不是啊？」秦鳳儀道：「浪子回頭金不換呢，我看他倆還好，撈是撈了點兒，但也不是從百姓身上撈的。」

「是從朝廷身上撈的。」

「誒，別這麼說，那窯放在那兒，他們燒燒窯，賣到泉州，說起來官員雖不當經商，但有這麼個窯，地方百姓就有個幹活兒的地方，每月就能收入幾個錢。」秦鳳儀道：「要是個迂腐的，做主官也清廉，守著能開窯的地界，硬是跟一府百姓苦哈哈地熬日子，到底哪個更值得用呢？只要不是太不能用，湊合湊合吧。」

李鏡笑，「你這話也有理。」

秦鳳儀還給了許、關兩知府許多月餅，叫他倆帶回去，給手下的官員也嘗嘗。

中秋過後，便是重陽了。

菊花都是秋後才開，秦鳳儀又張羅著釀了菊花酒，再擺了一回重陽宴。

重陽之後，朝廷運送兵器的車隊才到南夷城。

秦鳳儀聽說兵器到了，立刻帶人回巡撫府。前來送兵器的是一位工部郎中，向秦鳳儀行過禮，奉上文書，秦鳳儀一目十行掃過，又問那郎中：「兵器在哪兒呢？」

章顏道：「我讓人查驗後入庫了。」

秦鳳儀點點頭，心情大好，與那郎中道：「這一路辛苦了。」然後問了幾句路上的情形，幾時出發的。秦鳳儀算著日子，約莫是他的奏本到後，很快兵器就發出來了。秦鳳儀心中很滿意，便打發郎中歇著去了。

秦鳳儀對章顏道：「查驗後就叫阿金過去領兵甲吧。」

章顏道：「臣已吩咐下去了。」

秦鳳儀笑，「那就好。」

秦鳳儀還頗高興呢，結果晚上阿金就過來找他了。

阿金有些個不大樂意地道：「怎麼都是舊的。衣甲有縫補不說，戰刀都有裂痕。」

阿金年紀雖小，人卻很聰明，說的話也很實在，阿金道：「殿下，就是舊的也沒什麼，但舊的也得是好的才行啊！」

秦鳳儀一聽，連忙同阿金過去看，土人們正嘟嘟囔囔說這事兒呢。秦鳳儀看過衣甲與戰刀之後，把那工部郎中叫過來，還有章顏也喊了過來。

秦鳳儀當面問：「為什麼我這裡的衣甲和戰刀都是舊的？舊的也沒什麼，你們得修補好了再送來，這麼送來，是想我來修補嗎？」

工部郎中苦著臉道：「殿下明斷，眼下工部就只有這些了，殿下又要得急。這是禁衛軍退下來的，小的看了也還使得。」

「放你娘的屁！若還使得，你乾脆不必回京城了，就留在這裡！本王喜歡你看中你了，下回再有山蠻來犯，本王就給你這樣的衣甲戰刀，你替本王殺敵如何？」秦鳳儀大怒。

工部郎中嚇得話也不敢說了，低頭站在秦鳳儀面前，半晌嘀咕一句：「要知道殿下嫌棄，這些兵甲就派給江南西道了。」

他這話剛說完，秦鳳儀抬手便是兩記耳光，又是當胸一腳，把工部郎中踹飛了出去。

秦鳳儀驟然發怒，不說被踹出老遠的工部郎中，便是剛剛在嘟嘟囔囔的土人此時皆是寂靜一片，不敢多言。章顏更是臉上大變，因為秦鳳儀反手抽出一柄戰刀，上前兩步，那冰涼的刀身就壓在了工部郎中的頸間。

那工部郎中嚎叫道：「殿下饒命！」然後，郎中整個人的脖子就似被一隻無形的大手狠狠捏住了一般。倒沒有人捏他，只是秦鳳儀壓著刀刃在郎中脖子上慢慢劃出了一道口子。秦鳳儀劃得很慢，那刀刃還不好使，遇到有裂口的地方，劃開皮肉定是不大好受。

工部郎中只喊了「殿下饒命」四個字，隨即兩眼一閉，厥了過去，接著便是一股屎尿騷臭味兒傳來，原來是嚇得失禁了。

秦鳳儀淡淡地道：「這刀果然不大好使。」將刀遞給身邊的侍衛，秦鳳儀轉身對土人們道：「戰刀軟甲的事有我，大家依舊訓練，我自會給你們一個說法。」

土人們原還嘟囔著，眼見秦鳳儀猛然來這麼一刀，全都驚駭住了，竟沒有多言。

阿金帶頭道：「我們聽殿下的。」

阿火族長忙附和：「是，我們都聽殿下的。」

土人不會喊什麼「千歲千千歲」的話，於是大家都喊：「聽殿下的！」

秦鳳儀安撫了土人，便帶著章顏離開土人的兵營。

秦鳳儀沉著臉回到巡撫府的議事廳，劈頭便問章顏：「如何這般不仔細？」

章顏著實是有苦說不出，「我要說了，殿下怕是不信。我剛來南夷時，馮將軍麾下刀甲亦多有壞損，實在修不來的，我上表朝廷，朝廷給撥了五千，皆是這般舊的。殿下，朝中有規矩，刀甲自來是先供禁衛軍與陝甘北安軍，其次是直隸、晉中一帶，再次是江南江北兩岸，咱們從來都是最後的。能這麼快撥過來，已是看了殿下的面子。臣原是想著，先叫土兵們用著，有不合身的改一改，兵器上有要修補的，咱們這裡的工房也能磨一磨，補一補。」

「你可真會過日子。」秦鳳儀道：「你看到那個工部小官沒？他敢在我面前這樣說，分明就是沒把我放在眼裡。」

秦鳳儀雙眼微眯，重重捶了扶手一記，冷聲道：「我還非討回這口氣不可！」

秦鳳儀回屋把這個該死的工部郎中罵了個狗血淋頭，因為大陽睡了，秦鳳儀怕會吵醒兒子，頗是壓低聲音，對李鏡道：「這個該死的工部，簡直就是大皇子的走狗！先時三皇子在工部便屢被掣肘，那年老虔婆過壽，舅舅打出新刀，該死的工部竟然要用什麼農車做獻禮，那個狗東西，分明就是過來噁心我的！」

李鏡勸道：「這事自然得有個說法，但你也不要因這等小人而生氣，氣壞了自個兒，倒叫他們得意。」說著，遞給丈夫一杯溫水。

秦鳳儀喝了大半，方道：「妳不曉得，要是咱們自己軍中，怎麼著都好說，偏生是給士兵時出了差錯。他們剛下山，凡事就愛跟馮將軍麾下比。何況，我先許他們一視同仁的。這些該死的東西，老章也是，平日看著機靈，怎麼就跟個麵團似的，還說是朝中舊例。」

「什麼朝中舊例？」李鏡雖則聰明，畢竟年紀在這擺著，她又是閨閣中人，故此，對這些事不甚清楚。

秦鳳儀與李鏡說了，秦鳳儀道：「便是有這個例，工部難道就不動動腦子？也不想一想這是什麼時候，我正收攏人心的時候，說不得什麼時候又得跟山蠻幹一場，咱們在戰線前方，還弄這些個破東爛西過來。」

李鏡道：「你先寫份奏章給皇上，說說咱們這兒的事，免得叫小人反咬一口。」

「放心，我叫人把那個該死的狗屁郎中關起來了，他走不了呢！要是讓他這麼走了，以後工部更不把我放在眼裡了！」秦鳳儀冷哼，「我今兒還非較一較這個勁兒了！」

李鏡幫他順順氣，溫聲道：「你這事雖可氣，但怪不得章巡撫，他並不是軟弱之人。先不說可能南夷這裡自來這般，收到朝廷的兵器要自己修整後再用。便是有所疏忽，你想想，他堂堂巡撫，難不成親自看著檢驗兵器？何況，就是兵械庫那裡，大約也是見慣如此，才未聲張。要是那個混帳郎中好聲好氣地解釋，這也不是什麼大事，畢竟朝中沒得那些個嶄新的兵械。咱們也不是不講理的人，可他說的那話明擺著便是挑釁了，這不是要你動怒嗎？不是我說，怕是工部做好圈套，等著喊冤呢！」

秦鳳儀氣得半死，沒直接砍下那郎中的腦袋就是好脾氣了，一時還真沒想這麼多。李鏡一說，秦鳳儀亦不是笨人，一琢磨就明白了。

秦鳳儀冷笑，「書呆子能有什麼好圈套？他再高明的圈套，我也叫人有來無回！」

工部歷史上開天闢地頭一遭，發往地方的兵械竟然被地方退回了。

工部多牛啊！

甭看六部裡，吏戶禮兵刑工是這樣的排位，好似工部在六部裡排最末，像是什麼冷衙門一般。工部可不冷，但凡六部搞什麼建設，國家搞什麼建設，都是工部的活兒。再者，諸如兵械坊，也是在工部的。軍中、地方需要什麼兵械，都是報到兵部，兵部再上報。內閣看過，由皇上御筆朱批，工部的兵工坊方開始生產籌備。

可想而知，這是個什麼樣的部門了。

像章顏，先時上表朝廷調撥兵械，還是託了他有個尚書爹的面子，工部才撥下來的，結果撥來的還都是別的軍中替換下來的。

就這樣，章顏也只能叫工房修修補補給將士們用。

有什麼法子，工部就是這脾性。

如今算是遇著對頭了。

工部現在還不曉得秦鳳儀直接把他家送兵器的郎中踹了個半死，現下朝中剛接到秦鳳儀大捷，以及有更多土人願意下山歸順的奏章。

戰報自來是八百里加急，南夷的捷報送到朝廷後，兵部尚書親自過去向景安帝道喜。景安帝自從收復陝甘，國內承平已久，今見南夷大捷，景安帝亦是喜上眉梢，接過秦鳳儀的奏章來來回回看了三遍，擊案大笑，「好啊！先時朕還說，得叫他提防著山蠻些，怕是朕給他的批文還沒到，他們就先跟山蠻打了一仗。」

景安帝看完，給鄭老尚書看。鄭老尚書亦是大喜，道：「山蠻的象軍向有聲名，殿下亡兩百餘，傷三百餘，便殺了山蠻三千兵馬，真是英武啊！」

景安帝笑，「他拳腳平平，朕也沒料到他能給朕這麼大的驚喜。」

鄭老尚書道：「當年陝甘大捷，亦是陛下坐鎮京師，指揮調度，方奪回我朝領土。今殿下雖則拳腳尋常，但殿下文采武功，卻是有其父必有其子啊！」

景安帝更是歡快，「想是這些個土人也知道鳳儀的厲害，才會都肯下山來。」

鄭老尚書越發奉承了皇帝陛下幾句，實在是鄭老尚書亦是歡喜，尤其就鄭老尚書看來，秦鳳儀就藩未久，便有山蠻來犯，秦鳳儀還把仗打贏了，更是斬首三千，不算小勝了。

鄭老尚書特意提一句：「軍功自然要賞，裝備土人的兵甲，也得叫工部預備出來。」

「很是。」景安帝笑，「土人能歸順朝廷，鳳儀那裡的壓力還能輕些。這一支土兵，倘收服妥當了，待來日收拾山蠻便容易多了。」

鄭老尚書才知皇帝之志，不過，皇上想的倒也沒什麼差，鳳殿下這種才幹，山蠻來犯都被打個落花流水。倘鳳殿下在南夷久了，憑鳳殿下的才幹，踏平山蠻自不在話下。

今朝有此大喜，景安帝賞賜軍中半點不手軟，便是秦鳳儀要的刀甲都讓工部預備起來。工部尚書說一時沒有這麼多，畢竟也要幾千具，現在工部正在趕配給北安軍的新戰刀。

景安帝道：「現下南夷時有戰事，騰出一半人手來趕製南夷所用兵械。」

工部尚書連忙應了。

景安帝先把軍功賞了下去，然後就收到秦鳳儀的奏章了。

秦鳳儀在奏章中大罵工部丟人現眼，直接說了，縱是舊的兵甲也要修好再發給南夷，他質問那位賈郎中，賈郎中說，不要他們就發往江南西道。秦鳳儀說，他相中了賈郎中，就留下他在南夷做官，不放賈郎中回來了，讓他在南夷享福吧！

然後，秦鳳儀把兵甲全部叫人怎麼送去的再怎麼帶回京城，他現在不要舊兵甲了，必要新的。如果沒有新的，他就親自到工部來問問工部尚書。有本事就幹，沒本事滾蛋。

秦鳳儀又說，他們在南夷如何不容易，以為山蠻兵好對付嗎？山蠻兵的刀槍上都是淬毒的，將士們為朝廷浴血，工部卻如此敷衍了事，輕視南夷，試問工部是什麼意思？

景安帝看完，臉直接黑了。

秦鳳儀在南夷發展迅速，不管是人家建新城也好，還是收攏土人也好，簡直是沒一樣不合景安帝的心意，連帶著給閩王添堵這事兒，景安帝嘴上不說，心裡也痛快，而且，還打贏了來犯的山蠻。景安帝想著，正好秦鳳儀在南夷，把山蠻滅了才好。便是因此，才要給南夷配置好刀槍和戰甲，這是準備著兒子幫他打地盤，沒想到工部在這裡掉鏈子。只看秦鳳儀這奏章就知道秦鳳儀多麼惱怒了，也就秦鳳儀去了南夷，這要在京城，多半早找工部去了。

景安帝把奏章給工部尚書看，問道：「究竟怎麼回事？朕不是讓你們好生準備嗎？」

工部尚書道：「是，臣還令林侍郎加緊為鎮南王調派兵甲，至於兵甲是舊的，陛下也知道工部一直在做北安軍的單子，這些兵甲是自北安軍那裡換下來的。以往舊例也是如此，臣看鎮南王要得急，就讓他們先發過去，想著南夷亦有兵房的匠人，修一修、改一改就能用了，往年歷來如此。」

景安帝再問：「那個賈郎中說的是什麼話？南夷不要，你們就發江南西道去？你們工部當真是派頭不小！」

工部尚書連忙道：「陛下明鑒！老臣侍奉陛下多年，焉是這等小人？何況，工部的兵甲發往南夷時，先讓兵部驗過的。」

景安帝看向鄭老尚書，鄭老尚書可是不背這鍋的。

鄭老尚書道：「有時工部忙不過來，地方上是要用些舊兵甲，這是老例了。鎮南王殿下的人品，咱們都是知道的，殿下並非不通情理之人，把舊兵甲給他，也當先與殿下說一聲。

南夷有兵工房，修一修再用也是有的，可這位送兵甲的賈郎中說的是什麼話？他非但沒有提醒殿下，還出言挑釁。不要說殿下如此惱怒，擱誰不惱怒呢？」

鄭老尚書不接鍋，工部尚書也深悔說話不留神，豈不得罪了鄭相？奈何眼下還得先撈手下，便道：「陛下，賈郎中或有言辭不當，叫他回來懲處便是。鎮南王殿下正在惱怒之際，這有個萬一，於殿下聲名有礙。」

景安帝冷冷地看著工部尚書，工部尚書的腦門兒都沁出一層冷汗，「臣一定讓他們加緊修復，以後給南夷的兵甲定會仔細檢查，一定讓鎮南王殿下滿意。」

「晚了，他現在要新的，嶄新的，你是沒看到嗎？」景安帝冷聲道：「按他說的辦！」

工部尚書原還想再叫叫苦，還有手下的事兒呢，但對上景安帝冰冷的眼神，工部尚書心中一顫，不敢多說一句，俯身道：「臣遵旨。」

「最好不要讓他親自來京城問你！」景安帝將手一擺，「退下！」

工部尚書渾身被冷汗濕透，退出暖閣時，腳步都難掩踉蹌。

工部尚書也是將七十的人了，如此狼狽，未免叫人心疼。

刑部章尚書私下還說：「唉，這也是手下的人蠢，也不想想鎮南殿下的性子，你好商好量的，就是有些錯漏，殿下多半也不會放在心上。這等小人，說的那些蠢話，惹得殿下大怒，連累了汪尚書啊！」

盧尚書道：「汪尚書這還是好的，瞧瞧那個小郎中，可不就留南夷享福了。」

秦鳳儀遠在南夷，自然不曉得景安帝為著南夷的事大發雷霆，當然，便是秦鳳儀曉得，大概也只會想：這還差不多！

本來就是，要是太平地界，你發些舊兵甲便也罷了。便是給南夷發來舊兵甲，你提前修整好，秦鳳儀也不是得理不饒人的性子，抑或你提前知會一聲。就是不提前知會，秦鳳儀問那賈郎中時，對方還敢出言挑釁，秦鳳儀豈是好性子？他平日裡的確隨和，待人待己過得去就成，並非那等嚴苛人，而且他也的確是因身世之事與景安帝翻臉了，被封到南夷這又窮又偏的地界來，但是你不要以為他失勢了。

失寵與失勢是兩回事。

只要想一想如今南夷的聲勢，也該曉得秦鳳儀是怎樣的能為手段，結果，竟真有這種傻子挑釁到秦鳳儀跟前，秦鳳儀可不就惱了嗎？

這回好了，非但賈郎中被留在南夷享福，便是工部汪尚書都跟著吃了掛落。

秦鳳儀直接把兵甲退回工部，可自己這裡也得有兵甲可用才行。私自開礦的主意，秦鳳儀先同妻子商議的。秦鳳儀打發了侍女，自己在屋裡轉了兩圈，方挨著媳婦在榻上坐下，期期艾艾地道：「我有個主意，現在有些猶豫，妳一向比我聰明，跟我一道想想看可使得。」

「什麼事？」丈夫不是沒主見之人，李鏡不由問道。

秦鳳儀輕聲道：「這回工部之事叫人警醒啊！我與工部的關係算是掰了，眼下咱們這裡時有戰事，皇上為著他的江山，工部與咱們的官司也打不贏。現在皇上自是站在南夷這邊，我與妳說，他那人一向算計得到，眼下他還要用我平山蠻，給咱們的兵甲自是好的。我看山蠻沒什麼大不了，無非就是占山地之利，待新城建好，南夷繁茂起來，我將士都訓練好了，便是我，也要把山蠻踏平的，我不能把此後患留給咱們大陽。這有戰事時自然不必擔心工部，可不能不為日後著想。咱們畢竟遠在南夷，現在岳父和方老頭的關係好用，可老一輩人終有退出朝堂的時候，那時就得是咱們護著他們了。咱們遠在南夷，京城的事離得遠，人情關係終是不及在京城。何況，世事有更替，我雖與皇上翻臉，總地來說，在天下大事上，皇上向來會權衡利弊，只是，大皇子在這上頭卻是遠不及皇上的，咱們不能不防。」

先說了這一套開場白，秦鳳儀方道：「妳知道枯藤山吧？」

「知道，不就是阿金部落獻上的山頭嗎？」

「我叫舅舅悄悄去看過了，舅舅說，那可是一處富礦。」

「產鐵嗎？」

「自然。」秦鳳儀低聲道：「舅舅在工部，會鍛造兵器，反正枯藤山是在山裡，咱們終不能只仰人鼻息，我想著，悄悄自己打些兵甲。義安、敬州那裡的兵甲也都老得不得了，就是現在潘將軍麾下用的，雖則都算上等兵甲，可我跟妳說，他們用的也是以前的軍刀。現在的軍刀，是舅舅當初研究出的新配方打造出來的。」

李鏡輕聲道：「這事一定要機密。」

秦鳳儀道：「礦裡的事兒交給舅舅，礦外的事兒交給大舅兄。」

李鏡問：「著什麼人採礦呢？」

秦鳳儀道：「這事不好雇人，只怕洩露出去引來麻煩，用各地牢中的死囚如何？」

「便是用死囚，裡面駐守的兵士用哪些人呢？」

「這也是我一時難以決斷的。」秦鳳儀道：「趁著這個狗屎郎中的事對工部發難，這回的兵甲定然是新的，但想全都給將士們換新兵甲卻是難的。奈何不論是為了平西蠻，還是以後自保，必然要換新刀的。先時岳父給過我幾個侍衛，我瞧著都是穩重人，其他再自馮將軍麾下挑些個可靠的人。」

「我與你說，既要在馮將軍麾下挑人，這事必瞞不過他。馮將軍的兒子們都還小，聽說他有個弟弟也在軍中。馮將軍父母已亡，這個弟弟是馮將軍一手帶大的，現下在軍中任個百戶，你把他的弟弟召到身邊做個近臣，以後他的兒子們也要另眼相待。挑人的時候，只要馮將軍還沒嚇死，就讓他幫著挑，他對軍中的兵士熟悉。人無頭不走，鳥無頭不飛。這一隊人必然得有個做頭兒的，那個頭領要一般對待，召他們的兒子到身邊賞予官職，給他家裡一些賞賜，接他們的妻女到南夷城。」

秦鳳儀點點頭，握住妻子的手，低聲道：「這事不同於走私，走私不過是賺幾兩銀子。鐵礦一開，咱們就再不回頭了。」

李鏡雙手握住丈夫的手，沉聲道：「回什麼頭？人都是向前看的，不必走回頭路！」

秦鳳儀海上走私賺兩個小錢的事，其實大多數人心中有數，卻都沒放在心上，但任誰都沒想到秦鳳儀敢私開鐵礦，鍛造兵甲。

依秦鳳儀現下藩王的身分，以及他與景安帝不睦的關係，你私鑄兵鐵便有謀反之嫌，倘叫人知曉，在宗人府關一輩子還是輕的。秦鳳儀顯然也深知此事利害，做得極是小心翼翼。好在南夷本就偏僻，如秦鳳儀對京城的消息不大靈通一般，京城對於南夷亦是鞭長莫及，何況此事何等機密，京城不得而知。

不得不說，秦鳳儀不論在性情，還是在膽量上，都是肖似其母了。

秦鳳儀在密謀開礦時，工部收到了秦鳳儀退回的一千套兵甲。

工部歷史上頭一遭送的東西被人退回來。

六部衙門同在一條街上，這可是叫人看了大笑話，汪尚書臉色都是灰的。

三皇子進宮時，生怕他爹不夠堵心似的，特意說了一句：「南夷兵甲今早退回來了，兒臣親自去瞧了一回，委實破爛不堪。」

大皇子溫聲道：「軍中換下來的，自然是舊的。三弟你見慣了光鮮，略舊些的就覺破爛。我也瞧過了，是需要修整，卻也沒到破爛不堪的地步。」

頓一頓，大皇子又道：「前年章巡撫就任南夷巡撫，說地方上兵甲不堪再用，工部撥了五千套下去。聽汪尚書說，亦是這般兵甲。前兒馮將軍大敗山蠻，用的也是工部派的兵甲。」

三皇子道：「破則破了，卻不曉得賈郎中如何失心瘋去挑釁鎮南王，引鎮南王大怒。」

大皇子道：「三弟不說，我也好奇。賈郎中不過五品，如何敢對親王不敬，這裡頭是何緣故，我也想不明白。父皇，賈郎中如此大不敬，合該押回朝中審訊，看看可是有人指使，不然一個郎中，他是吃了熊心豹子膽，敢觸怒親王，致使鎮南王誤會工部。再往深一步說，這豈不是在離間鎮南王與朝廷嗎？」

三皇子想不到自己一提賈郎中，竟叫大皇子引出押賈郎中回朝之事，當真氣了個好歹。

景安帝淡淡地道：「待鎮南王不用他，自會打發他回來。」

見君父這般說，三皇子方放下心來，大皇子則難免遺憾。在大皇子看來，賈郎中是朝廷命官，但有好歹也該由朝廷處置，如此把賈郎中留在南夷，豈不是任那秦姓小子發落了？

秦鳳儀怒斥工部之事，引得京城好一番熱鬧。

便是平琳都私下與老父道：「父親，皇上是不是太維護鎮南王了？」

平郡王正修剪著一株青花盆裡的青松盆景，聽兒子這話，不禁道：「你這話當真稀罕，那是皇上的兒子，天下哪個做父親的能不維護兒子？何況，這事難道不是工部的疏漏？」

「可是，工部素來如此，這也是多年規矩了。」

「規矩是規矩，可鎮南王是因為舊兵甲發怒嗎？你太小瞧鎮南王了。這位殿下並非沒有心胸之人，他的愛恨直接，眼光比你強百倍，如果工部送兵甲的人好生解釋兵甲之事，態度再恭敬些，鎮南王便有不悅，也不會惱怒。可那個小官，他不應該挑釁鎮南王。鎮南王的性情，不要說他現在是親王之尊，他就是做探花時，也是把臉面看得極重。工部膽敢落他的臉面，那也是自找的。你也想想，這一千套兵甲是要給歸順的土兵用的，土人的性子與漢人不同。何況，他們剛下山，必然事事計較，免得被人看輕。工部讓鎮南王在土兵面前出醜，險壞鎮南王大事，壞朝廷大事，不然你以為為何皇上要怒責汪尚書？工部實不知深淺。」

「什麼大事啊？不就一千土兵嗎？」

「蠢才！」平郡王將花剪擲於花盆內，看這個兒子一眼，「一千土兵只是開始，這可是土人歸順的大計。」

「這些兒子也想到了。」扶著老父坐下，平琳道：「只是，土人向來反覆，何況，對他們太過客套，豈不是助長他們的氣焰？」

「你以為鎮南王是你這種腦子嗎？」平郡王道：「你沒有見過山蠻的象軍，我也沒有見過，但你祖父是見過的。山蠻來犯，第一戰就被斬首三千，象軍大敗。有人說，鎮南王這一勝憑的是運氣。我告訴你，能大敗象軍，便不可能是運氣，難道鎮南王是運一口氣，把大象吹跑了嗎？你們只覺得皇上將他封藩南夷，就不在乎他了嗎？你們也長長眼，看一看南夷如今的氣象。你連新城如何建起來都沒想明白，還敢就工部之事來說皇上偏心鎮南王。就你的眼光，你如何能知皇上之雄才偉略？」

平琳道：「新城的事，京城誰不知曉，鎮南王海上走私之事，能把閩王氣成那樣，想是八九不離十的。」

「南夷那樣的窮地方，你說靠走私？就算有走私，那我問你，就是鎮南王一年不停地走私，大風大雨都不閒著，能有多少銀子？夠建一座城嗎？」平郡王一句話就問得平琳啞口無言，平琳道：「父親可知，那位殿下是哪裡來的銀子？」

平郡王沒有回答兒子這個問題，而是道：「孟子曰：舜發於畎畝之中，傅說舉於版築之間，膠鬲舉於魚鹽之中，管夷吾舉於士，孫叔敖舉於海，百里奚舉於市。故天將降大任於是人也，必先苦其心志，勞其筋骨，餓其體膚，空乏其身，行拂亂其所為，所以動心忍性，曾益其所不能。」

這是《孟子》名篇，平琳自然曉得。

平郡王嘆道：「你呀，沒事多在家裡看看書吧。」

「我倒也想在家看書，父親可知，現下工部兵械坊已是騰出一半的人手來為南夷趕製兵甲了。」平琳道。

「你如何還不明白？皇上必要用南夷軍平山蠻，收復桂州的，給南夷一些好兵好甲怎麼了？」平郡王重重一掌擊於案上，平琳當下不敢吭聲。

平郡王道：「阿琳，你與大殿下走得太近了。我再告誡你一遍，雖則甥舅親，卻也親不過父子妻兒。我們是姓平的，是外臣，外臣的本分，你且好生斟酌。」

平琳諾諾，不敢多言。

平郡王把人攆了出去，平王妃知道此事，還勸丈夫：「如何這般氣惱？」

平郡王道：「別人是大智若愚，他是大愚若智！子不類父，奈何奈何！」

工部丟一大臉後，不論京城，還是南夷的局勢都進入了一個極為平穩的時期。當中只有一件小事很是好笑，秦鳳儀還寫進信裡與他岳父和方閣老炫耀了一回。

那就是，山蠻那裡竟派了人過來找一個翻譯過來叫清澈泉水的阿泉族長打聽，山蠻過來的部隊怎麼消失不見了呢？

阿泉族長立刻把這個山蠻派來的密探捆成粽子交給鎮南王殿下。倒不是阿泉族長有多麼忠心，實在是阿泉族長夠聰明，立刻得知原來山蠻派來的部隊竟無一人生還，當下驚出一身的冷汗，把密探獻了出去。

這事兒可是把秦鳳儀得意壞了，實在是山蠻善山戰，這南夷雖無高山，但山上林子密，一旦把軍隊打散，蠻兵往山裡一鑽，就不大好找了。秦鳳儀原以為怎麼也得有殘兵逃回去，沒想到竟是全殲。這樣長臉的事兒，秦鳳儀哪裡憋得住，都與近臣當笑話說了一回。只是與臣下炫耀，總是意猶未盡，現下秦鳳儀也不強脾氣了，反正是炫耀自己武功厲害的，好叫這兩人知道自己的本事，給他們羨慕去吧。

還有一件喜事，那就是崔氏有了身孕。

為此，秦鳳儀在信裡還特意誇了南夷的風水好，利子嗣。

景川侯接到女婿這信都無語了，兒媳婦有孕也是他兒子的功勞，跟南夷風水有什麼鬼關係？不過，這自然是大喜事，李老夫人更是喜得令景川侯夫人多備些滋補品，好打發人給孫子孫媳婦送去。

景川侯夫人笑道：「這可是好，如今壽哥兒也快三歲了，正好再生個哥兒才好。」

「妳這話很是。」李老夫人喜上眉梢。

景川侯夫人道：「該多備一份給阿鏡，他們這一走都一年多了。聽說南夷現在繁華不少，不過，這也是咱們牽掛阿鏡的心意。」

「好好好。」李老夫人如今看這個媳婦越發滿意。

李老夫人見兒子看過秦鳳儀的信罕見地翹起唇角，不禁笑問：「阿鳳，殿下給你的信裡，是不是有什麼喜事？」

「喜事算不上，是跟我來顯擺了。」景川侯把山蠻的事說了，李老夫人也是一樂，「先時我一聽山蠻還擔心來著，殿下自來斯文，雖然年少時愛打鬧，到底沒真正上過戰場，這孩子當真是能幹啊！」

景川侯夫人更是道：「當初殿下來求親，侯爺還給出兩個條件。要是當初殿下去了軍中，我看也得是一等一的好。」

自從知道秦鳳儀是皇子，景川侯夫人就看這個女婿順眼得不行，對李鏡也頗是關心。

景川侯道：「就他那性子，別因著這一勝便驕傲才好。」

李老夫人道：「你在信裡同殿下說一說才是，這山蠻全軍覆沒，定不能甘休的。要是再來攻打，怕會是大戰。」

景川侯道：「我也這麼想，還得要與皇上說一聲才是。」

景川侯當天就進宮，把信給景安帝看了。景安帝原本因著工部的事惱怒了一回，今見秦鳳儀寫來這信，縱不是寫給他的，但字裡行間那種得意，就知道秦鳳儀心情很不錯了。

景安帝也是先樂了一回，方道：「這如今不過小勝就這般顯擺，要是哪天平了山蠻，收復桂州，還不知要怎麼著。」

景川侯是景安帝的心腹重臣，自然明曉陛下心意，「眼下先將土人收攏好了，待土人悉數下山，訓練出些成色，南夷兵馬便可一戰了。」

「是啊。」景安帝道：「鳳儀畢竟年輕，他到了南夷，辦了許多常人難以辦到之事，朕自然為他高興。他一貫順遂，還是要跟他說，山蠻之事必要慎重。磨刀不誤砍柴工，先把刀磨利了，收拾山蠻便手到擒來。也莫因這一戰之勝便心存輕視，山蠻盤踞桂州多年，必要穩紮穩打，將來拿下桂州，這亦是他的封地。」

「他對朕還是有些心結，既是他寫信跟你顯擺，你是他的好岳父，這便回信提醒他一二吧。」景安帝說著，有些酸溜溜的。

「是。」景川侯只當沒聽出皇帝陛下話中的醋意，恭敬應下。

秦鳳儀臭顯擺這事兒，景安帝雖則高興，卻也沒有再多說了。

一入冬，便要過年了。

年下給南夷的賞賜還是相當豐厚的，畢竟今年南夷有戰功之喜。秦鳳儀也正準備著過年的事，朝廷的年節賞賜與工部新做的一千套兵甲同時抵達南夷，這回不論是頒賞的還是送兵甲的，無不恭恭敬敬、戰戰兢兢，生怕鎮南王殿下一個不好，把他們也留在南夷享福。那位得罪了鎮南王的五品郎中，據聞還在南夷挨收拾，他們這些人哪敢不老老實實的。

秦鳳儀叫了阿金過來，一件件兵甲發到土兵手裡。土人們哪裡見過這樣的好刀好甲，個個喜笑顏開。秦鳳儀令阿金帶土兵們去操練，轉頭對工部來送兵甲的郎中道：「回去告訴汪尚書，以後我南夷的軍械兵甲都按這個標準。你們那些舊兵舊甲，願意給誰給誰去，我南夷是絕不會收的。」

工部郎中嚇得險些癱在地上，連聲道：「是是是，殿下的吩咐，小的謹記！」

秦鳳儀此方道：「下去歇著吧。」隨後命趙長史接待過來送年節賞賜與兵甲的這些人。趙長史向來和氣，奈何親王殿下名聲在外，這些人辦完差事，不敢久留，南夷土貨都沒敢買上一些，就慌忙告辭去了。

秦鳳儀還與趙長史、章顏道：「膽子可真小。」

二人心說，見過殿下大刀劃脖子的，哪個不怕？

不過，秦鳳儀這一發作也有好處，現下朝中眾人不論心中作何想，反正行為上是不敢對南夷有半點怠慢的。

有朝廷賞下的年禮，秦鳳儀這裡也要準備給臣子將士的年節賞賜，另外還有祭天之事。這一回祭天，要說與哪裡不同，便是秦鳳儀帶上了土人將領一塊祭天。

阿金麾下得了新兵刀，其他土兵羨慕得不得了。秦鳳儀也給其他土兵的首領請封官職，如阿火族長還得了個男爵的爵位。這雖則是最小的爵位，但相對於阿火族長闔族只有一千餘人來說，有個爵位就不錯了。

只是，現在人人羨慕阿金手下裝備，紛紛問秦鳳儀他們的兵甲何時能到。

秦鳳儀笑道：「你們也知道，新兵甲要等工部現製。工部要製兵甲得等時間，下一批估計也是一千套。大家不要急，這樣吧，待下一次兵甲到了，咱們軍中舉行大比，你們誰為最後的勝者，就先裝備哪支隊伍，如何？」

這法子十分公道，便是土人們也很認可。

如今過年，土人們也要回寨子裡祭拜鳳凰大神。因為土人的信仰問題，秦鳳儀還給他們放了假。不過，這個年過得並不太平。

山蠻越界搶掠了一回不說，便是先時綁了山蠻過來打聽消息的密探的阿泉族長族裡，也受到了山蠻的報復。好在阿泉族長既然敢把山蠻反手賣了，也不是怕山蠻的，再加上他的族人也在山上訓練了小半年，較之先時更為矯健，那些來犯的山蠻沒得了好。阿泉族長大年下的，就帶著族人，帶著寨子裡的財產全都下山來投奔秦鳳儀了。

秦鳳儀先把阿泉族長的族人們安置好，原本的士兵該歸營的歸營，該歸隊的歸隊，另則婦孺便安排在先時安置飢民的地方。另外，受傷的令軍中醫官過來診治。

秦鳳儀問起阿泉族長部族中的傷亡，阿泉族長道：「幸而有我族的勇士提早發現山蠻摸到山上來，我們傷了幾百人，死了也有五六百人。年輕的小夥子們正當為部落而戰，我擔心的是婦人與小孩，就先帶他們過來投奔殿下了。」

秦鳳儀點點頭，讓阿泉族長去休息，又派快馬去各部落送信，讓他們各部落做好防範。

不多時，秦鳳儀收到山蠻劫掠縣城的消息。

秦鳳儀商量著，把兩縣剩餘百姓都遷到南夷城這附近來。

這個法子亦是使得，只是當秦鳳儀的斥候到達兩縣時，兩縣已無人煙。

秦鳳儀氣得年都沒過好，這下子，大家也都別過年了。

秦鳳儀召來臣下商議：「南夷城往東就兩個縣，再無大的屏障，百姓們遭了殃啊！山蠻這是來挑釁咱們的，我都清楚，先時他們三千兵馬有來無回，山蠻王斷不能嚥下這口氣，我還等著他再來攻，不想他倒是有自知之明，知道來南夷城不是咱們的對手，現下改為挑釁了。我必要山蠻，血債血償！」

大家看秦鳳儀這就要出兵攻打山蠻，不禁將心提了起來。他們也不是不想平山蠻，只是眼下不是好時機。不說別的，土人們的兵甲都還沒齊全呢。一旦出兵，駐首南夷城與鳳凰城的兵馬必然減少，屆時守城都是問題，但秦鳳儀極是憤慨，誰勸也不聽，必要出兵。

一時間，滿城兵馬調動，鎮南王要攻打信州，拿下桂州的消息，不脛而走。

與山蠻的第二場戰事發生在正月底二月初，這一場戰事，確切地說，不完全是刀槍箭雨的殺戮，其間更有雙方智謀的較量。當然，還帶有三分的僥倖與運氣。因為秦鳳儀的大軍剛剛開往信州五六天，山蠻便自山林中摸索而來，突襲南夷城。

山蠻自山林中而來，自然沒有帶象軍，同樣的，秦鳳儀為征信州，下桂州，大軍已然出發，現在城裡就剩下些兵甲不全的土人及張盛手下的娃娃兵了。山蠻明明也提前派出斥候，而且還有哨探親眼見到姓馮的閻王一身鎧甲，高頭大馬地帶著許多人出城。當山蠻們再一次對上馮將軍時，直接都懵了。這個閻王不是帶著大軍往信州去了嗎？山蠻的一位王直接召來哨探質問，哨探哪裡曉得，這位王急命撤軍，卻為時已晚。

據阿泉族長過來辨認後說，這是山蠻王的一個兒子。秦鳳儀見人已死，便砍下腦袋，命人用石灰裹了，然後送往京城。

阿泉族長有些不明白，還問秦鳳儀：「先時馮將軍的確是出征了啊！」

秦鳳儀笑道：「這不過是計策，我當時雖惱怒，也不會直接沒有準備就發兵信州的。馮將軍的確是出城了，不過，隨後便悄悄折回。穿著馮將軍鎧甲，是他的一位副將。」

「馮將軍能悄悄回來我不奇怪，可馮將軍手下那些人，如何悄悄回城的呢？」

「這是我們漢人的兵法，當初出城的，原也只有五千人。山蠻會誤認為是大軍出城，你得去學學增兵減灶的故事了。」

阿泉族長不曉得「增兵減灶」之事，他暫放在心裡，打算以後看一看這個故事。

阿泉族長追問：「殿下料到山蠻必會來攻？」

秦鳳儀心說，戰事哪裡還能料敵於先，他不過是一試罷了。成則成，不成則罷，就當將士們出去遛達幾日。不過，當著阿泉族長的面，秦鳳儀自是一臉淡定，「自然。山蠻王張狂自大，上次他吃了大虧，原本應該率大軍來攻，才能找回失去的顏面與尊嚴，結果只是著人劫掠遠處的兩個縣城，你知道是為什麼嗎？」

「報仇吧？」

「不，是為了挑釁於我。我先時大勝，且如今正是節下，竟有此晦事，我必大怒，然後為討回一口氣，也會派兵攻打山蠻。只要我的大軍一走，城中只餘老弱婦孺。山蠻王會劫掠我的兩個縣城，目的就是要激怒我，使我出兵，調虎離山。我反其道而為之，令馮將軍出城後祕密折回，而且在人數上迷惑了山蠻。他們見我大兵出城，便沿山林而下，突襲南夷城，便正中了我的計策。」

「萬一馮將軍出城真的遇到山蠻大軍呢？」

秦鳳儀笑笑，「阿泉，你想想，你們也是世居山林之人。山林雖好避人，可自來突襲，如果是大軍，需有大批糧草供應，大軍來犯，如何就能真的掩人耳目了？山蠻想掩人耳目，必然人數不會太多。何況，便是山蠻象軍，除了床弩，我亦有別的法子取勝。再者，馮將軍麾下亦有勇士，我方亦有神出鬼沒的斥候，南夷可是本王的地盤。天時、地利、人和，皆在本王這邊。山蠻如果真的在信州等我攻城還罷，若他進犯南夷，必然有敗無勝。」

阿泉族長被秦鳳儀繞得，簡直對親王殿下的智慧佩服得五體投地，心服口服。

秦鳳儀跟自己的媳婦說：「這山蠻不都說特別厲害嗎？怎麼這麼傻啊？我不過是虛張聲勢，他們還真上當了。」

秦鳳儀這主意只是小試一下，撞個大運而已，還真沒想到就給他撞上了。

李鏡道：「哪裡是傻？能使出調虎離山之計的還能傻？要是你嚥下這口氣，山蠻多半以後會時不時就到咱們的地盤晃上兩圈，繼續挑釁於你。總有一日，你憋不住火，必然會令大軍過去交戰，屆時他們一樣可以突襲南夷城，只是沒想到你會反其道而用之。」

「那幫山貨雖是可恨，眼下新城建了一半，咱們銀錢正是吃緊的時候，想想，我也不會這個時候出兵啊，他們還真信。」

「他們如何就知道你銀錢吃緊？任誰看，南夷城現在都是富庶熱鬧的地方。」

秦鳳儀一樂，「反正是白撿一場小勝。」

秦鳳儀並未將此次戰事放在心上，出了正月，就是他肥兒子兩周歲的生辰了，可要為肥兒子好生慶賀一番才行。

大陽他爹多寶貝他啊，去歲自己生辰都沒過，也沒忘了他的周歲禮。今年又是要給肥兒子好生慶祝，大陽也很盼著過生辰，小孩子嘛，就愛個熱鬧。

先時跟山蠻打仗，大陽聽說了，要出去看大象。他爹說沒大象，他也要看。要不是李鏡攔著，秦鳳儀真能帶著兒子看戰場。如今再敗山蠻，又是大陽生辰的好日子，秦鳳儀還說：「都是大陽帶來的好運氣。」

大陽的生辰不僅熱鬧，小夥伴們也都有禮物送他，可是把大陽美壞了，尤其是大妞姊送他的小木偶，大陽最喜歡，每天睡覺都要擱床頭。大陽遺傳了他爹的商賈天分，這會兒雖不會算術，但大陽會數數了，把自己收到生辰禮來回數了三遍，讓他娘幫他收著。

二月裡除了大陽的生辰，還有秦鳳儀的生辰。秦鳳儀生辰前收到了朝廷賞賜的生辰禮，其實大陽生辰前，朝廷也打發人按親王世子例送了一份。大陽本也是世子，這是正常的，不過，愉親王夾了不少私貨，還有愉王妃給大陽準備的衣帽之物。

秦鳳儀特意給愉親王寫了信呢，如今他生辰又送來賞賜，秦鳳儀收且收了。自從他知道自己的身世後，便不樂意過生辰了。一想到有這麼個親爹，還不夠鬧心的呢。

趙長史、章顏等人皆勸秦鳳儀：「殿下自來南夷，過年過節都有慶祝，殿下千壽之喜，大家去歲就盼著，結果殿下低調沒過。眼下新城王府已然修建完畢，公主府、衙門等亦修建妥當。殿下駕臨南夷城一年有餘，倘一個生辰都不在南夷過，實在是南夷百姓之憾！」

秦鳳儀被這群人叨叨了好幾天，李鏡也說：「就一個生辰，有什麼不好過的？自從到了京城，便沒痛快地在正日子過過生辰了。去歲忙得很，沒顧得上，如今有什麼不好過的？正該大賀，我便做主了。」當下讓趙長史等人自去準備。

趙長史心說，早知道王妃娘娘這麼爽快，該直接來與王妃娘娘說的。

於是，秦鳳儀在南夷城過了自己在南邊的第一個生辰。

真正過生辰時，秦鳳儀才發現，根本沒時間想他那糟心的親爹。一大早，大陽就穿著一身小紅袍子，搖搖擺擺地向他爹磕頭，還學了兩句吉利話，祝他爹「福如東海，壽比南山」，把他爹美壞了，抱著肥兒子狠狠親了兩口。

大陽急道：「壽，壽禮！」

哦，原來人家大陽還準備了壽禮。

秦鳳儀一樂，瞧向妻子，以為是媳婦教大陽的，不料卻不是。大陽送了他爹一盆鮮花，還誇他爹：「爹，花兒，好看！」說他爹像花兒一樣好看，逗得滿屋人都樂了。

秦鳳儀在南夷的第一次生辰宴自然是熱鬧無比，由上到下，官員們自不必提了，便是士人們也有幸參加。另外，秦鳳儀自己做了二十年的商賈，對於商賈向來優待，幾個大商家的東家，都過來參加親王殿下的壽辰。

秦鳳儀還跟趙長史、章顏、杜知府他們說：「我的意思，正日子擺一日酒便罷了。」

「殿下的意思，咱們自當聽從。」趙長史笑，「可是，王妃娘娘說了，要賀個三天，與百姓同樂，這才好呢！」

秦鳳儀道：「老趙，你這可不道地。」

大家都是臉上帶笑，章顏道：「殿下生辰賀三天，咱們下頭人過生辰，便也可擺兩日酒。倘殿下只辦一天，咱們下頭人過生辰，只好擺個茶會了。殿下只當是為了咱們，就讓咱們多賀一賀吧。」

杜知府也跟著勸。

秦鳳儀自己也是個愛熱鬧的，便依了眾人。

主要是，過完這次生辰，他便要移駕新王府了。

隨著鳳凰城的興建，南夷州的中心必然要自南夷城轉到鳳凰城，有些商賈要跟過去，也有許多南夷城的百姓，依舊要在南夷城過日子。秦鳳儀是個多情心軟之人，一想到在南夷城的這一年多的時間，當真有些難捨。

非但秦鳳儀捨不得南夷城的百姓，南夷城的百姓也很捨不得這位俊美的親王。先不說那些個君民的道理，便是親王殿下一來，他們的日子便比以往富庶數倍，這就令百姓們很是感激親王殿下。如今，親王殿下要走了，秦鳳儀移駕那日，不少百姓自發出城相送。

秦鳳儀騎在駿馬上，與街道兩旁的百姓揮手打招呼，於是，大家更捨不得親王殿下了。出城後，秦鳳儀便換了大船。這大船也換了嶄新的，配得上秦鳳儀身分的龍舟。說來，這還不是衙門造的船，是漕商送給親王殿下的生辰禮。

這龍舟造之前，羅朋他爹羅老爺還找兒子商量來著。秦鳳儀是親王，船啊啥的是不是有親王儀制的規定，羅老爺不懂這個，便找兒子打聽，當然也是想跟兒子緩和一下關係。羅朋也不懂這個，便尋趙長史詢問，羅家這才開始為親王殿下打造龍舟。

秦鳳儀原不想過生辰，羅老爺還有些急，後來一想，便是親王殿下不過生辰，也要移駕鳳凰城的，這就算是給親王殿下的安宅禮。

杜知府也跟著一道送親王殿下，秦鳳儀道：「咱們現在什麼章程，你只管按著現在的章程來。若有什麼難做的事，便到鳳凰城來尋我。」

杜知府哽咽道：「臣恨不得一直隨侍殿下身畔。」

秦鳳儀笑，「咱們離得又不遠，看你這樣，比本王還多愁善感。什麼時候想本王了，只管過來，本王請你吃海鮮。」之後，又叫了馮將軍過來，與他二人道：「我這一去鳳凰城，南夷城便成了鳳凰城的屏障。別個我不擔心，山蠻未除，終是後患。山蠻那裡，你二人多用心。終有一日，本王必要先奪信州，再下桂州。」

二人連忙正色應了。

光王府的搬家，就搬了半個月不止。

另外還有公主府、各衙門、各官員的搬遷，幸而現在人工便宜，反正主官先過去，後頭的物件讓小的們慢慢搬吧。這搬家用的都是漕幫的船，費用皆是王府結算。

搬到新家，大陽很高興，因為現在住的宅子更大了，他抱著自己的小兔子，扳著小手問他爹：「大妞姊、阿壽哥、阿泰哥，他們呢？」

李鏡隨口道：「他們都回自己家住了啊！」

大陽不大明白，奶聲奶氣道：「在哪兒？」

秦鳳儀道：「來來來，帶你去找阿泰玩。」

「還有大妞姊、阿壽哥。」大陽雖說的慢，話也能說得清楚了。

秦鳳儀扛著胖兒子，帶著媳婦就去隔壁公主府逛。大公主剛搬到公主府，聽到回稟，親自出門相迎，剛到前殿就遇著秦鳳儀一家。

秦鳳儀笑，「出來做什麼，我們自己進去就是。」

大公主也笑，「阿泰剛還念叨大陽呢，又是個沉不住氣的，行了，去跟大陽玩吧。」

阿泰看大陽坐他舅肩上，眼睛亮亮的，「舅，你還扛得動我不？」

「怎麼扛不動？你忘啦，舅舅是三頭六臂！」兩個小肥崽能有多重，秦鳳儀一肩一個就給扛進去了。大公主忙道：「別太慣孩子。」
「孩子不慣怎麼成啊？就得慣著。」秦鳳儀還問兩個小的：「是不是？」
兩個小胖崽懂啥，但孩子的直覺是極為敏銳的，他們直覺他爹（他舅舅）說的是好話，於是齊齊扯著小胖脖子拉長調子喊：「是……」
當天，兩家人在公主府一起吃晚飯。
在大陽的心裡，很長一段時間才曉得大家是分開住了，因為大陽還以為大家是住在一起的，只是以前往得近，現在住得遠了些。
遠到大陽發展出了新興趣，那就是請客。
自從小夥伴們住得遠了，大陽又是跟小夥伴們在一處玩慣的，每天都想一起玩，但是以前串門很近，現在串門遠了，大陽就成天請客，請大家過來吃好吃的，這樣就能一起玩了。
孩子有孩子的聰明和智慧，待大陽請了幾回客後，大家都回過神來，於是輪番請客，今天你請，明兒我請，而且，跟以前抬腳就串門不一樣，大陽要是出去赴宴，便要求他娘給他準備鮮亮衣裳，才坐車出門。
大人們說起孩子間的這些趣事，皆是忍俊不禁。
秦鳳儀搬到新城，幾家銀號一起投資建的房舍、市坊，簡直賣得太火爆。早在新城剛剛開建時，就有些目光長遠的商家買宅子了。甭看這年頭沒有預售啥的，但是商家們各有各的途徑，有些銀號的東家卻不過情面，也出手過幾套宅院或是商鋪。
秦鳳儀得知此事，說幾家銀號：「真是笨！宅子雖是還沒建好，難道沒有圖樣嗎？把圖樣拿出來，每個商鋪什麼樣，每間宅子什麼樣，讓他們自個兒選去，覺得價錢可以就先付錢。我跟新城那裡打聲招呼，便可去辦地契，銀子不就回流了？」

幾家銀號都能做銀號生意，人家怎麼可能笨，只是人家都是商賈界的泰山北斗，沒幹過直接拿圖樣賣宅子的事，但秦鳳儀說的未嘗沒有道理。做生意的，就講究個資金流轉，銀子得動起來才有利可圖。

這麼一想，幾家銀號都覺得是好主意。

不過，秦鳳儀也與他們說了：「因著宅子還沒建起來，這不過是一時之法，每個宅子的圖樣如何，品質上也要保證，別圖一時之利，壞了名聲，得不償失。再者，你們把好關，手下必得用可靠之人，倘有一宅兩賣之事，未免打臉。」

幾人如何不懂這個，商賈到了做銀號的境界，看信譽看名聲，比性命都要重上三分，當下連連應是，於是，鳳凰城成為全國第一個賣房樣子的地方。

朝中有人得知此事，不知底理，只聽個大面，便道：「這些個南蠻子，是不是被親王殿下給忽悠傻了？」還是說行賄受賄啊？御史們對此都頗有些議論，還有御史當朝說了此事。

御史風聞奏事，便有御史道：「古今從未聽聞此等稀罕事，出一張房樣子，便可賣錢了？倘日後這宅子蓋得不好，建得有差錯，受騙的還不是百姓？鎮南王殿下雖則武功出眾，安民撫民亦是不凡，但此舉臣不敢認可。」

人家御史說的也沒錯，翻遍《陶朱公商經》，也沒這樣的事兒啊！

愉王妃聽說此事，私下與愉親王商議：「你悄悄打聽打聽，要是鳳儀那裡實在短了銀子，我這裡還有些私房，給那孩子捎些個過去，可不能讓他幹這有礙名聲的事。」

這都窮得賣房樣子了，在愉王妃看來，這是詐騙無誤啊！

裴太后也與景安帝道：「打發人去問一問，這事兒忒玄，古今未聞。」

景安帝也覺得稀奇，因是銀錢上的事，景安帝擔心秦鳳儀窮狠了，想出什麼邪招來，便打發戶部侍郎去南夷問一問這拿房樣子賣錢的事兒，而且，景安帝顧不得秦鳳儀對他還有沒有心結，直接修書一封，告誡秦鳳儀，臉比銀子值錢，便是窮，也不能行詐騙之事啊！

陸之章 ● 書呈土鱉說緣由

秦鳳儀這回賣房樣子的事兒，比先時空口白牙說要建新城還玄。

秦鳳儀未到南夷就張羅著建新城，大家都當他做白日夢。當然，後來秦鳳儀說建，也得有銀子才成。眾人不知秦鳳儀如何弄來的銀子，有諸多傳聞說秦鳳儀在幹走私的勾當，但這事兒也就是閩王向朝廷告狀，閩王與鎮南王的官司現在還打著。先時便是閩王說鎮南王在走私，可鎮南王就藩時間短，光走私也不夠錢，現在大夥兒總算明白了，原來鎮南王是行詐騙的行當搞來的錢。

景安帝都不放心地著戶部侍郎過去瞧瞧是怎麼回事。

戶部也好奇得緊，連戶部程尚書都多叮囑了這位魯姓侍郎幾句，道：「陛下對此事頗是關心，最好還是讓鎮南王給朝廷上個摺子。」

魯侍郎連忙應了，一路車馬不停，趕去了南夷。

魯侍郎先到的南夷城，卻撲了個空，杜知府告訴魯侍郎，親王殿下搬到鳳凰城去了。魯侍郎原還不曉得鳳凰城在哪兒，杜知府是個老實人，令人雇了艘船，帶侍郎一行人過去。

魯侍郎到南夷城的時候都覺得，嘿，南夷這地界，多少年來聽說是土人遍地，窮得了不得，不想，傳言不實啊！

南夷的確沒法與京城比，但也不是個窮地方，就南夷城中也是車來人往，頗是熱鬧。待得魯侍郎上了船，江上船隻來往更是不絕，魯侍郎便與船家打聽。魯侍郎來得巧，正趕上暮春，西江裡魚蝦鮮嫩，何況到鳳凰城是要行一日船的，這船家還提供一日三餐。船家是一家四口，搖船的是青壯的男子，收拾魚蝦的是一對母女，還有一個十四五歲的男孩子，能替一替父親。魯侍郎說起南夷便是：「真是好風光。」

「大人一看就是外頭來的貴人。」搖船的漢子漢話帶著一些口音，笑道：「咱們南夷先時可不是這個模樣，都是親王殿下過來，咱們才有了好日子。」

「先時不是聽說殿下是住在南夷城的嗎？」

「是啊，俺們都捨不得殿下走哩，可殿下修好了王府，也沒法子。大人是頭一回去鳳凰城吧？哎喲，咱們南夷城已是難得的好地方，鳳凰城比南夷城更好呢！」然後，把鳳凰城如何熱鬧說了大半日，直待母女兩個燒好飯菜，請魯侍郎享用。

如今正是風和日麗，倒也不必去艙裡，魯侍郎笑道：「就放到外頭吧，天氣好。」

魯侍郎招呼帶路的張同知一道，張同知道過謝後便也坐了，嘗一口魚蝦，直讚味兒好。

張同知笑道：「這是我們西江有名的船菜了。其實開始大家沒這麼講究，那會兒大家窮，江上船隻都沒幾條，出門自己揣個飯團也就是了。後來，來往的客商們多了，許多有錢人過來南夷，他們講究，船上便風行起了船菜。我們這裡水多，靠山吃山，靠水吃水，這魚蝦都是江裡新撈的，貴在一個鮮字，一會兒大人就能見到專門在水上做飯菜買賣的遊船。」

「那豈不是畫舫了？」

「是。」

魯侍郎心說，這麼個地方也是五臟俱全，什麼都有。

除了品嘗江鮮，魯侍郎還問了些自己想問的：「聽說殿下一來，南夷城便熱鬧了。」

「是啊！」張同知道：「下官也不曉得怎麼說，當初殿下過來就藩，忽啦啦來了幾萬人。哎喲，當時咱們南夷城熱鬧得，那會兒城裡沒幾家客棧，一下子就被訂光了。客棧不夠使，又有許多來買宅子租宅子的，擠得就甭提了。有些人城內擠不上，只好到城外落腳。之後，咱們南夷城房舍的價錢就翻了三番，現在想想，都跟做夢似的。以前咱們就兩條正街熱鬧些，街上有幾家不大興旺的鋪子，突然來了這許多人，沒多少時間，不要說正街了，旁的街面鋪子都不夠搶的。大人，您不知道那些外地來的商賈多有錢，直接就帶了大包的銀子，問了老闆多少銀錢肯賣，只要說個數，立刻拿現銀就去衙門辦契。咱們南夷城熱鬧得，糧食都漲到了一兩銀子七石米，後來兩廣的大糧商們不停運糧食過來，這才好些了。」

「百姓們的日子也好過了，人一多，鄉下有田的，挑了田裡菜家裡雞過來賣。要是懶的人，都不必他們出門，便有不少商賈去鄉下收。什麼都要，給的價錢還不低。百姓們有錢，日子便好過了。就是我們官府，來了大商家，一些小買賣不過是收個攤位銀子，殿下吩咐，不許收得太貴，就街上固定擺攤的，一天二十個銅板，你要是推車叫賣，只收進城的十個銅板，別個錢就不收了。大商家卻是要交商稅的，一來二去，官府裡的日子也好過許多，哪裡的路該修了，便給百姓們修一修。」

張同知說得頭頭是道，談話間對鎮南王的景仰就不必提了。

魯侍郎端起湯來喝一口，笑道：「我們在京城都聽聞過殿下的事蹟，亦是極仰慕的。聽說鳳凰城裡，房樣子都能賣錢？」

「哎喲喂，大人，您可真是問對了！」張同知放下筷子，眉飛色舞地道：「這可真是悔了一批的人啊！」

魯侍郎心中一跳，心說，果然出事了。面色不由嚴肅起來，就聽張同知道：「大人，您不知道，當初這事兒出來時，沒多少人敢買，誰家買宅子還不得看看成色再買，但也有有眼光的人買。您知道現下鳳凰城的商鋪多少錢嗎？就朱雀街的商鋪，有銀子現在都沒人肯賣，把大家悔得很，現下坊市的鋪面都賣光了。」

「可這就買個房樣子，萬一品質不好怎麼辦？」

「殿下的王府門前鑄了個三尺高的鐵箱，那鐵箱是用精鐵打的，有三層大鎖，只要有冤情，都可以擲鐵箱，殿下五天一查。」張同知解釋道：「再者，這建宅子的時候，就有監察官跟著，待宅子完工，會有牙人、另派的監察官，還有商賈一道驗收。如果這宅子在房樣子時就賣出去了，還會請買家過來驗收，哪裡不合適，買家當下可以提出來，半個月內得給改好，多一天就得付買家一天的銀子。當然，買家也得講理，若有訛詐的，自有大人裁決。」

「這種官司多嗎？」

「不多，現在鳳凰城的宅子鋪子漲得跟什麼似的，先時朱雀街的一處鋪面賣圖樣子時，最好的位置不過五百兩，差些的三百兩就可以拿下，現在出八百兩都沒人賣。以前買的，都是賺了的。」張同知道：「還有原來番縣的住家，他們可是沾大光了。先時拆遷他們的宅子鋪子，就有一筆租房補助的銀子，按人頭算，每人每月五百錢，一家四口便是二兩銀子。當時要修鳳凰城，殿下就說了，想要錢的，宅子按市價再加三成，官府賠付。要是想要宅子，也按人頭補貼宅子。當時有些個短視的，聽說宅子按市價再加三成賠付，便都選擇要銀錢，如今他們腸子都悔得青了，要宅子的則都賺了。鳳凰城現下這般熱鬧，有眼光的人，拿出全部身家來買了宅子鋪子，光租金也夠一家人花銷了。」

張同知頓了頓，繼續說道：「不要說鳳凰城的百姓，就是鳳凰城裡當差的，以前番縣是個州，就因為窮又人少，降州為縣。自從殿下選中了番縣修建新城，縣衙的那些捕快、官吏和縣丞，雖還是縣裡的官職，但鳳凰城這般熱鬧，他們過的也不是以前的窮日子了。修新城的時候，殿下連縣衙都給翻新了，他們現在的衙門亮堂得很。」

張同知又道：「下官雖則官小職位低，卻也覺得，殿下這樣的人平生再未見過的。殿下移駕鳳凰城時，許多百姓一直送到碼頭，望了很久，待看不到龍舟，大家還捨不得回。」

張同知說著，嘆了口氣，「可惜殿下移駕鳳凰城，咱們南夷城冷清了不少，要擱先時，這會兒更熱鬧。不過，現下也挺好，城裡有殿下的第一織造局，女娘們都能去學個手藝，每月賺些銀錢啥的。」

跟外地人說起親王殿下，簡直成了南夷官民的一大愛好。

用過船上的江菜，魯侍郎一邊喝茶一邊道：「可就先時那房樣子，大家就不怕受騙嗎？萬一交了銀子，宅子建不出來，銀子不是打水漂了嗎？」

張同知道：「先時大家也是猶豫，所以沒多少人敢買，可那新建起來的街鋪生意一開張，鳳凰城的人越來越多，何況要純粹是商家的生意，咱們自不敢買房樣子，但不是還有親王殿下在嗎？當時新城招標，可惜大人沒來，那真是我們南夷城的一大盛事啊。不是下官吹牛，便是京城也沒這樣的事，光招標就足足忙了一個月。那時南夷城忙得，便是下官都得忙到半夜三更。至於銀號，一天十二個時辰輪班，各地商賈全都往咱們南夷來了。」

搖船的船老大也說：「那會兒俺們也忙，坐船都是頭一天預訂，晚了便要等。」

「是啊。」張同知笑道：「咱們新城招標，與別的地方衙門不一樣，別的地方衙門是差事幹完了再付銀子。咱們不是，不論是誰中標，自中標時起，便可去相應的銀號提兩成現銀。等差事做完一半，官府驗收後，再付三成。這五成的銀子，商家便拿到手了。待得全部工程完工，驗收完就付剩下的五成。大人，您想，這新城雖則有銀號投的銀子，可做主的是親王殿下，咱們信不過銀號，還信不過殿下嗎？有殿下在，咱們才敢買房樣子。要是他們商賈建宅子，誰敢買房樣子啊？」

魯侍郎又問：「這裡頭莫不是還有殿下的股？」

「地是殿下的呀！」張同知道：「鳳凰城的地，當初拆遷百姓的屋子所補償的銀子，都是殿下出的，沒差百姓一兩銀子。倒是有一些先時要銀子沒要宅子的百姓後悔了，還去衙門問能不能把銀子還給衙門，他們改要宅子。」

魯侍郎忍不住笑了。

船老大道：「說到這事兒，我家一個遠房表弟就是住在番縣。我那表弟是個怕媳婦的，真是上輩子不修德，娶了個敗家娘們兒。他那婆娘當時就是覺得給銀子划算，想著能多得三成銀子，屆時再把宅子買回來，還能白賺三成。她倒是會算計，現下算計得一家子連住的地方都沒了，改租宅子住。我表弟現在每天出去做工，就盼著多攢錢，再把宅子買回來。」

魯侍郎這一路完全不寂寞，帶路的張同知是善談之人，船家亦是個愛說的。待到傍晚，方抵達鳳凰城。魯侍郎就見岸邊燈火通紅，不少晚市鋪子已是開始營業，人來船往的，熱鬧至極，更有不少魚蝦鮮香飄來，引得魯侍郎不由多看這晚市幾眼。

張同知付了船資，領著魯侍郎坐車進城。

來到城門下，魯侍郎掀開車簾，見城門有塊青石，上書龍飛鳳舞的大字：鳳凰城。

魯侍郎道：「這字好生氣派。」

「大人好眼力，這是親王殿下親筆所書。」張同知說著，一副與有榮焉的模樣。

進得城門，自馬車向外看去，這處城門多是官員行走，相對還是清靜的，不過，依舊有晚上巡邏的兵士排著整齊的隊伍，腰跨戰刀地出城。等到了鳳凰城的正街靖平街，這條街顯然多是衙門所在，沒有市井熱鬧，便有些小販提籃叫賣，也多是供給官員的隨從下人。

不多時，到了鎮南王所在的府邸，魯侍郎方察覺馬車行得好快，再一想，路上竟未覺顛簸，這才注意到腳下平整的青磚路，當下讚了一聲：「這路修得可真好。」

張同知一笑，請魯侍郎先行，他跟著到門上通報。

門上有侍衛檢查過二人的身分文書，方帶二人進去。

秦鳳儀這會兒正全家聚在一起吃晚飯，並聽大陽說今天在大妞姊家吃到的蝦餅有多麼好吃。秦鳳儀說，明兒也叫廚下做來蝦餅給兒子吃。大陽很高興，要不是正在吃飯，非要親他爹兩口不可。

一家人吃過飯，侍女進來回稟，說是戶部魯侍郎奉皇上之命過來了。

秦鳳儀奇道：「好端端的，戶部侍郎過來做什麼？」

李鏡道：「你去見見吧，定是有事的。」

魯侍郎過來得有些巧，因為秦鳳儀在用飯，不好打擾，管事便先去知會了趙長史。趙長史出來相陪，聽聞魯侍郎與張同知都未用飯，便命人備了席面。因為要見親王殿下，大家並未飲酒，這也是剛吃完，就聽到親王殿下相召。

魯侍郎在書房見到了秦鳳儀，行過君臣大禮後，秦鳳儀擺擺手，吩咐魯侍郎坐了，此方問道：「你怎麼這會兒來了？六月夏糧沒到時候啊？」

魯侍郎連忙道：「殿下真是風趣，臣過來並非為夏糧之事。」說著，自袖中以出一個密封的紅匣子，恭敬地奉上。

秦鳳儀將紅匣子交給趙長史，趙長史驗過，親自拆封，將裡面的書信呈上。

秦鳳儀一目十行看過，暗自翻了個大白眼，還以為什麼事呢！

秦鳳儀問魯侍郎：「就為我們鳳凰城賣房樣子的事兒啊？」

魯侍郎道：「京中傳得沸沸揚揚，皇上擔心殿下，便打發臣過來看看。」

「朝中那群土鱉知道什麼呀，就吵吵鬧鬧的，真是少見多怪！」

魯侍郎表示：以往朝中都稱南夷為南蠻子、野人、土人，這還是頭一回聽到有人稱朝臣是一群土鱉。好吧，他自己還是一隻遠道而來的魯土鱉。

對於景安帝信中所問，魯侍郎所為何來，秦鳳儀都不懶得親自跟魯侍郎解釋了，倒不是秦鳳儀不想顯擺，實在是魯侍郎這會兒才來，他顯擺的勁頭過了，秦鳳儀現在另有別個新鮮事忙。何況，如今天色已晚，秦鳳儀問道：「你這大老遠地過來，用過飯沒？」

魯侍郎忙說用過了，秦鳳儀道：「那就先去歇著，明兒叫趙長史跟你講一講。現下看來，也沒什麼好說的，只是你們這些遠在京城的沒見識，聽風就是雨，少見多怪罷了。真是的，用腦子想一想，我們鳳凰城就是賣房樣子，又不是強盜，也得百姓願意買才成。這麼點小事兒，還值得你這三品侍郎親自跑一趟，真是太笨了，隨便想想也能想明白啊。我這一離開京城，怎麼百官的智商都下降了啊？」

魯侍郎：您誇自己聰明便是，幹嘛還說咱們智商低啊？

秦鳳儀打發魯侍郎先去歇著，明日讓他與趙長史打聽去。

秦鳳儀倒有別個事交代：「你會畫畫嗎？」

魯侍郎能做到三品大員，正經二榜進士，當年也是庶起士出身，琴棋書畫自是曉得。

魯侍郎道：「偶有揮毫，只是平平。」

「無妨無妨，你既然來了，也見識了我們南夷的山山水水，就畫一幅畫吧。」

魯侍郎問：「殿下，是畫山水，還是人物？」

奇怪，難道這位殿下現在改習書畫了？

秦鳳儀笑，「都可以，什麼畫得好就畫什麼。我這新城剛建，想辦畫展，城中才子都會參加，看你也是個有學識的，但有書畫都可留下。」

魯侍郎雖不解其意，還是領命。

魯侍郎住進了王府的客院，一路行來，見王府雖自有威儀，但所經迴廊樓閣的建築，並無金粉銀屑裝飾，連屋簷的瓦用的都是尋常的黑瓦，可見先時石翰林所言非虛，鎮南王建王府，想來委實是節省了很多銀子。

侍女捧來溫水，魯侍郎趕了一個月的路，坐了一天的船，自是乏倦，洗漱後便安歇了。

秦鳳儀回屋卻是與媳婦說了這笑話：「哎喲喂，妳知道魯侍郎是來做什麼的？京城那幫土鱉，見咱們賣房樣子，都炸鍋了，皇上還寫信問我是不是銀錢上特別緊張，讓我不要糊弄別人，哈哈哈！」

秦鳳儀說著就是一陣笑，他的肥兒子也懵懂地拍著小手助威：「土鱉！土鱉！」

秦鳳儀看肥兒子小臉兒粉撲撲的，穿著中衣在床上蹦躂，就知道肥兒子剛洗過澡。秦鳳儀趕緊過去親香親香，逗得兒子笑鬧開來。

李鏡道：「你又逗他，把他逗精神了，又得鬧大半宿。」

「鬧就鬧唄。」秦鳳儀向來是兒子怎麼著都行，可氣的是，大陽特愛學他爹，還攤開一雙小肉手，仰著胖臉學他爹說：「鬧就鬧唄！」

李鏡道：「你怎麼不學你爹的好，就知道學這些不聽話。」

大陽奶聲奶氣地大聲道：「我爹好！」小胖腿兒一跳，小手向上一招，就抱住了他爹的脖子，敏捷地竄到他爹懷裡跟他爹玩起來。

秦鳳儀拍拍胖兒子的肥屁股，跟媳婦說：「別看咱們大陽胖，手腳真是靈活啊！」

「那是！」說到這個，李鏡就很得意，兒子完全是繼承了她的好根骨。李鏡已經把兒子五歲後學武的計畫表列出來了，還決定要把娘家家傳的武功都教給兒子。

跟兒子玩了一會兒，秦鳳儀就叫著媳婦去沐浴了。

李鏡道：「我剛剛帶著大陽洗過了，你自己去吧。」

大陽卻是不放他爹，秦鳳儀便帶著肥兒子又洗了一回。

待把大陽哄睡，李鏡方細問魯侍郎過來的事。

秦鳳儀笑道：「都是些個沒見過世面的。皇上的信就在那紅匣子裡，妳看了沒？」

「看了。」

「看了還問我什麼？」

「你說魯侍郎是不是明著來問房樣子的事，暗裡調查海貿之事的？」

秦鳳儀道：「別瞎擔心，先時閩王告咱們一狀，京中不知多少人會想著，咱們一準兒走私了，皇上也會這樣想。我與妳說，皇上可不傻，他對泉州港早有不滿，就是咱們截了閩王的和，皇上不過是裝不知道罷了。便是朝廷要調查海貿之事，也不能弄這麼個三品侍郎過來，多顯眼啊。要是我，該派密探，起碼不招人眼。」

「待那批瓷器出來後，趕緊交貨讓他們走人吧，這風季也快到了。」

「不必擔心這個。」秦鳳儀道：「倒是有件事妳幫我參詳一下。」

「什麼事？」

「織造局的事。我看了織造局上個季度的帳，妳說，到底要不要把三成純利給皇上？」

李鏡道：「給是應當給，這不論做生意還是別個事，都講究禮尚往來，何況，咱們截了閩王的和，像你說的，倘皇上只是裝作面上不知，咱們就得承皇上的情。再者，泉州海貿肯定受影響，市舶司那裡怕也要受海貿牽連。咱們這裡的三成純利給江寧織造，讓江寧織造呈上去，這筆銀子不會進戶部，應是多進皇上的內庫。一則是對市舶司損失的補償，二則是皇上也會繼續睜一隻眼閉一隻眼。」

「我倒不是吝惜銀子，只是這麼一來，咱們海貿的底子就要被皇上摸透了。」

「有什麼底子，無非就是得些銀子罷了。皇上既親自寫信過來，你就給皇上回一封信，多訴訴苦，說一說咱們先時的艱難。正因艱難，才會先賣房樣子。也要把這賣房樣子的危險寫進去，免得那些半懂不懂的人跟著有樣學樣。這回五大銀號聯手，方敢冒此險。衙門投入多少精力，就怕宅子出事，百姓生出怨言。如果有人只學個大樣，雖不在咱們南夷，可就是坑了別個地方的百姓，那也不成。」

想了想，李鏡又道：「再者，泉州市舶司那裡是海貿商稅的稅銀，咱們給皇上的卻是織造局的三成純利，何況第一織造局去歲建起來，第二織造局今年剛建，拋除建織造局的成本，拋除人工的成本，利也沒多少。但當初咱們既說了三成紅利，便是沒多少，也得按當初說的來。你再說一說咱們這裡的難處，山蠻時不時過來侵擾，雖則南夷城跟咱們鳳凰城現下是不錯的，但其他州縣仍有許多貧困需要大加治理的地方，咱們這裡的陸路水路也要修，眼下咱們這裡人多了，可路上有路匪，水上有水匪，剿匪也是一件大事。這些事都要與皇上說說，再者，咱們這裡是比以往好了，可有學識的大儒還是少，文教上也得有所投入，關鍵是暫時沒人。有個全鬚全影有些個本事的，都召來當差了，官學裡的先生都只是秀才功名……」

李鏡繼續道：「皇上不是沒有遠見的人，往大裡說，後頭還有平山蠻之事，往小裡說，咱們這裡需要治理的地方還有很多。朝廷想從咱們這裡收海稅，拿什麼收？咱們這裡沒港，朝廷想派市舶司得先建港，可短期內朝廷拿不出這許多銀子，想來就是朝廷要建港，閩王得是第一個極力反對的。皇上每年還能從咱們的織造局得三成紅利，皇上知道的不過是海貿的規模，並不是規模多大，咱們就能得多少銀子的。拋去成本，能有多少？這底讓皇上知道一些也無妨，我看，他也就猜測個大概，具體多少不能知曉。再者，咱們建新城，這是多大的開銷。縱有幾家銀號，咱們要不是去年幹了一年，真要把爹娘的老底都填進去了。而且，後頭多少事啊，沒一樣不要銀子的。你且想想，朝廷又不能撥錢給咱們，我看，皇上多半依舊會睜一隻眼閉一隻眼。」

秦鳳儀閉著眼睛「嗯」了一聲。

李鏡道：「你好生斟酌，這回給皇上的信，最好你親自寫。」

「織造局的年利也得年底才能出來，這也不必急吧？」

「京城都覺得咱們在賣房樣子騙錢了，你正好寫信賣賣慘。」李鏡見他不說話，推他一記，秦鳳儀只好道：「知道了。」

然後，轉頭寫了一封「致京城土鱉書」。

高手其實是很寂寞的，就像李鏡。

李鏡智慧、冷靜，連秦鳳儀這樣自信到自大的傢伙，遇著什麼拿不定主意的事，第一反應不是召來近臣智囊商量，而是找他媳婦幫他拿主意。

要說李鏡唯一的不足，就是可惜身為女兒身。畢竟有倫理世俗的限制，縱使秦鳳儀都說他媳婦是世間第二聰明之人，李鏡也只能處於輔佐秦鳳儀的位置。

李鏡並不在意這個，雖則李鏡以前還懷疑過秦鳳儀在夢中時是不是對自己不忠誠，但自與秦鳳儀認識以來，夫妻倆就好得不得了，後來又有了大陽，李鏡便也不計較這些了。如今丈夫的身世雖尷尬，但秦鳳儀這樣尷尬的處境越發刺激了李鏡非同尋常的政治天賦。

當年秦鳳儀想娶李鏡，那簡直是九九八十一難。景川侯三個閨女，不論感情還是精力，在長女身上投入的最多。別個不說，兒子們都不適合習武，只能略習些粗淺功夫強身健體，景川侯還不顧世俗的看法，把家族槍法傳給嫡長女。當然，景川侯也說了，以後待李家有了適宜兒孫，要閨女再傳回來，可見景川侯對此女的珍愛。

面對南夷複雜的政治局面，李鏡其實有著比秦鳳儀更清醒的認識，更穩健的操控能力，以及諸多應對朝廷而謀利的手段。

事實上，從性格來說，李鏡這樣強勢的女人，鮮少男人能駕馭，而男人是一種嫉妒心極重的生物，非但是在配偶上，更是在才幹上。譬如，女人更容易接受比自己強勢的男人，而男人對於比自己強勢的女人往往退避三舍，這便是不夠包容的證明。

更有些無能的男人，對於女人的出眾百般詆毀，什麼牝雞司晨，無非是自己沒本事，還眼紅女人比他強罷了，所以男人這種在血統裡便存在著諸多不足的種族，對於李鏡這種聰明強勢能幹的女人，多是畏懼且厭惡的。

這並不是李鏡有所不足，而是李鏡太能幹了。

所幸凡事都有例外，秦鳳儀覺得，自己的才幹不如媳婦，但是秦鳳儀罕見的有寬廣的心胸。不要覺得他常辦些小心眼的事就是沒心胸，小事無關大節。

秦鳳儀要不是能想出把新城利潤分給商賈的法子，這南夷州就不會有今日，新城也不能建得起來。連李鏡這樣聰明強勢的女人都覺得，丈夫雖然常誇自己是天下第二聰明之人，但在李鏡心裡，秦鳳儀在某些事上欠缺長遠目光，是因為丈夫少時在民間長大所致，可要論才幹，丈夫比自己更強些。

當初在宮裡，許多人爭大皇子妃之位，李鏡很快就出宮了，看似是在大皇子妃一位上失利，其實依李鏡的傲氣，大皇子妃的地位雖誘人，但大皇子本人的才幹實在不入李鏡的眼。

而後，李鏡與兄長去揚州遊玩，親自挑了秦鳳儀。

當然，那會兒李鏡可能有些色令智昏，可現在往回看，這兩人簡直是天生一對。

丈夫實堪輔助，李鏡也愛給丈夫出出主意。

秦鳳儀真不愧是能娶到李鏡的男人，李鏡的主意雖好，秦鳳儀也知道這個時候賣賣慘，多半能得不少好處，但秦鳳儀是啥人啊，這是個有強頭病的貨，而且，秦鳳儀現在稱景安帝為皇上，而不是「那人」、「那個東西」，但這不意味著秦鳳儀願意跟景安帝賣慘。

秦鳳儀就不是個賣慘的人，他喜歡的是跟人顯擺。

所以，即使知道妻子的話是對的，秦鳳儀嘴上答應，轉頭硬是拗著小脾氣沒聽。他才不要去賣慘，他也不用人可憐，早晚有一天，他定叫所有人刮目相看。

秦鳳儀想了想，便寫了一封「致京城土鱉書」。

那簡直是文思泉湧啊！

秦鳳儀用功了好幾宿，寫得一本書似的那麼厚。

李鏡看他又犯了強頭病，無奈道：「白跟你費唾沫了，知道你犯病，不與你說了。」

別人說半日，他一句不聽。

秦鳳儀哄媳婦：「咱們這就要開畫展了，我正想叫譚典儀去江南、京城吸引些個有學識的人過來，這時候賣慘也不合適啊。這慘先放著，有空再賣。我先嘲笑一回京城那些土鱉，他們真是笨，就是先時看不清我的奇思妙計，咱們這城都建好了，竟然還沒明白過來。哎喲，這腦子怎麼長的啊？」

聽這自大狂的話，李鏡直想翻白眼。

李鏡問：「你辦畫展這事成不？」

「這有什麼不成的？我叫老趙、老章拿出不少存貨，大哥和阿悅也都是有才學的，書畫亦是通的，咱們這裡還有不少好畫。一路巡迴辦展，江南西道這種窮僻地方就罷了，兩湖、江浙、京城都能走一走。眼下風季來了，海上也沒生意。正好荔枝快熟了，六月辦荔枝節。」秦鳳儀道：「這地方上啊，富是好富，只要商賈多了，還怕百姓們過不好日子嗎？只是，光富沒用，咱們來的那年是春闈，今年是秋闈之年，明年又是春闈了。哎喲，瞧瞧官學裡的那幾顆蔥，當初在揚州時，我那屆舉人就選了一百多，咱們南夷上科只選了二十來個舉人，這還是矮子裡拔高個兒。瞧瞧現下官學裡那幾個舉人的水準，還不如阿灝呢。他們明年要是能中一兩個，我就去鳳凰大神的廟裡給他們燒高香。真是愁死個人，眼下學裡的小學生倒是不少，好先生卻是太少了。只要是過來任教的，給房子給地，妳說，以前人們提起南夷來，就是土、窮、偏，現下人們提起來都說，有錢了，百姓們日子過得還可以。我與妳說，這兩者名聲，自然是後者好，但最好的地方呢，就得像京城，像揚州，既繁華又有人文，這樣的地方，才能百年昌盛。用的人多了，以後咱們大陽才有能用可用之人。」

秦鳳儀說起話來，當真是一套一套的。

因為要辦荔枝節，還要叫譚典儀去外頭宣傳南夷州、鳳凰城，秦鳳儀就不好對魯侍郎不聞不問的。他親自抽出時間，帶著魯侍郎在城中走一遭，尤其是朱雀大街。其實魯侍郎已是去過了，不過再逛一逛也無妨，秦鳳儀還特意在街上買了蝦籽餅給魯侍郎品嘗。

秦鳳儀道：「這是我們南夷才有的餅，瞧見沒，裡外是兩層的，撕開來，這裡頭的紅膏就是一粒一粒的蝦籽，特別好吃。那邊還有蟹殼黃，你吃蔥不？吃蔥就嘗一嘗，特別的香。這裡頭用的是我們南夷本地的水蔥，一大早採摘的，還帶著晨間的露珠。把蔥摘回來，做這蔥殼黃，你們魯地那種三尺多高的大蔥可不行。」

魯侍郎咬著蝦籽餅道：「殿下，下官雖姓魯，家卻是在冀州。」

「不是魯地啊？」秦鳳儀道：「冀州的蔥也是很大一顆的吧？我聽說，北方的蔥都是又大又長的那種。」

「嗯，殿下說的水蔥，在我們那裡叫小蔥，夏天也有，拌豆腐最好吃了。」

「不錯不錯。」秦鳳儀帶著魯侍郎和譚典儀上茶樓吃早點，對魯侍郎道：「我們南夷山清水秀的，嘗嘗我們本地的風味兒。」

其實哪裡有什麼本地風味，南夷北地風味就是一個窮，之所以現在富了，是各地商賈雲集，故而南夷尤其州城的飲食，很受外來商賈的影響。秦鳳儀點的諸如水晶蝦餃、糯粉蒸小排、馬蹄糕、翡翠燒麥、鴿子山菌湯、糯米雞……都是巴掌大的一碟，然後，十數碟擺滿一張四方桌。另外還有各樣的粥品、茶點。

魯侍郎還是個入鄉隨俗之人，特意嘗了當地的鳳凰茶，那茶一入口，滿口馨香，絕不遜於現下京城流行的各名品好茶。

魯侍郎讚道：「真是好茶！」

秦鳳儀笑道：「不值什麼，這是我們當地的野茶。」

「這樣的好茶，定是有名字的。」

秦鳳儀笑咪咪地道：「因是生在鳳凰山，我便給它取名叫鳳凰茶了。」

「茶好，名字更好。」魯侍郎很不風雅地牛飲了大半盞，幸而親王殿下不是姑娘性子，親王殿下見魯侍郎兩口去了大半盞，便道：「你喜歡，待你走時我送你兩斤。」

魯侍郎連忙道：「謝殿下。」

有人給魯侍郎續茶，魯侍郎品過茶，再吃些點心小食，竟覺樣樣順口，便是有些個風味奇特的，譬如，魯侍郎就不大吃得慣海鮮粥，覺得有些腥，但不是東西不好，只是他吃不慣罷了。倒是鴿子山菌湯一類，清而不濁，鮮而不膩，是湯中神品。

用過早茶，一路往朱雀街走來，兩旁店鋪林立，人來客往，熱鬧至極。認識秦鳳儀的，遠遠見了只是遙遙作揖，不過來打擾。秦鳳儀還請魯侍郎喝了楊梅湯，一路與魯侍郎說著鳳凰城的故事，待到中午，秦鳳儀帶魯侍郎去了一家酒樓，這家酒樓是道地的冀地風味。

魯侍郎詫異地問：「南夷這麼遠，還有冀州的商賈過來經營酒樓？」

秦鳳儀笑道：「商賈走南闖北，哪裡有銀子就往哪裡來。」

晚上則是吃淮揚菜，秦鳳儀還帶魯侍郎逛了鳳凰城的晚市，吃了這裡的三鮮麵。

魯侍郎在鳳凰城住了大半個月，胖了二十斤不止，然後一臉圓潤地帶著親王殿下給皇上的密摺，以及給皇上和自己的南夷土產，與譚典儀等人一起登上了回京城的船隻。

摸著新生的雙下巴，魯侍郎委實覺得：親王殿下實在太熱情了！

魯侍郎吃得圓潤潤地回京，大家見魯侍郎出一趟遠差，還是去南夷那等窮鄉僻壤，竟是胖了一圈回來，皆暗自驚詫。交情不錯的，打趣了一句：「看來，南夷的山水養人呢！」與魯侍郎不睦的，則私下說小話，猜測魯侍郎定是受了鎮南王的賄賂，瞧瞧吃成什麼樣了。說這話的都是沒見識的，誰家親王給的賄賂是二十斤肥肉啊？

便是景安帝見著魯侍郎都說：「嗯，南夷伙食不錯。」

魯侍郎笑成個瞇瞇眼，倒不是眼小，是胖了一圈，肉多了，擠占面部空間，一笑就顯得眼小了。魯侍郎道：「臣這趟委實開了眼界。以前聽人說南夷窮僻，實則並非如此。臣還見到了殿下建的新城，雖則城池不大，卻是繁華，殿下亦著長史司譚典儀過來向陛下請安。」

景安帝頗為納悶，想著秦鳳儀那臭脾氣，沒事斷不可能著人過來向他請安，這裡頭定是有事。不過景安帝不急，先問魯侍郎南夷那房樣子的事兒。

魯侍郎雙手奉上秦鳳儀的密摺，「臣嘴笨，怕說不及殿下寫的詳盡。」

馬公公上前接了，請景安帝看過漆封，打開密匣取出密摺，雙手呈上。

景安帝一看這厚度，心說，難不成這小子轉性了，懂事了？

結果，景安帝打開來，第一頁第一行寫的是：致京城土鱉書。景安帝當時的表情，饒是馬公公在御前服侍多年，都無法形容那樣一種既無奈又感慨的神色。景安帝只看這第一行就知道這小子是來顯擺的，果不其然，秦鳳儀先是對京城眾土鱉的智商上進行了嘲笑，說那些在朝上說他詐騙的都是黃魚腦袋，自己沒有智慧，見別人聰明就大驚小怪。光炫耀的話，就足足寫了三頁，景安帝看得直想翻白眼，暗道，誰見過賣房樣子的啊？也就是在南夷了，要是在京城，秦鳳儀倘是平民，早被人當騙子抓到大牢去了。

第四頁方轉至正事。

秦鳳儀說了，你們不是奇怪我建新城哪裡來的銀子嗎？看我這新城都建起來了，你們還沒猜出小爺我這神鬼莫測的手段，我便好心告訴你們，給你們開開竅吧。

秦鳳儀便從自己就藩途中說起，當時正值冬天，一路南下，州縣難免有飢民，他看飢民可憐，不忍驅趕，便任他們跟隨在親衛軍之後，但沿路他們的糧草都要靠各州府補給，直待到徽州，安徽巡撫不願意供給飢民糧食。

秦鳳儀把自己的想法寫到摺子裡，他說得很公道：「大軍糧草，分內之事。飢民數眾，婉轉拒之，亦人之常情。」只是別人能不給，秦鳳儀不能不管飢民。彼時，秦鳳儀方開始想，把這些飢民帶到南夷，一路吃喝自不必提，還有如何能讓南夷富起來。

據秦鳳儀說，想了三天三夜，想出了建新城的主意。

秦鳳儀闡述為什麼建新城，他很有自己的想法，秦鳳儀的想法是，地方要富，就得有商賈。他用新城招攬商賈，你想啊，新城這麼大的工程量，他一個民夫不徵，全部用商賈來招標。商賈要用人，工匠、民夫、磚瓦泥石，這些都是生意。有了生意，南夷百姓近水樓臺，自然受益。另外，南夷城來這麼多人，旁的衣食住行，百業供給，無不興旺。還有，秦鳳儀說自己到了南夷，路太破，先修路、修碼頭。為了叫人信服他的威信力，每樣工程都是先付兩成工程款，然後，秦鳳儀就工程款的結算方式又寫了五頁。

秦鳳儀寫道，為什麼先修路呢？非但是為了與外州溝通，方便各地商賈進入南夷州，方便以後的生意往來。再有就是，他剛來到南夷，要用修路來立威信。要告訴這些南夷的商賈們，他是誠心要建新城。

先讓商賈們見到銀子，他們自然會留下來。

這一招名曰立信之術，秦鳳儀寫說是跟商君說的，至於商君是誰，知道不？就是秦孝公時的商鞅大人。先用修路修碼頭建立威信，相對於建城，這些不過小活計，等他的威信立起來，果然來南夷城的商賈工匠越來越多。這裡，秦鳳儀提到了治安問題。想要繁榮發展，必然要嚴格把關治安。同時，秦鳳儀說了有一回他請求工部多給南夷派發兵械，然後被駁回之事。秦鳳儀寫道，虧得山蠻對南夷頗為輕視，方僥倖兩勝，不然後果不堪設想，又催了催他們士兵的裝備問題。

之後，秦鳳儀闡述建新城之事。

秦鳳儀由銀錢窘迫，說到邀各大商家合股建民宅市坊之事。

接著是拆遷上的銀錢與宅舍的補償，其後才細說了賣房樣子的事。

秦鳳儀寫了，這法子笨蛋絕不可用。南夷用此法，先因我們是招標建城，銀號提前付出兩成工程銀子，其次，有兩成現銀押在王府，倘事有不諧，王府必要接手新城之事，以不使百姓受損。秦鳳儀還說，南夷對於新城建設的工程品質有派專人監管驗收。秦鳳儀道，南夷有我，我可以為此負責，若天下盛行此事，外任官員調任頻繁，貪婪腐敗事小，一旦百姓付銀而房無所得，必致地方不穩，百姓赤貧，朝廷聲威受損，更有甚者，長此以往，民怨積累，難免動搖國之根基，所以，腦子不夠用的，萬不能行此事。你們看看就行，學習就算了。

最後，秦鳳儀寫了譚典儀過來京城開畫展的事。秦鳳儀說他新城建好了，也搬到新城去了。他們南夷山好水好人好，奈何先時太多誤傳，人們以為南夷是荒僻之地，故而讓譚典儀帶了些給皇帝陛下的禮物，同時請皇帝陛下讓譚典儀去國子監開十天畫展，畫展上展示的都是南夷的風光、南夷的美人，六月荔枝成熟之時，南夷還會舉辦佳荔節，荔枝隨便吃。七月有書畫展，請各地才子共赴南夷，交流書畫之道，一展胸中錦繡。此外，八月中秋、九月重陽，南夷風光冠絕天下，大家都可以過來玩。

後頭秦鳳儀派了典儀來開畫展之事，景安帝一眼便能明白，這小子又是要把人往南夷忽悠。上回是缺錢，建個新城，忽悠的是商賈，如今可見南夷銀錢上能運轉過來了。這回目標也很明確，要的是才子，有學識的，還什麼佳荔節？

前頭秦鳳儀自建新城一直到賣房樣子之事，景安帝足足看了一個時辰。一則是秦鳳儀這奏章寫得長，二則是秦鳳儀這件事做得，便是對為君多年的景安帝亦是頗多啟發。莫怪這小子顯擺，就建新城拉動整個南夷建設發展一事，秦鳳儀的確是辦得漂亮。若是別個地方，估計建完新城，商賈們就該各回各家了，可南夷不一樣，秦鳳儀還有海貿走私的後手，有這一樣發財利器，南夷往後的日子不會難過。

當然，秦鳳儀那裡也短不了用錢，這些個建新城、修路、修碼頭、安撫土人及練兵，樣樣都要錢。南夷窮得太久了，景安帝並不擔心秦鳳儀會把走私來的銀子據為己有，他非常了解這個兒子，秦鳳儀不是小家子氣的人。就秦鳳儀的格局，便比閩王強百倍。閩王那種有人上門求救濟就給錢，不過是收買人心的初級版本。秦鳳儀的格局，才是大氣派。

景安帝根本沒想過織造局三成乾股的事，在他看來，秦鳳儀的織造局剛建起來，沒這麼快回本。何況，秦鳳儀不是小器之人，南夷的情況，景安帝心裡有數。景安帝還等著秦鳳儀平山蠻，收復桂州，焉會把走私之事放在眼裡？反正銀子不給兒子賺，也是叫閩王得便宜。

景安帝一看奏章便是一個多時辰，後脖頸都有些痠了，揉揉後脖頸，馬公公連忙奉上溫熱適宜的茶水。景安帝啜了口茶，對魯侍郎道：「說說南夷現下如何。」

魯侍郎站得腿都痠了，景安帝未覺時光飛逝，看魯侍郎臉上出了汗，心說，這胖子就是愛出汗。魯侍郎見皇帝陛下看親王殿下這超長版奏章就看了一個時辰，皇帝陛下未問房樣子之事，而是問南夷，魯侍郎連忙將所見所聞說了一遍，包括親王殿下修的新路、碼頭，以及鳳凰城的晨市、晚市、坊市，或人煙之鼎沸，或城池之熱鬧。

景安帝還問：「吃的也不錯吧？看卿發福不少。」

魯侍郎微窘，「這……這主要是南夷的風俗與咱們京城不大相同，那裡四季如春，天亮得早，人們起得也早，起床便是早茶，三餐之後還有晚市夜宵，臣一不留心就吃胖了。」

景安帝笑，「見著你，以後估計他們就不怵去南夷的差使了。」

自從去歲秦鳳儀翻臉，硬是把工部賈郎中扣在南夷享福，就再沒人願意出南夷的遠差，都擔心秦鳳儀的喜怒無常。

魯侍郎也笑，「都是有些人愛多想，臣去了南夷，親王殿下平易近人，為人和氣。就是南夷，也是山清水秀，尤其如今交通便利，水路上多有來往載客船隻，便是大庾嶺的官道，也將殘破之處悉數修好，拓寬了一倍有餘。現在去義安、敬州那裡的碼頭、官道也都在修了。殿下自己的王府，反是素儉得很，最貴重的木料是南夷常見的樟木。王府的磚瓦皆是普通的青磚黑瓦，先時石翰林回朝說殿下儉樸，便是微臣，真到了鳳凰城才曉得殿下儉樸至此。」魯侍郎說著也不禁感慨一二。

景安帝道：「朕也知道他不容易，南夷窮了這麼些年，他能有所建樹，能安民撫民，能富饒一方，朕亦為他高興。」

之後，便打發魯侍郎回家休息，著人傳了譚典儀陛見。

譚典儀雖是官小職低，卻也是第二次面聖了，去歲是過來送荔枝，今年殿下吩咐他來京城辦畫展招攬人才。當然，最重要的是向陛下請安，奉上親王殿下獻給陛下的諸多土儀。

景安帝問譚典儀兩句，便打發他去歇著，至於畫展的事，讓譚典儀明日去國子監祭酒那裡打聲招呼，至於如何安排，讓譚典儀與國子監商量著來。

景安帝又召來程尚書，將秦鳳儀的密摺交給他，「可拿回家看，不要漏出去。」

「是。」

且不說程尚書研究了個通宵，便是景安帝亦是半宿沒睡好。

秦鳳儀這本奏章，景安帝令程尚書看完，又給鄭老尚書看，君臣三人很奇妙地沒有就秦鳳儀的奏章做出什麼評論，像秦鳳儀說的，秦鳳儀在南夷敢用這法子，是因為秦鳳儀有這個本事。他就藩年頭雖短，但看秦鳳儀兩次擊敗來犯的山蠻，就知道秦鳳儀本事如何。

秦鳳儀能掌控好那些商賈，再者，能寫這麼長的奏章，可見此事具體施行時有多麼的複雜。這件事有其特殊性在，但也像秦鳳儀奏章中說的那般，不適合全國推廣，一個弄不好，就會砸鍋的。不過，這並不是沒有借鑒性。

然而，秦鳳儀那等非同尋常的天資，簡直是令人嘆為觀止。

大家現在對於南夷眾說紛紜，去過的都說南夷大變樣，起碼不是傳聞中那般偏僻窮困，卻還是有許多人對南夷依舊停留在以往窮僻的印象。當然，大家對秦鳳儀也是褒貶不一，尤其是與工部翻臉之後，都沒人敢去南夷了，生怕秦鳳儀這喜怒無常的再把人留在南夷享福。這回的魯侍郎，也是戶部性情最好的侍郎啦。

倒是與秦鳳儀的壞脾氣相對的就是他的天資，那真是個神人，秦鳳儀還說在徽州三天三夜才想了個建新城的主意，好像挺不容易的。天啊，擱別個人，三年能有這主意嗎？

還有人以前覺得秦鳳儀建新城那事就是做夢，結果，人家原來是早有打算。

程尚書與鄭老尚書都未多言南夷之事，一則是南夷此事沒有可複製性，二則便是秦鳳儀委實太過出眾。這樣的出眾，若身為太子，大家自然樂見其成，便是景安帝，想來也不必失眠了。可秦鳳儀如今是藩王，還是這樣有本事的藩王，偏生他還不是庶出。

當年柳王妃離宮，這些年朝廷也沒有追封柳王妃，但沒人敢說柳王妃之位不正，那是先帝為陛下名媒正娶的嫡妻。柳王妃當年沒離宮的話，估計立后當真輪不到她，秦鳳儀便是長於宮闈，也就坐實了庶皇子的身分，偏偏柳王妃離宮了，秦鳳儀做為平民在宮外長大。不得不說，秦鳳儀的命運，彷彿天註定一般。

這原是個揚州城的紈絝，據說做一神夢，夢到娶媳婦，媳婦就是景川侯府的大姑娘。秦鳳儀與景川侯府的這樁親事，在秦鳳儀的身世曝光之後，不是沒有人懷疑是景川侯府有陰謀。可想一想也不對，要是景川侯早知秦鳳儀的身世，先不說景川侯素來忠心，便是景川侯有意欺瞞皇上，讓閨女嫁皇子，卻也不對頭。當初秦鳳儀來京城求親，景川侯對他的為難，大半個京城都曉得。當初景川侯提的兩個條件，也就是秦鳳儀這等天資，硬是由個紈絝中了探花，不然這親能不能成都是兩說。

還有方閣老，當初舉薦冊平氏為后，就是他第一個上的奏章。

雖則兩家皆有子弟在南夷，但據說去歲秦鳳儀打發人送桔子來京城，就這兩家得的桔子是酸的。想一想，秦鳳儀這命運，若說他運道差，明明是皇子卻流落民間，可其後轉折猶如神助，殿試時與皇上看對了眼。那麼多的新科進士，皇上獨獨喜歡秦鳳儀喜歡得不得了，不少老臣都吃醋了。如今想想，那未嘗不是父子天緣。

而秦鳳儀這性子，知道自己的身世後，與皇上翻臉，但父子就是父子，秦鳳儀最終就藩南夷。秦鳳儀的身分，在朝一直沒個定論。還是那句話，當初柳王妃不離宮，秦鳳儀必是庶子無疑。柳王妃離宮，秦鳳儀的出身，不論如何，也算不到庶子上頭。

何況，秦鳳儀便是不論出身，他還有這樣非凡的資質。

不要說皇帝陛下，不要說程尚書這自來便與秦家有淵源的，就是鄭老尚書這樣老成為國之人，也不由多為朝廷的未來尋思。

鄭老尚書正在家裡思慮朝廷的未來，盧尚書就氣呼呼地過來找他了。

盧尚書氣得一腦門子汗，進門先喝兩口茶，方連聲道：「不像話！不像話！」

鄭老尚書知道盧尚書的性子，便問：「這是誰氣著你了？」

盧尚書道：「別提了，鄭相有沒有去看鎮南王府那個典儀官辦的書畫展？」

「還沒有，聽聞有吳道子的畫，書聖爺爺的字，其他亦皆是古今當世名家。」鄭老尚書奇道：「你不是最愛書聖爺爺的字嗎？如何氣成這樣？」

「非但是我，薄祭酒也險些背過氣。」盧尚書道：「很不成個體統，既是書畫，當以高雅為宜，還是國子監那樣滿地書香氣的地方，隔壁便是至聖先師的貢院，結果，竟有一屋子二十四幅美人圖。國子監那些個小子們，沒幾個看書聖爺爺的，都他娘的去看美人圖了！」

盧尚書說著，眼裡恨不得迸出火星來。

鄭老尚書心平氣和地道：「美人圖也沒什麼呀，京中多少才子善畫美人圖，翰林中亦有學士擅長此道。」

「那是鄭相沒看那個什麼典儀展出來的美人圖，或嗔或笑的，很不文雅莊重。國子監是學子們修身念書之地，豈可用這些女色惑亂學子們的心志？」盧尚書言語間很是鄭重。

鄭老尚書笑道：「一幅畫罷了，倘因一幅畫便亂了心志，這學子也不過如此了。」

「還有荒唐事呢！畫中女子色相妖豔則罷，竟還說是南夷尋常女子，更說六月南夷有什麼狗屁佳荔節，吃荔枝，賞佳人。」盧尚書道：「今兒我孫子出去吃飯，還拿了張妖妖嬈嬈的畫回來，尺方大小，中間印個美人，旁邊印的是那個什麼佳荔節的事，把我氣得……」

盧尚書說著，又氣了一回，抱怨道：「鄭相，這事兒你得管管啊！再這般下去，豈不壞了鳳殿下的名聲？」

鄭老尚書拈鬚道：「這明擺著殿下是要吸引有才之士去南夷。他要是管，反是壞了鳳殿下的事吧。」

「但也不好用惑亂色相的法子啊！」

「盧相看到的便是書聖爺爺的墨寶，心中有色，看到的才是色。」鄭老尚書道：「萬事開頭難，哪怕有好色之人想見南夷的佳人，過去也能多花銷幾個，叫南夷的商家多賺些錢。」

「這樣的好色之徒，有才的能有幾個？」

「千金買馬骨，慢慢來唄。」鄭老尚書勸道：「消消氣，為著幾張美人圖，也值得生這麼大的氣？你要是不放心，放你孫子過去瞧瞧，看看佳荔節到底是個什麼節。」

盧尚書連忙道：「我孫子還小，萬一進了妖精窩，可如何是好？」

「如何會是妖精窩？鳳殿下懼內之名天下皆知，他那裡能有妖精窩，我都不能信。」

盧尚書一向主張女子要貞靜溫柔，想到這譚典儀辦的這堵心的南夷書畫展，便道：「我看王妃就是管得鬆了，該同景川侯說一說，讓李王妃管得再緊些才好，省得時不時就做出這種引得物議的事兒。」

盧尚書沒看到秦鳳儀那「致京城土鱉書」的奏章，但盧尚書總覺得，秦鳳儀要是能把性子改得正常一點，再好不過了。

盧尚書在與鄭老尚書說南夷書畫展的事兒，景川侯府李老夫人與兒媳婦、三孫女也在看畫，倒不是美人圖，是大陽與壽哥兒兩人的畫。秦鳳儀找趙長史畫的，李老夫人瞧著畫上的兩個大胖小子，樂得見牙不見眼。

景川侯夫人笑道：「壽哥兒也有一年沒見了，瞧著長大不少。阿陽更是長高許多，離京時還是抱著的奶娃娃，看這養得多好，比壽哥兒小時候還肥壯，一臉的福相。」

李老夫人道：「是啊，還是像阿鳳多一些。」

李玉如則道：「鼻子像大姊姊。」

景川侯府一家人在看畫，宮裡景安帝與景川侯也在看畫，這一幅便是大陽自己的畫像，是李鏡令譚典史一塊捎來的，還有給景安帝寫的信。當然，不是秦鳳儀寫的，是李鏡寫的。

秦鳳儀那強頭，現在跟景安帝沒什麼正常的情感交流了，李鏡看他一時半刻是回轉不了的，李鏡自有主張，便給景安帝寫信，一則問候請安，二則說了許多大陽和阿泰的趣事。其實畫也是送了兩幅，還有一幅是阿泰的畫像，但這年頭自然是孫子更親，尤其還是大陽。畫與信都是譚典史先送到侯府，景川侯看過閨女給自己的信，才把一箱東西帶進了宮。

景安帝道：「大陽這孩子的名字還是朕取的，當時他們就藩，這孩子才六個月大，朕真是捨不得。朕原想留這孩子在身邊，可一想到鳳儀那狗脾氣，便沒提了。」

景川侯心說，您沒提真是對的。

景安帝很是欣慰，「當初朕就看阿鏡很好，她與大公主一道長大，小時候在太后宮裡，才這麼一丁點兒高。」說著還比劃了一下，再次誇李鏡：「這個兒媳婦娶得好。」

景安帝細細端詳著孫子的畫像，眼睛裡笑出光亮來，「瞧瞧大陽這孩子生得，眉眼像朕，鼻子像你啊，景川。」

景川侯無語片刻，方乾巴巴地應了聲：「是。」心說，鼻子像自己是真的，眉眼根本不像您好不好？好吧，皇帝陛下怎麼說怎麼是。

宮裡自來沒什麼祕密，李鏡送了大陽的畫像給皇帝的事，平皇后沒幾天也知道了。平皇后與兒媳婦小郡主道：「早前我就看她是個有心人，如今離得遠了，還知道把孩子的畫像送來，倒真是有心。」

小郡主目光極快地一閃，輕聲道：「這事兒我覺得有些稀奇，如何是阿鏡姊送畫？按理當是鎮南王打發人送來才是。這又不是見不得的人的事，如何要從景川侯那裡倒回手呢？」

平皇后微微一笑，「妳不曉得，鎮南王現下還為柳氏之事埋怨著陛下，這事多半是鎮南王妃自己的意思。」

小郡主唇角一翹，「阿鏡姊實在是細緻，可要我說，這也細緻太過了。縱是鎮南王知曉，也不是不通情理之人。阿鏡姊既是這般細心，母后當賞她才是。」

「妳說的是。」平皇后欣慰地拍了拍兒媳婦兼侄女的手。既然秦鳳儀不知此事，正好將此事叫秦鳳儀知道，那個狗脾氣，便是李鏡，怕也是吃不消吧？

大陽的畫像，平皇后和小郡主都看過，在裴太后那裡，裴太后雖不待見秦鳳儀，當然秦鳳儀更不待見裴太后，兩人是誰也看誰不順眼，但裴太后跟大陽無冤無仇，裴太后又是做曾祖母的，見著大陽這畫像亦是喜悅，與景安帝道：「是個有福的孩子。」

平皇后笑道：「這孩子生得真俊，一臉的福相。」

裴貴妃道：「阿鏡和鎮南王會養孩子，這會兒都兩歲多了，想是說話能說俐落了。」

景安帝笑，「會了。」

平皇后道：「定會叫曾祖母、祖父祖母了，可惜離得遠，咱們只能看看畫，要是在京裡，這孩子與永哥兒年紀相近，在一處玩正好。」

裴太后道：「是啊，就是離得太遠了。」

景安帝道：「什麼時候南夷太平了，叫鎮南王回朝請安便是。」

裴太后道：「鎮南王的孝心就算了，哀家消受不起。阿鏡與阿陽是好的，虧得有阿鏡這個孫媳婦，不然哀家怕是連重孫長什麼樣都不曉得。阿鏡是個知道體貼人心的，哀家這裡有東西要給她，什麼時候皇帝打發人送去吧。」

平皇后笑勸：「鎮南王就是那個孩子脾氣，什麼時候明白過來就好了。倒是阿鏡，的確要賞一賞她。就是孩子的畫像，每年多畫幾幅送來才好，不然就這麼一副，陛下想要留著看孫子，母后也想要留著看重孫，倒叫您二位為這個吃醋了。」

裴太后笑，「妳這主意好。」

景安帝也很滿意李鏡這個兒媳婦，賞了李鏡不少好東西。

此時，京裡正有富幾代官幾代的不少子弟準備去南夷參加佳荔節。

聽說了沒，南夷遍地美女。那裡天氣暖和，女娘們白胳膊白腿的，都是露在外頭的！哎喲喂，不能想不能想，一想就覺得血氣翻騰，血色上湧！

有跟魯侍郎相熟的問起南夷女娘是否美貌時，魯侍郎雖是個老實性子，此時卻是眼珠一轉，露出個神祕兮兮的笑容來，「不曉得啊！」

哎喲，瞧瞧你這一笑，你能不曉得？

當然，也有人問到石翰林頭上。

這種就是不帶腦子的，也不想想石翰林的性情，險些被噴死。

再者，有問到先時工部諸人那裡的。工部那些到南夷出遠差送兵甲的，倒是去過，只是他們當時就想著保命，哪裡有空瞧南夷女娘的相貌？

倒也有人說南夷女娘不好看的，就是先時致仕的李布政使啦，這說來還是景川侯府的族人哩。李布政使道：「黑面皮，矮個子，美在哪兒啊？」

大家都知道李布政使是個不得志的，他的話有人信，也有許多人不信。

現在最直接的證據就是胖二十斤回朝的魯侍郎啦。有人擔心南夷那裡吃不好睡不好，準備帶著自家廚子去，魯侍郎卻道：「這個大可不必，鳳凰城裡各地的酒樓多的很，沒有什麼吃不到的家鄉味。」

眾人看看胖了一圈的魯侍郎，覺得這話的可信度極高。

不過，現在除了南夷的女娘、南夷的美食外，名聲大噪的便是南夷的鳳凰茶了。

前幾天畫展，但凡進去賞畫的，都能獲贈一小包鳳凰茶。那一小包，說實話，也就一錢的樣子，可包裝精美，皆是用一個個青瓷美人罐盛放。有些人回家一嘗，頗覺清香難得。還有去找譚典儀買茶的，譚典儀笑道：「這是南夷的鳳凰茶，出來帶的也不多，都是準備送給大家嘗一嘗的。您若喜歡，不妨到我們南夷一遊，品香茶，吃荔枝。」

就南夷這茶嘛，說好的不是一個兩個。

便是皇帝陛下也收到了秦鳳儀送的茶，不過也就兩三斤，皇帝陛下拿出來請大家品嘗。能近御前的，先不說拍皇帝陛下的馬屁。秦鳳儀敢把這茶拿出來，絕對就是好茶。

駱老尚書都說：「不想，南夷還有這等好茶。」

景安帝笑道：「聽說以前就是野茶，鎮南王找了懂行的茶農打理，如今有些模樣了。」

盧尚書道：「不知這茶可有名字？」

景安帝笑，「就叫鳳凰茶。」

大家都笑了，想著秦鳳儀也有趣，聽聞年少時因著美貌，在揚州有鳳凰公子的雅號，現下到了南夷，建個新城叫鳳凰城，弄個新茶就叫鳳凰茶。

景安帝幫著秦鳳儀宣傳了一回鳳凰茶，大家吃著都覺不錯，除了工部汪尚書。

南夷的茶啊，美人啊，一時成了京城社交界的新話題，連平王妃也有幸嘗了嘗南夷的鳳凰茶。這倒不是小兒子平珍去看畫展得的，是二閨女景川侯夫人打發人送來的，說是要給父母嘗一嘗，道是喝著極好。

平王妃喝了，也覺不差。

就是有一事，令平王妃頗為擔心。待丈夫回家，平王妃與丈夫說：「阿珍啊，真是愁死個人，一把年紀不成親還罷，如今又要去南夷。」
平郡王道：「去南夷做什麼？參加那啥佳荔節嗎？」
「我跟他說了，南夷那地方自來不太平，不是說年初時還跟山蠻打了一場嗎？這樣的地界，去那裡做什麼呀？」
「家裡也沒什麼事，阿珍就是喜書畫，我去瞧瞧他。」
平郡王去了小兒子的院子裡，平珍正在看一本畫冊，見父親過來，起身相迎。
平郡王笑，「坐吧。」
父子倆都坐下，平郡王才問起兒子去南夷的事。
平珍道：「兒子看了趙才子的新畫，發現他進境頗大，但我的畫技已經有三年停滯不前。我想去南夷走一遭，聽說那裡的風景也是極好的。」
平郡王想了想，道：「那便去吧，只是得帶家裡的侍衛。」
「父親放心，我曉得的。」平珍道。
「你在揚州時便與鎮南王交好，阿鏡也不是外人，去了南夷，不如就住在王府裡。」
「我知道。」平珍笑，「我與他們也有幾年未見了。」
平郡王勸道：「畫技的事也不要著急，三年未有進益，不見得是你畫法上的事。你自幼習畫，已有二十多年，我看在畫法上能及得上你的已是不多。停滯不前，多是心境上有障礙。一旦突破，必然更上一層樓。只是，你如今身兼著畫院的差事，還要是與皇上說一聲才好，畫院那裡也要交代一聲。」

平珍應了。

平郡王與小兒子一道用過晚飯，還寫了一封信讓小兒子帶上。

秦鳳儀完全不曉得，他這佳荔節非但引來了大批紈絝子弟，還把平珍給吸引來了。

秦鳳儀正在同李鏡生氣呢。

小郡主真沒高估秦鳳儀，秦鳳儀知道李鏡偷偷把大陽的畫像送給景安帝，非常不高興，說李鏡：「妳是我的媳婦，跟我是一國的，知道不？不告訴我，就送大陽的畫像，妳可有把我放在眼裡？是不是要背叛我啦？」

李鏡道：「你是你，大陽是大陽，我又沒送你的畫像，你臭著個臉做什麼？」

秦鳳儀道：「大陽是我的兒子！」

「他還是我生的呢！」李鏡根本不氣，端起茶啜一口。

秦鳳儀氣壞了，啪一掌拍李鏡跟前的几上。李鏡眼神一冷，手裡捏著的白瓷盞開始慢慢龜裂，然後啪一聲，碎成了粉末。秦鳳儀嚇得嗖地跳起來，幾步就跑到外頭去了。

秦鳳儀把李釗叫來，跟李釗告狀。

秦鳳儀道：「這麼大的事兒，不與我商量就偷偷辦了。我說她幾句，她還威脅我。」

李釗驚道：「阿鏡又動手了？」

這可不好，夫妻間就是有事也要好生說，哪裡能說動手就動手？

秦鳳儀萬分慶幸，拍著胸脯道：「沒，這回我跑得快。我看她啪地把個上等的雪瓷盞捏碎了，嚇得我就跑出來。要不，非被她揍一頓不可。大舅兄，你可得勸勸她，嚇死我了，我都不敢回去了。我今天住你家吧，你去王府把大陽給我偷出來。」

李釗：……

秦鳳儀當天被大舅兄勸回了家，李釗則單獨跟妹妹談了談為人妻為人婦為人母當要溫柔賢淑的道理。李鏡也是滿肚子火，跟她哥道：「你不知道他那個強脾氣，現下在南夷，離京城遠，我知道他對皇上有些個不滿，可大陽是大陽，一則大陽是孫輩了，二則京裡有的是人恨不得他與皇上父子倆反目成仇才痛快，可柳母妃的事已是如此，我難道是為了自己，我還不是為了他，為了大陽。」

李釗道：「妳好生與他說，阿鳳又不是不通情理。」

李鏡道：「哥，你哪裡知道他有多強，任人把嘴皮子磨破也不聽。」

「行了，妳就消消氣吧。就是阿鳳有事跟妳說，妳以後也不准捏杯子了，妳是不是還要打人啊？」李釗說他妹妹「妳就念佛吧。也是阿鳳性情好，有心胸，能包容妳這性子。」

「我哪裡有打他？」李鏡真是冤死了。

李釗道：「隨隨便便把杯子捏個粉碎，妳這比打人還讓人害怕啊！」

「他能怕我？哥，你不要上他的當，他就愛告狀！」

「反正妳以後不許捏杯子、拍桌子，知道嗎？又不是小孩子了。」李釗道：「阿鳳被妳嚇壞了，跑出來還叫我幫他偷大陽呢！」

李鏡直接笑出聲來。李釗也覺好笑，唇角一翹，對妹妹道：「阿鳳是個體貼人的，他不過是讓著妳，現下又有大陽，妳得多給他留點面子。」

「知道了。」

李釗還叫妹妹向秦鳳儀賠不是，秦鳳儀也是欠捶，李鏡一賠不是，他便趾高氣揚起來，背著手挺著胸，抖著腿道：「知道錯了吧？我都跟大舅兄說了！妳捏碎的那套可是上等的官窯瓷的杯子，被妳捏碎一個，現在都不成套了。那一套得一二百兩銀子，這事兒妳做的對嗎？以後可不許這樣，知道不？」

李鏡忍著手心癢，「你見好就收吧。」

秦鳳儀哼哼兩聲，還要留大舅兄吃飯。

李釗道：「行了，飯什麼時候都能吃，你倆好生說說話。」

李釗走後，秦鳳儀反是坐在榻上不說話了。

李鏡遞茶給他，他才接過喝了。

李鏡道：「你還真沒完沒了了？」

秦鳳儀道：「妳總該跟我商量一下的。」

「我難道沒跟你說過？給我娘家送兩個孩子的畫像時，我就說了，是不是也送一幅給皇上，你不是不答應嗎？」

「我不答應，妳就不應該做。」

「我當初還不讓你寫那什麼土鱉書，你聽了嗎？」李鏡道：「要按你這麼說，大陽是你兒子，以後大陽有了兒子，那也是你孫子，孫子有了兒子，又是重孫輩。按你的意思，子子孫孫都不能跟朝廷來往了？」

李鏡勸道：「咱們是咱們，孩子是孩子，冤家宜解不宜結。」

「妳老實跟我說，妳是不是看中京城那個位置了？」秦鳳儀一點點也不笨，相反，他非常機靈，簡直是聞一知十。他把茶盞擱手邊的几上，質問媳婦。

李鏡沉默片刻方道：「不是我看中了，那原本就是咱們家的，是咱們大陽的。」

秦鳳儀驚駭得幾乎說不出話來，「妳先時不是說，咱們能與朝廷分庭抗禮就是了？」

李鏡一挑長眉，「說得輕巧。一旦大皇子得了皇位，他難道會甘心放過我們嗎？」

「以後咱們強了，他能怎麼著？」

「若他強，他必對南夷下手。若咱們強，我為什麼要將帝位拱手相讓？咱們大陽才是皇室嫡系。更何況，倘咱們兩方勢均力敵，必有一戰。」李鏡道：「再者，大皇子有什麼才德？他比起你，差得遠了。我們論血統，論才幹，那個位置都該是我們的。」

秦鳳儀道：「那個位置有什麼好？要不是為了那個位置，母親也不會早死。」

李鏡道：「你錯了，若不是有那個位置，皇上這一支早就被先帝的六皇子幹掉了。」

秦鳳儀真是氣壞了，「依妳這般說，母親就合該……」

「母親也沒有料到先帝會死在陝甘，如果外祖父在世，柳家就不會失勢。」李鏡握住他的手，正色道：「如果不是先帝妄為，我的外祖父、舅舅們也不會死，我的母親何嘗不是因父兄枉死，傷心傷身，抑鬱而終。」

秦鳳儀想到媳婦打小沒了娘，還不如自己，忍不住心軟，嘆道：「反正，我是沒打算要那個什麼狗屁皇位的。」

「你不要可以，你為大陽奪回來就行。」李鏡看著丈夫，「那是我兒子的！」

秦鳳儀很不明白，「那個位置有什麼好啊？」

「沒什麼好，但該我的就是我的，我為什麼要把屬於我的東西讓給大皇子，我絕對不甘心！」李鏡道：「你就甘心把你的東西讓給大皇子？」

「妳少來，激將法沒用，我才不稀罕那什麼狗屁皇位！」

「我兒子稀罕，你幫我兒子搶回來吧。」

「大陽也不稀罕。」秦鳳儀剛說完，就見李鏡又拿起杯子來，秦鳳儀連忙搶過去，「行了行了，別又捏碎了，杯子也要錢的好不好？」

「你倒是給我一句痛快話！」李鏡推他。

秦鳳儀無精打采，「這既然做藩王，也沒辦法再做皇帝了啊！」

「錯！」李鏡道：「當年我為什麼選南夷？就是因為這裡天高皇帝遠。這裡雖屬於朝廷，朝廷的掌控力卻微乎其微。你以為你為什麼在南夷處處順當？因為南夷這裡的官員多是不得志之人，只要你對他們伸出手，他們必然會忠誠於你。這裡現在只是名義上屬於朝廷，實際上，它是你的地盤。」

李鏡又道：「我們若留在京城，必然處處受困。你因身世這故，必然有志難伸，所以，你說想要離開京城，我才建議你來南夷。」

「哎喲，媳婦，妳這想得也忒遠了，妳那會兒就想到皇位啦？」

這第二聰明之人果然忒有心眼兒啊！

「那原就是咱們家的，我為什麼不能想？」李鏡說得理所當然，光明正大。

「想吧想吧。」秦鳳儀唉聲嘆氣。

李鏡最見不得男人一副窩囊樣，沒好氣地道：「你嘆什麼氣呀？」

「媳婦的野心太大，還不能讓我愁一愁啊？真是愁死我了！」秦鳳儀滿面愁容，「妳說妳啊，先時明明只愛我的美貌。我現在也好看著，尚未年老色衰，妳就移情別戀，改愛江山不愛美人了。哎呀，妳們女人，變得也太快了。」

李鏡硬是被他給氣笑，輕捶他一記，「我主要是為了大陽。」

「這事兒得讓我好生想想，妳這說得也忒遠了，皇上才四十出頭，身子骨好著呢，活到七八十歲不成問題。」秦鳳儀道：「再者，好人不長命，我看他得奔了百歲去。這事兒不急，慢慢來，咱們的新城才建起來，西邊尚有山蠻在虎視眈眈，妳就想到北邊的事兒了，妳這想得也忒遠了。」

李鏡問他：「有沒有信心？」

「嘖，不就是皇位嗎？大皇子拿什麼跟我比啊？妳也別信什麼出身不出身的鬼話，皇上也是庶出，這個位置不是看出身的，看的是本事。大皇子什麼人，我清楚得很，他籠絡不到有本事的人。他要是有本事，早就做太子了。」秦鳳儀道：「這事兒妳不要急，先得把屁股底下的地盤坐穩，別自己還沒坐穩就眼饞肚飽的。這不是一年兩年的事兒，我得要好生合計合計才成。」媳婦的野心太大，愁死人啊！

「你慢慢來。」李鏡道：「以後我給京裡送東西，你也少念叨。」

「送吧送吧。」秦鳳儀翻個大白眼，「妳這樣兒，真有失小爺我的風骨。」

「你有個屁的風骨！」李鏡笑，「有件事還沒與你說呢！」

「什麼事啊？」秦鳳儀一想到這個媳婦的野心就發愁，「要是有再大的野心，就別跟我說了啊，我大概也完成不了。」

李鏡嗔他一眼，手自然地放在小腹上，「你又要做父親了。」

秦鳳儀一聽這話，立刻把那些發愁的事兒全都拋諸腦後，兩眼放光地看向媳婦的肚子。

「真的？」

李鏡點點頭，眼中也滿是笑意。

秦鳳儀連忙問：「什麼時候的事，怎麼我不知道？」

「先時沒大把握，早上章太醫過來把脈，說是兩個多月了。」

秦鳳儀喜得直搓手，「怎麼不早告訴我？」

李鏡露出一絲幽怨，「正想跟爺說呢，爺就氣呼呼地進來與我吵架了。」

秦鳳儀被她這聲「爺」叫出了一身的雞皮疙瘩，「哎喲，我的姑奶奶，還是捏杯子拍桌子適合妳，妳可別這樣說話，我快凍死了！」

李鏡被逗笑。

秦鳳儀摸摸媳婦平坦的腹部，歡喜地道：「媳婦，這回給我生個小閨女吧？」

「我也想要個小閨女。」

李鏡自然也是盼閨女的，但是李鏡暗下決心：以後我有了閨女，嫁什麼人都不能嫁屬牛的，簡直強死個人！

秦鳳儀真是被他媳婦的野心嚇了一大跳，不過，身為家裡的戶主，媳婦都說了，想叫兒子以後做皇帝，秦鳳儀也得為兒子的將來想一想。尤其媳婦又有了身孕，原本秦鳳儀想著，待把山蠻踏平了，有南夷二州，以後也夠大陽過的了。轉念又一想，不對啊，現下媳婦第二胎想生閨女，可媳婦以後難道就不生兒子了？要是再生兩個兒子，南夷只有兩個州，可怎麼給兒子分啊？分家分不均，豈不是叫兄弟間生嫌隙？他這個做爹的，也會被埋怨偏心啥的。

當然，要是兒子像自己，秦鳳儀就不擔心啦。要不是有這個倒楣身世，秦鳳儀只要日子富足就可以了。便是做官，他覺得自己能做個揚州知府就滿足了。誰曉得上輩子不修好，竟然有這樣的倒楣身世，不做實權藩王都沒得活，而如今媳婦又想要北面的那張椅子。

秦鳳儀叮囑媳婦：「剛剛妳說的那話，不許與第三個人說，知道嗎？不說別人，就是大舅兄知道，也得嚇死他，到時他不敢再在咱們這兒待了，非撒腿跑回京城不可。」

李鏡道：「我是你媳婦，我有事自然是只跟你說的。」

秦鳳儀一樂，「這麼想就對了。」

秦鳳儀絕對是那種需要目標的人，要不是他岳父給他定下中進士方能娶媳婦的條件，他絕對不會去念書，現在他媳婦又給他定下了一張椅子的目標。

秦鳳儀道：「這事急不得，我跟妳說，皇上可不是咱爹，妳有這個念頭，也不能顯出來。要是咱爹，啥不是咱們的？皇上可不一樣，先時我那身世，你們都瞞著我，他就讓我過繼給愉爺爺，後來這事兒被我知道，他立刻把咱們封出來了。在他心裡，他還是偏著大皇子。」

想了想，秦鳳儀又道：「不過，大皇子也不合他的意。雖則皇上不是個人，但他做皇帝還是有一手的。妳想想看，朝中六部尚書，哪怕姓汪的那樣討人厭的狗屎，我一翻臉，工部現下都送了六千套兵甲了，可見他用心幹活也是有一套的。盧老頭兒酸腐，卻是個正直人，禮部可不就要這種人嗎？別看鄭老尚書、程尚書他們平日裡瞧著也算能說得上話，他們可都是陛下提攜起來的，咱們那點交情算什麼呀？就是岳父跟方老頭兒，那跟皇上的交情，也比跟咱們深。他做皇帝這些年，朝中上下都是他的人。皇上這個人，他現在還年輕，沒考慮那些個身後事。妳不知道，我剛做官的時候，冬天他到郊外的溫湯行宮去住，那回叫我去說話，正趕上有人提及立太子之事，他那臉臭得跟臭狗屎似的。要我說，別看咱們現下沒戲，其實大皇子也沒戲。」

李鏡道：「你覺得六皇子如何？」

秦鳳儀唇角一勾，「妳也想過六皇子啊？」

夫妻二人對視，李鏡道：「太后總是偏愛母族一些的。」

「得看六皇子的命了。這會兒六皇子還小，但也跟個精豆似的，起碼比大皇子機靈。至於老虔婆，妳不用考慮她，她是個勢利眼。妳以為她為什麼給妳那二十萬銀子，都是有目的啊。也就現在平家是郡王府邸，不然她一準兒送裴貴妃鳳凰錦什麼的。妳把咱們大陽的畫像給皇上，皇上不算個人，也會知妳的好意。妳倒不必給老虔婆，老虔婆那人，只要妳以後大權在握，她當妳心肝寶貝，只怕妳不與她好。妳若一敗塗地，她眼皮子都不會眨一下。」

秦鳳儀繼續道：「再者，就妳那野心，也不是短時間的事兒。要說皇上的幾位皇子，不是我吹牛，就是我到南夷，他們也沒一個及得上我，除非他突然生出個神仙來，我才信有人能強過我。可我跟妳說，妳要是想要那個位置，咱們的對手就不是大皇子。」

「大皇子我亦不懼他，只是平家令人擔憂。」

「平家妳擔心什麼呀？雖說大皇子上位對他家最好不過，可妳想想，平家第二代最出眾的就是平世子，平世子一直在邊關。第三代最出眾的是平嵐，平嵐也在軍中。其他的，平珍舅舅沉迷書畫，平琳那人，唉，他也就是會投胎，爹是郡王罷了。說他長的是人腦袋，豬都不能夠答應。」

李鏡噗哧一笑，「你別逗我笑。」

「本來就是，那回他搶岳父的差事我就看出來了。」秦鳳儀道：「何況，妳看，岳父雖是有些彆扭，我一叫大舅兄過來，岳父也沒攔著大舅兄。可妳看看大皇子身邊，雖有平家人，卻都是些上不得檯面的平家人罷了。」

「平郡王可在京城呢！」

「笨！他家兒孫在邊關掌大軍，他不在京中要去哪兒，要不要上天啊？」

「我不是說這個。」李鏡道：「平郡王在京城，便是大皇子最好的助力了。」

「事未臨頭，自然是外祖孫之情，可如果平郡王當真是把寶押在大皇子身上，他就該讓平嵐跟在大皇子身邊服侍。我說句話，妳不要不高興啊？」

「你說就是。」

「大皇子之於平家，就相當於咱們大陽之於岳父。喜歡當然是喜歡，岳父也是盼著大陽好，要是大陽有什麼事，求到外祖父和舅舅那裡，能幫他們自然也會幫，但大陽姓秦，並不姓李。當年武則天想立侄子為太子，便在大臣面前說，只聽說兒子給母親上墳，沒聽說過侄子祭祀姑母的，就是這樣的道理。」

秦鳳儀侃侃而談道：「這是兩家人啊，平家得多想不開，才能把闔族生死押大皇子身上？平老頭兒可不是傻瓜，不用擔心平家。就如柳家，自然有舅舅這樣的人、恭伯那樣的人。何況，妳以為現在的平家還是先帝驟死，皇上謀奪大位，萬分仰仗的平家啊？那個時候，平家是皇上的依仗，現下這滿朝文武的，皇上早不是當年急惶惶想做帝位的庶出小皇子了，不然當年平家對后位簡直虎視眈眈，如今怎麼不見他家對太子之位虎視眈眈？平老頭兒心裡清楚得很，此一時彼一時啦！」

「我與妳說吧，要是皇上活到一百歲，我們這代都沒戲，我那會兒都八十了，大陽也六十了，到時就得看重孫玄孫如何了。就是皇上活到八十，我那會兒也六十了。唉，我看我就把山巒平了，以後如何就看大陽的了。」

秦鳳儀總結了一回，覺得自己完全沒機會爭帝位。

不為別的，景安帝這麼無病無災，身強體壯的……

李鏡聽他這話，便知這人憊懶，不是一時半會兒能說動的。

李鏡作出一副被秦鳳儀說服的模樣，笑道：「這也有理，還是你想得周全。」

「是吧是吧，要不，我怎麼是妳男人啊？」見媳婦終於放下謀龍椅的想法，秦鳳儀總算稍稍安心了，想著老娘們兒真不好糊弄。秦鳳儀趁機道：「妳現在肚子裡有咱們的閨女，這樣費神的事兒，就讓我來想吧，妳好生歇一歇。腿覺不覺得脹，我給妳捏一捏。」

懷著大陽的時候，媳婦的腿就有些浮腫。

李鏡腿一縮，「懷大陽那會兒，是快生的時候才有些腫的。」

「那我也給媳婦揉揉，媳婦多不容易啊，馬上要給我生小閨女啦！」秦鳳儀把媳婦的腿擱自己腿上，一邊幫媳婦捏著，一邊道：「先給閨女取個名兒，咱們閨女可不叫大妞二妞這種名兒，簡直是土死了。」

秦鳳儀正想著幫他閨女取名字，大陽就帶著小夥伴們進屋來玩了。

秦鳳儀怕孩子們吵到媳婦，打發他們去別的屋。

不過，今天晚上在李釗家、方銳家和大公主家都出現相似的情形。

大妞看著他爹說：「爹，您怎麼不幫我娘揉腿啊？」

方悅不解其意，「我怎麼要幫妳娘揉腿？」

「大陽他爹就幫大陽他娘揉腿。」大妞道。

方悅和駱氏夫妻：……

方悅問：「妳怎麼看到了？」

大妞道：「我們去屋裡玩就看到了啊！」

待把閨女打發去歇息，方悅說道：「殿下跟王妃這平日裡可真是……」

駱氏笑道：「師兄和師嫂情分好。」

方悅搖搖頭，「殿下越發懼內了。」

李釗聽兒子說了姑丈幫姑姑揉腿的事，嘆了半宿的氣。

崔氏問：「好端端的，嘆什麼氣？」

李釗道：「阿鏡這個性子，真是愁死個人。她總是欺負阿鳳，她怎麼不幫阿鳳揉腿啊，就愛使喚阿鳳！」

崔氏笑，「你這可真是稀奇，別人都是大舅兄偏著自己的妹妹，你倒是更偏著妹夫。」

「我是誰有理就偏著誰。」李釗沒好意思跟媳婦說，今天妹妹險些家暴的事，「明天妳去勸勸阿鏡，跟她說說女子當以貞靜嫻淑為要的道理。」

「你去說吧，阿鏡挺好的，那說不定是小夫妻之間鬧著玩。」

「要是咱們這胎是閨女，必得把閨女好生教導才行。」

「你少說這樣的話，倘是閨女，咱們閨女別的不說，要是能有小姑子的運道，嫁給這麼個知冷知熱的女婿，便是一輩子的福氣。」

李釗不愛聽這話，「我不好了？」

「你好也沒幫我揉過腿啊！」

李釗立刻咳一聲，起身道：「還有些公文，我去看看。」

崔氏輕哼一聲，吩咐嬤嬤：「給大爺拿碟潤喉糖，大爺的嗓子不大好。」

李釗左腳絆右腳，險些跌個狗吃屎。

第二天，大公主去李鏡那裡，打趣道：「妳可真是越發有派頭，還叫皇弟給妳捏腿。」

李鏡一想就知道是孩子們看見，估計是阿泰回家學了。

李鏡笑，「我們鬧著玩呢，孩子們無意瞧見的，這一個個都是小八哥。」

大公主道：「妳不曉得，阿泰一個孩子懂什麼，回家跟我說，相公聽完就去書房待了大半宿，生怕我叫他幫我捶腿。」

「我們平時也不這樣，不過鬧著玩的。」李鏡連忙道。

大公主只是笑，盯著李鏡不說話。

李鏡說道：「妳以前可是偏著我的，如今就偏著他了，可見真是親姊弟。」

「我這是大姑姊的氣派。」大公主說著也笑了，「昨兒宮裡突然打發人送了那些東西來，我有心過來問問，可那會兒天也晚了，就沒過來。我那裡定是沾你們的光，如何突然有這些賞賜，還有皇后娘娘和大皇子妃的東西。」

「那不過是看咱們這裡日子過得舒暢，給添添堵罷了。」李鏡將給皇上送兩個孩子畫像的事兒說了，「相公是相公，大陽是大陽，大陽和阿泰都懂事了，咱們本就與那邊離得遠，上回不是請趙長史來畫畫，給孩子們也畫了兩幅嗎？我打發人送到京裡去，定是被皇后娘娘見到，她故意打發人賞咱們的。」

大公主笑，「她自來是個多心的，阿泰不過是外孫，倒沒什麼。大陽這裡，她們姑侄難免想得多了。話說回來，父皇的兒子就有八個，哪個皇子的兒子不是父皇的孫子？只是大陽有青龍胎記，送幅畫像都要這般，也有些過了。」

「咱們白得一回東西。」

大公主一笑，也不再多說。

秦鳳儀自覺剛把媳婦的野心糊弄過去，結果，平珍就帶著侍衛來南夷州了。

柒之章

美人歌舞覓才子

秦鳳儀聽說平珍過來，前去相見時，沒見到平珍。

李鏡道：「珍舅舅遠道而來，我安排珍舅舅住下了。」

「也好。」秦鳳儀問：「珍舅舅一個人來的嗎？」

當年他與媳婦生情，就是方閣老與平珍做的媒。秦鳳儀這人重情分，仍記得平珍當年的好。雖則在秦鳳儀看來，平家也就剩下兩個好人，一個是平珍，另一個便是平嵐。至於平郡王，先時秦鳳儀看平郡王頗順眼，但他生母死得太冤，秦鳳儀還能對平珍和平嵐客觀相待，已是難得的寬宏大量。

李鏡道：「帶了幾個侍衛和大侍女，還有好幾箱的畫具、顏料和衣物。」

秦鳳儀道：「珍舅舅遠來是客，對咱們府上怕是不大熟悉，妳著個丫鬟過去幾日，讓那個大侍女要是有什麼不懂的，也可告知於她。」

「我都安排好了。」

秦鳳儀點點頭，終是按捺不住，道：「珍舅舅過來倒沒什麼，他那個人凡事不入心，心中只有畫。我就擔心平郡王是不是有什麼安排，府裡有孩子們在，妳多留點兒心。」

「你只管放心便是，孩子們都是在內闈玩耍，再者，在咱們府上我要還看不住幾個人，也算白活了。」李鏡胸有成竹，「何況，平郡王不至於行此下作手段。無非就是路遠不放心，才派幾個人跟著。珍舅舅出門總要有嚮導，你借給珍舅舅兩個伶俐的侍衛便是。」

秦鳳儀嘆道：「人總望高山，便是如今做藩王，我也沒覺得比以往平民百姓時更好。」

李鏡笑，「你呀，就是被爹娘寵得太過了。」

「不寵我寵誰啊？就我這一個兒子。」秦鳳儀笑嘻嘻地道：「晚上叫上爹娘，還有咱們大陽，再有大舅兄一家子，咱們請珍舅舅吃飯。」

李鏡笑，「好，我這就打發人去說。」

平珍晚上見著秦鳳儀也很高興，笑道：「兩載未見，鳳儀，你添了些許威儀。」

秦鳳儀笑，「珍舅舅還是老樣子。」

二人見面，自敘寒溫。

秦鳳儀笑，「我在京城的書畫展還不錯吧？」

平珍點頭，認真道：「見了趙兄的美人圖，進境極大，我此來特來向趙兄討教畫技。另則我畫技停滯不前，約莫是心境未開。南夷是四季如春的好地方，我就過來了。」

「珍舅舅，您有眼光。不是我說，世上比南夷更好的地方可是不多了。京城雖好，蓋因天子之都，多喧囂嘈雜。如淮揚之地，雖則景美人美，但流於輕浮。咱們南夷不一樣啊，風景都是原汁原味的。珍舅舅，您要想有進益，您得畫大自然隨意生長的樹，不能畫人工修剪的樹。為什麼？因人造的小。天地為大，只有自由生長的樹木人物，才有天地造化之氣。」

秦鳳儀這一通胡扯，竟扯得平珍陷入深思。秦鳳儀還想再扯一扯，結果看平珍竟然不說話了，不禁喚了一聲：「珍舅舅？」

平珍良久方感慨：「我雖善畫，卻不及阿鳳你眼光犀利啊！」

秦鳳儀心中甚美，嘻嘻笑道：「過獎過獎，我這也是隨口一說。」

李釗道：「你就別臭美了，真是班門弄斧。」

平珍道：「阿釗，阿鳳說的有阿鳳的道理。我習畫二十餘載，自認技法純熟，但意境總有欠缺，難脫匠氣，想來便是心境之困。」

一說到畫，平珍總難免露出幾抹癡意，他道：「阿鳳，明日我想去城中走一走，你給我尋兩個嚮導吧。」

秦鳳儀原還想問一問平珍是不是要出門賞景，這樣就可以送平珍兩個嚮導了，沒想到平珍直接開口要了。想想平珍的性情，秦鳳儀倒覺得自己有些小人之心，當下笑道：「成！珍舅舅去哪兒，只管告訴他們就是！」

這頓飯吃得賓主盡歡，平珍一向與李家關係不錯，再加上他與秦鳳儀關係亦好，大家說說笑笑，很是歡樂。

平珍畢竟長途跋涉而來，用完飯便先去休息了。

李釗也帶著妻兒告辭，大陽回頭跟他爹說：「爹，阿壽哥好可憐啊！」

秦鳳儀嚇一跳，「兒子，這話從哪裡說啊？」

大陽用小胖臉蹭蹭他爹的俊臉，道：「阿壽哥跟我說，舅媽有了小妹妹，要阿壽哥自己睡了。」雖然說話有些慢，但大陽這孩子邏輯好，很能將話說得清楚。

「這樣啊，阿壽還是有點小，應該大些再讓阿壽自己睡。」秦鳳儀對妻子道。

李鏡則是道：「做哥哥就是大孩子了，阿陽，你也要做哥哥了，要不要試試自己睡？」

李鏡幼時喪母，後來就是跟著祖母，跟著祖母也是由奶娘帶大的。想著兒子也不小了，這馬上又要有老二，要不要讓兒子試著自己睡呢？

大陽一聽嚇壞了，連忙抱緊他爹，大聲道：「爹！我跟我爹睡！」

「跟爹睡跟爹睡！」秦鳳儀拍拍兒子的肥屁股，「大陽一輩子都跟爹睡，好不好？」

大陽高興地道：「好！」然後，啾啾啾，親他爹一臉口水。

秦鳳儀哈哈大笑，也去親肥兒子，把肥兒子親得咯咯笑。

晚上父子倆還一起泡澡，比了比雞雞大小，大陽由此對他爹更崇拜了。

把小肉團哄睡，秦鳳儀方與妻子道：「妳可別嚇唬大陽了，孩子還小，哪能離開父母啊？一個人睡多可怕，我十歲還跟爹娘一起睡呢！」

李鏡：十歲還跟父母一起睡……

李鏡無法理解這種人。

「十歲還跟爹娘一起睡，不會不好意思嗎？」

「不會啊，自己的爹娘有什麼不好意思的？我小時候膽子小，自己睡多可怕啊，咱們大陽這是像我。」秦鳳儀摟著懷裡的小肉團，心裡暖暖的，甜甜的，「以前我有個同窗，先時他家就他一個，他爹娘待他可好了，後來生了老二，他那個弟弟還特別會長，長得比他好看，他爹娘可疼老二了。我同窗就說，特想把他弟弟抽個半死。那會兒我們都小，還不懂事。話說回來，咱們大陽雖是長子，現在也是小寶寶。雖然咱們就要有老二了，也得多疼大陽。這會兒叫大陽自己睡，大陽會覺得，爹娘有小妹妹就不疼他了。妳以後不准再提叫大陽單獨睡的話了，知道不？」

「都是你把孩子寵壞了，我小時候都是自己睡的，一點事也沒有。」

「妳爹是岳父那樣的冷硬派，大陽他爹是我這樣溫暖的爹，怎麼能一樣呢？」秦鳳儀笑咪咪地道：「妳看，妳還是喜歡我這樣的吧？要不，妳怎麼找我做相公呢？」

「臭美！」李鏡眉眼一彎，她是做親娘的，自然也疼兒子，「那明兒個我與大陽好生說一說，別讓他小小孩兒心裡存了事。」

秦鳳儀一隻手悄悄鑽媳婦被窩裡，握住媳婦的手，二人相攜睡去。

南夷這佳荔節一辦，客似雲來。

相較於平珍這醉心畫技的，鳳凰城來了不少公子才子之類。秦鳳儀讓范正嚴格管控好治安，有鬧事的，一律抓起來。還讓潘琛抽調人手，加強街上巡邏。

同時，讓方悅幫著登記報名參加佳荔節的才子資料。

要說最令秦鳳儀意外加驚喜的，就是嚴大姊的到來。

嚴姑娘是與一群宗室子弟過來的，這幾個宗室子弟，秦鳳儀都認識，是以前在宗學的學員。秦鳳儀奇怪地問：「你們怎麼走一起了？」

這幾個宗室子弟中，有個叫景雲睿的，以前是個刺頭，膽子也足，被秦鳳儀收拾了好幾遭才老實下來。景雲睿道：「我們是路上遇見的，就跟嚴大姊一道了。」

「嚴大姊是我請來的貴客，你們我可沒請。」

「我們是來參加佳荔節的。」

「就你們的底細，我一清二楚，你們是會詩還是會畫啊？我可是只請才子的。」秦鳳儀說著，還瞧不起人地瞥他們一眼。

景雲睿氣得轉頭就要走，有同族兼同窗拉住他，道：「明明說好是來投靠大執事的，你看你，先時說的那麼來勁兒，怎麼一見大執事就耍起小性子了？」

「我哪裡耍小性子，分明是他瞧不起人！」景雲睿說完還瞪秦鳳儀一眼。

秦鳳儀更覺不妙，說話都結巴起來，「啥啥啥？你們是來投奔我的？投奔我啥？」

這個說話軟乎的叫景雲宣，景雲宣天生一張笑臉，他道：「聽說大執事這裡能跟山蠻人打仗，我們也是自幼文武雙修的，還受過大執事的教導，就想著過來，倘有能效力的地方，我們也可盡一份心意。」

「免了免了。」秦鳳儀道：「你們趕緊回吧。看你們這毛兒都沒長齊的樣兒，你們能幫什麼忙啊？」最大的也不過十四五歲，就是狐狸樣的景雲宣也是難掩臉上的稚氣。秦鳳儀忍不住問道：「你們過來，家裡知道嗎？」

「來都來了，反正我們不走了！」

「是啊，我們可不是大執事，當年在宗學說走就走，也不跟咱們說一聲！」

「就是就是，忒沒情義！咱們千里迢迢過來，茶沒喝上一杯，就開口攆人！」

「死也不走！」

「不平山蠻，絕不回京！」

秦鳳儀看向嚴大姊，嚴大姊十分光棍地一攤手，「我去瞧瞧你媳婦。」

「嘿！嚴大姊，他們可是妳帶來的啊！」秦鳳儀看著嚴大姊走遠，他雖拿女人無法，但對付幾個小崽子還是手到擒來的。秦鳳儀雙眉一挑，冷笑一聲，「小崽子們，別跟我來這套！我早看出來了，你們定是偷跑出來的，是不是？」

秦鳳儀甭看智商比起他媳婦稍稍差那麼一點，但他自詡天下第三聰明之人，對付這些小崽子還是不成問題的。

秦鳳儀一看這幾人身上的衣裳就知道，這幾個小崽子不是跟家裡好商好量出來的，這些能到京城宗學念書的小崽子們，家裡在宗室中不是有錢的，就是有權的，要不就是有關係，不然混不上宗學的名額。

除了寡言的景雲凡家境稍微差些，平日裡在宗學是吃苦耐勞型、認真學習型的，不似景雲睿幾人，這幾個就是貨真價實的小紈絝，當年哪裡穿過尋常的緞子衣裳，都是宮裡進上的料子才肯上身的。

當初秦鳳儀整頓宗學，換了統一的衣裳，景雲睿這小崽子還說宗學發的衣裳粗，磨得他皮都破了。瞧瞧如今穿的，嘖嘖嘖，這是什麼破爛啊？當然，人家景雲睿穿的不是破爛，不過是綢店鋪裡尋常的料子罷了。

秦鳳儀道：「看看你們一個個跟逃荒似的，先說說，怎麼過來的？」見幾個小崽子眼珠子骨碌轉，秦鳳儀當下道：「誰要說謊糊弄，我立刻打發人送他回京城。」

幾人瞬間老實不少，他們在宗學都見識過秦鳳儀的手段，知道秦鳳儀是個說一不二的傢伙。秦鳳儀點名道：「雲凡你先說，你這樣的好學生，怎麼跟他們幾個貨混到一處的？」

景雲凡笑道：「自大執事走後，宗學就不比從前了，沒先生認真管，學裡亂七八糟的。我聽說大執事在南夷打敗了山蠻，心裡很崇拜大執事。聽嚴大姊說，她要來南夷看看。我在學裡念書，總有人搗亂。去國子監嘛，知道我是宗室，人家不愛跟我玩。雖然明年就是宗室大比，我卻也有些信心。不過，宗室大比後也無非就是授予官職，我年紀小，又是宗室出身，估計就是得個小差使。我們雖念幾年書，在宗室裡是比景雲睿他們是強的多，但跟那些科舉出身的進士又差得老遠。我家裡已是尋常宗室，沒銀錢給我打點。我想著，大執事你能大敗山蠻，朝中有本事的太多，京城也是人才濟濟。我這樣的太尋常，就是想做事，估計也難。我想了想，寫了信託人帶回家去。我爹我娘見我是來找大執事，就同意我在宗學請了假，正好又聽到大執事你二敗山蠻之事。我原是想打聽著，看可有商隊過來，去嚴大姊家時，聽說她要過來，就跟著她一起來了。」

景雲凡老老實實地道：「我想過來，一則繼續學習，有不懂的能請教大執事。二則我也大了，原該回家孝順爹娘，可大執事不曉得我們那裡的情形。當初順王叔力排眾議，拿出一半的宗學名額，讓我們這些尋常宗室子考試，按排名給我們名額，卻讓我們這一支的國公、侯爵、將軍大為抱怨。有許多與我一樣拿到名額的，被人高價買走。我這個名額，是我爹求到順王叔身邊的長史，才沒被人搶去。順王叔得知此事，還處置了幾個族人。我要是回去，順王叔那裡，大把的族人都沒差事呢。不說會不會讓順王叔為難，我來宗學念書，族人們都盼我有出息。我這輩子，除了爹娘教導我，順王叔幫過我，就是大執事你了，我就來找大執事了。大執事您瞧著，哪些是我力所能及的，打雜跑腿都成，我一輩子跟著大執事。」

秦鳳儀心說，景雲凡倒是個好孩子，就是太囉嗦了。

景雲凡似乎也意識到這個問題，微微一笑，「我就是聽聞嚴大姊要來，就央求嚴大姊帶著我。嚴大姊見我是在學裡請了假，我爹娘也同意，便答應帶我一道來。我們是在杭州地界遇到了景雲睿他們，那會兒他們被一群人追著打，要不是嚴大姊武功高強，估計得叫人打成豬頭。還是嚴大姊的藥膏好使，這到了南夷，他們臉上的傷才好了的。」

景雲睿狠狠瞪景雲凡一眼，「別以為你救我一回，我就不敢收拾你啊？」

景雲凡笑，「起碼在大執事這裡你是不敢的。」

景雲睿強忍著才沒發作出來，不待秦鳳儀問，他就自己呱啦呱啦地說了。

「我們是遇著了騙子，沒想到是一群人，這才打了起來。」

「你們怎麼遇著騙子的？」秦鳳儀問。

幾人都有些鬱悶，景雲宣說：「我們到馬市買馬，門口有個經紀帶我們去挑馬。先時看了一匹，原說二百兩，談好了一百兩，後來又見著一匹差不多的，人家才要五十兩。我們不傻，明顯那經紀在誆人，哪能叫人當冤大頭。既未付錢，我們自然買五十兩的那匹。大執事你不曉得，那經紀上前就把五十兩馬的這家主人給踹得老遠。我們也不能怕他啊，就打起來了。他們是地頭蛇，武功倒尋常，就是人多。虧得遇著嚴大姊，嚴大姊把他們全揍翻了，我們便跟著來南夷，路上也有個照應。」

秦鳳儀說他們：「真是蠢才，還用得著自己買馬？你們在杭州雇個鏢師，讓他們送你們過來不就行了？」

景雲睿不解，「鏢師不都是押送貨物的嗎？」

「你們把自己當貨物也是一樣。」秦鳳儀道：「走遠路的人時常這般，請鏢行保駕。」

這幾人方知曉出遠門還能這般。

秦鳳儀又問：「你們這樣偷著跑出來，家裡能不著急？」

景雲宣道：「我們留信了。先時好聲好氣的，都不讓我們來。在京城待著可沒勁了，大執事以前在學裡不是時常與我們說嗎？男子漢大丈夫，當建一番事業，我們便過來跟著大執事建功立業了。」

景雲睿問秦鳳儀：「你不會這麼沒義氣，要把我們送回去吧？」

秦鳳儀道：「來都來了，先住下吧。」

幾人歡呼一聲，圍上來守著秦鳳儀說長道短的，還說來得匆忙，也沒給大執事帶些禮物啥的。秦鳳儀打量他們，「看你們這落魄樣兒，出門多半都不曉得要多帶幾兩銀子。」

這些傢伙們平日裡非名駒不騎，如今竟淪落到買幾十兩銀子一匹的馬，秦鳳儀只要想到這事兒，便忍不住心中暗笑。

景雲睿是個實在人，道：「以前用錢跟家裡要就是，沒想到存私房，出門才想到，該提前拿兩件金玉擺設出來，賣當鋪還能換些銀子。」說著，景雲睿還道：「大執事，我們沒錢了，你給我們一點兒花銷，也好打賞人。」

景雲睿根本沒把大執事當外人，一則師生關係本就是極親密的，二則大執事既是皇室中人，大家便是親戚，景雲睿大大咧咧的，就直接說了。

「想得美，爺這錢也不是大風颳來的。你們不是來我這裡效力的嗎？」秦鳳儀道：「就你們這年紀，課業上就不指望你們了，自己給自己弄個學習進度，別耽擱課業啊！你們在我這裡，吃穿用度，花銷另算。這些帳單，我著人寄給你們父母，由他們支付。你們平日裡想賺零用錢，就先學著做些差事吧。」

幾人一聽竟有差事可幹，當下精神抖擻，也不介意大執事這般小氣了。

景雲睿拍拍胸脯道：「大執事只管吩咐！」

秦鳳儀卻是神祕一笑，「你們遠道而來，這樣吧，先去洗漱歇息，換身衣裳。今兒給你們放半日假，明兒再說差事。」當下喚來管事，給他們安排了一處院子，便打發幾人下去。

秦鳳儀令人把范正找了來，笑嘻嘻地道：「老范，你不是抱怨現在街上的治安不好管嗎？我給你尋了幾個幫手。」

范正左看右看，沒瞧見幫手。

「他們剛來，我打發他們洗漱去了。」與范正說了景雲睿幾人的來歷，秦鳳儀笑道：「他們原本在宗學就是個刺頭，沒什麼得用，如今咱們城裡來的人多了，又有佳荔節的事兒，明兒我打發他們過去，你安排幾個捕快跟著，讓他們巡街去。這幾個貨，出身宗室，沒別的優點，就是不怕得罪人。」

范正問：「服管吧？」他可不要大爺。

秦鳳儀道：「你老范還降伏不了幾個小崽子？他們大的才十五，小的不過十二。」

范正一聽這年紀就放心了。

秦鳳儀安排好幾個小崽子的差事，才去後頭見嚴大姊，嚴大姊正與李鏡說話呢。

秦鳳儀滿面春風地拉把椅子，坐在嚴大姊對面，說道：「嚴大姊，妳可終於來了。我讓阿鏡寫了十封信有沒有，妳怎麼才來啊？想煞我也！」

秦鳳儀那熱情的模樣，恨不得給嚴大姊一個擁抱。

嚴大姊道：「行了，我對有婦之夫沒興趣。我正問你媳婦，不是說有兵讓我帶嗎？」

嚴大姊為什麼會千里迢迢過來，李鏡去歲就寫信請她過來南夷。嚴大姊在京城待得好好的，原無意動，後來聽說秦鳳儀擊退山蠻，嚴大姊有些意動。上封信說是要請她過來幫著帶兵，嚴大姊立刻就心動了。她與李鏡同齡，家裡為她親事愁得很，她娘時常要上吊，兄嫂們還總是為她介紹男人。嚴大姊要是個能湊合的人，憑她的出身，八百年前早嫁了，她這人寧缺勿濫。想了想，在家越發煩心，不如出外走一走，便出門來了。

聽嚴大姊問帶兵的事，秦鳳儀笑道：「有有有。」

秦鳳儀接了侍女捧上的茶，打發侍女下去，把土兵的事與嚴大姊講了。

秦鳳儀道：「眼下土兵一萬餘人，他們先時各有各的部落，現下練兵也是分開來練的。分部落練兵，有分部落練兵的好處，他們各自是一起長大的族人，彼此熟悉，配合得也好，但各部落各自為政，若不能合作，終是一盤散沙。」

「你手上能人頗多，那位兩退山蠻的馮將軍，頗有令名。」嚴大姊道：「這樣的事，該輪不到我。我以為你們在信裡那樣說是故意要引我過來，隨便寫的。」

秦鳳儀正色道：「軍國大事，如何能隨便？不要說馮將軍，就是潘將軍、張將軍都不成，我才想到嚴大姊的。」

「土人這麼不好管？」

「三位將軍麾下早有將士，土人們的心眼兒也不少，怕過去被慢待，便不大樂意。我想著，這事非嚴大姊妳出面不可。」

「我有這個本事？」

「沒問題的。當年，妳、我媳婦和張大哥，你們三人對戰蠻人，土人族長都是親眼見過的。嚴大姊，他們佩服妳的英雄氣概。我又聽聞妳一身的本領，只是苦於京城人沒眼光，不許女人帶兵。妳空有一身本領卻無處伸展，豈不可惜？」秦鳳儀的表情真摯得不得了，「土人的風俗與咱們漢人不同，他們族中女人的地位與男人是一樣的。男人可以帶兵，女人一樣可以帶兵，所以，我想請嚴大姊試試。」

嚴大姊沒想到這夫妻二人竟是來真的，便道：「這我得想一想。」

「無妨，妳慢慢想。」

秦鳳儀定下晚上請嚴大姊吃飯的事，又令管事給嚴大姊收拾上院居住，還親自送嚴大姊出門，對嚴大姊好得不得了，還請嚴大姊晚上參觀他的肥兒子。

嚴大姊有些頭暈。

雖則她見著秦鳳儀便問帶兵之事，但那更多程度上是想看這對夫妻吃個癟啥的。正常人都知道，女人不可能帶兵，哪怕李鏡在信裡這樣寫了，嚴大姊也以為他們是說著玩的，或是一些宮人侍女需要有人訓練。便是嚴大姊也沒想到，這兩人真是讓自己帶兵，而且，據秦鳳儀說，有一萬多的人馬。

要知道，能帶一萬人，便是三品將軍了。

嚴大姊頭不就有些暈了。

她連幾個宗室子的事都忘了問，就被這對夫妻說得頭昏腦脹，回自己院裡歇著去了。不行，她得想想。她哥現在也不過是四品，給人當副將。她她她……秦鳳儀就叫她帶一萬多人的軍隊，這成嗎？

不用別人問。

嚴大姊先自己問，這成嗎？

嚴大姊當天也沒能給出答案，倒是當晚吃飯時見到了秦鳳儀家的肥兒子。

景雲睿那群小子在逗著大陽和壽哥兒玩，秦鳳儀在一旁跟個老母雞似的護著大陽和壽哥兒，還攆人道：「去去去，別把我家大陽和壽哥兒教壞！」

「教壞什麼，大執事，你可真勢利眼，我們是壞人嗎？」

「你們倒不壞，就是紈絝，我兒子以後能做紈絝嗎？」秦鳳儀哼哼兩聲。

景雲睿笑，「我才十四歲，大執事，你做紈絝不是做到十六歲，才為了娶李家姊姊，改頭換面的嗎？」

「姊姊，妳吃荔枝。」景雲宣跑到李鏡身邊獻殷勤，剝荔枝遞給李鏡。

李鏡笑道：「行了行了，我自己吃。」

「你們都不是什麼好東西！」秦鳳儀揪著景雲宣的耳朵把他拎遠，見嚴大姊到了，親自迎嚴大姊進來，請嚴大姊在右下首第一位坐下，秦鳳儀才道：「你們的差事我想好了。」

幾人頓時精神一振，秦鳳儀道：「現下是佳荔節，城裡來了不少人，我這巡邏一事正缺人手。我與范知縣說了，明兒你們就去找他報到，先巡兩天城再說。」

幾人雖沒說不樂意，但精神一下子去了大半。還當是什麼事，竟然叫他們巡城？

秦鳳儀見狀，板起了臉，質問道：「怎麼，還看不起巡城的差事？嚴大姊，妳家裡大哥第一份差事是什麼？」

嚴大姊道：「在京城巡檢司當個什長。他們是分片巡城，治安緝盜，都歸他們管。」

秦鳳儀教訓幾人：「聽到了吧？別瞧不起小差事，人家都是從小差事做起的。我在翰林院的時候，一樣得給前輩端茶遞水，殷勤服侍。你們倒是想做國家大事，現在交給你們，你們做得來嗎？小事都做不好的人，還敢提大事？你們覺得巡城是小事，可我與你們說，一件小事，有人能做成按家收保護費，有人能讓這街市平安整肅，人人讚揚。你們要是小事都做不好，別跟我提什麼差事？巡城不是差事？我告訴你們，想做一番事業，沒這麼容易。你們有嚴大姊的武功，還是有我的學識？你們什麼都沒有，那就得要學。你們以為巡城的活兒簡單嗎？你們好好去幹吧，要是連這個都做不好，還跟我挑三挑四，趁早回京城做大爺吧！」

秦鳳儀幾句話便把人彈壓了下來，大陽與壽哥兒都瞪圓了大眼睛瞅著秦鳳儀瞧。

一個想，這是我爹嗎？

一個想，這是我姑丈嗎？

把幾人教訓了幾句，秦鳳儀緩了緩聲音道：「別以為我們南夷偏僻些，就是好待的地方。雲凡你說京裡能人多，你以為我這裡能人不多嗎？明天你們去縣衙報到的范知縣，便是與我同科的傳臚出身，庶起士考試，他猶在我前面。這座鳳凰城，就是他看著建起來的。你們明日去瞧瞧范知縣的為人，再想想自己要有一個什麼樣的志向。」

訓完話，秦鳳儀道：「不過，你們不用急。你們也知道，我做紈絝做到了十六歲才開始奮進。你們資質不如我，就得早些努力。年輕人啊，只要你們肯學習知上進，以後我平山蠻，下信州，收桂州時，不怕你們有本事，只怕你們沒本事。屆時我便是想用你們，想要提攜你們，都怕你們提溜不起來。」

「只要你們本事夠，你們看看嚴大姊，雖是女流，但在我眼裡，但凡有本事，無男女之別，無貧賤之差。你們現在住的院子是三等院，嚴大姊住的是一等院，而且，嚴大姊是我親自寫了十數封書信請來的。如果不是藩王無旨不可擅離封地，我會親自去京城請嚴大姊。你們知道嚴大姊過來做什麼嗎？我請嚴大姊過來，是為我掌數萬大軍的。」

秦鳳儀這般一說，幾個宗室子都驚得嘴巴能塞下大鴨蛋去。

連一向斯文的景雲凡都脫口問道：「大姊，這……這是真的？」

嚴大姊微微頷首，「不過，我還沒有決定。」

景雲睿幾人皆是兩眼放光，心說，這樣的大好事，有什麼不好決定的啊？

要是擱他們頭上，他們得高興懵了。

於是，大家對嚴大姊更加敬仰了。

當然，請嚴大姊過來親掌大軍的大執事，雖然說話難聽了些，要求還很嚴格，但只要能讓大執事滿意，以後多半也能給個好差事。

把人都訓老實了，秦鳳儀方道：「今天你們是頭一回來我這裡，你們也算有眼光。藉著請嚴大姊的機會，咱們一起吃頓飯。既當差，就是大人了。今晚回去，先一人給家裡寫封信報平安，明兒我打發人幫你們送回去，別讓家裡惦記。來，嘗嘗咱們南夷的美食。我與你們說，你們可算是有福了，京城哪有這些個好東西，瞧瞧這大蝦，大不大？」秦鳳儀說著，先拿了一隻手掌長的大海蝦，剝了殼給媳婦，再剝了一隻，一分兩半，讓大陽和壽哥兒拿著啃。

秦鳳儀還說：「看到沒，我家大陽兩歲就自己吃飯了，你們兩歲時還在吃奶吧？」

景雲睿問：「大陽不吃了？」

大陽搖頭，「不吃啦！」

「我們大陽一歲半就不吃奶了。」秦鳳儀很是得意，景雲睿幾人看向大執事的目光卻很是憐惜，心說，原來南夷窮得連個奶娘都沒有啊！唉，怪道大陽這麼早就不吃奶了，他們小時候都是吃到五六歲的呀！

這樣一想，覺得大執事能把連個奶娘都沒有南夷州建設到如今的情景，很是不容易。

景雲睿說：「大執事，我敬你一杯，你才是真漢子啊！」

「廢話，漢子還有假的不成？」秦鳳儀舉杯，「來，咱們一起乾一杯，省得你們一個個輪番敬我，我可受不了車輪戰。」這話說得大家都樂了。

這些宗室子，甭看先得一頓秦鳳儀訓話，個頂個的臉皮八丈厚，不怕訓。他們自覺與秦鳳儀不是外人，是一個老祖宗的子孫，秦鳳儀又教過他們，訓便訓唄。這些個宗室小子們，特會來事兒，敬過秦鳳儀，又敬了李鏡一杯。

秦鳳儀沒讓媳婦喝，接過來替媳婦乾了，他道：「嚴大姊妳有酒量，多喝幾盞無妨。」

說起佳荔節的事，這些小子們都是頭一回出遠門，頗是興奮，嘰哩呱啦說個沒完。

用過飯，秦鳳儀打發他們休息去，交代了三件事，第一件是給家裡寫信報平安，第二件是課業上自己擬個計畫出來，第三件是明日早起的時辰，交代他們卯正要去衙門領差事。

嚴大姊要考慮一二，秦鳳儀並未催促，而是道：「明日我帶嚴大姊去瞧瞧土兵再說。」

嚴大姊便也告辭休息去。

大陽把壽哥兒留在自家睡覺，跟他爹商量：「爹，以後阿壽哥跟咱們一起住成不？」

「成，怎麼不成？」秦鳳儀抱抱壽哥兒，「壽哥兒以後就跟姑丈一個被窩，好不好？」

壽哥兒笑彎眼，「好！」

當天秦鳳儀帶著兩個小的洗過澡，小傢伙擦得香香的，跟兩個小肉豬兒似的在床上玩。大陽很大方地把他爹讓給阿壽哥，他跟娘一個被窩兒，阿壽哥跟他爹一個被窩兒。秦鳳儀在最外頭，李鏡在最裡頭，兩個孩子在中間。虧得秦鳳儀家的床頗大，壽哥兒與大陽晚上唧咕唧咕說了好半晌的話才睡著。

壽哥兒覺得姑丈比他爹好，他爹叫他一個人跟奶娘睡。姑丈又香又美，還跟他一起睡。壽哥兒第二天慎重其事地說：「姑丈，以後我都跟你睡。」

「好，姑丈也喜歡跟壽哥兒睡，壽哥兒又乖又軟。」秦鳳儀親了親壽哥兒，讓兩個孩子一起玩，他方去議事廳。

處理過政務，秦鳳儀邀請嚴大姊到土人軍營裡去。兩人並未乘車，秦鳳儀喜歡步行。嚴大姊漫步在這座乾淨整潔的小城裡，說道：「這城真漂亮。」

秦鳳儀一笑，「氣候也比京城要好吧？因為有海風的緣故，暑天也不熱。」

嚴大姊指著一旁的樹問：「這是什麼樹？」

「椰子樹。」

「這就是椰子樹啊？」她吃過椰子，卻是頭一回看到椰子樹。

兩人不緊不慢地到了軍營，嚴大姊一改路上悠哉模樣，面色冷肅，見到土兵都在認真訓練，只是他們的訓練方式與朝廷的兵馬大有不同。

嚴大姊問：「他們以往在族中都是這樣訓練的嗎？」

秦鳳儀道：「是啊。他們下山後，有人說最好改一改他們的訓練方法，我沒讓改。他們世代如此，想來有這樣的道理。」

「你做的對。」嚴大姊道：「兵無常勢，水無常形。他們既有自己的法子，只要能殺人，能戰鬥，這便沒什麼不好的。」

見這些土人雖則個子黑矮，但訓練時很賣力，嚴大姊對於秦鳳儀治兵便心裡有數了。

秦鳳儀道：「眼下武器裝備只有一半，還有另一半工部的兵械未到。各部族的性子也不一樣，這些訓練最賣力的，是阿錢部落的戰士。」他帶著嚴大姊繼續往前走，「阿花部落也不錯。」一路點評，到最後，嚴大姊姊遠遠望到有人見他們過來，跑回去裝作認真訓練的模樣，這一看就是摸魚的。

秦鳳儀道：「阿火部落的人最少，他們的族人一向是吃飯在前，訓練在後。」

嚴大姊笑道：「軍中同樣有這樣愛偷懶的兵士。」

嚴大姊在整個軍營走了一圈，秦鳳儀問：「嚴大姊，妳心裡有數沒？」

嚴大姊見遠處有人跑過來，便道：「咱們回去再說吧。」

那人個子頗高，一身五品輕甲，有著燦黑的臉，明媚的笑。

嚴大姊看清來人，也不禁笑了，「哎喲，是阿金啊！」

阿金正急著往嚴大姊這裡來，興許興奮太過，一不留神，剛到嚴大姊跟前，便摔了個五體投地。嚴大姊輕輕踏出一步，右手一抄，扶了阿金一把，讓阿金穩住了身子。

阿金滿眼是笑，高興地道：「嚴大姊，真的是妳？剛剛我都不能信，以為自己眼花了。嚴大姊，妳可終於來啦！」

阿金看著嚴大姊的眼神，簡直是比天上的太陽還要熱烈三分。

當天，阿金見到了自己的心上人。

當天，李釗過去接兒子回家時，遭受到了兒子一萬點的暴擊，因為壽哥兒對他說：「爹，以後我都住姑丈家，你跟娘守著小妹妹去吧，哼！」

這句話是壽哥兒早就想跟他爹說的，有了小妹妹，就要他自己睡，這也忒偏心眼了。

壽哥兒說完，扭過小身子，不理他爹啦！

大陽跟阿壽哥是一國的，見阿壽哥哼哼，他也皺著個豬鼻子對他舅哼兩聲，接著也背過小身子，用屁股對著他舅。

面對兩個肥屁股的李釗：呃……

秦鳳儀簡直是對嚴大姊奉若上賓，尤其是秦鳳儀開出的條件很誘人，他並不是直接就讓嚴大姊接下土兵主帥的位置，他對嚴大姊道：「妳先去土兵營裡待一段時間。」

當然，秦鳳儀也給了嚴大姊一個身分，那就是軍師祭酒。

官位也不是很高，正四品，正好高各族帶兵的正五品千戶兩個品階。

阿金完全不介意，至於其他人，阿火族長是見識過嚴大姊的武功的，也很服氣。其他不服的，被嚴大姊都打服了。

秦鳳儀與媳婦感慨：「嚴大姊就是這麼颯爽啊！」

李鏡咳兩聲，「是。」

秦鳳儀聽出媳婦這一聲「是」裡的醋意，連忙摟著媳婦道：「媳婦，誰也沒有妳好。」

李鏡笑，「少跟我說些甜言蜜語的，你現在就是上趕著把自己打包給嚴大姊，她多半也就是欣賞一下你的相貌，碰都不會碰你。」

秦鳳儀摸摸臉，「妳相公我可是風華正貌，知道我現在出去有多少女娘噴鼻血嗎？」

媳婦竟然沒有危機感了，這怎麼成？

「你雖相貌甚美，現在卻是二手貨了，嚴大姊不喜歡二手貨。」李鏡笑道。

秦鳳儀自恃美貌，自來就受女人癡迷，男人嫉妒，沒想到突然被媳婦說成是「二手貨」，秦鳳儀鬱悶地道：「咱倆誰也別說誰，都是一樣。」

李鏡靠著他，問道：「佳荔節的事準備得如何了？」

「差不多了。」秦鳳儀小聲道：「我說個事兒，妳別嚇著。」

「什麼事？」

「妳知道不，盧老頭兒的孫子竟然報名參加佳荔節的書畫比賽。」

「盧尚書？」李鏡也是一驚。

「可不是嗎？」秦鳳儀笑道：「當初我就想著，阿悅自小在京城長大，京城裡這些官宦子弟什麼的，他都相熟。要不是他跟我說，我都不曉得。」

李鏡笑，「這可是難得，要不要把盧公子留下？」

「看他自己的意思吧，這不是能強求的。」

秦鳳儀雖然希望能與內閣大佬交好，但這些大佬們一個個精得跟什麼似的。不要說一個孫子，就是秦鳳儀把盧家的孫子全都留在南夷，這也與盧老頭兒的政治立場無關。盧老頭兒又酸又臭，秦鳳儀也只是說個稀奇罷了，他與媳婦道：「佳荔節時，妳與大陽都去，還有爹娘，一起來熱鬧熱鬧。」

「成。南夷的男女大防沒有京城那般嚴重，不如令各官員都帶上妻兒？」

「這個主意好。」

李鏡還問：「那幾個宗室子如何？」

「老范一個勁兒誇他們。現在來鳳凰城的，不管是做官的，還是有錢的，沒一個敢不老老實實的。」秦鳳儀說來就一陣笑，「老范都說我知人善任。」

李鏡亦是一笑。佳荔節能把盧尚書的孫子吸引來，可見這次過來的人裡，必然有許多官宦人家的公子。這些官宦人家的子孫，是過來遊玩也好，有別個目的也罷。能到南夷一遊，可見南夷在許多人眼裡，已非昨日蠻荒之地。

佳荔節前夕，譚典儀帶著宣傳隊伍回來了。

秦鳳儀道：「此行辛苦了，這差事辦得不錯。」

譚典儀走這麼一趟，有些消瘦，精神卻是極好，笑道：「都是按殿下的吩咐行事。開始是看畫的人多，後來問茶的人比看畫的人多。」

秦鳳儀道：「不少大茶商來咱們這裡打聽茶山的事兒呢！」

譚典儀不禁一笑，他就是個尋常官員，以前在布政使手下，後來親王殿下看中他，調入長史司。此次差事見親王殿下滿意，譚典儀也很高興。

秦鳳儀道：「回去歇一歇，待佳荔節時，咱們好生樂一樂。」

譚典儀正要退下，忽而想到一事，「殿下，棲靈寺有一位大師帶著幾個和尚，與我們一道回來了，殿下是不是要見一見？」

秦鳳儀嚇一跳，「啥？和尚也要參加佳荔節？不妥不妥，他們不是出家人嗎？」

秦鳳儀嚇壞了，譚典儀強忍著才沒笑出來。

譚典儀道：「看幾位大師的意思，似是想過來傳法，不是參加佳荔節。」

秦鳳儀這才鬆了一口氣，「知道了，你先下去歇息吧。」

秦鳳儀自小在揚州長大，他娘的牌位這些年便供奉在棲靈寺，秦鳳儀也見過棲靈寺的了因大師，算是頗有淵源。秦鳳儀命人請幾個和尚進來，打頭的是了因方丈的師弟了法大師。了法大師身後跟著幾個弟子，不論上了年紀的，還是年輕的，都帶著佛門特有的恬淡，看得出是有些修行的。

秦鳳儀請他們坐下，笑道：「大師們怎麼有空過來？」

了法大師先宣了聲佛號，方道：「我佛慈悲，普渡世人。貧僧受掌門方丈法旨，向南宣法佈道，至殿下之鳳凰城，想在此停留數日，宣揚佛法。」

秦鳳儀道：「我們這兒的人不大信佛啊！」

了法大師很看得開，「海神娘娘在佛門亦稱媽祖菩薩，南夷百姓多信媽祖，媽祖便是觀音菩薩的化身。只是，經不傳不明，老衲受法旨，來傳授當地信徒經文佛法，法度眾生。」

秦鳳儀相當痛快，「行，那你就去傳法吧，反正佛門都是向善的。我認識你們了因方丈，有什麼需要幫忙的，只管說就是。」

了法大師起身作揖，「得殿下首肯，已是佛門之幸。」

秦鳳儀笑，「這不算什麼，我有什麼想不通的事兒，還是問了因方丈的。」又問可有住的地方。了法大師說去媽祖廟掛單，秦鳳儀令人布施些米麵菜蔬，了法大師謝過後告辭離去。

秦鳳儀回屋還跟媳婦說：「嚇我一跳，以為和尚都來參加佳荔節了。」

李鏡問是哪位大師過來，秦鳳儀道：「說是了因方丈的師弟了法大師。我不大認得，咱娘應該認得，她以前經常去棲靈寺燒香。」又說了布施米麵菜蔬之事。

李鏡點點頭，「這是應當的。」又道：「京城天祈寺方丈法號了明大師，可見他們是一輩的，皆是佛門高僧。」

秦鳳儀道：「妳說，這和尚們消息也靈通，咱們這裡好了，和尚就過來傳道弘法了。」

李鏡唇角一翹，「和尚來你就稀奇了，說不得過些天道士也得來。」

李鏡這話當真靈驗，這回來的道士，還是京城清虛觀的道長，據說是京城道錄司掌教的大弟子，過來南夷傳道。這位長清道長很有些本領，竟然說服了土人們說鳳凰大神是道家大神。為此，了法大師非常不滿。

了法大師不滿也是有根據的，了法大師說：「鳳凰生孔雀與大鵬，孔雀在我佛乃佛母，鳳凰大神自然也該是我佛門菩薩。」

長清道長道：「那是啥，佛祖母？沒聽說你們佛門有這菩薩啊？」

一句話險些噎死了法大師。

長清道長帶著徒子徒孫們就在鳳凰大神的觀裡住了下來，他也過來王府請安，主要是長清道長身為道錄司掌教的大弟子，在道錄司還是個副掌教，來到南夷，自然要過來當地宗教部門說一聲。長清道長也向秦鳳儀請了安，還誇秦鳳儀鳳眼神好，天生福相，與鳳凰大神有緣，乃鳳凰大神在人間的化身。直把秦鳳儀誇得樂顛樂顛的，覺得這道長很有眼光。

長清道長說：「殿下於我道家有大功德，聽聞鳳神觀便是殿下所建。」

秦鳳儀擺擺手，謙虛地道：「你不是說我是鳳凰大神在人間的化身嗎？這也就是給我自己蓋個住所啦！」

長清道長把秦鳳儀奉承得幾乎找不著北，方告辭而去。

了法大師見這狗屁道士如此溜鬚拍馬，簡直氣個半死，弘揚佛法越發賣力。

秦太太這裡更是左一封大師的帖子，右一封道長的帖子。

秦太太感慨道：「有點忙不過來呀！」

秦鳳儀與媳婦道：「還說出家人清淨，清淨個鳥啊！」

李鏡一樂。

佳荔節當天的景象就甭提了，凡是聽著風聲來鳳凰城的公子哥兒們，就鳳凰城的熱鬧，回家都能說上半個月。秦鳳儀向來是最喜歡熱鬧的，隨著南夷經濟地位的提升，這裡的紅粉產業也是一日千里地前進著，完全沒有扯經濟的後腿。譬如，先時跟秦鳳儀過來南夷的，不過幾個在揚州城混不下去的老鴇帶著幾個年老色衰的閨女來南夷討生活。實在是揚州競爭太激烈，老鴇只好來遠方尋求新的發展空間。

如今不同了，今非昔比啦！

非但最早來的老鴇發了財，她手下的幾個老閨女，現在也都在南夷敲鑼打鼓開分號了，而且，南夷的紅粉產業早不是幾個年老色衰的就能撐起一片天的時候，早就一代新人換舊人，甚至已由原來粗暴的妓館，發展到了現在文雅的青樓。

要說妓館與青樓有什麼區別，你要往青樓那裡說人家是妓館，非讓人給揍得爹娘不識不可。這兩者就好比爆發戶與豪門，目不識丁與書香門第間的差別。

今次佳荔節，秦鳳儀說了，讓她們報名參加，什麼歌舞曲樂都可以報名，屆時還要評魁中之魁來著。雖則青樓的姑娘們靦腆些，但也知道這是個揚名的機會，她們的嬤嬤更是非常踴躍，早兩個月前就開始為自家閨女進行輿論宣傳。

秦鳳儀說了，當天有花車歌舞巡遊，讓姑娘們載歌載舞地過去。

所以，秦鳳儀聽說和尚來了才這般吃驚，在秦鳳儀看來，這不適合大師們參加啊！

當然，人家大師也不是來參加佳荔節的，人家是來弘揚佛法的。

當天那一番熱鬧景象，直接載入了府誌。先不說各家費盡千般心思，萬分妙想，準備的各式花車。鳳凰城路面平整，車子行駛也平穩，那些在車上奏樂起舞的姑娘們，讓京城來的一些豪門公子、官宦少爺們看傻了眼，當下也不覺得佳荔節的席位貴了。

是的，除了親王殿下親自邀請外，餘者參加佳荔節是要席位費的，還頗是不便宜，但現在大家都覺得太值得了。

姑娘們先在街上巡遊一圈，來到會場才休息。之後秦鳳儀乘王駕，帶著媳婦兒子，大公主車駕隨後，一塊前往會場。章巡撫、趙長史等人都提前一步到了，問過潘將軍會場的安全之後，便也去各自的席位坐下。另外一些主持佳荔節，或是如潘琛這種要維護治安的，自然沒空。秦鳳儀到達會場後，大家起身見禮。秦鳳儀擺擺手，令大夥兒就坐。

整個會場是階梯式的搭建，秦鳳儀望一眼人山人海的會場，很是滿意。秦鳳儀還要講兩句話的，他對這種場合很是熟稔，他慣是個愛當家做主的。

秦鳳儀道：「今天來咱們佳荔節的，有咱們南夷的朋友，也有外地來的朋友，不論是從哪裡來的，本王都歡迎。今日咱們就吃荔枝，賞佳麗。」

佳荔節分為三天，第一天比的是歌聲，第二天是舞蹈，第三天是樂器。

別說京城的豪門官宦之家沒見過這樣的盛會，南夷當地的人也沒見過，便是自秦淮河上來的常客都覺新鮮。

這次的佳荔節，雖是王府發起，請的司儀卻是鳳凰城最有名的兩位司儀。

秦鳳儀不是沒想過，從官府裡選個活絡的人來當司儀，可想一想，官府中人總是端著架子，這樣的日子，自然是越熱鬧越好，又不是宮宴，弄那些個端莊就沒意思了。於是，命人在民間選人。南夷城這樣的人並不多，但南夷城越發繁華，有許多新來的商賈、官員。倘有宴客之事，便要請這樣一位對鳳凰城熟知的大娘過來悄悄給指點些啥的。當然，幹這行的除了女人，也有男人。

這回選了一男一女。南夷城向來是女人能頂半邊天的，女的姓蔡，人稱蔡大娘。男人姓賀，家裡行三，人家多叫他賀三郎。

這兩人都是穿戴一身紅，倍覺體面。

秦鳳儀正聽兩人介紹第一位出場姑娘的事，就聽媳婦道：「潘將軍果然不錯。」

秦鳳儀剝個荔枝遞給媳婦，「怎麼說？」

大陽張開小嘴，「爹，我也要吃荔枝。」

秦鳳儀道：「這個先給你娘吃，爹再給你剝一個。」然後提醒兒子：「記得吐核。」

大陽吃東西不大挑食隨他爹，吃東西細緻隨他娘，這孩子從來不是一顆荔枝直接塞到嘴裡，而是兩隻小肉手捉著慢慢啃。

李鏡與丈夫道：「你看周圍站在空道上的兵士，都是背對表演檯子的。這樣的歌舞盛事，若是望著歌舞臺，便是再用心的兵士，也難免會分心，背對則無此憂慮了。」

秦鳳儀點點頭，笑道：「潘將軍當用。」

就聽琵琶聲起，第一位歌者出場了。

秦鳳儀和李鏡欣賞歌舞還罷，沒想到人家大陽更是陶醉，覥著胖臉吃荔枝，小屁股還隨著歌者的調子一扭一扭的。每次他要扭下去的時候，秦鳳儀就撈一把，將肥兒子撈回自己懷裡繼續扭。秦鳳儀悄悄對媳婦使眼色，李鏡看大陽那一臉陶醉的小模樣，險些笑出聲來。

秦鳳儀為了調動眾人參與活動的積極性，在淮揚一帶，這些名妓出場，多是人們把成盤的金玉首飾扔上去，或者有大戶直接賞成套首飾，也有才子贈詩送詞。這便限定了，除了有錢的，必然是要有才的，方能參與這些比賽。

秦鳳儀卻不這樣想，除了你願意給錢給詩的，他發話說了，可以往臺上扔絹花，這些絹花便是尋常人都能買得起的。為此，絹花鋪子這幾天生意興旺，白天賣絹花，晚上點燈熬油趕製絹花，就這般，絹花還供不應求哩。

當最後一位歌者唱完，決出天籟之音後，秦鳳儀命人將一塊刻著天籟的玉牌放到了托盤內，還賞了這位姑娘一碟荔枝，底下歡呼聲四起。

秦鳳儀帶妻兒先行起駕，餘者再行退場。

第一天的賽歌會結束，便有人高價求第二天佳荔節的座位，據說價錢都翻番了。

第二天決出天舞，第三天決出的便是天樂。

當然，大家到了南夷，自然也要嘗一嘗南夷的荔枝。其實，南夷何嘗只有荔枝一種佳果呢？果子多的很。這些湧入南夷參加佳荔節的公子們都說：「不想，南夷小城，非但有這等盛事，還有這般難得的果子。」

佳荔節自不消說，就是那三位得了天籟、天舞、天樂的三位姑娘，也是一節成名，現下每天去樓裡想打個茶園的公子哥兒們不知多少，漫天撒銀子就甭提了。

趙長史等人原還擔心秦鳳儀沉迷舞樂，畢竟秦鳳儀自己就是個愛玩的，沒想到秦鳳儀沒有半分耽於聲色的意思。秦鳳儀與方悅道：「那幾個舉人進士才子走了沒？」

秦鳳儀問的是過來參加佳荔節的有才學之士，反正不論人家是不是來參加佳荔節，基本上也都是聽了譚典儀的宣傳才來鳳凰城的。秦鳳儀多精明啊，早令人貼出告示，說是南夷招賢納才，但凡有舉人、進士功名者，或是當代才子、大儒，均可到衙門報到，有免費的院落供住。或者有些愛自住客棧，只要去衙門備錄，每天的住宿也有補貼。

至於其他的官幾代公子哥兒，這些咱們就不管了。當然，也有李釗、方悅、章顏的一些故舊朋友啥的，便是他們各人自己招待。

秦鳳儀只問有功名有才名的，看能不能忽悠幾個留下。

方悅道：「還沒走。他們說南夷暑天清涼，想多住些日子。後頭不是還有書畫會嗎？」

秦鳳儀一笑，「對。去與他們說，讓他們好生準備這書畫會，屆時我要親自選出十幅來珍藏。還會在鳳凰城建一座書畫館，將他們的書畫陳列於內，讓萬人參觀。」又問方悅：「可有比較有名望的大儒過來？」

方悅道：「還沒有。不過，有舉人以上功名的才子都可以，用於官學也足夠了。」

「只得一步一步來了。」秦鳳儀原是想弄個大儒過來，可他也知道，但凡到了大儒這個地步的，架子都比較大，怕不是佳荔節能吸引來的。

秦鳳儀這裡的佳荔節書畫會正熱鬧，京城裡可是嚇死了，聽說鎮南王殿下的佳荔節跟荔枝一丁點兒關係都沒有，根本就是鎮南王色性大發，全城海選佳麗。但凡有個齊頭正臉的都逃不脫親王殿下的魔掌。甭看先時秦鳳儀賣房樣子的事兒，景安帝還擔憂得連忙令戶部侍郎親去查證。倒是對於此等流言，景安帝只問了那小御史一句：「鎮南王還活著吧？」

小御史傻眼，景安帝斥道：「胡說八道！鎮南王妃何等賢德，鎮南王斷不敢如此的。御史雖要風聞奏事，可也要動一動腦子。」

景安帝對李鏡這個兒媳是很滿意的，要說哪裡有所欠缺，那就是這個兒媳婦性子稍微有那麼些厲害。不過，現下見小御史胡言亂語，景安帝對李鏡這唯一的不滿也消失不見了。無他，倘沒有李鏡這麼個兒媳婦，秦鳳儀有那麼一張沾花惹草的臉，要是傳些桃色流言，景安帝還是會擔心的。但有李鏡在，除非秦鳳儀不要命了，不然斷不敢如此的。

連左都御史耿御史都覺得丟臉，連忙斥責小御史，那是哪兒聽來的閒話啊？

鎮南王敢有二心嗎？以前在京時就常被鎮南王妃打哭，給他八個膽子，他也不敢納側，遑論是全城選佳麗了。要是敢這般大膽，早被鎮南王妃給揍死了。

李鏡還不曉得她彪悍的名聲已是舉朝皆知，當然，先時李鏡的名聲便有不少人曉得的。此時，景安帝剛收到李鏡寫來的信，還有送來的書畫，說是佳荔節書畫會後，選了其中最好的十幅，挑了五幅送往京城，請陛下賞鑒。

同時，李鏡還寫了些佳荔節的盛況，間或提及些大陽的趣事，說他聽到音樂小屁股就扭啊扭的。景安帝縱是在看信，也是一樂。秦鳳儀與李鏡既能將大陽帶去看歌舞，可見得不會是什麼俗音俗樂。

李鏡還說了鳳凰城準備建書畫館的事，並且說明南夷人才稀缺，這次藉書畫會的時機，秦鳳儀挑了幾位有才學的才子、先生，請他們到官學授課。且說為了留下這些才子，送宅子送地，只要才子們能在南夷官學待上十年，這宅子和地便都是送給才子們的。若是有人反悔，宅子和田地自然要收回。

李鏡又說了一個辦佳荔節的原因，主要是人們對南夷誤解太深，覺得南夷是蠻荒之地。竟還有人認為南夷是土人遍地的地方，故而要藉佳荔節宣傳一下，改變人們對南夷固有的印象。另則就是為了文教。皇上也知道，南夷文教一向在朝中排末尾，這次春闈南夷得了個零蛋，我們南夷現在是加大力度招賢納才，希望才子們過來給官學裡的孩子們講講學識。

李鏡的書信，景安帝讓耿御史看了一回。景安帝道：「御史台雖則風聞奏事，卿還是要管一管那些個小御史，莫成天說些個沒譜的事。鎮南王性情如何，朕還是知道的。」

耿御史面上灰灰的，其實他早得了盧尚書一通抱怨。盧尚書說那小御史「老婆嘴」，還念叨耿御史：「這樣可不好，明擺著的謠言，不知道的，還得叫人以為是你老耿的主意。」

耿御史氣壞了，「我能出這樣的爛主意？鎮南王懼內之名，誰不知道啊？這是今年新進的二百五，恨不得參人家一本，自己好出個大名頭！沒那個腦子，還成天瞎叨叨！」

耿御史晦氣得不得了，尤其那天景川侯還瞥那小御史一眼，道：「你定是沒見過鎮南王，鎮南王的相貌，還用得著略齊頭正臉的都不放過？」

那一聲嗤笑，直接讓御史台淪為眾衙門的大笑話。

除了這幾年新進的官員，朝中大員們哪個沒見過鎮南王的風姿。當年鎮南王在京時，只要一出門，多少女娘爭相偷看。當初景川侯府的大姑娘與嚴將軍府的嚴姑娘為了爭鎮南王，直接大打出手，據說景川侯還親自出面，才把鎮南王從嚴家搶了回去。

要說別人好色成性，做了藩王就略齊頭正臉的都不放過還有可能。鎮南王這在揚州時是鳳凰公子，到了京城人稱神仙公子，及至南夷，人家都是鳳凰大神了，還要垂涎幾個略齊頭正臉的？當年京城青樓十二坊的頭牌姑娘們，哪個沒給鎮南王送過花帖，也沒見鎮南王對誰動心。如今到了南夷，就變色魔不成？

這無知的小御史，竟編造出這等無稽之事，害整個御史台都跟著丟臉。耿御史遺憾現在南夷沒有官員調動，不然立刻就把這無知小官打包到南夷去享福。

今日看了李王妃的信，耿御史更是慚愧。人家南夷一日千里，他雖與鎮南王沒有什麼交情，但也不願意得罪這位親王。

這位親王卻是不曉得自己險些在朝得個「色魔」的名聲，秦鳳儀正在與幾位願意留下的舉子進士談心。這年頭兒，舉人在考進士前，都會到各地遊學，開拓眼界，長些閱歷，待金榜得中方步入官場，所以，來的舉人頗有幾個。當然，進士也有幾個，不過，基本上沒有年輕的，都是四十往上的年紀。這也很好理解，進士但凡不做官的，一般多是不得志的。

至於才子，真有那麼一位，李釗和方悅都聞其名的傅浩傅大才子。傅浩的學識、書畫都是一等一的出名，就是秦鳳儀也知道這位傅才子。

傅浩是浙江杭州人氏，生在天堂之地，十來歲就中了秀才，而且，人家不是仲永，這位南方才子的學識，連北面長大的李釗和方悅都曉得，可見其學識出眾。就一樣，科舉上的運勢一言難盡。傅才子自十五歲起參加秋闈，一直到了現在四十五歲，都還是秀才。如趙狀元這樣淮揚有名的才子，與傅才子一起論經，說個三天三夜也沒能贏傅才子。

趙長史、李釗、方悅，連章顏看過這位傅才子的文章，都是向秦鳳儀極力推薦。秦鳳儀自己也是探花出身，看過傅浩的文章後說道：「文章可稱錦繡，如何屢試不第呢？」

趙長史雖是中間辭過官，回鄉過了十好幾年，但他也是年紀輕輕就中了秀才的。

趙長史道：「科舉文章又稱時文，傅才子一向驕傲，寫時文並非不能，實則不願也。」

「那他願不願意留下來啊？」秦鳳儀問。

幾人一副面上灰灰的模樣，秦鳳儀登時大怒，「好個不識時務的傅傲骨，竟然敢給你們吃癟，立刻叫人給我把他打出南夷去！」

李釗連忙道：「我們不過是去見見傅才子，談些詩茶之事。」

「是啊是啊，殿下息怒。」方悅睜眼說瞎話，「傅才子性情挺好的，您想多了。」

「看你們這副碰壁碰腫臉的樣子，我能想多？」秦鳳儀不大信。

趙長史道：「先時還說給這些才子房舍田宅，殿下必要禮賢下士，多留下幾個有才學的才好。這自來有才之人，恃才傲物也不是什麼大不了的事。殿下素來心胸寬廣，一個傅浩如何就包容不了了？」

秦鳳儀道：「要是他針對我，我不樂意就不樂意了，可給你們臉色是什麼意思啊？你們還不是好心過去看他嗎？」

趙長史心中一暖，想著秦鳳儀雖則現下做了藩王，身上那股義氣仍舊未變。

趙長史笑道：「才子嘛，總是有些才子病的。只要有才幹，有些才子病無傷大雅。」

秦鳳儀擺擺手，「先不說他，倒是蒼山和蒼岳這對兄弟不錯。」

蒼家兄弟都是舉人出身，年亦不過二十五歲，這樣的年紀，在哪裡都是年少俊才了。當然，在這幾人面前，也就是尋常人。這幾人中，學歷最低的是李釗，二榜傳臚，但李釗中傳臚的年紀，比當年秦鳳儀中探花時還小一歲。

秦鳳儀喜歡蒼家兄弟是因為，這對兄弟雖也是過來參加佳荔節的，但佳荔節的書畫會之後，這對兄弟是率先表達出想要投奔秦鳳儀之意的舉人。

而且，這對兄弟完全沒有那些個才子病啥的，蒼山道：「我們在徽州時，聽聞過殿下不少的事蹟，去歲秋闈後就過來南夷了。不瞞殿下，西邊聽聞時有山蠻之亂，暫時沒法去，但東至義安、敬州，我們都去過了。」

秦鳳儀問他們對南夷的看法時，蒼岳道：「現在整個南夷稱得上今非昔比。我們東去時，有許多縣城州府的百姓聽聞這裡日子好過，多願意來南夷城或鳳凰城討生活。依學生看來，南夷現在的不足有三處。第一，南夷如今繁華多是在南夷城與鳳凰城，其他州縣雖有改觀，差距依舊不大。第二，便是南夷多是外來商賈工匠，南夷本土人口太少。第三，南夷是土人和漢人共居的地方，土人又分諸多部落，當務之急，除了武功，尚有文治之事。」

兩人的許多看法，在他們這樣的年紀，已稱得上極具眼光。秦鳳儀就把此二人留在了身邊，尚未授予官職。趙長史幾人也很喜歡蒼家兄弟，不說別個，蒼家兄弟的性情就很讓人喜歡。秦鳳儀令趙長史先帶一帶他們，私下與趙長史道：「此次能得蒼家兄弟，這回的佳荔節就沒有白準備了。」

趙長史笑，「這可是徽州蒼家二傑，恭喜殿下得此二人效力。」

「我倒是記得當年咱們南下時經過徽州，當地士紳就有姓蒼的，看來，這蒼家兄弟便是蒼家人無疑了。」

「是的。」趙長史道：「蒼家是徽州百年書香門第，他家亦是徽地大族，族中為官治學都不在少數。蒼山和蒼岳兄弟倆，便是在蒼氏族中，亦是出眾人物了。」

秦鳳儀道：「看來，不是所有才子都有才子病的。」

「殿下少時見我還喊我趙才子呢！」趙長史勸道：「各人有各人的性情，若是傅浩與蒼家兄弟一般這麼明達世情，也就沒有今日的傅浩了。」

秦鳳儀道：「可傅浩這樣的人，縱是到我麾下，怕也難與你們相處。」

趙長史笑，「殿下啊，您自來不喜酸腐之士。有些人讀書，是讀得豁達通透。有些人讀書是讀的酸腐氣。殿下才幹，並非全自書中所得，更大一部分是來自殿下非凡的天資。臣與殿下相識多年，殿下苦讀四年便能榜上有名，武功更是不凡。當初山蠻來犯，就是臣心裡也慶幸，幸而殿下提早做了準備。殿下很關心城中官學，希望學裡的孩子們能念好書。其實殿下也明白，要治理的並非府城官學，更有縣裡的縣學。南夷的府城好治，無他，殿下在這裡，人才們在這裡，但更需要治理的是下面的縣城、鄉鎮。殿下喜通透之人，臣亦喜通透之人，可世間最可敬的，是有所堅持的人，是明知前路難行仍一路堅持的人。就如同這南夷，大家都知這是不好治理的地方，殿下來了。南夷因殿下繁華，殿下因南夷揚名。咱們南夷，若想長治久安，必要有一位博學大儒來此治學，而且，不是一年兩年，必積數十年之功，方得一改南夷文治局面，如此南夷方是大治。」

秦鳳儀問：「你覺得傅浩是這樣的人？」

「對，他多年秋闈不第，但不是沒有才學。依他的才幹，依附哪個世家大族做個先生也可謀得一份生計。可實際上，他不願意如常人那般去謀生，故而他過得不好。更因為命運坎坷，他越發桀驁不馴，這是他能撐到現在的原因。殿下覺他太過叛逆，可沒有這樣的叛逆，便沒有現在的傅才子。」趙長史道：「他的學識當世是數一數二的，這麼放他走太可惜。」

趙長史極力推薦傅浩，秦鳳儀只好應下來，想著什麼時候去請一請傅浩。

秦鳳儀不大喜歡這種有才子病的人，秦鳳儀與妻子道：「我倒不是放不下架子，只是這樣性情不好的人，我擔心便是請來也不好相處。」

李鏡道：「若只是一個兩個說這人好，還有可能是虛名，既然大家都說這人值得一見，你就先去見見。好便用，不好便不用，有什麼可猶豫的？」

「看，婦人之見吧？傅浩可不是尋常才子，他在江浙一帶極富聲名，就是科考運勢不佳罷了。他的文章，妳不是也說好嗎？咱們正值用人之際，朝廷那裡是沒有多少人給咱們的。現在咱們南夷的事務越來越多，正想招攬人，要是跟傅浩這裡沒弄好，他回去亂說一氣，再寫篇文章罵我。才子有才子的圈子，倘是這般，怕以後沒人敢來了，大好的局面豈不是要付諸東流？」秦鳳儀道：「所以，他這樣有名聲的人，不見則已，見則要把他留下來。」

「我聽嫂子說，你不是要把他打出南夷嗎？」

「傅浩雖好，可趙長史、老章、大舅兄、阿悅，跟咱們是什麼交情啊？他有才子病，我並不是太介意，反正酸生都有病。可他不能誰都不放在眼裡，他再好也抵不過我現在手底下的人去。老趙還要我把他留下治學，這性子能治學嗎？李太白、杜工部都有才學，到底只是詩人罷了。唉，算了，明兒我過去瞅一眼，最不濟就當留個翰林了。」

秦鳳儀想多招攬些人，因為州府官學裡的先生不齊，縣學更需人有去發光發熱做貢獻。

結果，竟遇上才子病。

秦鳳儀這人天生怪脾氣。

不喜歡書生是其一，甭看他身邊的人都是狀元、傳臚，但如趙長史、方悅、李釗或章顏等人的本事，都是秦鳳儀親眼所見的，就是義安知府、敬州知府這兩人先時自己私下弄了些銀子的，現在認真做起差事，也是有模有樣的。

秦鳳儀最不喜歡的，一則是讀書讀傻了的，二則是書沒讀傻，但讀出了一身臭毛病，仗著自己有學問就看不起人。秦鳳儀少時念書差，被這兩種人鄙視過，故而十分討厭他們。方一聽說傅浩有才子病，秦鳳儀這種平日裡沒什麼脾氣的傢伙，都不大喜歡傅浩。

不過，他把目標定在能與朝廷分庭抗禮的實權藩王的位置，他媳婦還想讓兒子坐上北面那張椅子，又有趙長史等人不停為這個傅浩說好話，秦鳳儀即使現在做了老大，便也不能太按性子來，只好抽空去看傅浩了。

結果，原本要去看傅浩的，士兵那裡卻出事了。

阿花族長過來找秦鳳儀，滿臉氣憤地問：「殿下是不是以後讓嚴姑娘當大將軍？」

秦鳳儀請阿花族長坐下，笑道：「現在嚴姑娘只是軍師祭酒，還不是大將軍。我雖是有此意，還沒下定決心。看來，族長是不樂意的？」

阿花族長道：「我當然不樂意。我們歸順殿下，是仰慕殿下的才智，殿下怎麼能叫嚴姑娘來管我們呢？她雖然武功很厲害，人也勇武，我是不及她的，但殿下也知道，阿金很喜歡她啊。阿金族中戰士不過萬餘人，我族戰士將將兩萬，以後阿金與嚴姑娘成親，豈不是讓我族居他族之下？這是萬萬不能的。」

秦鳳儀沒想到土人的反應這樣激烈，便問：「還有哪幾個族長不同意？」

阿花族長道：「阿樹族長、阿谷族長都不願意。」

秦鳳儀知道阿樹族長、阿谷族長都是與阿花族長交好的土族，論族群勢力，這二族一向是依託於阿花部族的。

秦鳳儀笑道：「行，我知道了。既然你們不樂意，我不會強求的。」

阿花族長這才放下心來，他知道嚴姑娘是親王殿下的朋友，還擔心他拒絕此事親王殿下會不高興，但看親王殿下並沒有惱怒的意思，阿花族長便退下了。

秦鳳儀叫了阿樹族長、阿谷族長過來，這兩個都是小部族，因為是小部族，族長的性子也比較柔軟。阿樹族長道：「阿金部族一向與阿山部落、阿月部落、阿火部族交好，他們走得很近。我們二族是與阿花部族有幾百年的友誼，另則阿泉部族、阿骨部族、阿昌部族是世代結親。要是嚴姑娘不與阿金成親，我們是無所謂啦，但是她以後嫁給阿金，叫我們聽從於她的命令，大族長們不會願意的。」

秦鳳儀聽取了阿樹族長、阿谷族長的意見，又問過阿泉、阿骨、阿昌族長們的意思，果然，這三族是一夥的。他們倒不是不願意嚴姑娘管，但嚴姑娘嫁給阿金的話就不行了。他們認為，這樣族群會受到忽視。

嚴姑娘行事一向乾脆，把這事也與秦鳳儀說了。嚴姑娘道：「我只能帶三個部族的人馬，別個部族有自己的考量，他們更想自己做主。」

秦鳳儀問道：「嚴大姊，妳的意思呢？」

嚴姑娘想了想，應道：「阿花族長在土人中很有威信，阿泉族長善謀斷，殿下想過沒，以土人帶土兵？一則，他們心裡對朝廷的防範會減少，二則他們對自己的部族更熟悉。」

「現在就是土人帶土兵啊！」秦鳳儀擺擺手，「我並不是不信任他們，嚴大姊，我希望部族之間能夠融合，包括土人與漢人，現在分野比較明顯，但現在土人那裡，我也給他們取了漢人的名字，他們亦有子弟在學裡念書，以後若想科舉，亦是無礙，我希望土漢融合。」

秦鳳儀又說了一遍，可見對此事十分認真。

嚴姑娘笑，「殿下太急切了，土漢融合不是一朝一夕之事。便是土人與土人之間都有族群分野，遑論土人與漢人？殿下也想得太遠了。我曾聽我父親說，不經戰事的將士不是真正的將士。當今之際，不若先將土人分營而治。現在這樣聚在一處，各族帶各族人馬，其實更為分散。不若就按他們先時的親疏，分成三支土兵。在土人全部下山後，於三支土兵中選出三位將領，統率這三支土兵。他們各族族長，除了練兵，還應到殿下這裡聽政。殿下既希望他們能與漢人融洽，自然當將他們與漢族官員同等視之。」

嚴大姊的話很有道理。

秦鳳儀笑道：「先試試看吧。其實我明白他們的擔憂，他們以前住在山上，這到了山下，日子如何，不過上幾年，他們的心總是懸著。」

嚴大姊將門出身，練兵便是最考驗耐性的事，她一向耐得下性子，與土人相處的這些時日，嚴大姊也明白秦鳳儀的意思。

秦鳳儀知道土人這裡有這樣的問題，先給他們開了會，徵求過他們的意見。果然，秦鳳儀說了分三個營的法子，他們是樂意的。

秦鳳儀又與各族長道：「你們現在除了阿火族長外，都還在山上住著。阿火族長要管族裡練兵的事，現在也不大方便。待你們下山後，你們皆有爵位和官位，屆時除了練兵，每天還要到王府參知政事，與章巡撫、趙長史他們一樣，不知你們可否願意？」

這些傢伙一個個都有心眼，焉能不願？甚至先時有些猜測親王殿下要著朝廷的人來統領他們的謠言也不攻自破。

秦鳳儀私下與妻子道：「我原是想著，這些人若是嚴大姊能悉數收服，便讓嚴大姊帶。倘嚴大姊力有不逮，便分出一支給張大哥。不想，他們還是對我有所防備啊！」

李鏡安慰他道：「這事不要急，將心比心，倘易地處之，怕是咱們也難免如此。」

「這倒是。」秦鳳儀解決了土人的事，方去見傅大才子。

捌之章 ● 高山流水迎大儒

傅浩素有才名，給他安排的院子很是不錯，除了傅浩的書僮，還有兩個燒火做飯的婆子服侍。秦鳳儀過去時，已經做好又是一個盧老頭兒的準備，但是，當他看到傅浩時，還是有些吃驚的。因為傅浩正在擱著一碟醉花蟹、一壺老酒的鳳凰樹下自斟自飲。見到秦鳳儀後，既不起身，更不行禮，直接道：「昔日閩王著人至我家，金萬兩，田萬頃，長史之位相贈，我猶未動心。若是殿下為使在下效力，那便請回吧。」

秦鳳儀坐下，盯著傅浩看了一刻鐘，傅浩只作未視。

之後，秦鳳儀不發一言，起身離開了。

第二天，秦鳳儀又過去看了傅浩一刻鐘，依舊沉默離去。

如此，秦鳳儀連去半個月，偶遇傅浩不在家，他便在門前站一刻鐘再離去。

秦鳳儀這般執著，連趙長史都感動了，還去勸了傅浩一回：「殿下如此有誠意，當年劉皇叔請諸葛孔明，也不過三延三請，殿下每天過來，此間誠摯，天下未有。」

傅浩鬱悶地心說，他是成天過來，但一言不發，你們就當他們是來請我的？人家根本沒這個意思好不好？傅浩實在是被秦鳳儀折磨得受不了。

他不傻，早看出來了，這鎮南王雖是年輕，卻是老奸巨滑。傅浩是要擺一擺架子，沒打算投到鎮南王麾下，但鎮南王這樣每天過來，風雨無阻，他故意不在家，鎮南王就在門外站著守候。先時朋友們覺得他有些傲氣，但並不就此多說什麼，可鎮南王每天來，朋友們難免要說一句：「既是無意，不如與殿下說明白。」總這樣吊著人家不大好。何況，鎮南王畢竟是一地藩王，也是有尊嚴的。

才子有才子的風骨，但也不能過分。

這……這哪裡說得明白？

人家殿下一句未言好不好？

傅浩算是明白了，鎮南王就是每天來，還給他送衣裳送飯送筆墨送硯。偶遇傅浩用飯，王府便快馬送來一羹一菜，使者道：「殿下食此羹，甚覺味美，命給先生送來。」

除此之外，傅浩以前寫的書，在杭州都沒什麼人買，一點也不暢銷。鎮南王命人找齊，親自給寫了序讓人刊印出來。不必朋友勸，就是傅浩都覺得，這鳳凰城待不下去了。再待下去，他就不是個人了。

傅浩要走，秦鳳儀也不攔，只是傅浩實在憋不住，秦鳳儀送他至江邊時，他忍不住對秦鳳儀道：「殿下，我真是求你了，你就與草民說句話吧。」

秦鳳儀一雙妙目望著傅浩，看得他心弦緊繃，暗道，難不成殿下是斷袖，相中我了？

傅浩正擔心秦鳳儀的性向問題，秦鳳儀終於開口道：「我庫裡倒是有萬兩黃金，南夷也有萬頃田地，只是，先生這樣的人，如何肯為此俗物動心呢？唉，除了我這顆心，我實在想不出有什麼能留住先生的。」

秦鳳儀肯說話，傅浩放鬆下來，順嘴便道：「殿下身邊能人無數，便是多我一人，亦不為多。少我一人，亦不為少。」

秦鳳儀望向江面，江風吹拂他的袍角。

秦鳳儀未說什麼，只是道：「我送先生。」說著，將一隻彷彿玉作的手遞向傅浩。

傅浩連忙作揖，怎敢叫秦鳳儀攙扶？

沒想到，秦鳳儀隨之也踏上船來。秦鳳儀道：「南夷人少地偏，難得有先生這樣的大才過來。先生不能久留，就讓小王送先生一程吧。」

傅浩拱手道：「殿下日理萬機，您還是回吧。」

就算要拿他做牌坊，也差不多了吧？

秦鳳儀一笑，挽住傅浩的手，「何須見外，只是捎帶一程罷了。」

二人攜手至船艙，秦鳳儀坐在主位的榻上，請傅浩也坐下，道：「這艘龍舟是我今年過生辰時，別人送的壽禮。先生這般大才，有什麼理想沒？」

傅浩道：「唯望一日三飽兩倒，無憂無慮直到老。」

秦鳳儀道：「我少時所望，亦是如此。」

秦鳳儀是個很健談的人，還與傅浩說起給紈絝的分類來。

秦鳳儀笑，「若非當初我與我媳婦在揚州生情，再怎麼也不會到京城去的。」說著，嘆了一口氣，「我從京城到南夷來的路上，見過各地飢民。到南夷後發現，南夷百姓比飢民也強不到哪兒去。現下看著南夷城、鳳凰城是不錯，可實際上，下面許多縣裡村裡仍有不少日子艱難的百姓。土人們今年能都下山來，一則是安置問題，二則土人們剛下山，他們對本王猶有些疑慮，彼此也只能慢慢磨合，西邊又有山蠻虎視眈眈。別看鳳凰城佳荔節熱鬧，書畫會什麼的，大家也捧場，其實我這心裡，沒有一刻能真放下心來的。聽聞先生有大才，所以才動了挽留先生的意思。實在是，南夷要做的事太多了。先生不是多一個不多，少一個不少的人。先生約莫是覺得我日日上門有相逼之意，實在是招架不住，這才只得跑路。我今日前來相送先生，就是想解釋一二。」

「先生今年已過不惑之年，恕我直言，先生如果是冀望一日三飽兩倒的人，不會考這些年的科舉，不會有這一腔的狂傲之氣。先生大才，若為師者，傳道授業，想來早已是一方名師。先生未為師治學，可見先生亦不想走師者之道。人，特別是如先生這樣的人，總有志向的。我不是闖王，對於先生，我不是最好的選擇，可縱是現在，先生於科舉一飛沖天，奪得狀元，又能如何？朝中講究論資排輩，先生才學甚高，即便先生有管仲之才，現下朝中也沒有鮑叔牙的舉薦，難道先生要三年翰林，再去做個七品小官？往來於官場的心機謀算，只為去獲得一個更高的官位？你若是這樣肯折腰之人，早在秋闈時就當寫當下時文。憑你的才學，只要肯用心於時文，焉能有不中之理？」秦鳳儀道：「所以，先生的第一選擇朝廷，對於先生而言，已經沒有太好的機會了。」

「除了朝廷，先生如果想一展所長，第二選擇應該是給朝中大員做幕僚。」見傅浩唇角勾出一抹不屑的弧度，秦鳳儀道：「但我想，先生應是不屑為之。」

秦鳳儀將話鋒一轉，說道：「所以我才說，先生不適合做官。做官之人只看結果，鮮論手段。科舉出仕是一條路，但對於官場中人，與人為幕僚，而後結交關係，再行出仕，未嘗不另是一條路。先生連此都不屑，焉能受得住官場傾軋？你想要效仿古之大賢，如姜太公在渭水，如諸葛孔明在隆中，當年闖王想請先生為長史，實在稱得上好眼光，先生卻果斷拒絕，可見先生之眼力出眾。以先生之眼力，觀我南夷如何？」

傅浩的性子，其實已被秦鳳儀先時的話說得十分不悅，甚至有一種被道破心事的羞惱。此時，秦鳳儀既問，傅浩不客氣地道：「南夷得殿下，幸於此，不幸亦於此。」

「還請先生詳論。」

「南夷乃蠻荒之地，貧僻之名天下皆知，殿下入南夷三載，南夷便有翻天覆地之氣象，自然是殿下治理有方，故而我說，幸於此。」傅浩道：「若殿下能治南夷二十載，南夷繁華，當不讓江淮。奈何殿下縱是才幹過人，出身卻是尷尬。您如今已是藩王，於帝位無望，將來不論哪位皇子繼位，您後果難料。而南夷做為殿下的藩地，必然會被殿下連累。百姓尚可安，但殿下身邊近臣，怕是一朝殿下失勢，他們皆是生死福禍難料。」

秦鳳儀面色不動分毫，道：「這不是什麼稀奇話。」

傅浩道：「尷尬之話，自然不稀奇，殿下自己更是當深知自身處境。殿下才幹，較之閩王高明數倍，草民之所以不敢應殿下之請，非殿下不夠賢明，實乃殿下此局，天難地險。」

「我能理解傅先生的苦衷。」秦鳳儀道：「我亦有妻有兒有親有友，一大家子的人。」

傅浩看他小小年紀，如此坦蕩，先時不悅散了幾分，倒是一嘆，道：「我自來南夷，住的是殿下供給的宅子，吃的是殿下供給的飯菜，我有幾句話想與殿下說。先時殿下說的兩件事事，第一件，藩地治理。治天下從來不是一朝一夕之事，憑殿下的才幹，只要肯下功夫慢慢來，南夷大治，不過是時間的事。第二件，土人之事。我亦聽聞土人下山之事，據說殿下組建了土兵。土兵心裡對朝廷對殿下有所懷疑，再正常不過。殿下，想要徹底收服土人，有一個辦法，便是出征山蠻。」

秦鳳儀眉心一蹙，「可是，兵甲未齊，土兵又剛剛下山。不瞞先生，土兵們先時是部族各自訓練。我原想以朝中大將整合土兵，他們並不願意，如今分三營，仍是土人治土兵。」

傅浩微微一笑，「他們原本在山上，雖則窮苦些，但仍是各族領頭。到了山下，聽殿下的吩咐倒罷，如何能讓別人掌他們的族人戰士？他們自是不願，原就該土人治土兵。」

秦鳳儀被傅浩說得有些不好意思，「我是漢人，難免偏狹。」

「殿下若非心胸開闊，給予土人諸多照顧，他們焉能下山來呢？」秦鳳儀退了三分，傅浩這一向有狂傲之名的，並非得理不讓的性子，反是也軟和了許多。

秦鳳儀道：「平山蠻之事，我亦是有所打算的。原是想著，再過兩三年，土兵訓練得差不離了再行出戰。」

傅浩道：「殿下，最好的訓練就是沙場。一把刀倘總是不用，刃鋒未免會生鏽。」

「可用得狠了，會不會斷了？」

「會斷就證明不是好刀。」傅浩道：「殿下，您為人難得慈悲，所以您對百姓多有優容。但正因慈悲，有外敵來襲，您是不惜一戰的。您也有平山蠻之心，可恕我直言，兩三年後，難道就是準備好的時間嗎？這時間太長了。您手中有兩敗山蠻之兵，有何懼之？」

「先生，我們都有妻兒，兵士們一樣是別人的丈夫別人的父親，我每每想到他們要出征為我打仗，心裡便想，配給他們上等兵甲，讓他們用心訓練，屆時才能在戰場之上多活下一些人來。」秦鳳儀說著不禁一嘆，洩氣道：「我這樣說，大概沒什麼雄心大志了。」

傅浩卻是一笑，「殿下自然是好意，只是，殿下啊，所謂止戈為武，打仗正是為了以後的太平。將士們的訓練，終究是為了用到戰場上。殿下的兵都是成年的兵丁，每天訓練，一年尚不能上戰場嗎？何況，難道平山蠻是土兵做主力？不，戰後利益，誰出力最多，誰分得的利益自然最大。土人想得利，就得明白先要出力。」

「既然先生說成，那待回去我便試一試。」

傅浩道：「殿下，您應該把目標定得更遠。山蠻不過盤踞一州而已，他們也不過是土人部族，論兵械，無法與朝廷的刀槍比鋒銳。論謀略，更是未開化之人。論武功，兩次敗於殿下之手。依殿下武功智謀，平山蠻並不在話下，殿下當把目光放到更遠的雲貴之地。」

「那裡又不是我的地盤。」

「可用他們練兵，永遠不要讓自己手裡的刀鈍了。殿下處境，如群狼環伺，握住刀，方能護住身後的妻兒。」

剛開始說過，秦鳳儀不喜歡酸生，更不喜歡才子病。要不是趙長史跟他叨叨傅浩，就是傅浩再有名聲，秦鳳儀再想弄個大儒到南夷坐鎮，也不會去請傅浩。因為在秦鳳儀看來，有才子病的才子，一般也就跟神經病差不多了。其言行舉止，很難令人揣測，畢竟才子這種生物，縱是不喜歡，不理便是，也不用去得罪他們，尤其現在秦鳳儀正要攢個招賢納士的美名兒，好為官學弄幾個有學問的先生來。

所以，傅浩這樣有才子病的，秦鳳儀並不想去招惹。這種性情不佳的才子，很容易讓正處於文人圈裡攢名聲的秦鳳儀陷入被動，結果，趙長史不斷叨叨，而且，趙長史叨叨完換章巡撫叨叨。章巡撫叨叨完，換李釗和方悅輪番叨叨，彷彿沒這傅浩，南夷的天就要塌了。

秦鳳儀簡直被他們叨叨得要耳鳴。現下秦鳳儀是南夷的老大，別看他不是啥好性子，但做老大後就很有個老大的樣兒，虛心納諫啥的，秦鳳儀哪怕不是這樣的性子，但大家總這樣叨叨，為了讓這幾人閉嘴，秦鳳儀最終還是決定去瞧一瞧傅才子。

就當堵這幾人的嘴了，秦鳳儀如是想。

當天過去的時候，秦鳳儀一身淺藕荷色的紗衫，頭戴玉冠，腳蹬朝靴，很是有親和力，完全沒有擺藩王的架子。結果，傅浩當頭一句：「昔日閩王著人至我家，金萬兩，田萬頃，長史之位相贈，我猶未動心。若是殿下為使在下效力，那便請回吧。」

秦鳳儀當下險些啐他一臉。

靠，本王屁本事沒見著，就給你金萬兩，田萬頃，還長史之位？

秦鳳儀要不是做了幾年藩王，人亦添了城府，要擱秦鳳儀以前的性子，非得臭罵傅浩一頓不可，叫他對鏡子照照，知道自己吃幾兩乾飯不？

現下不同了，現在做了這什麼狗屁藩王，還是個隨時有倒灶風險的藩王，秦鳳儀即便是個暴脾氣，想到臭罵傅浩會影響自己名聲啥的，也硬生生強忍了下來。

他當時為何一言不發啊？因為只要他張嘴，必然不是什麼好話。

秦鳳儀憋了一刻鐘，終於把火氣憋回去，便回府去了。

回府也沒去議事廳，而是回了屋，當著媳婦的面，把這姓傅的才子臭罵了半個時辰。

秦鳳儀氣哄哄地道：「妳是沒瞧見那嘴臉，見我的面，張嘴就說閩王給他黃金萬兩、良田萬頃、長史的位置，他都沒去，呸呸呸呸呸！」秦鳳儀連啐五口，「譜兒擺得比天還大，趙長史和老章、阿悅都是狀元，也沒他這麼大的口氣！他這麼有本事，怎麼不上天啊？」

李鏡給丈夫遞盞蜜水，知道他是碰壁碰了滿臉灰，心裡窩火。

李鏡問：「還說什麼了？」

「沒！」秦鳳儀氣鼓鼓地接過茶盞，「他還敢說什麼，我非叫他去照照鏡子不可，看他還知道自己幾斤幾兩不？」

李鏡見秦鳳儀這樣，不禁問：「你不是把傅才子罵了一頓才回來的吧？」

秦鳳儀嘆口氣，把蜜水喝光，自己往榻上一攤，對媳婦道：「以前不做這個鳥藩王，我愛說什麼說什麼，愛做什麼做什麼，也不用受這鳥氣。要擱以前，我早把他罵回姥姥家了。屁本事沒見，就說黃金良田，難不成我長得像冤大頭？」秦鳳儀道：「我再三忍了又忍，一句狠話沒說，就窩窩囊囊地回來了。」

話到最後，秦鳳儀簡直是氣得半死。

李鏡幫他揉揉胸口順氣，又道：「我看你是誤會了，那傅才子這樣說，倒不是要金子要地要官兒的意思。」

「我知道他不是這個意思，只是那眼睛長頭頂上的鬼樣子叫人著惱。我一句都沒說呢，他就來這麼一句。妳說說，這是不是腦子有病啊？」

李鏡問：「就這一句話，你就氣回來了？」

「不然我說啥？我說，你想多啦，我不是去請你的？難不成，還真罵他一頓？」秦鳳儀翻個白眼道：「咱們這不正是收攬人的時候嗎？剛給官學請了幾個不錯的先生，要是這時候把這姓傅的罵走，人家一看，我把才子罵走了，以後有才學的人都不敢來南夷，這不就功虧一簣了？我是強忍著，啥都沒說。」

李鏡沒想到秦鳳儀啥都沒說，是真的一句話都沒說。

只是，秦鳳儀平生哪裡吃過這樣的虧？他雖說是去請人的，但姓傅的也太自我感覺良好了，直接一句閩王當年如何如何。就閩王請過這人，秦鳳儀就對姓傅的沒興趣了。他與閩王一向互相看不順眼，但這樣窩囊地被人給噎回來，又委實憋氣。

趙長史還鼓勵他：「當年還有劉皇叔三請諸葛孔明的美談，傅浩性子是有些桀驁，殿下心胸寬廣能包容天下，如何就包容不了一個桀驁文人呢？」

秦鳳儀心說，合著碰壁的不是你？

看秦鳳儀在翻白眼了，趙長史識趣地笑笑，不再多說。

秦鳳儀倒不是要效仿劉皇叔，關鍵是，自小到大沒這樣被人直接駁面子，尤其傅浩拿閩王當年的事駁他顏面，秦鳳儀更嚥不下這口氣。晚上吃過飯逗肥兒子都沒啥精神，把肥兒子哄睡了，他摟著肥兒子香香軟軟的小身子還琢磨主意，必要給這姓傅的些個好看。

其實，要依秦鳳儀的性子，最解氣的方法便是臭罵姓傅的一頓，可還是那句老話，如今他瞧著是個藩王，很能唬人的樣子，實際上，一言一行不比以前暢快。不能直接找回場子，秦鳳儀想了半宿，李鏡堪堪要睡著的時候，突然聽得秦鳳儀一陣大笑。

李鏡以為秦鳳儀做夢發癔症呢，還推他一把，「怎麼了，醒醒？」

秦鳳儀笑，「我還沒睡呢，媳婦。」說著，掀開自己的被子，越過睡熟的肥兒子，往他媳婦被窩裡去。李鏡的睡意被他鬧沒了，笑道：「我以為你在說夢話。怎麼，這麼高興？」

秦鳳儀喜孜孜地道：「我想出收拾這姓傅的法子了。」

然後，秦鳳儀第二天同一時間去了傅浩那裡，依舊一言不發，看了傅浩一刻鐘，此方離去。之後，連續半月皆是如此。

傅浩被秦鳳儀折騰得心神不寧，每天下午未時就開始心臟狂跳。他鎖門躲出去，秦鳳儀就在門口站一刻鐘，而且不論颳風下雨，不間斷地過來。傅浩簡直要瘋了，這完全就是擠兌他嘛。從來都是他傅才子擠兌別人的，眼下真是風水輪流轉，沒想到今天竟被人擠兌得鳳凰城都不能待下去了。

鎮南王倒沒趕他走，但這請人有請人的規矩，鎮南王來請他，他不樂意，這沒什麼。可如果人家王爺日日都來，你仍是不樂意，這就有些不道地了。人就得想，你是不是吊著王爺啊？傅浩當真冤枉，這位殿下一字不言，就是天天過來，你還不能不在家。你不在家無妨，人家就是在門外站著，可這不是顯著你更不是人了嗎？

於是，原本傅浩想多在鳳凰城住些時日，多吃幾日海鮮的，這也不能夠了。

他說要走人，鎮南王還親自相送，請他坐自己的龍舟。傅浩是個愛說話的性子，分別之際，實在忍不住了，便說了一句：「殿下，我真是求你了，你就與草民說句話吧。」

真的，傅浩這大半輩子，雖則科舉不順，家裡日子也不富裕，但他在江南極有名聲。非但以前閩王曾打發人請過他，亦有地方大員請他為幕僚。這些人，哪個不是舌粲蓮花？傅浩卻是一概未應。

沒想到，今天叫個一言不發的小藩王給擠兌到打包跑路。

不管怎麼說，這位小藩王年紀不大，卻真是有本事。

世上能把他傅浩擠兌到跑路，還能獨得好名聲的，也就這一位了。

傅浩明白，縱是自己離開南夷，鎮南王半個月相延相請之事傳出去，人們讚頌的，定是這位親王殿下求賢若渴的美名。他應不應有什麼要緊啊，反正他臭脾氣天下皆知，但這位殿下，以親王之尊，不畏風雨，不辭勞苦，每日到訪，誠心請教。雖則他沒答應，可這在士林中將會是何等樣的美名，傅浩可想而知。

傅浩竟然有些懊惱：就怪南夷的海鮮太美味，要不，他怎麼就沒想起來，自己這完全就是被人給當牌坊了呀！

傅浩明白得太晚，秦鳳儀知道傅浩想滾蛋的時候，卻是在家裡偷偷高興了許久，還一副勝利者的姿態跟媳婦道：「這姓傅的，想必是知道我的厲害了，終於要滾蛋了。」

李鏡道：「送佛送到西，明兒再去送送傅才子。」

「我早安排好了，還讓他坐咱們的龍舟走。」

李鏡亦是一樂。

秦鳳儀高興地把肥兒子頂到頭上，問：「兒子，爹聰明不？」

大陽懂個屁啊，卻是很會拍他爹的馬屁，當下扯著小奶音握著小拳頭喊：「聰明！」

「爹厲害不？」

「厲害！」

秦鳳儀把大陽往上拋高高，大陽樂得嗷嗷叫。

待秦鳳儀去送傅浩時，瞧著傅浩那一臉苦逼鬱悶相，秦鳳儀心中甭提多樂了。他心裡爽快，待到傅浩說出那句「殿下，我真是求你了，你就與草民說句話吧」時，秦鳳儀更覺得，頭些天受的窩囊氣一掃而空，簡直是揚眉吐氣。

想到這討厭的傢伙這就要走了，秦鳳儀便與傅浩多說了幾句。

結果，這要是不說，估計秦鳳儀也就是做做樣子將傅浩當面牌坊送走，可這相談起來，秦鳳儀發現，嘿，這才子是真有點兒本事啊！怪道閩王都拿出黃金良田官位相請傅浩，怪道趙長史他們不停叨叨，這人的確不是空有才子之名。

秦鳳儀見識到傅浩的本事，此方覺得，傅浩有這樣的本領眼光，那麼，這性子也就不是那樣討厭了。

秦鳳儀眼珠一轉，就想著怎麼把傅浩留下來才是。

秦鳳儀這些天，也算了解傅浩的性子了。閩王出那樣的價碼，傅浩都無動於衷，自己便是再許金銀、良田、官位，怕也是白搭，而且傅浩說了，他現在的身分其實是有危險的，以後不管哪個皇子上位，估計他都沒好下場。

這話雖不好聽，秦鳳儀也不傻，不必傅浩說，他媳婦早說過，他自己也有想過。

的確，不只是大皇子的事，只是現下看，大皇子上位的機會更大些。可話說回來，就是別個皇子上位，他這身分也礙眼得很。非但他，就是他家大陽，比他也命強不到哪兒去，他家大陽還有太祖皇帝的青龍胎記呢。

這麼想著，秦鳳儀越發覺得前路坎坷，就越發捨不得傅浩走了。

秦鳳儀這人，說來自幼一帆風順，故而無甚城府。好在這些年歷練得，長了幾個心眼，起碼心裡有事能憋住，不立刻表現出來，而是慢慢想法子。

秦鳳儀與傅浩都不是什麼好性子的人，只是，這人跟人是否能說到一處去，看的是彼此的見識是否勢均力敵。如傅浩這樣的，你若是一二傻子，就是再好的性子，估計他也跟你說不到一處。像秦鳳儀此人，雖則脾氣臭，剛剛還奚落過人家考三十年舉人而不中的事。但秦鳳儀論學識不及傅浩，可不得不說，秦鳳儀眼光一流，謀略手段更是天資非凡。就是秦鳳儀治理南夷州之事，秦鳳儀自己可能不覺，但只看他一個佳荔節便能吸引到如蒼家雙傑，如傅浩這樣的大才子過來，甚至連和尚道士也提前到南夷州搶占道場，可見秦鳳儀在士林之中受到了何等樣的關注。

傅浩倘不是對秦鳳儀的立場做過研究，如何能對著秦鳳儀說出讓他盡早平叛山蠻之策，甚至讓秦鳳儀將目光放在更遠的雲貴之地。

秦鳳儀想通這一點，心稍稍安了些，尋思著這傅浩雖則嘴硬，卻是早對他和南夷有過細緻的關注。可一時之間，秦鳳儀也沒有更好的留人法子。

一時沒法子，秦鳳儀按捺住性子，到了晌午，便先命人置了酒菜，與傅浩一道用飯。既在江上，吃的便是江鮮。

秦鳳儀笑道：「我都說三月的魚蝦最好吃，不過五六月的魚蝦也湊合。頭一回去你那裡，看你在吃醉蟹，我今日便命人帶了一罈。」

秦鳳儀是揚州人，醉蝦醉蟹的倒不陌生，不過，醉蝦他向來不吃的，蝦還活著呢，怎麼吃啊？便是醉蟹，如傅浩，直接剝來就吃，秦鳳儀吃的那一份卻是命人蒸來的。

傅浩道：「直接吃才鮮，你這樣蒸了來，大失其味。」

秦鳳儀道：「怎麼能吃生的東西呢？」

傅浩搖搖頭，大覺秦鳳儀無口福。兩人用些魚蝦，傅浩就提起建鳳凰城之事。

秦鳳儀建鳳凰城，不要說傅浩這遠在杭州消息不全的，先時就是京城諸位大員，都想不透這裡頭的道道。如今傅浩提及，秦鳳儀便知他是好奇，便與他大致說了說。秦鳳儀只是說了個大概，不想傅才子真是天縱英才，完全不必秦鳳儀細述，便明白秦鳳儀的把戲了。

傅浩讚嘆：「這法子我在家裡參詳再三總是想不透，原來是如此啊！」

傅浩不吝讚美，「殿下這一手，真是神來之筆！」

「都是難出來的，我想三天三夜，才想出來的法子。」秦鳳儀舉杯，「來，吃酒。」

秦鳳儀不提請傅浩之事，傅浩覺得自己馬上就要走了，也就不擺那臭架子了，二人反是說說笑笑，極是自在。待到傍晚，傅浩以為秦鳳儀會在附近碼頭停靠，不想秦鳳儀完全沒有這意思，傍晚一起吃過酒，傅浩見天色已晚，便道：「殿下親自相送，已盡地主之誼，我就在此下船吧。」

「幹嘛，還怕我綁架你啊？」秦鳳儀笑，「先時修碼頭修官道，聽說是都修好了，我還沒親自看過，正好藉著送你的機會過去看看。行了，我又沒強留你，咱們也是能說到一處，你就當借我賺個禮賢下士的好名聲唄。」

說到此事，傅浩心有不滿，道：「你倒是得好名聲，怎麼不想想別人？我這些天被你擠兌得還不夠啊！」傅浩其後還加了一句：「好像就你一人要名聲似的！」

秦鳳儀笑嘻嘻地道：「反正你本來就名聲不好，再差一點也沒關係。」

傅浩簡直被秦鳳儀這無恥話給氣死。

秦鳳儀看他這立要下船的勁兒，立刻拉住他道：「看吧看吧，還真生氣啦？我今年才二十四，你今年四十五吧？你二十一的時候，我剛出生，你跟我生氣啊？」

秦鳳儀又道：「要不，我向你賠個禮。」說著就要作揖，傅浩連忙攔住他，秦鳳儀便又笑道：「你可真實在，這屋裡又沒別人，我就是給你作個揖，也沒人看到啊！」

傅浩被秦鳳儀的無恥氣得不輕，哼哼道：「虧得外頭傳得你如何如何賢德能幹，叫外頭人瞧瞧你這樣兒吧！」

「哎喲，原來外頭人是這麼誇我的啊？」秦鳳儀美滋滋地道：「他們勉強沒說錯。」

秦鳳儀問傅浩：「誒，當初閩王怎麼請你的？」

傅浩正色道：「當年我雖婉拒了閩王，也不好這許多年後背後說他不是。」

秦鳳儀擺擺手，隨意道：「行啦，你這人傲氣得不行，就是王爵，又如何在你眼裡呢？不過，不說就不說吧，我是想誇誇你，你當初拒絕閩王，眼光算是不錯的。」

傅浩道：「我拒絕你，眼光更好。」

「那是那是，你是誰啊，你是傅大才子。」秦鳳儀連忙誇了傅浩幾句，還問：「按理，揚州離杭州也不遠，傅兄，你去過揚州沒？」

「自然去過。」

「那你應該很早就認識我啊！」秦鳳儀道。

傅浩不解地看向秦鳳儀，眼神中流露出明明白白的意思是：你是哪根蔥，我要認識你？

秦鳳儀似是看懂傅浩的眼神，他道：「我可是揚州城的鳳凰公子，你到揚州竟沒有聽說過我？我一出門，全揚州的女娘們都要圍觀的，你真去過揚州嗎？」

傅浩……

秦鳳儀不可思議，「你到揚州竟然不認得我，這跟沒去過揚州有什麼兩樣啊？」

秦鳳儀嘀嘀咕咕感慨個沒完，彷彿他是什麼了不得人的人物一般。

天知道，那時他不過是商賈家的公子好不好？

傅浩看他嘆個沒完，彷彿不認識他這位鳳凰公子就是瞎子一般，傅浩忍無可忍，「我又不是那些頭髮長見識短的女娘！」

秦鳳儀瞥傅浩一眼，「一般不受女娘歡迎的人，都是這樣嫉妒我的美貌的。」

傅浩怒了，「誰說我不受女娘歡迎的？」

秦鳳儀打量傅浩一眼，很是有些懷疑地說：「你雖個子還算高，皮膚也算白，但你有點胖了，眉眼也就是個中等，性子又不好，肯定不會討女娘開心，女娘真的喜歡你嗎？」

傅浩氣壞了，說道：「走開走開，我要去睡了，明兒咱們就分開走！」然後，大踏步地回自己的艙房睡覺去了。

秦鳳儀把傅浩氣跑，心中暗樂，走出小廳，見到傅才子的書僮出來，秦鳳儀還和顏悅色地叮囑那書僮幾句：「傅才子心情不大好，你好生服侍。把那龍涎香給傅才子點上一爐，免得他晚上睡不好。」

於是，連傅才子的書僮都覺得，自家老爺脾氣這樣臭，難得親王殿下這般包容。服侍他家老爺的時候，難免說了幾句親王殿下的好話。

傅浩冷笑，「你哪裡知道那小子的奸滑之處！」

書僮老老實實地道：「不說別個，小的覺得，親王殿下心胸就很不一般。」

就他家老爺這臭脾氣，親王殿下還沒砍他家老爺的頭，而是吩咐他好生服侍他家老爺，書僮就覺得，親王殿下人很好。

傅浩見書僮都被秦鳳儀這巧言令色慣會裝模作樣的傢伙收買了去，更是鬱悶。待到第二日，他起床後也不出艙房，秦鳳儀亦不去理他。秦鳳儀發現，客客氣氣地請人，只能收到傅才子客客氣氣的回絕，那他還客氣個毛啊？

因著天氣極好，秦鳳儀在外吹吹江風，還有些公文要批一批，之後又寫了封信給家裡，讓媳婦安心帶孩子，他決定把傅才子拐回鳳凰城。同時，也寫了信給趙長史和章巡撫，讓他們看著處理事務，過些天他再回城。倘有什麼急事，可問王妃。

把這些事務都安排好，秦鳳儀閒著無事，便令人取出他的琵琶，坐在船頭彈起琵琶來。

秦鳳儀的琵琶彈得極好，只是，別人請才子軍師，怎麼也要彈個高山流水吧，秦鳳儀不一樣，秦鳳儀彈的是《鳳求凰》。傅才子在船艙聽到有人彈《鳳求凰》，還以為是船上的使女彈的，心說，可真是個多情的使女。再想到秦鳳儀的相貌，傅才子哼哼兩聲，不就生得俊嗎？別人生得俊都知道謙虛，就這位，自己生得俊不夠，還要笑話別人生得醜。

傅才子聽過一曲婉約多情的《鳳求凰》，想著大好秋光，他窩在這船艙裡做什麼，正好出去看看這忒多情個使女。聽聞鎮南王妃是個母老虎，這使女的心思，怕是不能遂願了。這麼一想，秦鳳儀有個母老虎媳婦，先時傅才子因為被秦鳳儀批評生得醜的鬱悶忽地煙消雲散了。

縱是秦鳳儀有那等貌比天人之姿又有何用，家有胭脂虎，怕秦鳳儀便是身在外亦不敢染二色的。傅才子偷笑了一回，便打開門出去了。到得船頭，卻看到秦鳳儀正在調弄琵琶，傅才子頓時啞口，良久方道：「剛剛，是殿下在彈琵琶？」

「我彈得如何？」秦鳳儀問。

「不錯。」傅才子雖然性情差些，卻是有一說一，有二說二的性子。

秦鳳儀問：「想聽什麼？」

傅才子似乎仍沉浸在《鳳求凰》的曲聲中，隨口道：「殿下隨意便可。」

秦鳳儀撥弄幾下琵琶弦，時而輕快，時而激昂，時而還要停下來尋思片刻，復又挑琵琶弦。秦鳳儀平日裡自戀、嘴壞，但當他沉浸在琵琶曲時，那種安靜美好，便是傅才子這樣壞脾氣的性子都不忍打擾。

秦鳳儀一般是上午處理公文，偶有不能決斷之事，他現在身邊並無近臣，便問一問傅才子的意思。傅才子原想推脫，但秦鳳儀那樣坦誠的目光，微鎖的長眉，以及傅才子不想承認的俊美絕倫的臉龐，都讓傅才子不忍含糊。

便是傅才子每日回艙房睡覺時都暗自琢磨，是不是又落這小子的套裡了？不過，秦鳳儀並未說一句挽留的話，傅才子也不能這樣大咧咧給自己臉上貼金。傅才子安慰自己，待下船就好了，這就當付船資好了。

然而，他委實沒料到，下船後秦鳳儀還要繼續送他。

傅才子極力道：「殿下，您送我到這裡已是仁至義盡，賢德無雙，切勿再送草民了。」

秦鳳儀笑，「不是要送你，大庾嶺這段路，我來的時候可是吃了大苦頭，一天走不了五里地。當時經過這裡時，我就暗暗決定，一旦到了南夷城，必然要先修此路。花銀子修了路，還沒來過呢。我微服出行，先生隨意便可。」示意只是恰好一道。

傅才子無法，秦鳳儀做到這般地步，便是傅才子也說不出什麼難聽的話了。

秦鳳儀與傅才子說著就藩時一路上的事，秦鳳儀道：「那時真是千辛萬苦，當時章巡撫出城三十里接我，我想著，當天還不能進城嗎？結果道路難行，走了一天也沒能進城，半路還在野外安營歇了一宿。」

傅才子道：「我今年來的時候，這路已是很好了。」

「路好了，南夷外的東西才能進來，南夷的東西才能出去。」秦鳳儀道：「到義安、敬州的官道都在修了。修好了各府的官道，便是各縣的。百姓們唯有多見世面，開闊眼界，日子方能漸漸富庶起來。」

待過了大庾嶺這段路，又要換水路，秦鳳儀著人安排船隻。雖不是龍船的規格，也是一艘寬敞的大船，直待再行便要出南夷了，秦鳳儀方道：「送君千里，終有一別。如今分離，不知還有沒有相見之時，傅兄一路保重。」

秦鳳儀相送幾百里，傅浩以為秦鳳儀終是會提挽留的話，結果秦鳳儀隻字未提。傅浩心中一時不知是何滋味，對著秦鳳儀深深一揖，想說些什麼，以傅浩之口齒，此時竟覺什麼都說不出。秦鳳儀擠兌他，拿他當牌坊搏賢名兒，嘴還壞，還批評他的相貌……但傅浩知道，秦鳳儀留他的心是真的。正因為這份心真，反是沒有開口。

傅浩行禮之後，帶著書僮換了另一艘大船。

及至換了船，傅浩回頭，見秦鳳儀正站在船頭看著他。

秦鳳儀一身玉青長袍，秋風吹拂時，帶起他寬袍長袖，令他飄然若仙人。秦鳳儀雙眸柔亮，眼中帶笑，對傅浩擺擺手。傅浩又是一揖，船隻開行，終是離秦鳳儀的大船而去。

秦鳳儀要來琵琶，坐在船頭，五指輕劃，琵琶聲起。那樂聲是歡快又輕靈的，激昂時似乎帶著主人強烈的情緒，但最終歸於舒緩柔和，寬容祝福。

一曲結束，傅浩的船已只餘一帆遠影。

秦鳳儀輕嘆，吩咐道：「回去吧。」終是沒留住這位大才子啊！

秦鳳儀鮮有這樣失敗的時候，不過，縱是失敗，他也盡力了。這樣都留不住傅浩，可見傅浩並無輔佐之意，強留亦是無用，倒不如放這位大才子還鄉，從此自由自在吧！

秦鳳儀正感慨，就聽近侍歡喜稟道：「殿下，您看，是不是傅才子的船回來了？」

秦鳳儀跑到船頭，見一艘大船正順江往他們的方向行來，瞧著還真是傅浩所乘船隻。秦鳳儀心中大喜，立命停船。傅浩眼圈有些紅，但他是絕對不會承認他哭過的。

傅浩趕上來，踩著船板到了秦鳳儀的船上，望著秦鳳儀滿是驚喜的眼神，難掩激動。沒有半句廢話，傅浩直接道：「若殿下不嫌臣性情反覆，臣願追隨殿下。」說著行了大禮。

秦鳳儀連忙將傅浩扶起，「我盼先生久矣，一直不敢開口相留，只怕先生婉拒。」

傅浩亦是動情道：「殿下的琵琶，臣都明白。」

傅浩換了船，聽到秦鳳儀琵琶聲的時候，便明白了秦鳳儀多少未訴諸於口的話。

秦鳳儀的確沒有說過一字要留他在南夷的話，但這一路行來，秦鳳儀心事若何，傅浩心知肚明。秦鳳儀對傅浩的才華很是欣賞，傅浩何嘗不為秦鳳儀的才幹驚嘆。

如果秦鳳儀是那樣「寧可我負天下人，不可天下人負我」的野心勃勃的梟雄，傅浩不一定會動容。這樣的野心家，傅浩見過，可秦鳳儀不是，秦鳳儀是那種會說「軍中將士一樣是別人的兒子別人的丈夫」的人。

秦鳳儀這樣的才幹，又這樣的心軟，對他幾百里相送，從水路換到陸路再換至水路，一直送到江南西道。他不開口留他，是因為知道留不下他。

當琵琶聲起的那一刻，傅浩才知道，這一曲是為自己所作。

那一刻，傅浩忽然明白，為何史書上會有那些願意為君上嘔心瀝血、甘願赴死的臣子。

那一刻，傅浩終於明白，自己等到了想要效忠的主君。

雖然主君的性子，那啥，還不大穩重。

這個時候，做主君的不應該多說幾句感動人拉攏人的話嗎？瞧瞧他家主君說的是什麼？

秦鳳儀歪頭打量傅浩，八卦兮兮地問：「老傅，不會是叫本王的琵琶感動哭了吧？」

傅浩立刻如一隻被說中心事的老貓，渾身的毛都炸了起來，惱羞成怒，「我哪裡有哭？不過是江風大，迷了眼罷了！」

「哦哦，江風大，迷了眼。」秦鳳儀竊笑幾聲，拉著傅浩的手道：「這就感動啦？以後咱們幹一番事業，感動的時候多著呢！我再說一事，你肯定更感動。我跟我媳婦那麼好，我都沒給我媳婦寫一首曲子，咱們在一處也沒多少時日，不知為何，我就寫了這一曲。曲因情而生，老傅，你可別告訴我媳婦，不然我媳婦吃醋怎麼辦啊？」

傅浩直翻白眼，「能怎麼辦，反正殿下懼內之名天下皆知。」

「知道什麼？男人就是得讓著女人。」秦鳳儀忽而想起一事，「老傅，要不要把嫂子和孩子們都接來南夷？」

傅浩想了想，點頭道：「也好。」

秦鳳儀道：「你就別回去了，搬家的事兒，你也幫不上什麼忙。不如你修書一封，我著人去幫你都搬來就是。」

傅浩自然不會矯情，他在信裡千萬叮囑媳婦，什麼都可以不搬，他那三屋子書一定要一本不落地搬過來。秦鳳儀著一個親衛帶一隊親兵，傅浩又打發書僮跟著親衛一塊去，免得妻子心裡沒底。

把這些瑣事處理好，秦鳳儀便挽著傅浩的手道：「老傅，剛剛那首曲子還沒名字，我想，就叫《相送》，你說好不好？」

傅浩笑，「殿下說好，自然是好的。」

「我再為你彈一曲。」

這一回便是《高山流水》了。

饒是傅浩已經猜到，聽到此曲時，仍是會心一笑。

秦鳳儀一出門大半個月，總算是把傅大才子給請了回來，當下闔府歡慶。趙長史、章顏和李釗、方悅等人都是面帶喜色，深覺秦鳳儀這送人沒白送，把人給送回王府了。

傅浩見幾人喜悅的神色，心中一暖。

到了傅浩這個年紀，哪怕脾氣臭，人情世故也是明白一些的。如秦鳳儀這樣的身分，身邊人多了，競爭自然是會有。傅浩向有才子名聲，而且，他這名聲不是白得的。傅浩早就見過趙長史等人，知道秦鳳儀身邊近臣是什麼樣的風格，對秦鳳儀早有估量。

很多時候，謀士近臣的風格也代表了主君的喜惡。傅浩自己這脾氣，就不是那種陰險人物，也是考慮到秦鳳儀身邊的人心思比較正直，比較好相處。

所以，甭看傅浩先時百般拒絕，他對於秦鳳儀是有一個具體而全面的分析的。

事實上，傅浩想多了。以秦鳳儀現在的情況，往後若能一飛沖天，跟著秦鳳儀的這些人自然能夠雞犬升天。可相對於雞犬升天，秦鳳儀倒灶的機會更大，畢竟秦鳳儀這明擺著已封了藩王，朝中哪位皇子上位的機會都比他大。人家是皇子，前程未定，秦鳳儀這個已是鐵板釘釘的鎮南王，就像傅浩說的，有秦鳳儀這元嫡出身的身分，還有他兒子大陽那青龍胎記，不論誰上位，秦鳳儀這支想得個善終都不容易。

秦鳳儀能把趙長史、章顏、李釗、方悅這些人攬在身邊是秦鳳儀的本事，但連李釗都為了他過來，世子之位的冊封還被朝廷駁了回去，可見如果秦鳳儀倒灶，他身邊的人會是何種下場了。所以，大家現在一條心地把秦鳳儀扶上位都忙不過來。

如傅浩所想的，爭權奪利的事真是沒有。相反，見到傅浩這樣的大才子過來，說啥也不能讓他走啊，故而幾人一遍遍在秦鳳儀耳邊叨叨個沒完，就是要秦鳳儀親自出馬把人留下。

今見傅浩與秦鳳儀歸來，人人歡喜，一則為即將成為團隊中一員的傅浩而高興，一則便是為秦鳳儀的能幹暗暗叫好。果然秦鳳儀只要豁出臉，簡直沒有搞不定的人啊！

秦鳳儀直接讓傅浩做了右長史。王府的長史司有兩位長史，趙長史是左長史，右長史的位置一直空著，如今給了傅浩，無人不服。

傅浩卻是推讓道：「在下寸功未建，當不得此位。」

秦鳳儀挽住他的手，「說這話就外道了。大舅兄和阿悅過來的時候，也是辭了官的白身。老趙那會兒，在家賦閒多年，就是我，做官做藩王也沒幾年。官職不過是個名頭兒罷了，具體還得看做事。你素來灑脫，可千萬別拘泥啊，老傅。」

傅浩一笑，當下也不再推辭，受了這右長史之位。

安置好傅浩，秦鳳儀方回內宅見妻兒。

大陽不在家，在公主府玩呢，李鏡早就在院子裡來回遛達著等人。見到丈夫回來，立刻迎上前笑道：「總算是回來了，聽說你把傅才子留下了？」

見丈夫並沒有消瘦，且神采更好，李鏡方是放下心來。

「留下了。」秦鳳儀挽著妻子的手，二人相偕進屋說話，秦鳳儀忍不住道：「別說，先時是我看走了眼，覺得老傅就是脾氣大。我們在船上說起話來才知道，老傅是名不虛傳啊。我當時就想著，再不能放他走的。」

侍女捧上溫水，秦鳳儀洗漱過，換了家常袍子，又道：「總算是把他留下了。」

秦鳳儀要留傅浩的事，早就寫信告知媳婦了，不過，在信上秦鳳儀並未細說，如今人回來了，李鏡自然要問一問。秦鳳儀打發了侍女，這才仔細與妻子說了一遍，秦鳳儀道：「咱們經營這幾年，南夷總算是有些個樣子了，可前路如何，我始終沒想好，倒是與老傅在船上一番相談，叫我有了些主意。」

李鏡聽得直點頭，「可見人如其名。」

「是啊，當時我就想，怎麼都得把傅才子留下。」

李鏡好奇，「傅才子如何答應的？你先時可是把他擠兌得不輕。」

秦鳳儀想到自己挽留傅浩之事，心中亦是得意。他的性子，即使李鏡不問，他也憋不住不說的。此時媳婦一問，秦鳳儀便娓娓道來，秦鳳儀自己都說：「我真以為他就要走了，哪裡想到他會改主意回來。老傅這人，哎，就是嘴壞，其實心裡比誰都重情。」

李鏡笑，「錯過了你，他也就得做一輩子才子了。」

想想丈夫這一路相留相送，得是何等留而不能的心境下才能作出一支琵琶曲呢？雖則秦鳳儀說著是很自得，李鏡聽著卻覺得丈夫有智謀，可也忍不住心疼。

李鏡不信世間還有誰有自家相公這樣的誠意，何況，臣擇主，除了看主君的誠意，亦要看主君的才幹。譬如閩王，一樣有誠意，但閩王的才幹，怕是不在傅才子眼裡。

傅才子有才，但得有一個欣賞他的主君，他的才幹方有揮灑的天地。

偏生傅才子屢試不第，故李鏡有此言。

秦鳳儀擺擺手道：「媳婦，話不能這樣說。要是個笨人，或是資質尋常之人，過來投奔於我，這多是看著我藩王的地位罷了。像趙長史、老章、大舅兄、阿悅，看的都是情分。大蒼小蒼賭的是我的將來。老傅先時與咱們不認識，況他這樣的聰明人，把咱們的處境看得一清二楚，還甘冒此風險，這就是情分啊！」

李鏡一笑，「你以情動他，他以情報你。」

秦鳳儀眉飛色舞地道：「我得老傅，如虎添翼。」

大陽被接回家，見著他爹，可是跟他爹好一通親香。

大陽自出生後就沒跟他爹分別過，這一回他爹一走大半個月，大陽每晚都想他爹。有時想他爹想得都想哭了，可是他爹每天寫信給他，讓他幫著照顧他娘和小妹妹，大陽做為家裡的小男子漢，都是強撐著的堅強。如今見他爹回來，大陽彷彿一顆出膛的小炮彈跑了過去。小胖腿往地上一蹬，嗖地一跳就抱住了他爹的腰。

秦鳳儀托著兒子的肥屁股，大陽兩三下就爬到他爹懷裡去，抱著他爹啾啾啾啾啾親了五口，響亮亮地喊道：「爹！爹！」

秦鳳儀心都要被兒子喊化了，也回親好幾口，把兒子舉高了問：「兒子，想爹沒？」

「想！每天都想！想了好久好久！」大陽膩著他爹就不鬆手了，吃晚飯都要賴在他爹懷裡，還要他爹餵他。

秦鳳儀笑道：「你不是早就自己吃嗎？」

「我想要爹餵我！」

「來來來，餵我們大陽寶貝吃。」秦鳳儀夾個焦炸小丸子給兒子，大陽不愧是他爹的兒子，兩隻小肉手捉著丸子啃得香。

李鏡與秦鳳儀道：「還有一件事，新布政使過來了。」

「早就該來了，去歲就該來了。」

去歲把李布政使打發回京養老，按理戶部就該派官員過來補上，結果，甭看南夷日子好過了，在這裡當官也不算什麼寒苦差了，但在外頭諸多官員眼裡，在南夷為官，還不如去苦寒之地，畢竟苦寒之地只是苦些，南夷這裡，以後如何真不好說。

秦鳳儀自然是覺得南夷是好地方，而且，也有李釗、方悅這等辭了官，不做世子也要來南夷給秦鳳儀幫忙的。可實際上，李釗是秦鳳儀的大舅兄，方悅與秦鳳儀有師叔侄之名，還有四載讀書之情，滿朝人只要消息靈通些，沒有不知道的。

這兩人跟秦鳳儀早有扯不開的情義，他們便是不幫秦鳳儀，以後別個皇子登基，就他倆與秦鳳儀的關係，最好的結果就是一輩子不得志，所以，這兩人辭官也要來南夷。除了彼此的情分，未嘗沒有情勢的原因。

因為秦鳳儀的出身，對於後繼之君太過尷尬，世間又有幾人有章顏這樣的眼光與魄力？所以，更多的人寧可去苦寒之地，也不想來南夷，就是怕後繼之君疑心。

於是，一個布政使之位，足足拖了一年。好在秦鳳儀是實權藩王，布政使無非就是管管錢糧之事。既然布政使不在，秦鳳儀就把這差事給章顏兼了。如今竟然派下新布政使來，秦鳳儀當然得問問是哪位大員。

李鏡道：「新布政使姓桂，叫桂韶。」

秦鳳儀盛了一碗豆腐湯給兒子，讓兒子慢慢喝著，方道：「這名字聽著有些耳熟。」

「我一說你就想起來了。」李鏡道：「你記不記得，當年章巡撫任滿回京，原是想謀國子監祭酒之位，結果被你一打岔，章巡撫才來了南夷，那時我還說你不該在御前多事。」

李鏡這樣一提，秦鳳儀「哦」了一聲，「我想起來了，桂大人原來是任豫州按察使，聽說那一年豫州大澇，桂大人連砍十一顆人頭。我記得後來他轉任了揚州巡鹽御史，如何叫人發落到咱們南夷來了？」

李鏡笑，「怎麼能說是發落？桂大人在巡鹽御史位上連任三年，想是咱們這裡布政使的位置空得太久，朝廷讓他過來的吧。」

「巡鹽御史向來都是一年一換的，他能連任三年，當真是有本事。」秦鳳儀道：「這個人以前瞧著不錯，明兒我親自見見。說來，那會兒要不是我多嘴，當初來南夷做巡撫的應該是他。如今這兜兜轉轉的，他還是來了南夷，可見與南夷有緣。」

「還有，工部最後一批兵甲也到了，是章巡撫親自看著驗收的。你不在家，兵甲到了，也不用在庫裡放著，我讓他們把兵械發下去了。」李鏡道。

秦鳳儀點點頭，問：「工部的人回去了嗎？」

李鏡道：「他們哪裡肯在咱們這裡久待，第二天就走了，我讓趙長史寫了謝恩摺子。」

夫妻倆說了一回這幾天的事務，待用過晚餐，一家子沐浴後，便早早上床歇息。

李鏡想起什麼，問秦鳳儀：「傅長史這裡安排什麼事務呢？」

「這個我跟老傅在船上就商量過了，他說自己一直沒當過差，就先在我身邊做個參贊，待看一看再說。」

「這也好。」

大陽忍不住在他爹懷裡扭啊扭，不滿他爹總是跟他娘說話，「爹，講故事。」

「大陽想聽什麼？」

「想聽爹你三頭六臂噴火的故事。」

「哎喲，爹累了，大陽講給爹聽好不好？」

大陽以往是很愛跟人講故事的，但今天大陽死活不講，大陽道：「爹，您不在家，大陽每天都給娘和妹妹，講故事。」都講煩啦！

秦鳳儀一樂，拍拍兒子的肥屁股。

「好，爹今天講個新故事，講個爹打大老虎的故事。」

然後，秦鳳儀講了個他三拳兩腳打死老虎的故事，把大陽聽得入迷，第二天跟小夥伴們炫耀了一整天，顯擺他爹會打虎。

秦鳳儀第二天在議事廳正式介紹了傅浩給大家認識，同時也見到了桂韶。

桂韶長得不高，個頭兒還要稍矮秦鳳儀些，臉頰瘦削，面貌亦無甚特別，但一雙眼睛鎮定明亮，看得出是個堅毅之人。

秦鳳儀免了桂韶的大禮，笑道：「我對桂大人是久聞其名，未見其人。」

桂韶有些意外，他倒是聽聞過秦鳳儀的名聲。並不是因秦鳳儀曲折離奇的身世，而是在三年前任滿回京等待新職司時聽說過秦鳳儀。彼時秦鳳儀乃新科探花，還是名滿京城的鳳凰公子。當然，桂韶的性子，不可能對什麼神仙公子感興趣，他認為那是些無知女娘們吃飽了撐的對著個美貌男子發神經。

桂韶會聽過秦鳳儀的名聲，一則是因為秦鳳儀當時在京城的名聲就不小；二則是因為人家都說秦鳳儀的探花之位是靠臉得來的，名不符實。至於別個印象，就沒有了。

秦鳳儀則是說出了兩人的淵源。

「當年桂大人是豫州按察使回京等新缺，還有老章、兩湖的薄按察使，你們仨碰一塊兒了。老章原想謀的是國子監祭酒的缺，還有兩個缺，一個是揚州的巡鹽御史，一個是南夷巡撫。當時有人屬意桂大人任南夷巡撫，老章任國子監祭酒，薄按察使就是巡鹽御史了。我在御前碰巧聽說這事兒，就覺得簡直是一塌糊塗。巡鹽御史是天下有數的肥缺，事關鹽課，必要清廉忠正之人方可。國子監不過是教書而已，找個學問好的便是。至於南夷巡撫，南夷偏僻，地方也窮，必要精幹之人。後來，陛下便點了老桂你為巡鹽御史，我那會兒跟老章熟，老章來了南夷，薄按察使則轉任國子監祭酒。」

御前之事，倘不是秦鳳儀說出來，不要說桂韶，就是章顏也不知這般具體。章顏還以為當年是秦鳳儀在御前多話，把自己弄到南夷來了，沒想到還有桂韶這裡的淵源。

秦鳳儀笑望著桂韶，「可見咱們有緣，你與南夷也有緣，終是過來南夷了。」

桂韶不善言辭，只是微微躬身。

秦鳳儀道：「自從我來了南夷，南夷就成了天下官員最不願意來的地方。去歲李布政使致仕回京，朝廷先是派了一位杜布政使，結果杜布政使還沒接到朝廷的旨意，只聞風聲就摔斷了腿。其後朝廷派了一位林布政使，這位林布政使更倒楣，剛接了戶部的調派文書，家裡母親就病重，因要在母親床前守孝，便也沒能過來。自此，咱們南夷布政使的位置就空了下來。如今派了桂大人來，桂大人啊，看來你在巡鹽御史的位置上得罪人得罪得不輕啊！」

桂韶道：「下官在其位謀其政，只要依律依法行事，再如何也得罪不著下官。要是有別個想頭，下官不聾不瞎，自是不能坐視。」

「咱們南夷偏僻，需要的正是老桂你這樣的能臣啊！」秦鳳儀倒是很喜歡桂韶，「你剛來的時候，我微服出巡，沿路看了看，沒見著你，如今布政使的差事還做得慣嗎？

桂韶道：「臣也是剛入手。」

「有什麼難處，只管與我說就是。」

秦鳳儀輕聲細語，在桂韶看來，這位親王雖年輕了些，但聽其說話，就知道這位殿下是個明白人，而且也解了桂韶先時疑惑。

當年桂韶在豫州按察使上任滿回京等待新缺，他在豫州大澇時，因有糧商哄抬糧價，一邊是飢餓的受災百姓，一邊是糧商藉機牟利，桂韶幾番去商量，讓糧商們降價好活人性命，結果這些糧商把麩糠賣得比平日的大米還貴。桂韶一怒之下，連斬十一顆人頭，這件事當時鬧到了京裡，但陛下赦他無罪。不過，桂韶也曉得，怕是沒什麼好差事了，不料他竟得了當年的第一肥缺，揚州巡鹽御史。這其間緣故，不要說桂韶，他還尋了些舊交打聽，也沒打聽出個所以然，如今方知有此等緣故。

秦鳳儀與桂韶多說了幾句，不使他冷落，之後便開始處理政務。

桂韶發現，這位親王與他所見的任何一位殿下都不一樣。好吧，桂韶攏共也只見過秦鳳儀這一位親王。不過，桂韶的意思是，秦鳳儀的理事風格與他所想大有不同，完全不是官場上打太極的那一套，或是拖拖拉拉的處事風格。

秦鳳儀極有決斷，基本上大家所稟之事，他這裡都有主意。

趙長史稟過近些天的事，之後章巡撫道：「如今南夷城與鳳凰城的織造局都建了起來，義安知府、敬州知府來函說，他們那裡養蠶桑的婦人極多，每年的絲也能賣出不少，只是當地百姓不懂紡織，百姓們只能是繅絲來賣，得利便少。他們想著，能不能著幾個手巧的婦人，過來織造局學一些紡織的技藝。」

秦鳳儀想了想，道：「阿悅，織造局的事一直是你管著，你怎麼說？」

方悅道：「要是說緙絲、繚綾這種，沒有個十幾年的功夫是學不來的。倘是小作坊類的尋常綢緞紡織技術，應該簡單些。這些在江南亦不算什麼機密，我可問一下織造局的織工。若是有人願意來學，可傳受一二。」

秦鳳儀道：「獨木不成林，光有織造局，規模還是小。每年自兩湖、江浙過來的綢緞不知有多少，只教會幾人、十幾人又有何用，仍是單打獨鬥，成不了規模。這樣吧，讓他們寫個計畫書。與其擇幾個婦人來學，不如看當地怎麼辦個織造作坊。不論是織機，還是技術，織造局都可以提供，唯有一樣，不能讓織造局白出工，前三年每年三成純利要給織造局。」

章顏與方悅便明白秦鳳儀的意思了。

阿錢族長連忙問：「殿下，咱們土人也一樣嗎？」

如今各族長都學了漢話，雖則說得不大熟練，說得慢些，也能聽得明白。

秦鳳儀笑，「自然一樣。」

幾位族長彼此嘰哩咕嚕用土話商量了一陣，各個都面露歡喜之色。

待議事完畢，大家各自退下。

傅浩不愧有才子之名，沒幾天就給了秦鳳儀第一個建議，那就是，秦鳳儀麾下人職司混亂。傅浩道：「如李賓客與方賓客，李賓客既要管著軍中兵械置換之事，還要管著瓷窯之事。方賓客既要管著勸農耕種，又要兼管織造局之事，豈不混亂？」

秦鳳儀沒想過這事，便道：「剛到南夷時，事多人少，有事出來，看誰閒著就是誰管著了。」遇到傅浩不大贊同的小眼神，他立刻拿出納諫的姿態道：「依老傅你說，當如何？」

「不如讓李賓客全權負責軍備後勤之事，方賓客負責瓷窯、織造局，以及殿下其他生意上的事。」傅浩沒好直接說走私事宜。

「這樣也好。」秦鳳儀道：「老傅，軍中你要給我想個法子。」

「臣看軍中井井有條。」

「不是這個。」秦鳳儀讓傅浩坐下說話，與傅浩說了自己的難處，「現在咱們這裡有馮將軍麾下的兩萬兵馬，馮將軍官居從二品。還有潘將軍，潘將軍居從三品，帶的是我的一萬親兵。另則就是三四萬土兵，土兵一支是由嚴大姊與阿金帶領，一支是阿花族長親領，另一支是阿泉族長親領。他們呢，各有各的長處，只是少一位大將軍。」

傅浩先問：「殿下的意思呢？」

「要論戰功，先時兩場對山蠻之戰，都是馮將軍打贏的。潘將軍當時駐守在鳳凰城沒趕上，土兵更是剛下山。土兵這裡，我原是想嚴大姊給帶著，但阿花和阿泉那兩支不同意，土兵就此分成三支。我要是硬指派一人為大將軍倒是容易，也能把其他人壓服下去，卻怕他們是面服心不服，那就不美了。」

「殿下真是當局者迷。臣聽趙長史說起過兩場對山蠻之戰，第一次能戰勝山蠻的象軍，是因為殿下提前命工房製出了床弩。第二次大勝山蠻，是因為殿下將計就計，使山蠻誤以為城中軍備空虛，進而偷襲，就此中殿下之計。臣說的可對？」

甭看秦鳳儀平時頗自大，傅浩直截了當誇他，他有些不好意思，「這不過湊巧罷了。」

「如何能是湊巧呢？如果是臣，山蠻久不與南夷有戰事，又是剛來就藩南夷，樁樁件件的事都要處理，如何就能想到先防備山蠻？」傅浩道：「殿下也知現下軍中想擇一大將軍不容易，既如此，殿下何不親自擔任大將軍一職？殿下封南夷，原就軍政自理。」

「我？」秦鳳儀嚇一跳，連聲道：「我只學過些花拳繡腿，武功很平常。再者，不要說殺人，我實話與你說，我連隻雞都沒殺過。」

傅浩微微一笑，「天下善戰之人，如孫武，不良於行，世人皆稱一聲兵聖。殺雞的，那是廚子。依臣看，這大將軍一職由殿下兼任，最恰當不過。」

「讓我想想。哎喲，我得想一想！」

傅浩暗覺好笑，「殿下慢慢想吧。要是拿不定主意，不妨與王妃商量一二。」

秦鳳儀翻個大大的白眼，「她知道什麼，大事都是我做主，王妃怕我怕得不行。」

秦鳳儀確實是得跟他媳婦商量。

李鏡聽著傅浩出的這兩個主意，點頭道：「果然是有真才實學的。」

秦鳳儀問：「媳婦，妳說，我成嗎？」

「這有什麼不成的？不用你上陣殺敵，就是應個名頭。」李鏡道：「你想想，眼下這幾位將軍，帶手下的兵還好，可一旦做了大將軍，先不說其他人能不能心服，就是讓他們誰帶十萬大軍，誰有這樣的本領呢？我看傅長史說的對，這事兒還就得你來。」

「我也沒帶過兵啊！」

「並不是要你衝鋒陷陣，主要是你給他們拿個主意，譬如，這攻城誰負責什麼，給他們分一下職司。至於如何作戰，不必太拘泥，讓他們自想去就是。這樣，你坐了大將軍之位，省得底下人再爭此位，他們也能心服口服。」李鏡道：「你覺得如何？」

秦鳳儀摸摸沒毛的下巴，「讓妳這麼一說，倒也不是難事。」

「本來就不是什麼難事。」李鏡笑道：「我雖未帶過兵，但聽我父親說，領兵不過是『進退』二字而已。」

「岳父打過仗，說得輕鬆，其實哪裡有這麼容易？」

「先試試吧。」

秦鳳儀實在是想不出大將軍的人選，只好自己親自上陣了。

大將軍人選之事，雖不是眼下要事，但秦鳳儀必然要有個心理準備，他還尋思著，要不要找兩本兵書看看。不過，看兵書的事暫且押後，他先找到大舅兄和方悅，把兩人的職司給分分清楚。秦鳳儀覺得，傅浩提的這個意見還是不錯的。

秦鳳儀與他二人道：「岳父就是在兵部當差，正好，大舅兄你就管著軍備後勤這一塊。阿悅，先時老頭兒做過戶部尚書，你就管著咱們的私房，瓷啊絲啊海運啊這些事都包括在內。你單立個帳本，以後海運上的銀子，我也讓羅大哥交到你那裡去。」

與這二人談妥，見他們也沒意見，秦鳳儀方知會了大家一聲。

接下來，秦鳳儀去了張盛負責的軍營。

這營裡都是先時與他們一起過來的飢民，不同的是，這些都是孤兒。如今三年過去，有的孩子臉上依舊帶著些稚氣，有的卻是成丁了。秦鳳儀一連過來三天，除了這些漸漸長大的孩子們，還有便是自各縣各鄉各村的鄉勇訓練中挑選出來的新兵。

自山蠻第一次來犯後，秦鳳儀就提出縣裡的捕快、兵丁，以及鄉里的、村裡的青壯，每年要服四十天的徭役。不必官府徵用民夫幹活，就挑著十六歲到四十歲的青壯，過來州府進行兵丁訓練。這些鄉勇訓練，馮、潘二位將軍皆各有自己的兵要訓練，平日裡也忙，秦鳳儀要是派給他們這職司，他們自然不敢懈怠，不過，最終秦鳳儀派給了張盛，一則張盛手頭事情少，二則便是秦鳳儀私下令張盛在其中挑選適宜當兵的青壯，擇他們入伍。

開始自是有人不願，實在不願意的也不強求，但只要是願意當兵的，每月月銀照發，家裡還能免糧稅，如此倒也有不少人願意。只是，即便你願意，也得看你的身體條件。

秦鳳儀早與張盛說了，挑就挑好的，別胡亂湊數。

整整兩年，張盛如今麾下已有五千餘人。

秦鳳儀過來遛達三天，與張盛道：「不算那些孩子，張大哥你麾下才五千人吧？」

張盛道：「五千三百六十七人。」又提醒秦鳳儀一句：「殿下喚臣官職便好。」

「咱們私下說話隨意些無妨。」秦鳳儀又道：「我有件事一直沒拿定主意，也只有與張大哥你商量了。」

張盛令親衛守門，道：「殿下只管說就是。」

「我想明年征山蠻。」

張盛有些吃驚，卻仍是道：「眼下土人下山，咱們手裡這些兵日日訓練，便是明年要征山蠻，臣以為，只要做好準備，亦是使得。」

「糧草兵甲這些，倒不是難事。我近來尋思著，咱們軍中沒有斥候營是吧？」

「斥候是這樣的，譬如各軍中會選出幾人為斥候，多是為前方探路之用。」

「這是我的疏忽啊！」秦鳳儀道：「聽說先時朝廷征陝甘，我岳父就負責斥候營。據說當年景川侯之爵原非世襲罔替之爵，皆因岳父主持斥候之事，在戰時立下了大功，後來論功行賞，由尋常侯爵升為世襲之爵。張大哥，我想著，能不能組建斥候營？」

張盛道：「這倒不是不可，只是殿下說的那種斥候營，並非一日之功。」

「無妨無妨，咱們先慢慢做著。」秦鳳儀欠缺經驗，但他這人很有想法，他也就聽人說起過一回他岳父曾經主持斥候營，然後就按著他聽說的事兒，叫張盛也組建斥候營。

秦鳳儀還道：「我又給張大哥你弄了點兒兵。」

張盛眼睛一亮，「在哪裡？」

「大牢裡關著呢！」秦鳳儀笑嘻嘻地道：「我想好了，你說牢裡那些個人，每天給吃給喝的，還啥都不幹，不如拉出來訓練一下，明年征山蠻也用得上。」

張盛有些驚訝，可他並非拘泥之人，聽秦鳳儀這樣一說，便道：「殿下說的是。」

「我跟老章說好了，你去牢裡挑吧，覺得順眼的就挑出來，不順眼的依舊讓他們坐大牢去便是。」秦鳳儀道：「斥候營那事兒，張大哥你先琢磨琢磨。這事雖不急，總得有幾年才成氣候，但眼下咱們得開始想了。」

張盛恭敬領命。

秦鳳儀把斥候營的事交託給張盛，又給張盛籌備了些人馬，往潘將軍麾下、土人軍中各遛達了一回，到傍晚方回了府。

秦鳳儀覺得斥候營這事兒自己辦得很不錯，還跟媳婦顯擺了一回。

李鏡只笑不語，道：「我有正事與你商量。」

「什麼事？」

「陛下的萬壽就要到了，該送壽禮了。」

秦鳳儀半躺在榻上，摟著肥兒子道：「去歲怎麼辦，今年還怎麼辦就是。」

李鏡道：「瓜果我都準備好了，我想著，這織造局自去歲開始張羅，如今也有些模樣了。當初說好三成利的，先時沒收入時還罷，如今有了收入，不好拖欠，否則豈不顯得咱們沒信用？不如就把這一年多的紅利送去給陛下。終歸是陛下的，省得咱們再花銀子置壽禮。」

秦鳳儀道：「我正想著明年出兵山蠻，糧草兵械哪個不用錢，妳就又要給我往外揚，真是個敗家媳婦，是不是，大陽？」

大陽是他爹的小馬屁精，不管懂不懂，就跟著學，響亮地喊道：「是！」

「是個屁啊是！」李鏡斥大陽一句，對秦鳳儀道：「就當你應了啊？」

「應吧應吧。」秦鳳儀嘴上應了，實際上根本沒跟方悅提，後來氣得李鏡自己找方悅說這事。方悅調撥銀子時還是跟秦鳳儀提了一句，秦鳳儀問了數目，心疼得不得了，說方悅：「真是笨，她跟你說你就應啊？你就不會裝聾？」

只要方悅不拿銀子，他媳婦弄不出銀子來的。

方悅氣壞了，「你怎麼不去裝聾啊？」自個兒怕媳婦，還說別人笨！

「算了算了，給吧給吧。」

唉，要說方悅念書是一把好手，管錢也很會管錢，就是不大機靈。

秦鳳儀每每想到白給出那些個銀錢，就心疼得好幾宿沒睡好，還跟媳婦叨叨：「妳這不僅是敗咱們的銀子，這是敗咱們大陽的銀子啊！」

大陽在一邊，奶聲奶氣地學他爹的口氣：「大陽的銀子啊！」

李鏡真是煩死這父子倆了，想著下一胎必要生個閨女才好。

秦鳳儀有多心疼，景安帝收到這份壽禮時就有多舒暢。

幾車果子便不提了，南夷的果子的確味道不錯，景安帝看中的卻是織造局的三成紅利。景安帝不是沒見過銀子的人，這三成紅利雖不少，也沒有多到令景安帝震驚的地步，但景安帝稍一推測就知道，現下秦鳳儀的海上生意做得有多麼順風順水了，尤其聽說今歲那鳳凰茶在京城揚名，不少人去南夷買茶園，多是空著手回來的。

想想那些傻蛋，憑秦鳳儀的精明，能把茶園留給他們買？

景安帝搖頭一笑，令馬公公將這些銀子收歸內庫。

如今南夷收成尚可，那麼，接下來秦鳳儀是繼續休養生息，還是另有打算呢？

握著朱砂筆的景安帝，忍不住陷入了沉思。

（未完待續）

漾小說 202

龍闕❻

國家圖書館出版品預行編目資料

龍闕/ 石頭與水著. -- 初版. -- 臺北市：
晴空, 城邦文化出版：家庭傳媒城邦分公司發行,
2018.10
冊； 公分. --（漾小說；202）
ISBN 978-986-96855-0-4（第6冊：平裝）

857.7 107008853

原著書名：《龙阙》，由北京晋江原創網絡科技有限公司授權出版。

城邦讀書花園
www.cite.com.tw

作者　石頭與水
封面繪圖　畫措
責任編輯　施雅棠
國際版權　吳玲瑋　蔡傳宜
行銷　艾青荷　蘇莞婷　黃家瑜
業務　李再星　陳玫潾　陳美燕
編輯總監　劉麗真
總經理　陳逸瑛
發行人　凃玉雲
出版　晴空
城邦文化事業股份有限公司
104台北市中山區民生東路二段141號5樓
電話：（886）2-2500-7696　傳真：（886）2-2500-1967
發行　英屬蓋曼群島商家庭傳媒股份有限公司城邦分公司
104台北市中山區民生東路二段141號2樓
客服服務專線：（886）2-25007718；25007719
24小時傳真專線：（886）2-25001990；25001991
服務時間：週一至週五上午09:00~12:00；下午13:00~17:00
劃撥帳號：19863813；戶名：書虫股份有限公司
讀者服務信箱：service@readingclub.com.tw
晴空部落格　http://blog.yam.com/readsky
香港發行所　城邦（香港）出版集團有限公司
香港灣仔駱克道193號東超商業中心1樓
電話：852-25086231　傳真：852-25789337
E-mail：hkcite@biznetvigator.com
馬新發行所　城邦（馬新）出版集團【Cite (M) Sdn Bhd】
41, Jalan Radin Anum, Bandar Baru Sri Petaling,
57000 Kuala Lumpur, Malaysia.
電話：(603) 9057-8822　傳真：(603) 9057-6622
Email：cite@cite.com.my
美術設計　洸譜創意設計股份有限公司
印刷　沐春行銷創意有限公司
初版一刷　2018年10月4日
定價　320元
ISBN　978-986-96855-0-4